学者文库

英美短篇小说的
结构修辞

宋建福◎著

吉林大学出版社

·长春·

图书在版编目（CIP）数据

英美短篇小说的结构修辞 / 宋建福著 . —长春：
吉林大学出版社，2020.5
ISBN 978 - 7 - 5692 - 6521 - 7

Ⅰ.①英… Ⅱ.①宋… Ⅲ.①短篇小说—修辞方法—
研究—英国②短篇小说—修辞方法—研究—美国 Ⅳ.
①I561.074②I712.074

中国版本图书馆 CIP 数据核字（2020）第 084022 号

书　　名　英美短篇小说的结构修辞
　　　　　YING-MEI DUANPIAN XIAOSHUO DE JIEGOU XIUCI
作　　者　宋建福　著
策划编辑　李潇潇
责任编辑　李潇潇
责任校对　杨　宁
装帧设计　中联华文
出版发行　吉林大学出版社
社　　址　长春市人民大街 4059 号
邮政编码　130021
发行电话　0431 - 89580028/29/21
网　　址　http：//www. jlup. com. cn
电子邮箱　jdcbs@ jlu. edu. cn
印　　刷　三河市华东印刷有限公司
开　　本　710mm×1000mm　1/16
印　　张　16.5
字　　数　280 千字
版　　次　2020 年 5 月第 1 版
印　　次　2020 年 5 月第 1 次
书　　号　ISBN 978 - 7 - 5692 - 6521 - 7
定　　价　95.00 元

导　言

　　小说（fiction）因其鸿篇巨制、精湛的艺术构架，深邃的思想表达，自末流之列渐次升入大雅之堂；20世纪以降，小说几乎一统天下。短篇小说，又称故事（story），与长篇小说（novel）混迹一起，身价同样不菲。不过，有人不以为然：短小的篇幅，刚刚开始，来不及展开，就进入了结尾，所述内容，至多博得一笑，至于叙事艺术，还是低调一点的好。短篇艺术，似乎在艺术的殿堂里毫无立锥之地。此言不无道理，不过，也不全然如此。不难发现，长篇小说也并不是朵朵奇葩，短篇也偶有惊世杰作，一概而论显失公允。短篇小说，不仅能够令人深思，而且能够令人赏玩不已。总结短篇小说的叙事艺术是一件有益的学术活动。

　　什么是小说？在后现代主义的树荫下，给小说下一个定义是一件复杂的事情。后现代主义解构了文学与其他学科的边界，其目的是彰显各学科之间的互通性，但并没有否定他们之间的差异性。不妨首先欣赏以下四种关于小说的定义。第一，"一个短故事，通常是关于爱情的。"① 第二，"小说是一种用散文表述的构思叙事，通过具体背景下的一群人物及其一系列相关的事件，以大篇幅、复杂的方式，揭示富有想象意味的人类经验。"② 第三，"小说是一种带有某些现实主义色彩，再现人物与行动的长篇散文虚构。"③ 第四，小说是"一种富有艺术性与美学意义、有意识地

---

① Samuel Johnson. *A Dictionary of the English Language*［EB/OL］. https：//johnsonsdictionary-online. com/novel－noun/.

② ENCYCLOPÆDIA BRITANNICA［EB/OL］. https：//www. britannica. com/art/novel.

③ *Shorter Oxford English Dictionary*. deluxe edition［M］. Oxford：Oxford University Press, 2007：1953.

创作与加工而成的文学形式。"① 第一种定义提出了一个要素，即情感；第二种，人物、行动、想象、散文；第三种，现实主义；第四种，艺术性、美学性。以上述要素为依托，概而言之，小说是以散文为主要载体，把想象的或者现实的主题单元，依照一定的逻辑方式组织在一起，采取间接的表述方式，展示思想与艺术趣味的叙事。

短篇小说与长篇小说一道，造就了小说的特点；然而，一旦独立自治，短篇小说就不能理所当然地继承小说的全部特点了。短篇小说不可能具备思想的深邃性与艺术的复杂性，但仍然拥有自己的绚丽灿烂的烟火。其一，一事一叙，便捷、利落。阅读一般发生在劳作之中或劳作之余，时间大多碎片化，短篇小说犹如快餐，能够即刻满足读者的审美需求，也不需要长时间地储存信息，更不会发生遗忘的现象。其二，以大化小，简而不缺，全而不繁。高谈阔论再长，也可以一言以蔽之；麻雀再小，也是五脏俱全。纵观历史，一家之言兴起之时，洋洋洒洒，经过时间的淘洗，保留下来的也就是几句精髓。其三，他山之石可以攻玉。意识流叙事手法堪称小说艺术史上的瑰宝，但《芬尼根的守灵夜》（*Finnegans Wake*）却令人望而却步；与此相反，《献给艾米丽的一朵玫瑰花》（*A Rose for Emily*）同样采用意识流手法，却广为传播。短篇小说完全拥有自己的艺术特色。

《英美短篇小说的叙事艺术》不是一部艺术史，但简单地梳理一下短篇小说的发展史显然不可或缺；梳理短篇小说的发展史，仍然离不开小说的发展史。且不论小说一词的词源，也不论小说与欧洲文学的关系，但就英美文学来讲，小说脱胎于早期的叙事史诗《贝奥武夫》（*Beowulf*）、中古时期的罗曼司与文艺复兴时期的戏剧。由"大学才子"们发端，经班扬（John Bunyan）和笛福（Daniel Defoe）之手，到了菲尔丁那里，小说艺术就成熟了。在此后的岁月里，小说茁壮成长，其影响力远远超过了诗歌与戏剧。例如，（批判）现实主义、现代主义、超现实主义，以及女性主义等。美国的小说起步较晚，不过，到了19世纪与英国小说隔岸呼应，其现代主义与后现代主义流派又成为英美小说的领军。

最早见于正典的短篇小说，当属美国华盛顿·欧文（Washington

---

① Walter Allen. *The English Novel：A Short Critical History*［M］. London：Phoenix House，1954：16.

Irving）的一部具有纯文学性质的短篇小说集《见闻札记》（*The Sketch Book*）。这部短篇小说集继承了英国和欧洲哥特故事的叙事特点，不仅标志着美国本土文学的成熟，也成为短篇小说进入正典的开始。哥特短篇之后，英美一大批（心理）现实主义短篇小说问世；不过，性心理和意识流短篇小说很快就取代了现实主义，成为时代的新宠；有趣的是，现实主义到了菲茨杰拉德（F. Scott Key Fitzgerald）与海明威（Ernest Miller Hemingway）那里，又重新占领了制高点。20 世纪 60 年代，碎片化与重写等短篇小说的兴起又极大地丰富了短篇小说的叙事艺术。

短篇小说可以说是小说的最初形式，但晚于长篇小说进入成熟阶段。长篇小说因其较大的容量，自然就受到叙事者的青睐，叙事者可以把尽可能多的东西放进去，洋洋洒洒，尽情尽义；同时，大的容量又颇能给人一种深邃感，满足读者的求索需求。有时候，长篇小说干脆把民间故事（除了广为流传的之外）纳入自己的体系。短篇小说早于长篇小说是因为它是最基本的意义单元，很容易诞生于生活，消费起来，如快餐方便有效。但是，要在有限的空间里进行艺术雕琢，则需要较高的艺术技巧，只有长篇小说的叙事艺术成熟之后，叙事者掌握了足够的叙事艺术，才能回到短篇小说这里一展才华。长篇小说与短篇小说之间的关系，如同普通雕刻与微雕一样。

当小说发展成熟之后，小说研究也就成为一门显学。小说研究可以简单地分为两种：一是小说发展史研究，二是叙事艺术研究。就小说史研究而言，国内外学界的成就斐然，国内的小说史研究蔚然成风，以李维屏教授主编的英美文学史专题研究系列为代表，体现了国内学术研究的新潮流与新成就。该系列研究或以时间为维度，或以流派或时代为分界，以作家为单位，从思想与艺术等方面探索了小说家所取得的成就。就小说艺术而言，国外的研究成果可谓独占鳌头。福斯特（E. M. Forster）在《小说面面观》中按照要素进行分析的方法颇为经典，① 这种方法在邵金娣教授等为英语专业研究生编写的《文学导论》中得到了延续；② 普洛普（Vladimir Propp）提出的功能说，影响力之大，成为 20 世纪小说理论的经

---

① E M Forster. *Aspects of the Novel*［M］. New York：Penguin Books，1980.

② 邵金娣，白锦鹏. 文学导论［M］. 上海：上海外语教育出版社，2002.

典，功能说固然以民间故事为研究对象，却很快移植到整个小说领域；托多罗夫（Tzvetan Todorov）用句法形态理论来分析作品结构的方法，展示了结构主义小说理论的独特魅力；① 格雷马斯（Algirdas Julien Greimas）对叙述结构与话语结构的区分，② 以及热奈特（Gérard Genette）对叙事视角、叙事时间的阐释无不是叙事学上的主要贡献。③ 具有讽刺意味的是，结构主义流派试图为作为想象文学的小说创作寻找一套扎实的科学依据，以米勒（J. Hillis Miller）为代表的结构主义叙事理论家则迅速地瓦解了这一可贵的努力。④ 不过，文学仍然是文学，小说依旧繁荣，并没有像巴特（Roland Barthes）所预言的那样走向死亡。

综上所述，小说理论研究基本覆盖了以下重要元素：人物、情节（功能、语法结构、节奏等）、叙事视角、叙事时间、小说的本质（幻想）。普洛普的功能说显然针对短篇小说，其实，其他小说理论同样适用于短篇小说。不过，具体哪些小说理论适用于短篇小说，在短篇小说叙事上表现出的具体特征是什么，尚没有学者集中、明确地给予回答，即便出现了一些研究，不仅零散，还不够全面。而且，结构主义小说理论固然精彩纷呈，却也因精细入微的分析而破坏了文本整体的美学效果。但国内的短篇小说史研究却在国内外独步一时，刚刚起步，就一鸣惊人，例如李维屏教授主编的《英国短篇小说史》与《美国短篇小说史》，从思想与艺术等方面探索了短篇小说家所取得的成就。申丹教授的《叙事、文本与潜文本》从叙事学的两个主要角度，叙事（叙事者、故事与情节）与文体，对短篇小说进行了系统、深入的分析与创新。⑤

本书的选材界定在英国和美国短篇小说范围之内，有两篇选自英国以外的英联邦国家。所做的研究也力求避免无所不含，把主要精力聚焦于那些能够展示短篇小说结构美学的层面。本研究分为两个板块：一是情节的结构范式，二是表征的结构范式。具体地讲，第一板块包括以开头与结尾

---

① 张寅德. 叙事学研究［M］. 北京：中国社会科学出版社，1989：73 - 94.
② 格雷马斯. 结构语义学［M］. 蒋梓骅，译. 天津：百花文艺出版社，2001.
③ Gérard Genette. *Narrative Discourse：An Essay in Method*［M］. New York：Cornell University Press，1983.
④ 米勒. 解读叙事［M］. 申丹，译. 北京：北京大学出版社，2002.
⑤ 申丹. 叙事、文体与潜文本［M］. 北京：北京大学出版社，2009.

为决定因素的结构类型和以情节为中心的结构类型；第二板块包括主题的表层结构与深层结构，以及具有颠覆意义的主题重写等。由于申丹教授和罗刚教授已对与结构相关的问题进行了清晰的综合概括与深入的研究，①本书也就没必要予以复制了。总的来看，本书的各个部分角度不同，但都以短篇小说的宏观结构为中心，紧密相关。

　　为了避免单纯的理论阐述，也杜绝清一色的文本分析，本书力求一个折中的视角，即在叙事理论的指引下，以能够更大程度地展示文本审美效果为目的，通过对照的方式，对短篇小说艺术进行宏观层面的剖析。首先，从短篇小说开头与结尾的独特方式出发，探索由此所引发的结构类型（第一、二章）。其次，从情节出发，总结短篇小说的结构范式并探讨其美学意义（第三、四章）。再次，从表层结构与深层结构对立的角度出发，总结由表及里的机制（第五、六章）。最后，讨论故事重写的意义与贡献（第七章）。本书不求理论创新，也不致力于细致、缜密甚至烦琐的结构主义分析，而是借助于流行的理论框架，对短篇小说进行宏观的研究并予以美学描述。

---

① 　罗刚. 叙事学导论［M］. 昆明：云南人民出版社，1999.

目 录
CONTENTS

第一章

陌生化

结构是什么？结构就是关系，就是规则。所谓的关系，就是众多元素按照自愿的原则组织在一起，形成一种互动、互利的行为方式。所谓的规则，就是一种关系的约定俗成，是经过长时间的检验而证明行之有效的一种约定，违背这种约定，关系中的各方就会蒙受损失，有关一方甚至遭到惩罚。平常所津津乐道的自然规律，其实就是一种结构类型。人类在与自然互动的过程中，逐渐认识并掌握了这些结构类型，并接纳为一种思维模式。反映在文学作品中，这种思维模式就是呈现的规律，一种具有美学意义的结构。

结构是刚性的，但刚性并不是意味着结构一成不变，而是在保持基本原则的前提下，呈现出一定的多样性。文学作品与自然界具有不同的空间性质，前者是二维的，后者是三维的。文学作品虽然以书籍的形式出现，而且表面上是立体的，但本质上是不断延伸的二维空间，这就决定了文学作品在呈现自然结构的时候，必须做出调整，在调整的过程中，具有美学意义的叙事手法就诞生了。有道是，事无三日新。一种结构类型一旦为广大读者所熟知，就沦为俗套，为了追求美的享受，小说家和读者都产生了求新的冲动。求新，换言之，就是形式主义的中心概念陌生化。

从哪里入手呢？从叙事的开端入手。既然是叙事，就要有一个开头，开头引人入胜，不仅能够抓住读者，而且还能决定叙事结构的本质。于是，从中间切入与流动有序就逐渐进入了小说家的视野，并一举成为叙事的经典。

第一节 中间切入

什么是陌生化？陌生化的对象特点是什么？陌生化的程度是多少？陌生

化就是通过扭曲使之变形，给人一种没有见过的印象。陌生化的对象就是习以为常的叙事方式，在此则是以时间顺序为代表的线性序列。所谓的变形，并不是令其面目全非，而是在保持可读性的基础上进行变形。让时间序列变异的最佳手段是中间切入（in medias res）。

时间顺序是宇宙最基本的秩序，在时间顺序中，处于先后位置的事件基本上具有一种内在的逻辑关系。冬天走了，春天到了，草木发芽，开花结果，在秋季落叶，这就是时间顺序，在这个序列中，前者为因，后者为果。不过，也有偶然的成分进入序列之中，常见的因后成果的逻辑错误（A Post Hoc Fallacy）便是一例。例如，去过非洲殖民地的欧洲人常生病，可见，非洲的卫生状况较欧洲的差许多。"去非洲殖民地"与"欧洲人常生病"之间没有必然的逻辑关系，这种逻辑思维方式忽略了真正的病因。

时间顺序如同其他顺序一样，没有好坏、优劣之分，只有适与不适之别。现代小说叙事往往追求复杂的艺术手法，把普通的时间顺序视为陈腐的、缺乏美感的技巧；在现代小说里，只有倒叙和中间切入被视为富有现实主义的艺术气息。在这股大潮的推动下，许多小说家纷纷放弃时间顺序，转而采用中间切入的方法。菲茨杰拉德（F. Scott Key Fitzgerald）在《夜色温柔》（*Tender Is the Night*）也采用了风靡一时的倒叙手法。故事一开始，叙事采用的是17岁的罗斯玛丽的视角，150页之后，叙事者又讲述了八年前的英雄行为，此后，迪克亲自向读者展示了作为英俊、慷慨的心理医生如何与自己的病人结婚，并逐渐走向堕落的。可是，菲茨杰拉德最初的创作目的是揭示迪克人生堕落的悲剧，要判断叙事技巧是否成功，就要看作家展示迪克人生悲剧的成功度。遗憾的是，从中间开始的叙事手法，仿佛把叙事固定在一个次要人物的模糊视角上，这样就牺牲了读者对迪克的同情心，同时也就失去了看着他一步一步堕落的具有讽刺意味的戏剧效果。在修订版中，60页的意气风发的青春故事移到叙事的开头。等到读者接受罗斯玛丽的视角之时，他们也已对迪克产生了好感。原本是罗斯玛丽完全享有的好感，有一半给了迪克，他的堕落赢得了读者的同情，取得了预定的艺术效果。[①] 实际上，从文学史的角度来看，时间顺序曾是小说叙事的主要框架，许多经典小说都是在时间顺序的框架内传递了伟大的思想。

---

① Wayne C Booth. *The Rhetoric of Fiction*［M］. Chicago：University of Chicago Press，1961：192 - 195.

时间顺序呈现线性的形态，必然具有开头和结尾，从开头过渡到结尾，天经地义，理所当然。鲁滨孙这样开始讲述他的故事：

> 一六三二年，我生在约克市一个上流社会的家庭。我们不是本地人。父亲是德国不来梅市人。他移居英国后，先住在赫尔市，经商发家后就收了生意，最后搬到约克市定居，并在那儿娶了我母亲。母亲娘家姓鲁滨孙，是当地的一家名门望族，因而给我取名叫鲁滨孙·克罗伊茨内。

菲尔丁（Henry Fielding）在《汤姆·琼斯》（*The History of Tom Jones, A foundling*）开场时这样写道：

> 在英国西部萨默塞特郡的地方有位乡绅，名叫奥尔华绥，他可谓造物主与命运的宠儿。他仪表堂堂，体格健壮，见识卓越，心肠善良，继承了郡里最大的企业之一。年轻时他娶过一位品貌双全的妻子，她给他生了三个孩子，但都夭折了。更不幸的是，在五年前的某一天，他将亲爱的夫人也给埋葬了。

显然，故事从主人公的个人信息开始，似乎是小说初期的叙事范式。

没过多久，《项狄传》的作者（主人公兼叙事者项狄）斯特恩就要破旧立新，不过，破旧是真的，立新倒未必：

> 我爹或者我妈，或者他们俩，因为这事他们负有同等责任，我真希望他们当初造我的时候上点心；事关重要，涉及的不仅是理性生灵的孕生，很可能还有其身躯的适当构成和体温，也许还包括其天禀和思想特质；他们的看法可能不同，但说不定整个家族的命运都因他们当时的主导体液和情绪而改变。如果他们充分地认识到了这一切，然后再恰如其分地办事，我敢保证，在当今的世上，自己必是另一番样子，迥异于各位读者即将看到的我。

斯特恩无疑保留了以身世开头的方式，却又把它推向了极端，从主人公孕育的那一时刻开始，一派狂欢化的风格。冷静下来看，斯特恩似乎在警告大家，以身世开头的方式应该休矣。

以后的小说开场，不再如此雷同，却也没有发生质的改变。正如文章的写作有多种开头方式，小说叙事的开头种类也不胜枚举。① 到了20世纪20年代中期，真正的挑战来临了。有作家认为，英国的小说出了问题，问题在于叙事采用直线方式，这是一种不真实的叙事手段。相比之下，采用倒叙（flashback）的方式则更加真实。② 追求真实的幻觉（realistic illusion）成了时髦艺术。倒叙对于《夜色温柔》来讲，是一次失败，不过，却让《了不起的盖茨比》（The Great Gatsby）大获成功。

从哪里开始叙事直接决定了叙事的结构类型。从中间切入的手法不同于倒叙。有一种倒叙，从故事的高潮部分开始，然后不久就言归正传，从事件的起源讲起。总的来讲，这种倒叙手法仍然是正叙。中间切入则不同。叙事从过程的中部开始，按照时间顺序依次展开，与此同时，以前的部分内容以分散的方式，适时地插入到主叙事中来。以《二十年之后》（After Twenty Years）和《重返巴比伦》（Babylon Revisited）为例，可略见一斑。

故事从警察吉米夜间十点巡逻开始。正如前文所说，开头的方式决定了叙事的结构类型。要弄明白《二十年之后》到底拥有怎样的结构类型，就有必要对故事的开头方式进行准确、深入的分析。

从现实的角度来看，这是一个巡逻中发生的故事。故事是从吉米的视角去写的。吉米此时此刻只有一个身份，即警察。照此理解，《二十年之后》就拥有一个普通的叙事结构：1. 夜间巡逻；2. 发现犯罪嫌疑人；3. 放弃执法权力（犯罪嫌疑人是自己的朋友，执法过程中，警察可以放弃对亲人、朋友执法的权力）；4. 通知队友执法；5. 告诉鲍勃真相。针对这样的一个普通叙事结构，叙事的焦点与意义是：面对自己的朋友兼嫌疑人，吉米如何作为，换言之，良知、职责与法律的复杂关系成为叙事的卖点。不过，当叙事结束的时候，读者从吉米给鲍勃的纸条中得知，在执法的过程中，吉米还兼有另外一个身份，即20年后，按照约定与鲍勃会面的朋友。因此，故事的一个较为复杂的结构也就呈现出来：1. 吉米夜间到20年前约定的见面地点；2. 见到了自己的老朋友（陌生人就是老朋友）；3. 知道了20年后鲍勃的变化。可以说，作为朋友吉米的故事到此结束。那么余下的部分怎么理解呢？另一个关于警察吉米的故事开始了，其结构是：1. 吉米发现了罪犯；2. 由于个人与罪犯的关系，不能亲自执法；3. 通知同事执法；4. 告诉鲍勃实情。故事的中心

① David Lodge. *The Art of Fiction* ［M］. New York：Penguin Books，1992：7 - 8.
② David Lodge. 1992：191.

议题有二：一是世事难料，鲍勃成为一个江洋大盗；二是友情超越一切，正是因为友情，鲍勃才不顾危险来践诺，也正是因为友情，吉米才没有亲自执法。由此看来，《二十年之后》是一篇由两个更小的故事组成的叙事。

相比之下，如果从鲍勃的视角看去，故事的结构也就比较简单。1. 等待的过程中，遇到一个夜间巡逻的警察；2. 与警察攀谈；3. 与吉米会面；4. 被捕；5. 收到吉米的短信。鲍勃经历如此突变的生活，唯有感叹：时运不济；还好，友情不变；而且，他们都是诚实守信之人。所以，叙事没有采用鲍勃的视角。

从历史的角度来看，按照时间顺序呈现的经过是这样的：1. 鲍勃所在之处是一家名叫"大个子乔"的饭店；2. 有两个年轻人，经常光顾此地，一个是吉米，另一个是鲍勃；3. 吉米是世间最好的人，鲍勃也应该不错，否则，不会是吉米的好朋友；4. 鲍勃要到西部去碰大运，吉米决定留在纽约发展；5. 那一年，吉米 20 岁，鲍勃 18 岁；6. 他们约定，20 年之后，此时此刻再相见；7. 自此一别，再未相见；8.20 年后，吉米巡逻与赴约/鲍勃如约到来；9. 鲍勃与警察（吉米）攀谈；10. 吉米（便衣警察）与鲍勃如约见面；11. 鲍勃因涉嫌犯罪被捕；12. 鲍勃得知真相。

故事从哪里开始讲起至关重要，因为它决定着叙事的结构。按照前段的时间顺序安排事件，叙事的结构就是从头至尾、十分流畅的直线型结构。经历人间沧桑的读者们，对直线型结构亲切有加。不过，再好的东西，总有过时的时候。因此，欧·亨利（O. Henry）决定，叙事从 20 年后的夜间十点钟开始，地点是"大个子乔"饭店的旧址。这样，历史的直线结构从大至中间的部位，一折两段：

一段是：8.20 年后，吉米巡逻与赴约/鲍勃如约到来；9. 鲍勃与警察（吉米）攀谈；10. 吉米（便衣警察）与鲍勃如约见面；11. 鲍勃因涉嫌犯罪被捕；12. 鲍勃得知真相。

另一段是：1. 鲍勃所在之处是一家名叫"大个子乔"的饭店；2. 有两个年轻人，经常光顾此地，一个是吉米，另一个是鲍勃；3. 吉米是世间最好的人，鲍勃也应该不错，否则，不会是吉米的好朋友；4. 鲍勃要到西部去碰大运，吉米决定留在纽约发展；5. 那一年，吉米 20 岁，鲍勃 18 岁；6. 他们约定，20 年之后，此时此刻再相见；7. 自此一别，在未相见。

不妨把这种从中间开始形成的叙事结构模式称之为对折结构范式。

可以看出，从第 8 单元到第 12 单元构成短片叙事的主干部分，而第 1 单元到第 7 单元则构成叙事的次要部分，或者称之为影子结构。表面上看，主干结构长于影子结构，实则不然。在"9. 鲍勃与警察（吉米）攀谈"之后，还有一隐含的序列：吉米认出了鲍勃就是警察追捕的逃犯；吉米要求组织派人顶替自己，与鲍勃见面；吉米要求前往执行任务的便衣警察转交一张便条。我们不妨把这三个单元称之为影子单元。以上三个单元在结尾处予以简要的追述。这样，对折结构以主干的第一单元开始，以影子结构的最后三个单元结束。而且，主干结构和影子结构的各单元，大体上，是按照直线顺序展示的。总体来看，主干结构和影子结构处于平衡状态。

当然，可能出现反对意见。反对的理由是，影子单元没有明显的行动性，只不过是一些静态的个人信息而已。而且，叙事到了一半之后，欧·亨利才交代了从西部边境远道而来的赴约者名叫鲍勃，交代了吉米的全名是吉米·威尔斯。叙事快要结束的时候，作者又进一步提供了吉米的重要相貌特征：20 岁之后再也没有长个；一只罗马鼻子。重要的是，这些信息也并不是完全按照直线形式加以呈现的。可以这样讲，影子结构可以有两种，一是个人信息，依照内在逻辑排列；二是事件过程，按照前因后果排列。两种都主要以原因的身份出现。无论如何，影子信息的出现，由于较晚，给叙事作品带来了悬念，增加了审美的乐趣。

要实现主干结构与影子结构并置的构想，就必须有充分的理由。为了便于说明，先把两个结构的信息按照出现的先后排列：8. 20 年后，吉米巡逻与赴约/鲍勃如约到来；6. 他们约定，20 年之后，此时此刻再相见；9. 鲍勃与警察（吉米）攀谈；1. 鲍勃所在之处是一家名叫"大个子乔"的饭店；2. 有两个年轻人，经常光顾此地，一个是吉米，另一个是鲍勃；3. 吉米是世间最好的人，鲍勃也应该不错，否则，不会是吉米的好朋友；4. 鲍勃要到西部去碰大运，吉米决定留在纽约发展；5. 那一年，吉米 20 岁，鲍勃 18 岁；7. 自此一别，再未相见；10. 吉米（便衣警察）与鲍勃如约见面；11. 鲍勃因涉嫌犯罪被捕；12. 鲍勃得知真相。【吉米认出了鲍勃就是警察追捕的逃犯】；【吉米要求组织派人顶替自己，与鲍勃见面】；【吉米要求前往执行任务的便衣警察转交一张便条】。

影子结构的内容，除了最后三点，全都借鲍勃之口说出，只有最后的三点，是借吉米之口说出的。为何不能全部借吉米之口说出呢？可以说，《二十年之后》是一个歌颂吉米的故事，让吉米说出这些信息，就成了自我吹捧，就少了悬念，重要的是，就会让故事成为一个完全不同的版本。那么，怎样让鲍勃顺理成章地说出上述信息呢？试看下面的分析。

时间很重要，夜间十点，正是夜深人静的时刻，一个正常的人，如果没有紧急事情，是不会在这么晚的时间外出的。其实，在江湖上混了这么多年的鲍勃十分清楚。吉米的身份也很重要，他有理由借夜巡之机，在如此晚的时分赴约，也省去了鲍勃失约造成的尴尬。当俩人在黑夜碰面的时候，首先开口的应该是吉米，因为他是警察，在没有证据的前提下，他不会轻易怀疑一个人。可是，鲍勃先开口了，因为他十分清楚自己的身份与处境，眼下正是重案在身，又遇到了警察，如果不主动开口，很容易陷入被动之中。所以，鲍勃积极主动地道出了一个重要的旧信息：他要完成一个 20 年前的一个约定；为了证明自己 20 年前是当地人，进一步讲，20 年后此时在此见面的约定是一个真实的事实，鲍勃还需要证明自己是本乡人，所以，这里曾经有过一家饭店，就成了最具说服力的证据。吉米可以主动相认哪！不行，做警察的，见过足够的受到偶然因素干扰的实例。

鲍勃暴露自己的，根据后来的事实证明，是他自己。他不该在那个时分划火点烟，然而，这一切又在情理之中。鲍勃自己可能经历了不少惊险的场面，都化险为夷；然而，即便是老辣之手，也应该谨慎，毕竟对面的警察身手如何，他不得而知。不过，经历的场面再多，面对警察，不可能心净如镜，点上一支烟，或多或少可以掩盖自己内心的波动，成熟的男人都知道，香烟是最好的道具。也许，从一开始鲍勃就养成了这一习惯。总之，万密一疏。有了火光，自己脸上的伤疤就掩盖不住了，那道伤疤正是罪犯的重要标志。根据后来的叙述，吉米也就在此刻认出了眼前的这个男人正是来赴约的鲍勃。那为何不立马逮捕他呢？友情作梗，这是法律认可的人之常情。那为何不马上离开呢？容易惊动鲍勃。正因为吉米显得波澜不惊，一切才那么按部就班。

在正常的环境下，一个为了不让任何人怀疑自己的鲍勃，一想到马上就要见到 20 多年未见的老朋友，如何不激动？老朋友的音容笑貌，他的为人做事，等等，一一浮现在眼前，怎能抑制在心里？况且，交流是消除距离、瓦解对方任何警惕性的最佳方式。同时，也正是通过鲍勃之口，读者了解到了吉米的品质，了解到他们自此一别之后，两人再未有过任何联系。吉米的人品很好地阐释了他为何不自报家门的原因；中断的联系，有力地说明了鲍勃认不出来吉米的原因，两者也为后来的故事奠定了坚实的逻辑基础。真是一举两得。

吉米选择离开的时刻恰到好处。吉米倒数第二个问题几乎把鲍勃的情绪推向了高潮，鲍勃十分激动，几乎不能自已。如果再聊下去，问题多了，容易引起鲍勃的警觉。从故事的角度来看，需要的背景信息足够了，基本上完成了有关过去的重要回忆。抽身前的时间确认，确保了计划的实施。魔高一尺，道高一丈。

当老朋友相见之时，互换对方名字是必然之事，江洋大盗的名字显露出来，再恰当不过了。黑暗中，相貌看不见，但身高依然可见；人长高了，因为谁也不敢保证自己的身高不会变化。灯光下，吉米的又一个特征大白于读者，他长着一个罗马鼻子；人的声音也可以变化，甚至相貌可变，但鼻子变化的可能极小。

人终于抓回来了。此时，有两个人感到很难受，一是鲍勃，二是吉米。鲍勃不明白自己究竟是怎么被发现的，而吉米此时心情极为复杂，不可能马上以真实的身份见他的老朋友。一张纸条很好地解决了这两个难题。有了这张纸条，鲍勃明白了当时发生的一切，也知道事后的这一切也是吉米一手安排的。所有这些行动单元的交代，帮助读者在脑海里完成了叙事结构的勾画工作：《二十年之后》的线性故事有两个叙事结构，一主一次，主次呈折叠方式呈现。

与《二十年之后》一样，《重访巴比伦》也是从中间开始的，正因为从中间开始，叙事结构同样是折叠式，但相比之下，《重访巴比伦》不仅有所不同，而且叙事结构十分复杂，呈现出更加高超的叙事艺术。

《二十年之后》的开头方式至少还有一些传统的叙事特征，不会令人不适：吉米像往常一样从事夜间巡逻，在巡逻的过程中遇到了一位陌生的男子，在与其交谈的过程中，得知了事情的一些来龙去脉，正叙与倒叙就这样同时开始了。可是，《重访巴比伦》的开头就没有这么简单了：

> "还有坎贝尔先生在哪儿？"查理问。
>
> "上瑞士去了。坎贝尔先生病得可厉害哪，韦尔斯先生。"
>
> "我听到了真难受。还有乔治·哈特呢？"查理打听着。
>
> "回美国去了，去工作了。"
>
> "还有那个雪鸟呢？"
>
> "他上礼拜还在这儿。反正他的朋友谢弗先生在巴黎。"

不错，以对话的方式开始叙事，就像一开门，突然发现有一个人正好站在门外等你。以对话的方式开始无可厚非，但对话完全应该是一个完整的交流，可是《重访巴比伦》的对话竟然从中间开始！"还有坎贝尔先生在哪儿？"这句问话显然表明，对话已经开始了一段时间。仿佛是要把这一开端的方式印在读者的脑海里，菲茨杰拉德在叙事的过程中不断采用类似的模式：

> "行了，不要了，"查理说，"我近来喝得少了。"（第一部分）
>
> "真的好极了，"林肯问他的时候，他这样回答。（第一部分）
>
> "我丈夫今年来不成啦，"她在回答查理的时候说。（第二部分）

三句回答都没有上文，而是直接从下文开始的，这简直就是《重访巴比伦》开头的缩小版。虽然没有直接出现，但是上文的具体内容还是可以推测出来的，也就是说，前文处于隐含之中，一如历史隐藏在现实的叙事里。

何以见得复杂？众所周知，《二十年之后》实际上只有一条线，那就是20年后如期赴约。可是，《重访巴比伦》总共有四条线（一条主线的三条尾巴），实则三条：一是坎贝尔病得很厉害，二是哈特回到美国了（不知结局如何），三是雪鸟杳无音讯，四是谢飞先生还都留在巴黎。第一条出现了仅此一次，第二条在第五部分做了简要的交代，第三条一直没有任何叙述，第四条则是故事里的主线。可见，第二与第四两条线值得关注。且慢，不是说实则三条线吗？是的，还有叙事者（查理）那一条线。三条实（予以叙述的）线中（从叙事整体来分），谢飞（邓肯）与查理又是要线，要线之中，查理是重中之重。查理的主要任务是从马里恩（和林肯）那里夺回女儿的监护权。要夺回就必定是曾经失去了。按照常规，夺回监护权就是叙事的主线，失去监护权就是叙事的副线，副线（海伦之死）以追述的方式出现。主线是现在时，副线是过去时，主线也有过去（查理的历史），副线也有现在（对查理的影响以及当前的结局）。一般情况下，各部分中（按照部分分类），主线占主导；有时，副线占主导。复杂归复杂，叙事的主要结构类型仍然是中间对折（折叠）式。

第一部分：第一，打听旧友的现状；第二，交代自己眼前的行为目的；第三，披露完成任务过程中可能遇到的困难；第四，回忆自己的过去；第五，展示自己目前的状态。综合起来，当下发生什么是主线（查理的），过去曾经发生什么是副线（查理的）。该手法贯穿《重访巴比伦》的前四个部分。不过，在第一部分，副线占主导地位。

打听到旧友的现状之后，查理来到了里茨酒吧，从他的各种反应中可以看到这里曾经发生的事情：这曾经是一个美国人为主的酒吧（现在不再是美国人的酒吧了），在那里消费、娱乐的美国人十分的自信、随意（他感觉到那里弥漫着礼貌的气息；不过，查理本人还是没有改掉以往那种狂傲的神气），也是热闹非凡（眼前空空荡荡，好不安静；就连招待的声音也是那么的乏味、无聊）。

查理曾经是酒席场上的高手（毫不客气地拒绝了友人喝酒的邀请，而且明确表示，现在喝得少多了）。在交谈的过程中，查理发现，过去放荡不羁的人们，有些依然如旧（他看着一群男同们趾高气扬地走了进来，在一个角落坐了下来；他们根本没有受到任何影响）。

在回答友人的询问时，查理直言道，自己此行的目的是看望自己的女儿。

在前往探望女儿的路上，查理又一次目睹了昔日的辉煌：一个与众不同的生活环境（外面，细雨霏霏，霓虹灯招牌仿佛在烟雾中映出火焰似的红光、煤气似的蓝光、幽灵似的绿光；他们接下来就不可避免地越过塞纳河了，查理顿时感到塞纳河左岸那一派外省风光）；往日的奢靡场所又一次陷入眼帘（查理吩咐出租汽车开到歌剧院街，这并不是顺路。不过，他要看暮色苍茫中歌剧院的豪华的正面，想象那不停地奏着《缓慢曲》开头几个小节的汽车喇叭声是第二帝国的号声。人们正在关上勃伦塔诺书店前面的铁栅；迪瓦尔饭馆那一片具有中产阶级风味的整齐的小小树篱后面，已经有人在吃晚饭了。他从来没有在巴黎一家真正便宜的馆子里吃过一餐）。

查理的一些个人信息渐次出现了：他三十五岁，长得挺俊。眉心间有一条很深的皱纹，使他那张爱尔兰人的表情灵活的脸显得严肃起来。在见到女儿后，又增加了个人的财政状况信息："真的好极了""那儿有许多买卖不景气得很，可我们干得比什么时候都好。事实上，是好得不得了。我下个月要去美国把我的姐姐接出来，为我管家。我去年的收入比我有钱的时候更多。"有了收入，人也就自信多了。

从见到女儿的一刹那，查理就知道女儿多么喜欢自己，这已经不是第一次了；他曾经给女儿买过许多贵重的礼物；他心中油然出一种具有保护欲望的父爱（他心里涌起一阵强烈的想保护她的愿望。他以为自己知道该为她干些什么）。

从见到马里恩的那一刻开始，查理就感到对方的敌意，不过，对方竭尽全力遮掩这种令人不快的情绪，可是，随着交流的进行，敌意不是得到了化解，而是更加明显。还好，敌意只是针对自己，而不是女儿，女儿在姨妈家过得幸福。面对敌意，查理竭力控制自己的情绪，因为他知道，"她这种气势汹汹的谈吐只有对他有利；他完全懂得要等待时机"。查理成熟了。

　　走在大街上，查理再一次目睹了曾经的荣耀："他经过一扇透出亮光的门，门里传来音乐，有一种熟悉的感觉，他就站住脚。那是布里克托普舞厅，他在那儿度过许多时光，还花过许多钱。"然而，任何奢靡、放浪都是有代价的，"他失去了抚养女儿的权利；他的妻子永远离开了他，躺在佛蒙特州的坟墓里。"不过，此次的回忆不是为了炫耀，而是为了陪衬，揭示查理已经悔过自新，并与过去一刀两断，而且十分坚定（他突然懂得"挥霍"这个词儿的含义——那就是化为一阵清风，化有为无嘛）。他明白了，停止挥霍并不等于变的吝啬，缺乏同情心，而是懂得了慈善的真正含义（他给一位妓女买了鸡蛋和咖啡，又给她一张二十法郎的钞票，却拒绝了她的邀请）。

　　简单地归纳一下以上信息：

　　1. 关于查理。过去有着奢靡、辉煌的历史；现在克制，讲究斗争艺术；积极向上，物质基础厚实；父爱如山；他要求亲自监护女儿；

　　2. 关于马里恩。查理的老对手，死敌；沉溺于往日的恩怨之中；

　　3. 关于历史。过去（老友，喜欢与不喜欢的）依然存在，并能够施加影响；

　　4. 关于妻子。早已死去；

　　5. 关于女儿。父女情深。

　　在上述的部分中，查理是主角，他当下的行为构成主线；其他关于过去的部分都属于副线。不过，从篇幅上讲，显然副线超过了主线，这很好理解：叙事刚刚开始，必要的铺陈不可或缺，其实，叙事的开头部分就已经做了暗示。然而，叙事者从来就没有忘记叙事的发展方向，而且交代得十分明确。

　　第二部分：什么能够成为主线呢？这要看什么是查理的主要任务，什么是他完成任务的拦路虎。主要任务是夺回女儿的抚养权，实现这个目标，需要完成两项任务：一是征得女儿的同意，二是征得实际监护人的许可。这是常规思维，符合小说的叙事美学吗？符合。

　　镜头对准了瓦特尔大酒店，那儿不会勾起查理的任何往事。

　　与女儿的这次聚会非同一般：查理一再征求女儿是否多吃一点蔬菜，蔬菜而不是肉食，在那时的巴黎，是一道价格不菲的菜。不仅要满足女儿的物质需求，还要满足她的精神需求，他要带女儿购买更多的玩具娃娃。女儿，令他感到十分满足的是，懂事了，知道父亲经济曾经拮据过，不愿浪费，但是父爱如山，花在女儿身上的钱没有浪费。最能标志着查理勇敢面对现实、立志翻开生活崭新一页，新的一页的是父女之间的一次表演性的自我介绍：

"我想要跟你认识，"他一本正经地说，"首先，让我介绍一下自己。我叫查理·J·韦尔斯，住在布拉格。"

"啊，爹爹！"她咯咯地笑起来。

"请问，你叫什么名字？"他坚持问下去；她马上也演起戏来："霍诺丽娅·韦尔斯，住在巴黎帕拉蒂纳路。"

"有丈夫吗，还是单身？"

"没有，没有丈夫。单身。"

他指指那个玩具娃娃，"可是我看到你有一个孩子，太太。"

霍诺丽娅不愿意否认这个娃娃是她的，把它抱在胸口，很快想出了回答："是啊，我有过丈夫，可是现在没有了，我丈夫去世了。"

他很快地接着说："娃娃叫什么名字？"

"西蒙娜。按照我学校里最好的朋友的名字起的。"

查理曾经说过，他相信性格，应该再加上一条，他还相信遗传，女儿像她自己，有懂事的潜质。通过几番努力，她与女儿建立了可信赖的关系。"我跟你干吗不住在一起？"几乎是来自女儿最有力的确认，这次确认在本部分结尾处再次出现。

一个重要的事实：姨妈和姨夫对霍诺丽娅（查理女儿）十分关爱；女儿想与父亲一起生活，不是因为姨妈那里不好。

过去不请自来，甚至挥之不去。邓肯·谢弗和洛兰·夸尔斯，一如往昔的幽灵，突然出现在查理的眼前。回顾历史，"洛兰·夸尔斯，一个三十岁的脸色苍白的金发美人；三年前，在那挥金如土的日子里，帮他们一个月过得像一天那样快的那一伙中就有她。"再看现在，洛兰并不宽裕，可是仍然过着奢侈的生活，并对查理的新生活方式大加奚落（"查理，我相信你没喝醉。"她判断说，"我确实相信他没喝醉，邓克。拧他一把，看他醉没醉"）。

一个真正悔过自新的人，一个真正渴望家庭生活的人，一定不会忘记另外一个人，他的妻子。通过对女儿的嘱咐，查理表达了自己对妻子的思念（"我希望你别忘掉她。你有她的相片吗？"）。

再来一个简单的总结：

1. 女儿渴望与父亲生活在一起；

2. 女儿在姨妈那里也幸福；

3. 查理愿意与女儿开始新的生活；

4. 洛兰所代表的历史，短时间内挥之不去。

在第二部分当中，查理与女儿的互动（现实）毫无疑问是主线，并且占据主要地位；女儿与姨妈的生活以及洛兰（历史）的出现都是副线；目前，副线对主线的影响力尚未显现出来。不过，查理有理由得出这样的结论：现在，精神上，丈夫、妻子、女儿都齐全了。

第三部分：女儿的问题解决了，是否该解决马里恩的问题了？正是。查理要解决问题，就要证实自己悔过自新，有能力抚养霍诺丽娅；还要解决马里恩的心病（她对查理从一开始就表现出了敌对情绪）。他能如愿吗？能。

查理表达了有一个家的愿望，即获得女儿的抚养权；马里恩的反应是怒目而视；查理表示自己可以控制酗酒的行为，马里恩断然否认；查理知道自己的策略：表现出一个浪子回头的样子，并且要有耐心（"会骂上一两个钟头，这滋味可不好受；不过，他要是能捺住那不可避免的怨气，装出一副改邪归正的浪子的虚心的姿态，到头来，他可能达到目的。"）。

在交谈中，查理不经意中提到了妻子海伦；马里恩十分恼火（"请别把海伦扯进去。听你这么说她，我受不了。"），明确告诉查理，只有她才在执行海伦的嘱托。马里恩指责查理把海伦故意锁在门外的冷风里；查理下意识地做出了无言的反抗（"查利双手紧紧抓住椅子的扶手"）。

查理再一次表达自己想与女儿生活在一起的强烈愿望；马里恩无理反驳，抓住了查理的不洁口误，反唇相讥，而且，"她说的话一句比一句凶，越来越明显地流露出她的反感"；查理再一次控制住了自己的情绪（"他憋着一肚子火，不让它发作，脸上不露出一丝痕迹"）。

查理再一次申明，自己有实力抚养女儿；马里恩沉默了；不久，她道出了心中的死结：海伦之死；查理指出，海伦死于心脏病。

查理回忆了事情的经过，由于采用的是查理的视角，查理的言语自然可信：他们相爱；他们彼此辜负对方的爱；他们争吵，争吵之中，海伦吻了小韦布；查理独自一人回家，反锁了门；查理没想到，海伦后来回家；海伦不能进门，穿着拖鞋，冒着雪，来到了马里恩家。

查理的梦境：海伦支持查理的想法。

从以上的信息可以看出：

1. 查理表达了抚养女儿的愿望，在争论中成功地克制住自己的情绪；

2. 马里恩在谈判过程中，始终怀着一个死结，即海伦之死；而且，激动的情绪呈上升趋势；

3. 查理与海伦的关系真相；

4. 邓肯自始至终保持一个和事佬的姿态；

5. 事情朝着有利于查理的方向发展。

在第三部分中，查理申明抚养女儿的理由成为主线；马里恩则表现为一位挑战者，其理由巧妙地借助查理追忆的方式做了交代，却成为叙事的副线。这是短篇小说的中间部分，正好也是高潮部分之所在。查理以进为退，马里恩边守边退。

第四部分：邓肯与洛兰突现，事态的走势发生了急剧的变化。邓肯与洛兰代表着过去的噩梦，查理正是这个噩梦的一部分。

邓肯向查理表明，晚上六点之前，事情可以敲定（"你要是今宿六点马里恩还没有累的时候上我家来，咱们就把那些细节当场谈妥吧。"）；

马里恩同意查理的请求，但不能操之过急（"这再怎么也来不及。我得给她准备得像样些。最快得礼拜六。"）；

邓肯与洛兰从天而降，强烈要求查理重拾往日的荣华（"我们来请你出去吃晚饭。洛兰和我坚决要求你再也别像捉迷藏似的来这一套隐瞒地址的把戏了。"）；

查理愤怒（"真无耻！"查理大发脾气，"简直无耻透顶！"）；马里恩失望透顶（"马里恩急促而怒气冲冲地发了一声'啊！'猛地背过身去，走出房间。"）。

当战场上只剩下两位主将的时候，一切都取决于两个人的决斗：第四部分出场的只有进步的现实（查理）与反动的历史（洛兰与邓肯），其他人都是观战一方：

1. 查理与马里恩达成和解；

2. 洛兰与邓肯突现；

3. 查理失败。

在第四部分中，查理与马里恩的成功谈判构成主线，而洛兰与邓肯的出现则是副线；可是，正如第一部分一样，副线占据了主要地位。在这场战斗中，查理功亏一篑。

第五部分：结尾。有人在大萧条的冲击下走下坡路，有人则实现了逆袭。查理失败了，但充满了希望。

1. 哈特在这场大萧条中失去了一切；

2. 查理也失去了繁荣期所追求的一切；

3. 查理拒绝以酒浇愁；

4. 查理对未来信心百倍。

无须再做信息整理。查理的未来成为主线，他的过去则是副线；表面上，主线与副线平分秋色，但实质上未来更强大。

从全局的角度来看，主线与副线（以各部分为单位来区分）构成如下：

主线：1. 查理重返巴黎，争取女儿的监护权；2. 查理赢得了女儿的好感；3. 查理以责任感与可靠性赢得实际监护人的同意；4. 监护权的得而复失；5. 对未来充满希望。

副线：1. 巴黎是查理曾经狂欢的地方；2. 邓肯与洛兰又出现在查理的生活里；3. 查理与海伦的婚姻史；4. 邓肯与洛兰再一次进入查理的生活；5. 查理曾经失去了一切。

从主线的角度来看，事件单元的排列形式完全是分析性逻辑的。首先是确定目标，确定了目标之后，就要发现实现目标需要克服的主要障碍，即女儿的意愿、自身的合法以及实际监护人的同意。在自身明显具备条件的情况下，重中之重是女儿意愿，其次是事件监护人同意。从副线的角度来看，各部分之间的逻辑关系松散，但其内部采用的则是倒序。洛兰与邓肯第一次出现的时候，叙事并没有提供多少信息，到第二次进入叙事的时候，大量的信息出现了，那封信，还有他们见面后言谈举止所透露的信息。哈特的信息直到最后才做了交代。有一条叙事线始终没有正式讨论，因为没有出现在开头部分，不过倒是出现在第一部分，那就是海伦之死。关于海伦的叙事也是采用倒叙的：首先是海伦之死，然后是死于突发心脏病，再后来就是查理与海伦的爱情纠葛；不过，纠葛部分采用的是正叙。五个重要的片段之间并没有多少逻辑联系，但都属于有关过去的内容，分别与主线的相应部分对应。由此可见，他们的存在主要是服务于主线。服务的方式可以是阐释性的，说明原因；也可以是对照性的，用以衬托出主线的题中之义。

如此一来，主线与副线形成的结构类型就不是简单的对折，而是在对折中，又互换主次地位，如表1-1所示：

表1-1 叙事的主线与副线结构类型图

部分	I	II	III	IV	V
主线	次	主	主	次	主
副线	主	次	次	主	次

从叙事情节展开的方式来看，第一、二部分呈逐渐上升的走势，第三部分则是整个叙事中唯一的一个高潮，第四部分则是一个叙事的反高潮，第五部分又是低谷中的一次翘尾巴。叙事在空间中的走势可以曲线图的方式表示如图 1 - 1 所示：

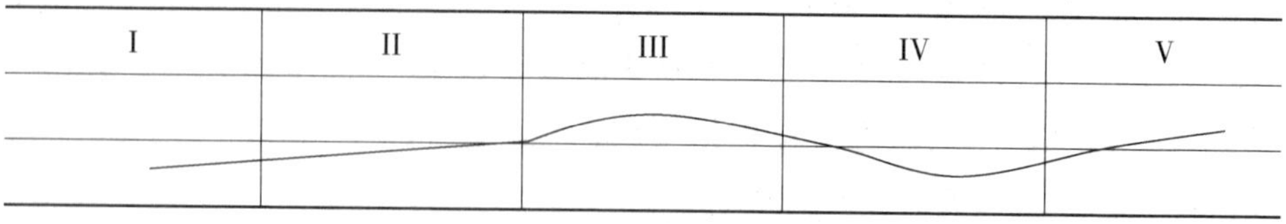

I	II	III	IV	V

图 1 - 1　叙事的空间走势曲线

显然，所得之结构类型是起伏不断的波浪形；如果以主线在五个部分的走势来看，所得之结构类型也是一个波浪形。由此可见，除了对折结构类型之外，波浪形状也是《重访巴比伦》的本质结构类型。

那么，三条要线（从叙事整体来分）究竟是怎样的分布呢？毫无疑问，查理的主线从头至尾；可是，洛兰的叙事线第一次出现在第二部分，第二次出现在第四部分，第一次出现是伏笔，第二次出现则是发力；第三条叙事线（哈特）出现在第五部分。从主次叙事线的分布、其节奏以及众多叙事线的分布情况来看，《重访巴比伦》的叙事结构相当复杂，复杂的叙事结构意味着深邃的美学蕴涵。

在短篇小说的叙事艺术中，中间切入当然不是王道，不过，所呈现出的结构类型的确具有一种视觉冲击力。

第二节　流动有序

面对一条由事件单元衔尾组成的链，从头讲起成为经典，中间切入荣获艺术桂冠，似乎没有什么创新点了。少安毋躁——还可以从结尾讲起。前面提到过的一种倒叙就是从结尾开始讲起，难道还有另外一种？是的。无论如何，结尾作为叙事的开头部分，必然拥有不同的发展路径，必然决定着叙事结构的与众不同。

关于小说创作的困惑，项狄曾经抱怨不止。当他的小说写到第四卷的时候，为时已经一年，可是，他的小说刚刚写完他的第一天。照此下去，他创作的速度与生活的速度相比，必须快上 364 倍，否则的话，"我写的越多，我就有越多的东西要写。结果呢？亲爱的读者，你越是阅读，越要阅读更多的东西。"结合叙事的习惯，从相对运动的角度来看，项狄就是在后退。再听一听他叔父的故事。叔父托比在战争中腹股沟受了伤。当他和寡妇瓦德曼谈恋爱的时候，为了向她解释清楚到底哪个部位受了伤，是否影响生育的时候，他不得不从战争的整个过程讲起，为了把战争过程讲清楚，又不得不重建战场敦刻尔克。① 更有甚者，项狄本人仿佛继承了叔父的天赋，讲叔父的故事从近来的故事开始，越讲越远。

无限后退的游戏到了贝克特那里，再一次上演。《莫洛伊》（*Molloy*）就是典型的后退叙事小说。在第一部分中，莫洛伊，一个几乎失去记忆里的人，在母亲的房间里，努力把寻找母亲的漫长之旅记录下来。在小说的第二部分中，莫郎则因接到老板犹迪的指令，又踏上了寻找莫洛伊的旅程。与一般的叙事模式相比，《莫洛伊》的叙事方式无疑是后退叙事。一般的叙事模式是，第一部分描述莫郎按照老板的命令寻找莫洛伊的过程，第二部分则从莫郎自然过渡到莫洛伊，聚焦于莫洛伊寻找母亲的冒险经历。

1955 年，福克纳（William Faulkner）还健在，看到贝克特发明如此精彩的后退叙事，一定会羡慕不已。不过，他在《献给艾米丽的一朵玫瑰花》（*A Rose for Emily*）中，也有不凡的表现。他从故事结束时开始讲起，先是倒退，探底后，又前进，如此创造出一个封闭的环形结构，把几乎没有新意的后退叙事艺术推向了一个新的高度。

福克纳通过描写艾米丽死亡的消息开始了叙事，又以描写在艾米丽卧室众人之所见的方式结尾，整个叙事首尾衔接，天衣无缝。先看第一段：

> 艾米丽·格里尔生小姐过世了，全镇的人都去送丧……至少已有十年光景谁也没进去看看这幢房子了。

再看结尾部分：

> 门猛烈地打开，震得屋里灰尘弥漫……
> 那男人躺在床上。

---

① Lawrence Sterne. *Tristram Shandy* ［M］. New York：W. W. Norton & Company，1980：207，66 – 70.

……大家凑近一看——这时一股淡淡的干燥发臭的气味钻进了
鼻孔——原来是一绺长长的铁灰色头发。

看到"至少已有十年光景谁也没进去看看这幢房子了""门猛烈地打开，
震得屋里灰尘弥漫"这两个句子，还有谁会说，中间缺少逻辑关系？

那么，中间部分发生了什么？作者是怎样进行叙事的？读者很快发现，
中间部分的叙事展示了一个接着一个的事件，事件之间没有任何时间关联，
等到叙事结束之时，脑海里只有一团乱糟糟的信息，令人莫衷一是。一般来
讲，不管叙事的结构是什么，它所包含的信息，经过整理之后，总会呈现出
一个合理的顺序。《献给艾米丽的一朵玫瑰花》里的事件乱作一团，会有一个
合理的顺序吗？这要经过分析之后才能得出结论。

第一部分：为了便于理解，首先，所有的主要事件，均按照出现的先后顺
序列出。以下同。值得注意的是，1894 年，萨托里斯上校免除艾米丽税赋，
该事件不作为一件独立的事件处理，而是把它归为税务代表团登门索税的一
个理由。

1. 艾米丽去世；

2. 催税，因为从 1894 年，艾米丽就没有纳税；

3. 8 至 10 年前，艾米丽停办陶瓷绘画班；

4. 10 年前，萨托里斯上校去世。

第二部分：

5. 30 年前，代表团的父辈们为了难闻的气味登门；

6. 两年前，父亲去世；不久，霍默抛弃了艾米丽；

7. 30 岁，苗条（未婚）；

8. 父亲下葬。

第三部分："艾米丽 30 多岁"的信息不重要，略去。

9. 父亲去世后不久，霍默来到杰弗逊小镇；

10. 一年之后，艾米丽购买耗子药。

第四部分："艾米丽 74 岁去世"是一个重要的背景信息，而不是重要的
行动信息，故不单列。

11. 霍默有进无出；

12. 难闻的气味；

13. 大约 40 岁，开设陶瓷绘画班；绘画班持续了 6 至 7 年；

14. 催税。

第五部分：40 年来，楼上的房间没人进入，这是一个重要的背景信息，不作为一个重要的行为单列。

15.（74 岁的艾米丽去世）邻居前去悼念。

以上是第一次阅读所获得的信息，上述信息只是按照时间顺序做了初步的排列。有些信息出现的准确时间当时不清楚。信息收集结束后，经过综合思考，不确定的时间有了准确的定位。

例如，艾米丽去世时 74 岁，楼上的房间 40 年没人进入。那么，什么原因导致艾米丽在 40 年的时间里足不出户呢？是否可以大致这样设定：霍默进入艾米丽家的大门之后，再也没有人看见他出来，因为他死于毒药。自霍默死后，艾米丽一度心灰意冷，再也不愿意与世人有更多的交往。这就是为什么，在霍默莫名其妙地消失后，艾米丽头发几乎是一夜变白，也是为什么作者在此时刻交代了一个重要的信息，艾米丽享年 74 岁。换言之，霍默就在艾米丽 34 岁的时候死于毒药。死后不久，霍默的尸体就发出了恶臭。这是理解《献给艾米丽的一朵玫瑰花》一系列时间节点的关键基础。

如此看来，税务代表团登门征税，也就发生在霍默死后 30 年之际，就是艾米丽 64 岁的时候。（她就这样把他们"连人带马"地打败了，正如 30 年前为了那股气味的事战胜了他们的父辈一样。那是她父亲死后两年，也就是在她的心上人——我们都相信一定会和她结婚的那个人——抛弃她不久的时候。）

从税务代表登门征税，即艾米丽 64 岁的时候算起，萨托里斯上校去世的时间应该是艾米丽 54 岁的时候，因为上校已经去世 10 年了。又因为税务代表登门征税（艾米丽 64 岁）的时候，艾米丽的陶瓷绘画班已经停止 8 至 10 年了，换言之，艾米丽停止陶瓷绘画授课的时候，该是大致 54 岁，也就是上校去世前后停止授课的。

艾米丽绘画授课持续了 6 至 7 年的时间，由此可知，大约 47 岁的时候，艾米丽开始举办陶瓷绘画班。作者的表述是"她四十岁左右"："打那时起，她的前门就一直关闭着，除了约有六七年的时间之外。那时，她四十左右。

在那段时期，她开授瓷器彩绘课。"①

34 岁，艾米丽毒死了霍默，而两年前，他的父亲干刚去世。可见，艾米丽父亲去世的时候，她正好 32 岁。

认识霍默一年多之后，艾米丽购买老鼠药："比如说，她那次买老鼠药、砒霜的情况。那是在人们已开始说"可怜的艾米丽"之后一年多，她的两个堂姐妹也正在那时来看望她。"也就是说，购买老鼠药的时候，艾米丽 33 至 34 岁。

1894 年，艾米丽到底多大年龄？有学者认为，1894 年的时候，艾米丽芳龄 34 岁，但没有给出合理的解释。② 根据文中的说法，从 1894 年开始，艾米丽就免于纳税："打一八九四年某日镇长萨托里斯上校——也就是他下了一道黑人妇女不系围裙不得上街的命令——豁免了她一切应纳的税款起，期限从她父亲去世之日开始，一直到她去世为止，这是全镇沿袭下来对她的一种义务。"1894 年，即其父亲去世的那一年，艾米丽应该是 32 岁。一般情况下，纳税人当年缴清应纳税款后，政府也不会因一个普通的原因事后减免公民前一年的税赋。如果上述推论是正确的话，艾米丽应该生于 1862 年，故于 1936 年。是否有史可查？没有，萨托里斯是一个虚构人物，1894 年因此也是一个虚构的年份。好在文学不是科学，叙事即便是以历史为蓝本，也允许一定的艺术加工。当然，虚构也应有虚构的逻辑。故事里的时间，许多都是粗略计算的，误差一至二年，也是允许的。

为了更好地欣赏《献给艾米丽的一朵玫瑰花》的叙事结构之美，最好的办法就是按照事件出现的顺序，把叙事的路径勾勒出来。不过，首先要重新补充一下先前获得的信息，并做必要的合并。

第一部分：

1. 艾米丽去世时 74 岁；

2. 催税，艾米丽 64 岁；

3. （艾米丽）54 岁，停办陶瓷绘画班；萨托里斯上校去世。

第二部分：

4. 34 岁，代表团的父辈们为了难闻的气味登门；

---

① 原文是一句颇为含糊的句子：From that time on her front door remained closed, save for a period of six or seven years, when she was about forty, during which she gave lessons in china - painting. when 从句应该修饰 from that time on 短语。

② 卜珍伟，江山. 福克纳献给艾米丽的红玫瑰 ［J］. 外国文学研究，1982：60.

5. 32 岁，父亲去世；（不久，霍默抛弃了艾米丽；）

6. 30 岁，苗条（未婚）；

7. 父亲下葬。

第三部分：

8. 父亲去世后不久，霍默来到杰弗逊小镇；

9. 33 岁，艾米丽购买耗子药。

第四部分：

10. （艾米丽 34 岁）霍默中毒而亡；

11. （艾米丽 34 岁）难闻的气味；

12. 大约 47 岁，开设陶瓷绘画班；绘画班持续了 6 至 7 年；

13. （艾米丽 64 岁）催税。

第五部分：

14. （74 岁的艾米丽去世）邻居前去悼念。

下面，将按照事件出现的先后顺序。括号内为艾米丽的年龄：

去世（74）→催税（64）→停办陶瓷绘画班；上校去世（54）→难闻气味（34）→父亲去世（32）→<u>苗条未婚（30）</u>→父亲下葬（32）→霍默出现（＞32）→购买耗子药（33）→霍默中毒而亡（34）→难闻气味（34）→开办陶瓷绘画班（47 至 54）→催税（64）→吊念；去世（74）。

仔细观察，便可发现，以"苗条未婚（30）"为中心，前后部分可以对折，开头与结尾同样发生重合。一个封闭的大回环结构诞生了。应当注意的是，转折点发生在第二小节靠后的位置，而不像一般的小说，把叙事的高潮放在中间，或者靠后的位置。当然，转折不同于高潮，这是不宜比较的。

不妨再换个角度来看。把上述 14 个单元再重合为 12 个单元，按照现实中的时间顺序排列，然后，用箭头标出作者叙事的顺序，如图 1－2。

整个部分自左至右，是以后退方向排列好的大事件。箭尾与箭头所在之处，即是两个事件相接。解读的方式是：先上，从左至右；后下，从右至左。这个大封闭的回环，可以"苗条未婚"为中间点，一分为二。前半部分是倒叙，后半部分是正叙。前半部分，节奏较快，后半部分的节奏越来越慢。

那么，这种叙事方式的理论依据是什么呢？意识流叙事手法。众所周知，杂乱是一种丑。自然给予的杂乱是一种命运，而人类自为的杂乱则是一种灾难。从事小说艺术的，一定具有驾驭语言的逻辑能力，这种能力可能高低不同，但一定不会颠三倒四，东一榔头西一棒槌。以审美为目的的杂乱叙事，一定是艺术。

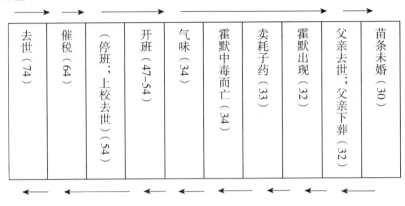

去世（74）	催税（64）	（停班：上校去世）（54）	开班（47-54）	气味（34）	霍默中毒而亡（34）	卖耗子药（33）	霍默出现（32）	父亲去世：父亲下葬（32）	苗条未婚（30）

图 1-2　叙事顺序

什么是意识流叙事手法？意识流叙事手法就是按照意识流动的方式组织小说情节的创作手法。什么是意识？根据现代心理学，"意识是人脑对于客观世界的反映，是感觉、思维等各种心理活动的总和。"① 意识究竟是怎样流动的？意识一般在精神处于自由的状态下，按照本能的引导，从一个观念滑到甚至跳跃到另一个观念。通俗一点，意识流动就是痴人说梦，或者白日做梦。人类的本能，正好与人类尊崇的理性相反，具有属于自己的一套运行方式，其运作的结果，对于习惯了逻辑性的人们来说，必然杂乱无序。所谓的"滑动"与"跳跃"的机制是什么呢？说的正统一些，就是自由联想。自由联想的第一要素就是记忆，"这是自由联想的基础"，第二个要素就是感觉，"这是引导自由联想的条件"，第三个要素就是想象，"它决定了自由联想的灵活性"②。不妨把想象的含义进一步展开。想象，对于意识流来说，就是保证起点与目标之间具有相关性，没有相关性，意识是不会朝着另一个目标流动的。除了相关性之外，还有重复、相似性与对立性。有重复，就有"顶针（顶真）游戏"。有相似性，就能产生聚合，毕竟，物以类聚，人以群分。有对立性，没有聚合，但也有关联。对立是一种关系，既然是一种关系，双方就必然意识到彼此的存在，就必然相互间产生影响。由于相关或者相似，意识从一个概念移动到另一个概念，这就是滑动；由于对立或差异，意识的流动则是跳跃。当然，意识流动并不完全排斥理性逻辑。与意识流动密切相关的一个重

① 李维屏．英美意识流小说［M］．上海：上海外语教育出版社，1996：5.

② 李维屏．英美意识流小说［M］．上海：上海外语教育出版社，1996：104.

要概念是心理时间。当意识流动的时候，心理时间就形成了；通俗一点，把过去、现在和未来按照本能的要求进行排列的方式就是心理时间的表现形式。

意识流的叙事手法合理吗？合理。如果人世间只有理性，那么，理性就不可能成其理性，理性之所以成为理性，关键在于非理性的存在。反之亦然，换言之，非理性的存在也是合理的。意识流是非理性的表现形式，所以，意识流也是合理的。小说叙事艺术从现实主义转向意识流手法，就是从理性主义转向非理性主义，说到底，就是为了追求艺术的创新。现实主义以及带有一些非理性主义色彩的浪漫主义，在那么长的时间里，成为文学领域里唯一的审美对象，不仅读者产生了审美倦怠，就连小说家也深有同感。只是读者不知何去何从，倒是小说家找到了叙事艺术的出路。

空口无凭。故事开头两段只是常规理性思维而已。从第三段开始，就出现了精彩之笔。"艾米丽小姐在世时，一直是一个传统的化身，义务的象征，是人们关注的对象，承袭而来的一种责任……"对去世的人进行追忆，也是一种习惯行为模式，所以，"艾米丽小姐在世时"也没有任何特殊之处。不过，从人们对她所做的四个评价开始，就呈现出不一般的意趣了。简单地说，前两个是艾米丽对于杰弗逊小镇应有的责任，后两个则是小镇对艾米丽应尽的义务。在"人们关注的对象"和"承袭而来的一种责任"中间，后者所处的位置就决定了自身必定成为叙事的焦点。叙事者的思维方向从积极流动到略有负面的评价。说到责任，最明显的莫过于十年前发生的抗税事件，抗税事件给人印象最深刻的一个特征是，艾米丽固执、强硬。

趣闻本身的意义不是本文的焦点，倒是作者怎样把话锋转移到了30年前的一件突发事件上成为关键。"她就这样把他们'连人带马'地打败了，正如30年前为了那股气味的事战胜了他们的父辈一样。"显然，从一个事件过渡到另一个事件的关键桥梁或者动力是艾米丽的固执与强硬。从理性的角度来看，能够把两件事关联到一起的应该是事件本身所蕴含的社会意义。由此可见，这种过渡的手法是典型的意识流手法，也就是以相似为基础的自由联想。坦率地讲，抗税和房屋内发出恶臭的气味之间没有因果或者意义之间的联系，这就是非理性主义叙事的典型特征。

接下来，一个又一个的精彩接着出现了。作者聪明地指出，"这时人们才开始真正为她感到难过"。"难过"是一个关键的转折点。难过什么？孤苦伶仃，堕落至今天的地步。为什么？一个主要原因是"自视过高，不了解自己所处的地位，"没有一个人（丈夫）能在身边帮助她。"丈夫"是一个以重复为手段的自由联想。两年前，她30岁，身材苗条，言外之意，也能招人喜欢，嫁个好丈夫还不算晚。这又是一个关键。通过联想的方式，作者把时间推到了最远的过去。原因何在？全在恋父（恋女）情结："我们把这家人一直看作一幅画中的人物：身段苗条、穿着白衣的艾米丽小姐立在背后，她父亲叉开双脚的侧影在前面，背对艾米丽，手执一根马鞭，一扇向后开的前门恰好嵌住了他们俩的身影。"父亲是罪魁祸首。又是一个重复性自由联想。

说到父亲生前之事，通过相似性联想，马上就想到了去世之时所发生的一件令人惊骇的事情——艾米丽拒绝为父亲下葬。艾米丽的想法可能是，父亲的尸体在，人就在，人在就是一种安慰；外人说，她有恋尸癖。总之，在众人的劝说下，她安葬了父亲，事情才算有了了结。余下的日子慢慢熬吧。后来的叙事，全都采用了正叙的模式。遇到倒叙时详细提及过的事情，则一笔带过；简笔的，就略加补充。

《献给艾米丽的一朵玫瑰花》一小半的篇幅采取的是倒叙，一大半是正叙。倒叙依靠自由联想的方式把没有因果关系的事件关联在一起；正叙则按时间顺序把时间串联起来。倒序与正叙组成了一个封闭式的圆形结构。另一篇重要的意识流叙事短篇名作，《邱园记事》（*Kew Gardens*）同样拥有一个圆形结构叙事结构，不过不是封闭的，而是开放的。其中，一半是明线，另一半是暗线。一明一暗，合成一圆。重要的是，《邱园记事》还有一条叙事直线，这条直线把先前的圆形结构串了起来，组成了一个糖葫芦串式的叙事结构。

说是开头决定着叙事的总体结构，但一样的开头不一定具有相同的叙事结构；不一样的开头也不一定拥有不一样的叙事结构。《邱园记事》与《献给艾米丽的一朵玫瑰花》的开头方式不同，但叙事的主体结构本质上一样。《邱园记事》的第一段预示了叙事将以守株待兔、机械记录的方式开始它的工作：

> 卵形的花坛里栽有百来枝花梗，从半中腰起，满枝都是团团的绿叶，有心形的也有舌状的；梢头冒出一簇簇花瓣，红的蓝的黄的都有，花瓣上还有一颗颗斑点，五颜六色，显眼极了……这时高处的风吹得略微强了些，于是彩色的亮光便转而反射到上方辽阔的空间里，映入七月天来邱园游玩的男男女女的眼帘。

第一段的第一句把读者的视觉焦点引向了低矮的花木，而最后一句则把读者的视觉从低处引向了高处，即视觉的水平方向上，在这个方向上，进入视野的是从花坛旁三三两两掠过的男男女女。也就说，当男男女女进入视角范围之内，叙事就聚焦于人物描写，否则，就调低焦距，对准邱园里的花草树木，准确地讲，是一只行动迟缓的蜗牛。

那么，有多少男男女女进入了镜头，他们又如何能够组成一个特殊的叙事结构？要回答这个问题，就必须对文本中出现的四组人物进行深入的剖析。

第一组：赛蒙与埃莉诺。考察一下他们的年龄。这不是一个玩笑。意识流作家反对小说对人物的外貌进行刻画，也反对小说对外部世界进行过多的描述。在他们看来，人物的外貌和外部世界根本不能准确地解释人物的内心世界，只有揭示人物的内心世界，才能把握人物的灵魂，人物的灵魂重于肉身。意识流小说的这一创作原则不仅是本派的圭臬，也成为现代主义小说的宗旨。但是，作品分析有时需要来自外部的信息。15 年前，赛蒙追求莉莉，那时候应该是 20 岁左右，15 年之后的今天，该是 35 左右。埃莉诺 20 年前是个小姑娘，眼下不超过 30 岁。简单地说，他们刚刚步入一般定义的中年。

此时此刻，人在邱园，心在过去，他们各自追忆往事。赛蒙想起了当年追求莉莉的情景，莉莉迟迟不答应，而蜻蜓又在眼前不停地飞来飞去。赛蒙仍然记得，如果蜻蜓能够停下来，他相信，莉莉也就不会迟疑不决了。不过，要是莉莉答应了，现在还能和埃莉诺一起散步吗？每一个人的角落都有一个不愿人知的秘密，而赛蒙偏偏把这个秘密说了出去：

"埃莉诺，你想不想过去的事？"

"你问这个干什么，赛蒙？"

"因为我就是在想过去的事。我在想莉莉，当初跟我吹了的那个对象。……咦，你怎么不说话呀？我想起过去的事，你不高兴了吗？"

"我干吗要不高兴呢，赛蒙？"

也许是赛蒙有些傻吧，可出人意料的是，埃莉诺一点也不生气。赛蒙的话无疑是一颗刺，有多少平静的心扎上了刺而疼痛难忍，难道埃莉诺修道成仙了不成？埃莉诺不一定就是她的缔造者伍尔夫，但此时一定是伍尔夫的传话筒。通过虚拟现实，伍尔夫委婉地表达了一种超前的生活方式。其实，伍尔夫主张开放式婚姻，也身体力行开放婚姻。她和丈夫约定，在婚姻存续期间，双方均可与第三方保持性关系。伍尔夫一生不乏男性性伙伴，但往往无果而终。

伍尔夫的婚姻观念可以从布鲁姆斯伯里小组（Bloomsbury Group）的宗旨中略见一斑。布鲁姆斯伯里小组由作家、知识分子、哲学家、艺术家组成，他们称不上正式的团体，但共同的信念和实践把他们紧紧地拧在一起。布鲁姆斯伯里社的共同信仰主要受到哲学家穆尔（G. E. Moore）的影响。穆尔认为，人生的主要目的就是爱情，就是创造美、体验美，就是追求知识。说到底就是反对维多利亚生活方式：反对社会利益至上的理念，重视人际关系以及个人私生活。他们甚至夸张地说，在朋友与国家之间，宁肯背叛国家，也不能背叛朋友。从人际关系中，他们能得到什么？最大的快乐。为了获得最大的快乐，哪怕是三角关系也在所不惜。当然，这容易让人想到淫乱。不过，布鲁姆斯伯里小组成员的三角关系也是一种复杂的、文明的、理想化的关系，一句话，极为严肃的关系。埃莉诺的话"我干吗要不高兴呢？"准确地折射出小组成员的人生哲学。

埃莉诺的追忆则揭示了伍尔夫关于两性关系的另一面——同性恋。

> "我想起的可是轻轻的一吻。二十年前，六个小姑娘在那边的一个小湖畔，坐在画架前画睡莲，那是我生平第一次看到开红花的睡莲。突然，我脖颈儿上着了轻轻的一吻。我的手就此抖了一个下午，连画都不能画了。我取出表来，看着时间，我限定自己只准对这个吻回味五分钟——这个吻太宝贵了。吻我的是一位鼻子上长着个疣子的鬓发半白的老太太，我这辈子就是打这开始才真正懂得了吻的。"

那个让她的手足足抖动了一个下午的吻，不是异性之吻，而是同性之吻，来自一位年迈的老太太。小姑娘也好，小男孩也好，玩耍间突然间收到一个意外的吻的现象，并不少见，意外之吻也一定能给他们带来快乐，但那种快乐属于社会交往的范畴，更多的是心理的，而不是生理的，持续很短。不错，小姑娘可能根本不具备性常识或性体验，同性的，异性的，但那的确是一种另一个群体不曾体验或者不能理解的快乐。20世纪初，伍尔夫的性观念未必有多少人能够懂得，在文学作品中也不可能过于直白。

1922年，伍尔夫与薇塔·萨克维尔·韦斯特（Vita Sackville - West）相遇。后者是一位诗人，像伍尔夫一样，与丈夫保持开放性婚姻。两位女性之间很快就产生了一种浪漫的性关系，这种浪漫的性关系持续了数年的时间。同性关系结束之后，两人仍然保持着友谊。一般情况下，以一个极为严肃的态度，保持开放的异性婚姻关系已经是十分超前的行为了，更何况再来一个同性恋关系。同性恋在伍尔夫的时代，是一个讳莫如深的话题，在人们看来，是性病的根源，乃至邪恶的化身，普遍受到严厉的打压。21世纪，科学的发展让人们对同性恋有了一定的认识，有的国家立法，承认同性恋关系，有的国家没有立法，但持有包容态度。同性恋者逐渐坦承，他们从中找到了人生的幸福感。

伍尔夫的另一种两性观也值得认识，即双性合体。双性合体与其说是身体体验的，倒不如说是知识层面的。双性合体观的目的是从女权主义角度出发，不是表明女性高于男性，而是揭示一种必要性。在她看来，凡是能够把阴柔之气和阳刚之气结合一起的女性，往往具有超凡的创造力；而且，当两种能力和谐共处，分工协作的时候，人作为一种自为的存在，能够享受到最大的幸福。如果男人只有阳刚之气，女人只有阴柔之气，他们都不会表现出特殊的创造力。双性合体的观念在她的小说《奥兰多》（*Orlando*）中得到了充分的体现。小说从1500年写到1900年，主人公奥兰多由一个男人转变成一个女人，完成了双重人格的转型，实现了梦寐以求的人生理想。小说中配有薇塔·萨克维尔·韦斯特的照片，所不同的是，伍尔夫把她装扮成奥兰多。这部具有浪漫主义色彩的小说实质上是一封写给薇塔·萨克维尔·韦斯特的爱情书信。

第二组：一长一幼的两位男士。那位年长的男士举止古怪，令人捉摸不透，等到他自言自语，自问自答，一会儿言语，一会儿傻笑的时候，一个精神失常的人就确定无疑了。凡是精神病人，口头常常念叨之事，往往是导致精神失常的根源。一切都忘却了，唯一不能忘却的事于是就挂在嘴边了。"他是在谈论灵魂——死者的灵魂，"那些死者的灵魂？"如今战争一起，灵魂就常在那里的山间徘徊出没，所过之处声震如雷。"原来是死于战争的士兵。古往今来，凡是战争必有牺牲。可是，这是一场非同寻常的战争。战争一起，就有灵魂在山谷徘徊，由此可见，战争中牺牲的人数之多，超乎想象。不过，灵魂移动之时，怎么会产生如雷的声震呢？显然是失语症，好在失语症的衍生物包含着丰富的信息。事实上，不是声震如雷，而是雷声（爆炸声）阵阵，在阵阵的雷声中，士兵一个接一个地倒下了。雷声阵阵才是问题的核心：战争太残酷了。

伍尔夫很少在作品中正面谈论战争，每次提及战争之时，多是惜墨如金，即便如此，她的反战情绪还是可见一斑的。"据他说，那些死者的灵魂一直在冥冥之中向他诉说他们在天国的经历，千奇百怪的事儿，什么都有。"可见，战友之死以及对战友的思念成为他最大的心结，从另一个角度来看，也是对战争的无声控诉。他帮助寡妇们与阵亡亲人交流的手段是否真实不重要，重要的是战争对生者造成的精神创伤。精神创伤有多大？全社会的。"妇女！寡妇！戴孝的妇女——"历史上，为了招募士兵，英国政客曾经使用过这样的一种逻辑：战场上，一枪打死了，根本感觉不到痛苦；受伤了，还可以治愈；战争结束了，人还活着，那就更好。这位长者与乌拉圭又有什么关系？在伍尔夫笔下，战争是历史性的。1827 年，英国入侵了乌拉圭，为了利用乌拉圭首都作为基地，在拉普拉塔地区进行势力扩张，英国进一步挑起了阿根廷与巴西之间的战争。战争在许多人看来，是男人们的事情，是勇者的事业。但是，"海里淹死的女人"再一次证明战争留给人们的创伤究竟有多深。那位年轻人的面部表情，只有两处得到了刻画，倒也充分说明了生者对战争的严肃思考。

第三组：一对老年妇女。她们来自中下阶层，明显带着她们那个阶层的烙印。她们跟着那位举止古怪的男士好大一会儿，却始终把注意力放在行为的方式上，全然没有注意到他的话语，也许根本就弄不明白他到底说些什么。对于她们，"看见有人——特别是有钱人——举动古怪，可能脑子不大正常，她们的劲头马上就上来了。"她们对有钱人的感情是复杂的，大户人家的日子到底是怎么过的？享受着荣华富贵，怎么就偏偏得了精神病呢？实在是搞不明白。"她们对着老头儿的背影默默端详了好一会儿，偷偷交换了一个古怪的眼色，"这也就是她们力所能及之处。受到刺激之后产生的精神失常，往往离不开思考。没有思考，也就没有痛苦。而且，不知伍尔夫从哪里听到的下层妇女的对话，如此复杂神秘：

"奈尔，伯特，罗特，萨斯，菲尔，爸爸，他说，我说，她说，我说，我说……"

"我的伯特，妹妹，比尔，爷爷，那老头子，白糖，白糖，面粉，鲑鱼，蔬菜，白糖，白糖，白糖。"

下层人似乎只知道吃喝拉撒睡，也许，她们具有更加顽强的意志力和生命力，很快就消除了战争的阴影？其中的一位，身体发福，行动不便，这种描写颇有微词。好在没有彻底否定：另一位妇女"两颊红润，手脚还相当麻利，"那位胖子也能够"一心赏她的花。"阶层之间的隔阂由此不言而喻。伍尔夫对待下层百姓的态度如何，其实并不重要，重要的是，她反映了生活的一个侧面。

第四组：一对热恋中的青年人。他们拥有的是夏天，是鲜花，是热闹，是青春。但他们之间的区别，一目了然：

"走运，今天不是星期五，"那男的说。

"怎么？你也相信有运气？"

"星期五来就得破费六个便士。"

"六个便士算得了什么？那还不值六个便士？"

"什么叫'那'呀——你这'那'字，意思指啥呀？"

"啊，说说罢了……我的意思……我的意思你还会不明白？"

似乎，男生是物质的，计较每一分钱；女生是精神的，更注重内心的感受。在男生面前，女生最充分的理由是：到底谁最重要，是我还是它？"那"到底是什么意思，还是让下面的描写来回答："他把手搁在她的手上，两人一起把阳伞尖都按进了泥地，这就很不寻常地表明了他们的感情。"当男生邀请她去喝茶的时候，"她口气激动得难描难摹，两眼迷惘四顾，一任他牵着走，把阳伞拖在背后，顺着草坪上的小径而去。"年轻女性的渴望、淡淡的迷茫、道德以及自我保护意识交织在一起。

应该回答重要的问题了。《邱园记事》拥有怎样的一个叙事结构？结构隐含在四组人物的描写之中。不难看出，中年夫妇、经历过战争的老兵、生活在社会底层的老年妇女以及处在浪漫之中的青年人，正好是人生三个主要阶段的代表：中年、老年、青年。事实上，第四个阶段，童年（卡洛琳、休伯特），也有提及，只是一笔带过，不参与结构表达。中年、老年、青年三个阶段，正好构成一条完整的人生，而人类繁衍生息，代代无穷无尽。看得到的是实笔，隐含的代代相传则是虚笔。实笔与虚笔正好构成一个循环。实笔是什么？中年、老年、青年；虚笔是什么？从青年经过中年，再到老年。实笔从中年开始，以青年结束，而所要暗示的就是一个虚笔。

人生是怎样的一幅画面呢？首先必须经历（四）三个阶段，没有谁能够跃过某一个阶段：（童年）青年、中年与老年。每一个阶段都有无法替代的快乐与痛苦：青年的浪漫、中年的遗憾与庆幸，以及老年所背负的历史包袱。从内容来看，生活就是现实，生活就是追忆；生活要么是理想，要么是油盐酱醋；生活就是一架耸立的梯子，你所看到风景取决于你的立脚点；生活总是在和平与战争之间交替着。说到底，婚姻与爱构成生活最美丽的风景。没有爱，人类就没有历史；没有爱，家庭就会破碎，社会就会陷入混乱之中；没有爱，人生就是沙漠。怎样的爱？首先，异性的爱。埃莉诺与赛蒙的爱情就是异性之爱。那位精神失常的男性老者的爱情也是异性之爱："他似乎就在远处看到了一个女人的衣服，在阴影里看来隐隐像是紫黑色的。他马上摘下帽子，一手按在心口，口中念念有词，做出种种痴痴狂狂的手势，急匆匆向她走去。"很难想象他是怎样失去了那位美丽的人儿，但他的性取向准确无误。那一对青年人的爱情也是如此。其次，同性之爱。姑娘时代的埃莉诺所体验到的那种难以名状的享受。还有那位发了福的老年妇女，她的爱也颇为含糊："她由着对方的话像雨点般的向她打来，她只管站在那里，轻轻款款地时而前俯，时而后仰，一心赏着她的花。"生活有五味，也有选择。

那条直线在哪里？那条直线就是人生三个阶段经过终点所留下的痕迹。怎么讲？在《邱园记事》里，叙事视角是固定不移的，就像一架放置在那里的照相机，机械地记录着流动不已的景致。那不是一个点吗？是的。可是，放映的时候，这个点就可以连缀成直线。诚实地讲，这是一条虚线。

那条实线在哪里？就在邱园里。那是一条由蜗牛爬出来的实线。表面上看，蜗牛的漫长旅途似乎与四对人物之间没有任何关系，只不过是戏剧幕与幕之间的插曲，其目的在于补空。事实正好相反。没有蜗牛的漫长旅途，《邱园记事》的色彩将失去一半。蜗牛的旅途分为四个阶段：第一阶段，启程。"这会儿蜗牛似乎在壳里微微一动，然后就费劲地在松碎的泥巴上爬了起来……这蜗牛似乎心目中自有个明确的去处。"第二阶段，蜗牛遇到障碍。"蜗牛来到了一张圆顶篷帐般的枯叶跟前，还没有来得及决定是绕道而过还是往前直闯，花坛跟前早已又是影晃动，有人来了。"第三阶段，蜗牛决策，决定朝前爬进。"蜗牛这时已经完全考虑过了：要既不绕道而行，又不爬上枯叶，还能有些什么样的法子，可以到达自己的目的地？……蜗牛终于还是决定往底下爬，因为那枯叶有个翘起的地方，离地较高，蜗牛完全钻得进去。"第四个阶段留在后面回答。

进一步讲，蜗牛的旅途完全是一次性爱的旅行，这次性爱旅程竟是以象征（暗喻）的手法予以表达的。叙事者一开始就明确地点明蜗牛的位置："卵形的花坛里……蜗牛……"（In the oval flower bed the snail...）。然后呢？蜗牛"一路过处，松土纷纷翻起，成片倒下。"不久，就看到了"褐色的峭壁，下临沟壑，沟内有一湖湖深深的绿水，扁扁的树木犹如利剑，从根到梢一起摆动，灰白色的浑圆大石当道而立。""蜗牛刚刚把头伸进缺口，正在打量那褐赤赤的高高的顶棚，对那里褐赤赤冷森森的光线还没有怎么适应……"上述描写无疑充满了性暗示，无须做具体的分析。此外，蜗牛最初出现的时候，叙事者习惯性地使用了第三人称"它"（it），当本部分描写即将结束的时候，"它"就突然间转变成"他"（he）了。其实，还有真正的鲜花，叙事者所做的描写同样充满了性的暗示。① 故事一开始，叙事者就写道："卵形的花坛里……梢头冒出一簇簇花瓣，红的蓝的黄的都有，花瓣上还有一颗颗斑点，五颜六色，显眼极了……那影影绰绰的底盘儿里总还伸起一根挺直的花柱，粗头细身，上面乱沾着一层金粉。花瓣张得很开……底下褐色的泥土每一寸都会沾上一个水汪汪的杂色的斑点。"由此可见，蜗牛先生面对的花与卵形花坛里的花合为一体了。

蜗牛开始的性爱旅行，作为一条直线，其实贯穿着整个的人生。这也就是为什么叙事者把它的旅行一分为二，分插在整个叙事之中。第一部分（第一、二阶段）把第一组与第二组的人物片段勾连起来，第二部分（第三阶段）把第三组和第四组的人物片段连接起来。由于性爱是人生的重要组成部分，这条直线与循环结构的人生旅途就合二为一，一只由两条直线（一虚、一实）共同串起的糖葫芦串的结构意象呼之而出了。

蜗牛到达的终点在哪里？他在干什么？还需要追问一句：那对年轻的情侣到哪里去喝茶了？

> 天气实在太热了！热得连乌鸦都宁可躲在花荫里，要隔上好大半天才蹦跶一下……白蝴蝶……三三两两上下盘旋……活像半截颓败的大理石圆柱……看来一切庞然大物似乎都已被热气熏倒，蜷作一团，卧地不动……声音。对，是声音。是无言的声音，含着那样酣畅的快意，也含着那样炽烈的欲望……

蜗牛卧倒在花朵里面，那对情侣也应该"蜷作一团，卧地不动"。他们发出的声音"那样酣畅""那样炽烈"。有了酣畅、炽热的声音，也就有了孩子的稚嫩声音。人的生命力强盛了，社会也就沸腾了（嗡嗡的城市声音）。所有的线头拧结在一起。

意识流叙事的角度像万花筒一般，变幻无穷，杂乱的信息纷至沓来，着

---

① John Oakland. Virginia Woolf's Kew Gardens ［J］. *English Studies*，1987，68（3）：268.

实让人无所适从。不过，所有的意识流小说，都隐含着一个鲜为人知的叙事结构，这个结构就像迷宫里的红线，顺着它，就能走出迷宫，同时领略迷宫之魅力。

开始决定着叙事的走向，叙事的走向决定着叙事结构的形态。可以说，对折的结构与圆周结构是短篇小说叙事结构的精品。然而，短篇小说的叙事结构不一定具有对折结构、圆周结构之美，但一定是一个合乎规律的形态，合乎规律即合乎审美标准。这样，美就自在其中了。

第二章

变动不居

从第一章的论述可以看出，开头既可以决定叙事的走向，也可以决定叙事结构的形态，因为开头是叙事之因。那么结尾呢？结尾则完整呈现叙事反复演变之后的状态，也是叙事结构的一个不可或缺的组成部分，因为结尾是叙事之果。有因必有果：开头与结尾，遥相呼应，密不可分。

与开头的平淡、寻常相比，结尾真的充满神奇。《雾都孤儿》（*Oliver Twist*）中的奥利弗，一个无依无靠的孤儿，在一次强迫性的作案中，身受枪伤，却在冥冥之中爬向姨妈露丝的家中求救；在不知情的情况下，露丝帮助奥利弗躲过了警察的追捕，养好了枪伤。苦难过后，奥利弗不仅知道了自己的身世，而且能够与姨妈相认。《嘉莉妹妹》（*Sister Carrie*）的同名女主人公，从一个小镇出发，涉世不深，也无富裕的亲戚作为依靠，却凭借着自己的姿色与聪明，一路飞黄腾达，名噪一时；而对她帮助最大的男人，把她送到成功的彼岸之后，却沉到了人生的水底。苔丝，一个破落贵族家庭的女子，性格温柔，相貌出众，未来的一生不可能富贵、显达，但谁也不会料到命运如此反反复复，她为了抓住再也经不起失去的幸福，一念之差，杀人伏法。造化弄人。生活中的各种际遇，仿佛具有魔力，竟然能够把一个人变成完全不同的另外一个人。

小说的结尾，有学者做了总结，共有七种形式。① 短篇小说的结尾同时也是多种多样。《阿拉比》（*Araby*）的主人公，一位小男孩，初涉浪漫，在实现浪漫的过程中，却一再受挫，就在发现成人爱情的真实之时，恍然大悟。在《阿芒提拉多的酒桶》（*The Cask of Amontillado*）的结尾处，蒙特利瑟运用严密的逻辑陷阱，把弗图纳多一步一步地引入绝境，直到最后，弗图纳多才如梦方醒，但为时已晚。与此相反，《泄密的心》（*The Tell Tale Heart*）的叙事

---

① David Lodge. *The Art of Fiction* ［M］. New York：Viking Penguin, 1992：229.

者"我"，机关算尽，杀死老人之后，大卸八块，藏匿于地板之下，又让警察坐在正上方的椅子里，自以为灯下黑，万无一失，奈何幻听之下，死者的心脏剧烈跳动，他自感事情败露，反而不打自招。《寻找格林先生》（*Looking for Mr Green*）中，格利伯历尽千辛万苦，终于找到了格林先生的家，然而，在没有见到格林本人的情况下，却把支票鬼使神差地交到自称是格林夫人的女人手里，自己和读者为此只能祈祷了。在《谢谢你，夫人！》（*Thank you, M'am*）的结尾处，颇受感动的罗杰刚刚道了一声"谢谢"，遭他抢劫的琼斯夫人就毫不犹豫地关上了门；从此之后，两人再也没有谋面。精彩之例，不胜枚举。

理论上，小说结尾可以用不同的方式分类，不过，有一种分类则以作品的余味为标准，照此，小说结尾可以分为封闭式的和开放式的。《阿拉比》《阿芒提拉多的酒桶》，以及《泄密的心》均属于封闭式结尾，而《寻找格林先生》与《谢谢你，夫人！》则属于开放式结尾。当然，封闭的结尾，也可以重新打开，让新的叙事继续进行。不过，这是题外之话。本章集中分析突变封闭式结尾与多元开放式结尾，以及其对主题结构①所产生的影响。

第一节　突变封闭

在突变中，结尾走向封闭，这是怎样的一种结尾？不是说，有一种叙事，在即将结束的时候，突然发生了意料之外的变化，再也不可逆转了，例如《阿芒提拉多的酒桶》，读者与阿芒提拉多一样，直到最后才发现，原来是一场阴谋，阿芒提拉多想要挣脱，已经来不及了；叙事已经顺利地发展到一个合理结果的程度，而且有充分理由就此结束，可突然间，事态急转直下，接着又戛然而止，例如在《警察与赞美诗》（*The Cop and the Anthem*）中，当主人公决心悔过自新、自食其力的时候，叙事就自然地进入了结尾的程序，可警察突现，怀疑他用心不轨，地方治安官判他入狱三个月。两个结尾之间几乎没有铺陈、推演。换言之，突变封闭式结尾就是短篇小说的双结尾，双结尾本身就是单一结尾叙事结构的一种变化，而且能够对短篇小说的主题结构

---

① 关于主题结构，详见第五章开头部分。

产生重大的影响。

短篇小说的双结尾大致可以分为以下四个重要类别：第一类，果—因悲剧型，例如《配套的出租屋》（*The Furnished Room*）、《德西蕾的孩子》（*Desiree's Baby*）；第二类，由喜而悲型，例如《警察与赞美诗》（*The Cop and the Anthem*）《一小时的故事》（*The Story of an Hour*）；第三类，弃恶从善型，例如《提线木偶》（*The Marionettes*）、《浪子回头》（*The Retrieved Reformation*）；第四类，智慧型，例如《格兰迪森的失踪》（*The Passing of Grandison*）、《彼此间的秘密》（*A Secret for Two*）。双结尾种类的划分是以双结尾之间的关系为依据，叙事主体部分的结构类型一般不予考虑，只是在具体的分析过程中，才予以适当的关注。

第一类，果—因悲剧型。在这种结构类型的叙事中，叙事的第一次结尾呈现悲剧性，第二次结尾则揭示了造成这种悲剧的内在原因。第二次结尾的出现，既短暂，又顺理成章，毫无违和之感。

《配套的出租屋》有两个结尾：第一，年轻小伙子自杀身亡；第二，他的心上人也以同样的方式死于同一地点。以下的分析分三步走：第一步，论述叙事主干的结构方式；第二步，第一次结尾的合理性；第三步，第二次结尾的合理性与精彩之处。叙事的主线是年轻小伙子的故事。他来纽约寻找他杳无音讯的恋人。其实，他来纽约已经五个月了，在这五个月的时间里，他从剧院到低端的游乐场，四处寻觅，逢人就问。他坚信，他的心上人就藏匿于这个滨海城市的某一个角落。要知道，纽约到处是流沙般的陷阱，他不想看到心上人深陷其中。这一天傍晚，他来到了下西区，纽约的一个剧院区，租下了一间房屋，就此歇脚。他向房东老太太打听一位名叫瓦什娜的小姐，靠近左睫毛有一颗黑痣。房东老太太给的答案是否定的，但年轻小伙子不久就发现，房间里散发着心上人专用香水的味道。"它像是随着一股轻风飘来的，是那样确切、浓郁和强烈，以至像是一个有血有肉的来客。年轻人似乎听到有人在招呼他，便脱口嚷道：'什么事，亲爱的？'并且跳了起来，四下张望着。"然而，努力翻找了半天，也没有见到她留下的任何线索。于是，就在散发心上人香水味道的房间，他打开煤气自杀了。在这一条主线里，除了过去五个月里发生的事情采用倒叙之外，其余的全是正叙。

他为何自杀？这取决于叙事的副线，副线以符号的方式保持在场。副线是欧·亨利（O. Henry）最具现代主义特色的叙事。他没有按照时间顺序，把瓦什娜的信息披露出来，而是把所有信息压缩在特定空间里，让读者从中依照空间顺序自由解读。除了寻人信息，瓦什娜追梦的过程通过蛛丝马迹，一一得到破解。她是一位歌手，在纽约漂泊了大约五个月的时间，上一次落脚的地点就是眼前这间出租屋。她的理想应该是纽约市走红的一名歌星，不过，成名之前，像许多其他人一样，使用了假名。工作生活得怎样？看一看房间的诉说：

> 先前的住户遗留下来的痕迹……被逐一破译……出租屋的住户，不论先后，总是怨气冲天……拿家具来出气。家具支离破碎，伤痕累累；弹簧从睡榻中钻了出来……大理石的壁炉架……被砍落了一大块。地板上的每一块凹痕和每一条裂纹，都是一次特殊痛苦的后果。

上述痕迹无疑是一批又一批住户留下的，而这些人的情绪又是瓦什娜日常心情的真实写照。再看一下恶劣的居住环境便知，瓦什娜的事业困难重重。生存的艰难由此可略见一斑。

小伙子之所以自杀是因为他获得了两条重要的信息：一是他心上人的确在此居住过；二是即使生存如此艰难，她也没有回心转意。两条信息令他绝望。原因有三。其一，瓦什娜的奋斗历程越发艰难，在如此凶险的纽约，其前途凶多吉少；其二，五个月寻人无果，小伙子身心实在疲惫，也许有一点软弱，总之，他认为绝望中自杀是他寻找解脱的唯一办法；其三，这也许是他与她分别以来第一次近距离地接触，也许是最后一次接触，既然是唯一一次的近距离接触，"在她的面前"结束生命，也许就能永远地相互厮守，这不仅是一种宽慰，也是一种爱的宣示。叙事至此，悲剧仅仅属于小伙子。悲剧来自主叙事对副叙事的解读。

然而，瓦什娜悲剧的出现，彻底改变了叙事的性质。如果房东老太太能够如实相告，瓦什娜之死，对于小伙子来说，就具有不同的意义。瓦什娜到纽约追梦，全然抛弃了自己的恋人，这说明她并无真爱；由于人生的绝望，一死了之，又进一步说明，她心中了无牵挂。在知情的情况下，小伙子不应该选择殉情，因为殉情毫无价值。相反，瓦什娜活着，小伙子殉情则是一种爱的宣示。在第一次结尾到来的时候，读者所感受到的悲剧，是一种具有一定崇高意识的情感，能够净化读者的心灵。当第二个结尾到来之时，这种崇高之感顿时消失，小伙子之死所引发的情感只有遗憾。当悲剧可以避免却竟然发生了，作品的意义也就成为批判现实主义的了，房东老太太成为千夫所指。其实，房东老太太也是社会现实的牺牲品。老太太年迈，失去了劳动能力，就意味着生活的拮据，依靠出租房屋解决的生活困难，无可厚非。可是，老太太违背了诚实的原则，剥夺了承租人的知情权，犯下了不可饶恕的过错。而且，实情告知，小伙子仍然会选择租住，决不会逃之唯恐不及，否则，有悖人之常情。

第二个结尾的到来自然贴切。房东老太太庆幸自己把房子租住出去了，她的知己，对往事略加评论也是人之常情，也就在评论之时，披露出重要的信息，这不愧是作家的神来之笔，即信息延误手法，借助此法，第一个结尾形成的叙事结构发生了突变，翘起了小尾巴，同时也增加了作品的厚味。

像《配套的出租屋》一样，《德西蕾的孩子》也是通过延误信息的方式，打开了封闭的叙事结构，开放叙事结构不久，又迅速地关闭了叙事。双结尾结构所不同的是，《配套的出租屋》的信息延误是主观造成的，而《德西蕾的孩子》的信息延误则是客观造成的。此外，主线与副线的互动方式也有不同：在《配套的出租屋》中，实线对虚线进行封闭式的解读；在《德西蕾的孩子》中，一条实线与另一条实线之间的关系由和谐发展到冲突。

主体叙事部分两条实线：一是德西蕾的，二是丈夫阿尔芒的。德西蕾原本是一位弃婴，在养父母的养育下，成长为一位美丽、文雅、柔情、真挚的姑娘。唯一的遗憾是，她出身卑微，连一个姓氏也没有。阿尔芒一直随母亲住在法国，八岁那年，母亲去世，父亲把他接回路易斯安那州。与德西蕾不同，阿尔芒出身于一个显赫的家族。两条主线一直平行前行，毫无交集，直到德西蕾18岁那年，两人在石柱前相遇，一见钟情，两条平行线终于有了交点。不久，他们就有了自己的孩子，孩子成了他们感情的坚实纽带，在情感纽带的捆绑下，两条人生主线合并一处，一路高歌，幸福满满。可是，三个月之后的某一天，一股不祥之云笼罩在两人的天空上：孩子身上出现了黑人的特征。两条人生主线自此开始分离，沿着各自的轨道前行；德西蕾努力向阿尔芒靠拢，奈何阿尔芒执意回避，两条相向平行的人生主线，仿佛回到了原来的状态，只是排斥力代替了吸引力。当德西蕾抱着孩子一起投河自尽的时候，叙事以断线的方式进入了封闭式的结尾，毫无疑问，又是一个悲剧性的。

阿尔芒对德西蕾母子冷漠的理由是，"这孩子不是白人，这意味着你也不是白人。"他自己呢？当然是白人。他那显赫的家庭，从他父亲那一辈开始，就拥有黑人奴隶，所不同的是，父亲对黑人奴隶十分放纵、溺爱，而阿尔芒则格外严厉，不过，自从有了儿子，阿尔芒似乎有大赦黑奴的倾向。德西蕾气愤的是阿尔芒在撒谎，她坚信"我是白人！"德西蕾绝望的是既然她不是白人，"我活不下去了，必须死。我不可能郁郁寡欢，还坚持活着。"他们的逻辑一目了然。阿尔芒认为，自己是白人，而孩子却是黑人，德西蕾因此是黑人；黑人是奴隶，孩子是黑人，因而也就是奴隶；德西蕾也是如此。德西蕾的逻辑是：我的头发是棕色的，眼睛是灰色的，皮肤是浅色的，因此我是白人；白人尊贵，黑人卑下，尊贵之人沦为卑下之人，生不如死。他们可以包容黑人，甚至骄纵黑人，但自己绝不能是黑人（纳格里假装腿烧伤了，借机偷懒，阿尔芒对此也只是笑笑）。

通过德西蕾之死，叙事对种族主义进行了有力的鞭挞。然而，当阿尔芒在清理德西蕾遗物的时候，一件信件很快引发了无声的惊雷。他母亲在写给父亲的一封信中写道："不论昼夜，我都感谢伟大的神……阿尔芒永远不会知晓深爱着他的母亲，属于一个被打上奴隶烙印的种族。"第二个结尾所披露的信息迫使读者重新解读阿尔芒的行为。作为一个黑人女人的儿子，他如何看待自己的高傲？如何重新审视自己与黑人奴隶的关系？德西蕾如果在天有灵，也应该思考一个问题：作为一名黑人女性如何做一位白人丈夫的妻子？作为一位黑人女主人，她拥有黑人奴隶的权利与义务是什么？她离世的婆婆为何滞留巴黎？她与婆婆在对待黑人的问题上有多大区别？要回答上述问题，并非易事，但能够从正面反映了突变结尾在主题结构上的意义。

第二个结尾来得顺理成章，其间的过渡平滑、迅捷。只有在德西蕾离世之后才能够清理遗物，只有在清理遗物的时候，才能发现那封重要的信件。而且，一切都留有伏笔：德西蕾说得好，她的手要比阿尔芒的白多了。

第二类，由喜而悲型。在这种双结尾结构类型中，第一个结尾给读者带来的是喜剧性，而第二个结尾则是悲剧性，由喜剧转为悲剧，结构实现了反转性的突变，但一切尽在合理之中，不得不令人拍案称绝。

《警察与赞美诗》的第一个结尾是苏比决心悔过自新，做一个自食其力之人。可是，警察却怀疑苏比有作案动机，治安官则判他入狱三个月，第二个结尾突如其来，虽是满足了苏比的初衷，却与刚刚萌生的美好愿望相抵牾，令人百感交集。换言之，第一次结尾与主体叙事成相反关系，第二次结尾与主体叙事成顺应关系，与第一次结尾则成相反关系。

第一次结尾发生在教堂之外，华灯初上之时。"苏比这时敏感的心情和老教堂的潜移默化汇合到一起，他的灵魂突然发生了奇妙的变化……他要把自己拉出泥坑，他要重新做一个好样儿的人。"那么，赞美诗对苏比产生影响的基础是什么？其一，环境的优雅感染了苏比："柔和的灯光透过淡紫色花玻璃窗子映射出来。"其二，苏比曾经是一位善良之人："当他在生活中有母爱、玫瑰、雄心、朋友以及洁白无瑕的思想与衣领时，赞美诗对他来说是很熟悉的。"其实，以上两个原因只是表面原因，真正的原因则是苏比屡试屡挫，目标难以实现，善良也就在他意志最薄弱的时候产生了奇效。

到监狱去寻找一个避寒、过冬的场所是一个艰难的过程。第一次计划是："在哪家豪华的餐馆里美美地吃上一顿，然后声明自己不名一文，这就可以悄悄地、安安静静地把自己交到警察手里。"第二次行动是："在六马路拐角上有一家铺子，灯光通明，陈设别致，大玻璃橱窗很是惹眼。苏比捡起块鹅卵石就往大玻璃上砸去。"第三次努力实现了第一个计划，可是，"两个门面之外一家药铺前就站着个警察，他光是笑了笑，顺着街走开去了。"第四次，"苏比的计划是扮演一个下流的、讨厌的小流氓。"第五次，"他马上就捞起'扰乱治安'这根稻草来。"第六次，他明目张胆，拿走了人家的雨伞。六次努力，六次失败。

叙事主线是一个犯罪与阻止犯罪的对立过程，换言之，两股力量处于斗争关系，关系的焦点是争取主动，占得先机。然而，在六次行动与反行动过程中，第一次与第四次是有效地阻止（苏比没能进入饭店；受害妇女勇敢反抗），第二次与第五次是误判（没有人愿意自投罗网；球迷因球队失败而泄愤），第三次与第六次是包容与和解（饭店服务生没有时间与之纠缠；捡来的雨伞，物归原主）。一个有趣的现象是，苏比所选择的犯罪行为无一不是治安事件，与刑事案件毫无关联。也就是说，在苏比的选择背后，隐藏着一个标准——仅仅与法律碰瓷。显然，这就是他后来可以发生改变的重要基础，一个成功的伏笔。简言之，他的目的是入狱过冬，然而，在主体叙事结束时，目标发生了180度的大转弯。结尾对既定目标所做的反转构成了叙事的精彩。

第二个结尾的出现，完全建立在误解之上。之所以是误解，是因为警察无法得知苏比内心此时此刻的真实想法，即便是实言相告，警察也未必相信，毕竟要以事实为依据。苏比有作案动机性的理由何在？由时间、地点、身份所决定。此时此刻，一个正常人应该是匆忙地赶往住所，而苏比闲游在外；教堂是宗教圣地，但不是禁地，要么入内做祈祷，要么离开教堂，重返社会，而苏比却驻留在教堂的栅栏之外；苏比衣衫褴褛，不是道貌岸然的江洋大盗，却也不是一个有职业的正经人。警察的判断还是有道理的。这种反讽，只有上帝与读者才能品得。颇有意味的是，由于完成转变的动因发生在苏比内心，判断的过程也是发生在警察的头脑内部，外部的行动描写也就降到了最低点，几乎是静止不动的。实质上，第一个结尾正是第二个结尾的推论依据，因此，从第一个结尾到第二个结尾的突变能够在短时间内完成。

把两个结尾分开欣赏，就可以看出双结尾的力量。故事到第一个结尾处结束，俨然在进行道德说教，劝说人们向善，莫要做一个为社会所唾弃之人；而且，向善之路千万条，每一条都向每一位愿意回头的浪子敞开着。不过，这种说教力量十分微弱，因为苏比与法律碰瓷的做法，颇具吸引力，他似乎告诉人们，自己知道法律的底线，更知道法律的深浅，涉足于法律的边界，自由自在地游戏人生，应该是一种颇具挑战与乐趣的生存方式。如果故事以第二个结尾收场，那将大煞风景。一个不思进取，整天好逸恶劳的家伙，把法律当道具，以公民为小丑，玩弄警察于股掌之间，企图以此满足个人的邪恶私欲，简直是任意践踏法律的尊严。如此一来，作品宣扬的不是向上的精神，而是引诱犯罪，怂恿堕落。是可忍孰不可忍？作家无疑自取其咎。两个结尾叠加，其艺术效果与韵味则全然不同。其一，人人都有向善的一面，要改变一个人的不足，重在顺其自然，适时引导；但事情也并不是一厢情愿，有时甚至因误解而带来挫折，这就是所谓造化弄人的一面；不过，给人宽慰的是，苏比内心深处的善念毕竟一闪而现。

《一小时的故事》简直不可能再缩减了，但它的双结尾结构给读者留下了难以磨灭的印象。与《警察与赞美诗》一样，第一个结尾直接导致了第二个结尾的产生，所不同的是，在《一个小时的故事》中，直接导致第二个结尾产生的因素有两个，一个是内在的，另一个是外在的、侵入的。此外，叙事呈现的意义同样具有双层结构。就《警察与赞美诗》而言，表面上，苏比终于得到了满足；实质上，造化弄人。就《一小时的故事》而言，第一层意义为"喜侵入悲"而致人死亡，第二层意义则为"悲侵入喜"而致人死亡。如此对立的意义竟然和平相处，全在视角转换。

故事中只有一条叙事主线，不过，这条主线不是直线行进，而是处于摆动之中。摆动带来的结果是两个迥然不同的结尾。叙事主线从中间开始：姐姐朱赛芬委婉地告诉马拉德夫人，马拉德先生因铁路事故已经离世了。主线中的一个能够起到推动事件向前发展的重大因素乃是黑发人之突然死亡；马拉德先生之死，正如众人所料，引起了夫人的失声痛哭，不过，她一反人过度悲伤之常态，把自己独自关在一个房间里。正是在屋子里，读者逐渐领悟到马拉德先生之死对于夫人的真实意义：她看到了洋溢着初春活力的树梢，嗅到了空气中阵雨的芳香，听到了屋外麻雀叽叽喳喳的叫声；抬起头来，又看到白云朵朵，蓝天片片。一言以蔽之，"自由了，身心自由了！"人类作为行动的主体，他所看到的自然界的一切，都可以映射着个人内心深处的真实状态。马拉德夫人的内心深处，蓝天白云，太阳高悬。看到这一幕，没有人轻易地指责其大逆不道，倒也颇有疑惑。叙事副线的及时出现揭示了第二层意义的内因。叙事副线与主线仍然是对折的关系。

叙事副线："在那即将到来的岁月里，没有人会替她做主；她将独立生活。再不会有强烈的意志而迫使她屈从了，多古怪，居然有人相信，盲目而执拗地相信，自己有权把自己的意志强加于别人。"副线所揭示的是一种生活方式：在父权话语体系之下生活，女人就是奴隶，并揭示了一个结论：父权体系限制了女性的人身自由。副线只属马拉德夫人与读者。

摆动的叙事主线复原："有人在用弹簧锁钥匙开大门。进来的是布兰特蕾·马德拉，略显旅途劳顿，但泰然自若地提着他的大旅行包和伞。他不但没有在发生事故的地方待过，而且连出了什么事也不知道。"一个常识是，大悲之后大喜，必定伤及身体，其程度难以预料。于是，第二个结尾自然地实现了：根据大夫的诊断，马拉德夫人大喜过望，心脏不堪重负，突然离世。然而，读者知道，大喜之后，过于悲伤，也可以致人死亡。马拉德夫人怎能忍受眼见到手的自由突然飞走了！极度失望导致心脏突然衰竭。两个结尾，两套结局，全在视角不同。

马拉德先生的出现是一种恰到好处的巧合吗？是的。电报远比人来的要快；可是，从收到消息到确认消息，需要时间；从确认了消息再到告知消息，又需要一定的时间。就在这一段时间里，安然无恙的马拉德先生及时地赶到了家。在这件事上，他几乎是无罪的，但他过去的罪错就在他不在家的时候产生作用了。

不妨换个思维方式。一场铁路事故。友人通知马拉德夫人，先生就在这趟列车上，不过，安然无恙；过了一些时候，先生就能回到了身边。此时，马拉德夫人心想，不回来那才好了。可是，人有旦夕祸福。马拉德先生真的遇难了。消息传来，马拉德夫人万分悲痛，把自己独自反锁在房间。她发现，未来的时光必将无限美好。这是一个不幸的结束，同时也是一个美好的开始。叙事的意义也仅仅属于马拉德夫人一个人，也许还有一些具有相同经验的女性；追问其意义，至多是一种顺应了命运安排的庆幸。叙事以这样的方式结尾，失去了揭示女性反抗父权文化强烈意识的机会，削弱了女性进行反抗的主体意识。在真实的第二个结尾中，马拉德夫人之所以突发心脏病，是因为无论如何她都不能接受现实：一方面，她决不放弃希望；另一方面，失望又逐渐上升，两股强大的对立力量来势凶猛，短暂的互相消耗，就消耗了她的全部生命。父权文化占了上风，妇女解放的道路在她们的脚下无限地延伸出去。不过，女性解放意识一旦觉醒，就不会消失。

第三类，弃恶从善型。还是从这种结构类型背后所隐藏的意义说起。在一位守法公民的面前，要揭露其人格的原始欲望以及原始欲望进入自我的一些实例，那该是一件困难并且敏感的事情；在一位公认的不法公民面前，要向世人昭告其内心有一个闪光的东西，显然不是一个明智之举。欧·亨利一步不慎，成为一个有污点之人，也正是背负着污点的时候，他发现了自己的叙事才华，并一举成名。他以实际行动为这种叙事类型进行了脚注，我们不妨把这种类型称之为欧·亨利结构。

要分析《浪子回头》，首先要界定叙事的视角。毫无疑问，叙事的中心视角是第三人称全知视角，不过，要深刻地领悟叙事所传递出的信息，就要在必要的时候，让叙事主视角与主人公吉米（拉尔夫·斯潘塞）的视角重叠。当叙事进入第一个高潮的时候，吉米的命运已经不可逆转地发生了转变。吉米从未遇到如此棘手之事，他不得不在众目睽睽之下，从头至尾地展示自己曾经赖以谋生的本领，说是为了救人，但终究暴露了自己的真实身份，一个江洋大盗。他非常清楚自己的结局是什么，一切就要回到原点，所以，他向心爱的人安娜贝尔索取她所佩戴的玫瑰花，也算作是对失去的美好生活的一个纪念吧。

得到的终于又失去了，人生真是一个玩笑。吉米因盗窃案发，被捕入狱，可是，他服法但不认罪，直到因表现良好提前释放的时候也拒不承认自己的罪行。不认罪，就无法悔改。狱中的良好表现，只是一种争取早日出狱的手段。所以，他出狱不久，就在社会上连做数案，惊动了刑侦大家本·普莱斯。世事总是难以预料，就在他准备在艾尔摩尔小镇大干一场的时候，爱情改变了他的人生轨迹。他爱上了安娜贝尔。这正好验证了典狱长对他所说的那番话，"振作起来，重新做人。你心眼并不坏。"为了与过去划清界限，娶到安娜贝尔，他化名鞋商拉尔夫·斯潘塞，经营鞋店。一年之后，经营成功，与上流社会广结善缘，拉尔夫眼看如愿以偿。事情突变，他要么暴露自己进行救人，要么保护自己眼看着未来的外甥女死在眼前。他遗憾地发现，人生对他进行的第一次考验就结束了自己美好的选择。不过他也知道，这种不光彩的身手此时是一种善行，一种夺走了自己幸福的善行。这是叙事的第一个结尾，以外在的恶（内在的善）呈现出来。如果叙事到此结束的话，也算是不错的结尾：生活竟然要一个人展示自己的伤疤来完成一件善事；做了善事，又不得不失去生命中最宝贵的东西。好在吉米完成了人生的转变。不过，安娜贝尔会原谅他吗？不得而知。

就在吉米"出去"的时候，事情又发生了重大的变化，突变结尾出现了。救人成功之后，吉米收拾好工具，毫无依恋地、直接地走了出去。他要到哪里去？所有证据都充分说明，他别无选择，明智之举就是到警察局自首。身份已经暴露，仓皇出逃不是他的性格，况且当着曾经是心爱的人的面。所以，当他与普莱斯在门口相遇之时，他根本没有任何意外的反应，反正都一样，目的地就是警察局。至此，有充分的理由说，吉米的所有表现都指向了善，即毫无辩解地自首："你终于来了，是吗？好吧，我们走。我想现在也无所谓了。"想一想当初他在监狱拒不认罪的样子。普莱斯的反应呢？他拒绝承认自己的身份：一是对吉米向善行为的认可，二是成就吉米，这两点乃是问题之关键。当着众人的面承认自己的身份，普莱斯必须把吉米带走，普莱斯清楚，今天是他们订购结婚礼服的日子。所以，普莱斯的态度很明确，"那辆马车还在等着你呢，不是吗？"不难看出，作为突变结尾，其自身的发展动力来自吉米和普莱斯两个老冤家自身。

去定礼服，举行婚礼：他的心里还想着心爱的人吗？永远是，否则就不会索取那朵玫瑰花了。安娜贝尔会原谅他吗？那个呼唤他的（拉尔夫）、吉米熟悉的声音，无疑就是安娜贝尔的。一声足以。完婚之后呢？有案在身，吉米是聪明之人。毕竟家里还有安娜贝尔等着他呢。另外的结局呢？另外一种结局也有可能，除非信任失去价值，善良成为一种软弱，爱情变得黯淡无光。改变人最强大的力量是来自对方的爱加上自己内心的那一份善。这就是突变结尾传递出的信息。信息诚好，艺术更佳。

《提线木偶》给人的感觉是，医师詹姆斯①格外的冷酷无情，一边问询给病人治病，一边打听患者藏匿财富的地点准备随时作案。第一个结尾的到来可以说毫无悬念，第二个结尾的出现，倒是令人深思。一位如此心狠手辣之人，是如何一时变得仁慈起来的呢？

---

① 欧·亨利就曾经是一位药剂师。

　　故事中，詹姆斯的作案手法实在是令人倒抽一口冷气。为了打听到钱德勒存放钱财的地方，加快钱德勒的死亡，詹姆斯给他注射了极其微量的硝酸甘油，"这是医学科学中已知的最厉害的强心剂，"患者能够在短时间内恢复清醒，不过，"当血流量在窃贼'油'的作用下骤然增加，管腔本来不畅的动脉会迅速完全阻塞，生命之泉就停止流动了。"詹姆斯确定了钱款放置的位置之后，把女仆支走，留给了自己半小时的作案时间。令所有人目瞪口呆的是，他当着钱德勒的面，麻利地把保险箱打开了。保险箱内空无一物。第一次结尾到来了。

　　钱德勒之死完全咎由自取。是他透露出的信息，说妻子拥有两万块钱（"告诉她"——声音越来越微弱了——"那两万块钱——她的钱"——）。不过，也不能全然怪他，病情严重，生命垂危之际，一时很难把要说的事情表达清楚，表达完整。其实他要说的是，他愧对自己的妻子："我拿去——赛马——输得精光。我是个败家子。"人之将死，其言也善。没承想，善言招来杀身之祸。詹姆斯的行为举止是否过激了一些？应该说是恰到好处：詹姆斯之所以成为詹姆斯完全是其所为。叙事从一开始就做了全面的交代：他的诊所"摆设精致"，他本人"衣着整饬"，从业过程中，"奉公守法"，而且"照顾家庭，业务兴旺"。再看一看那些工具，"都是专门设计，特别制作的。"众所周知，一个多重身份之人，他的内在素质是不会因身份多样而发生改变的，詹姆斯的工作环境以及他的行为方式，无一不说明他是一个照章行事之人，而且决不苟且。为此，这就是为何他赢得了"了不起的希腊人"的称呼。"这个奇特的称呼一半是赞扬他冷静的绅士作风，"另一半是指他的卓越领导才能。他又是怎样选择了钱德勒为猎物的呢？起初，钱德勒并不是他的猎取对象。当晚，他在"一家资金雄厚的经营呢绒的老字号"作案，之后就决定打道回府，也就是在回家的路上，他与外出请大夫急救钱德勒的女仆迎面相逢，女仆引狼入室。由此可见，第一次结尾完全是直线叙事的结果，也是逻辑加偶然的必然结局。

　　叙事的第二个结尾传递出了三个重要信息。第一，以虚假的方式向钱德勒太太说明保险箱打开的原因，告知保险柜的密码；第二，他把撬来的八百三十元钱①全部留给了钱德勒太太，谎称钱是钱德勒留给太太的；第三，转达钱德勒祈求太太原谅之意。詹姆斯这样做有三个原因。其一，掩盖自己的犯

----

① 欧·亨利当年非法占有的公款是 854.08 美元。

罪行为。他没必要暴露自己：钱德勒已经死了，把秘密带到了坟墓；女仆根本不知情，钱德勒太太也是如此；否则的话，女仆和钱德勒太太的生命也难保。其二，钱德勒让他打开保险柜，一定是因为钱的缘故，保险柜没有钱，打开何用？所以，詹姆斯必须说出密码，保险柜必须有钱。钱可多可少，詹姆斯却把所有的钱都留下了。为何如此？出于个人原则。当钱德勒诅咒詹姆斯披着医生的外衣，大行鸡鸣狗盗之事的时候，詹姆斯这样回应了一句，"到目前为止，我可从没有揍过女人。"善待自己的女人，不能止于暴力，更要提供必要的衣食保障。多留一些钱，是他作为一个男人在无助的女人面前应尽的义务，他以实际行动证明，在两个男人之间的较量中，自己是赢家。其三，钱德勒不一定是一个临死前能够祈求太太原谅自己的人；詹姆斯假造此意，为的是不让钱德勒太太过于悲伤，詹姆斯与钱德勒太太没有任何瓜葛，钱德勒太太甚至可以是盗窃的对象，但正如前面所言，她是女人，詹姆斯是男人，而且，詹姆斯又是绅士，绅士风度没有贫民与盗贼之分。由此可见，詹姆斯在展示大恶的同时，也展示出一定的善心。

说盗亦有道，很好理解；说盗亦有善，则要相当谨慎。作者在此发出"盗亦有善"的声音，需要很大的勇气，也需要社会的包容。他认为，不能因为与恶相比，善微乎其微，因而就遭到彻底的否定。欧·亨利不是在为自己辩解，因为他本人没有詹姆斯那样心狠手辣，但作者的用心昭然若揭。再看一下故事的题目"提线木偶"，它蕴含着怎样的思考？作者指出，"我们只知道有这种人存在；只知道我们可以观察他们，议论他们的浅显的表现，正如孩子们观看并议论提线木偶戏一样。"是的，在作者看来，人们只能注重盗贼的外表，却看不到内心深处的那一点善。这样，人们分析盗贼的行为，无异于观看木偶戏，只能看到表面，看不到内心的深处。当然，欧·亨利对盗贼的态度毫不含糊："一个是虎，另一个是狼，他们两人互相憎恨对方的卑劣；尽管大家罪恶昭著，却互相炫耀自己的行为准则（即使不谈荣誉准则）是无可指摘的。"应该有一些东西能够超越职业的差异而成为永恒的原则。可是，这种矛盾的东西能够集于一身？要知道，詹姆斯一生扮演的就是双重角色。所有这些信息都是通过两个结尾相互作用所产生的。没有第一个结尾，也就无法揭示盗贼的人格复杂性；没有第二个结尾，作品也就失去了存在的价值，盗贼无非如此。

第四类，智慧型。在智慧型的双结尾中，第一个结尾主要起陪衬作用，为的是烘托出第二个结尾所揭示出的智慧。这种智慧不是依靠第二个结尾自身独立展示的，而是蕴含在主叙事包括第一个结尾当中。

在论述《格兰迪森的失踪》两个结尾的结构关系之前，首先应确定作品的主要叙事线。这是一个相对复杂的叙事，有四条叙事线。第一条是查理蒂与迪克的故事。在这一条叙事线中，查理蒂完全是一个提线人物，其目的是展示迪克有能力、有智慧放跑自家的一个黑奴，他完全是一位具有正义感、敢作敢为的英雄，绝对配得上美丽的查理蒂女士的爱。对于迪克来说，用一个黑奴换取一位新娘，可谓天底下最合算的买卖。第二条叙事线是迪克与格兰迪森的故事。迪克要想尽一切办法放走黑奴格兰迪森，而格兰迪森似乎恪守为人奴隶之道，不离少爷半步；无奈之下，迪克只能暗中派人绑架了格兰迪森。第三条叙事线是奴隶主与奴隶的故事。奴隶主对奴隶存有戒心，但经过仪式性的问答之后，双方建立口头契约，奴隶主保证奴隶的幸福，奴隶保证决不背叛奴隶主。结果出人意料，奴隶背叛了自己的诺言。第四条叙事线是迪克与废奴主义者的故事。他们之间发生的故事，处于开放状态，完全由读者自由联想。在上述四条叙事线之中，三明一暗；三明叙事线中，一主两次，主要叙事线是第三条，即奴隶主与奴隶的叙事。作品的双结尾属于第三条叙事线。

第一个结尾的出现本身就是一个巨大的惊喜。由于迪克不是一个会撒谎的人，他回家之后，如实地把经过向老爹做了汇报。老欧文斯打拼了一辈子才购买到了这些黑奴，怎能轻易地允许儿子放跑了呢？所以，老欧文斯大为震怒。震怒还有另外一个原因，那就是格兰迪森食言背叛。祸兮福之所倚。此时，人有多么愤怒就有多么高兴。黑奴格兰迪森失而复得，老欧文斯喜上眉梢。一喜，自己终于没有失去辛苦挣得的财产；二喜，格兰迪森绝对忠诚老主人；三喜，自己没有看走眼，不至于在家人面前丢尽颜面。格兰迪森不仅回到了自己的幸福之地，而且身价倍增。进门后，仆人搀扶着他下了马车；让他大喝了一顿威士忌；专门为他宰杀了一头膘肥体壮的小牛；提升他为终身的贴身仆人；他忠诚于主人的消息在乡里广泛传播。格兰迪森可谓名利双收。

第二个结尾简单明了。山峰有多高，峡谷就有多深。三个星期之后，格兰迪森就失踪了，此次失踪的不仅是他一人，他的妻子、母亲、父亲、两个兄弟还有小妹，共七人。他们失踪之后，彻底地动摇了老欧文斯对奴隶忠诚品质的认可，也动摇了其对奴隶制度的自信。奴隶主追逃的经过当然也是俗套，一笔带过，完全符合第二个结尾简洁的要求，给读者留下无限的审美余味。格拉迪森一行人哪里去了呢？黑奴的自由之地——加拿大。第二个结尾给出的结论是格兰迪森富有大智慧，完全蒙蔽了迪克与老欧文斯。他的智慧表现在以下五个方面：第一，满足了老欧文斯对黑奴的期待，他期待每一位黑奴忠诚于自己的主人；为此，格兰迪森信誓旦旦，绝无二心；否则的话，他必有生命之危，没有谁会让一个公开表示不忠之人行走在眼前。第二，以实际行动向迪克证明自己的忠心；可以说，格兰迪森可以利用迪克给予的每一次机会逃走，但他都放弃了，并且成功地给迪克留下了这样的印象："一个明确在文明制度下找到了真正位置并且忠诚于自己本分的人。"难道迪克不是让他逃跑吗？是的，这并不等于说迪克不喜欢忠诚的奴隶，而是说他暗中授意格兰迪森逃跑，他逃跑了就等于听命于他。第三，格兰迪森在回答老欧文斯的问话时，清一色地使用了黑人的口头语言，给人一种卑微无知的印象。第四，对自由之地表现出一种恐惧，让迪克明白，他生怕自己的少主人抛下他，让他流落在外，只有庄园上的家的感觉最好。格兰迪森无疑是高级的表演者，让奴隶主阶级完全相信，他就是一个典型的庄园奴隶桑波（Sambo）。第五，格兰迪森是黑人解放事业的领导者。面对机会，他想到的不是个人的自由，而是家人的幸福和未来。从不明身份的陌生人频频与他短暂接触的时刻开始，他就是一位具有集体乃至民族意识的人，不久的将来，他一定会活跃在地下铁道上。

其实，老欧文斯所代表的奴隶主阶级也是这场喜剧的导演。他当然知道，有逃跑的奴隶，也有反抗的奴隶，但总的来说，在奴隶制度的管束之下，奴隶们还是老实规矩的，起码格兰迪森是忠诚守信的。当此之时，他需要做的只是口头确认而已。而且，他坚信这样生活现实：在奴隶制下，庄园就是他们的家园，有了奴隶主的保护甚至骄纵，奴隶们的生活和幸福就有了保障；相比之下，在加拿大，荒蛮之地，不仅要忍受寒冷，更要忍受饥饿，他们根本没有生存的机会。不是黑人奴隶善于隐藏他们的智慧，而是在奴隶制度下，他们根本没有机会展示才华，即使有机会一露身手，也是面对不平等的状态，有了森严的等级制度，他们最明智的做法就是遵从白人的思维方式，按照白人对黑人的认识结果来做事，烘托出白人至上的原则。也不能否定部分白人对黑人的人道主义行为，但在自由与忠诚之间，黑人宁愿选择自由。要知道，选择自由并不是否定人道主义行为，奴隶制度下的善意与忠诚根本不能帮助奴隶获得平等与自由，不平等的自由也只是做奴隶的自由。没有平等的自由，幸福则是虚幻，忠诚只能是表演。当自由之人向老欧文斯挥手的时候，他告别的是压迫下的表演，展示的是争取自由的智慧。

《彼此间的秘密》体现了跨界共谋，一种略带苦涩的温馨。第一个结尾是老马约瑟夫寿终正寝与主人皮埃尔在事故中离世，第二个结尾是皮埃尔长时间忍受的病痛。需要阐释的是，同样是医生宣布结果，为何一个是结尾，另一个则是重要细节呢？在《一小时的故事》中，医生宣布马拉德夫人死于突发心脏病，突发心脏病只能是一个重要的事实，而不能够成一个独立的结尾，因为心脏病没有推进故事的发展，当然是一个直接的死因，但不是主要的原因。相比之下，在《彼此间的秘密》中，皮埃尔的白内障不仅是直接原因，而且是一个一直推动叙事向前发展的动力。第二个结尾的出现，让主叙事与第一个结尾迅速产生了新的意义。

第一个结尾从老马约瑟夫老死开始。直到前一天，约瑟夫还像往常一样，外出送奶，可是，今天一大早，他就再也起不来了。用一句"鞠躬尽瘁，死而后已"来概括约瑟夫的一生，一点都不夸张。约瑟夫尽职到了25岁，这相当于一个人工作到75岁，而巧合的是，皮埃尔也正好75岁。对于两位形影不离，互相依靠的老伙计来说，这应当是一种忌讳，而恰恰皮埃尔说出了这种巧合，难免有一些不祥之兆。是的，前不久，雅克先生还向公司的主管求请，给皮埃尔一点退休金，让他退休，颐养天年。公司的主管更为人道，同意皮埃尔带薪退休。可是，皮埃尔表示，他们两个老家伙，彼此不能分离，要一直工作到最后一刻。有两方面的原因：一是他们共同合作了15年，在一起的日子十分的默契与快乐；二是对于约瑟夫来讲，退休就是孤独；对于皮埃尔来讲，也是如此，故事里一直没有提及他的家室。有不少故事，相互搀扶的伴侣，一位离世了，另一位也不久于人世。让读者始料不及的是，皮埃尔就在知道消息不久的清晨，因交通事故离世了。随着他的离世，一段感人的故事也就结束了。

不过，尚有一个疑惑。皮埃尔之死，实在是巧合，会不会是自杀身亡？也许不会。听到约瑟夫离世的消息，皮埃尔神志恍惚，没有听清楚司机的呼喊声，一步不慎，失去了生命。也许会。皮埃尔在恍惚之中，听到了司机紧急的呼叫声，但他失去了生活的温暖，自认为不如去与约瑟夫相伴。看一下皮埃尔对生命价值的认识。他要劳动到最后一刻钟，对于他来说，生命的价值在于劳动；与此同时，生命的意义还在于他与约瑟夫的相互陪伴。两者之间孰轻孰重？对于一位像他那样的老者，后者重于前者，人不可能劳动到永远，因而他选择了自杀。皮埃尔曾说过，"我们会一起老掉。"到底哪一个是皮埃尔的真正死亡之因？这也许永远成为一个谜。

故事并没有就此结束。当叙事进入第二个结尾的时候，一切发生了转变。皮埃尔患有老年白内障，染病时间长达数年。至此，读者似乎恍然大悟。两个老伙计的过去不仅是一段人与马之间勤劳、互慰的感人故事，而是一段超越了自身、实现了灵魂对话的智慧轶事。原来，当皮埃尔突然拄着拐杖来上班的时候，他患有白内障，视力开始下降，而公司里的员工则以为他患有痛风，行走不便。那么，他何以能够继续送奶呢？用他自己的话来讲，老马识途，他根本不用缰绳给约瑟夫发出指令，约瑟夫就能够按照惯常的行进路线完成送奶的任务；当皮埃尔夸口，"约瑟夫拉车，一位盲人也可以顺着我的路线走一趟"的时候，有理由相信，他可能不止一次有此发现，甚至不止一次测试过约瑟夫的能力。与此同时，不难、也有理由猜测出，老马约瑟夫知道老伙计皮埃尔视力下降之后，几乎凭借着一己之力，完成了送奶的任务。可以说，他与皮埃尔的默契在于主动与用心，其主动与用心在于从来没有出现一次差错，否则他们的秘密就会露出破绽。

不仅如此，此后一连串表面上毫无意义的细节，也突然具有了非同一般的意义。除了老马与皮埃尔精诚合作之外，客户与雅克的体谅与关心也起到了主要的作用。工作的程序化、地点的固定，同样不可忽视。雅克的玩笑之语也恰好应了那句"先见之明"的古语，也证实了雅克的另一个第六感觉，"好像彼此从对方获取力量，"难怪下班之后，两人均感十分疲惫无力，全然没有上班时的那股子劲。正因为第二个结尾的出现，主叙事才获得了重读的魅力，新的意义才会逐一呈现。

由此可见，第二个结尾固然短小、简洁，但起到的作用非同一般。它不仅令叙述结构（情节与主题层面的）发生突然变化，而且赋予了主叙事再读的魅力，增加了作品的深度与乐趣。短篇小说虽短，但仍然精彩纷呈。

第二节　多元开放

与突变封闭结尾相对应的方式是多元开放式结尾。两个关键词：多元与开放。什么是开放？所谓开放就是叙事主线没有演变出必要的结局。例如矛盾的消失，和谐关系的出现；预设的目标没有实现。或者，各条叙事线之间的关系没有得到整合。简言之，叙事未完成，与余味无穷相比，有着天壤之别：前者在逻辑上有中止的特征，后者在逻辑上，相对于一次事件或者一个任务，有阶段性完结的特征。在未完成的前提下，开放就是叙事可以继续下去。由谁来完成续写的任务呢？由读者。在开放的前提下，多元就是具有多种选择性。一个叙事主体，对应着多个结尾，读者不需要进行续写，而是要按照个人的爱好做出选择，可以单选，也可以多选。无论做出什么选择，叙事结果都是不一样的，也就是说，结尾决定着叙事的本质。表面有悖逻辑，但事实如此。

由读者进行续写的叙事，如后现代主义文本，可以称之为可写文本（writerly/writable text）。可写文本永远处在现在时，任何一位接触未完成文本的读者，都必须根据原来的部分，按照个人的意愿予以书写，不过，任何人都不能把自己的书写强加于文本之上。读者离开文本之时，就是把自己的书写带走之时，不会留下任何痕迹，下一位读者所面对的，依旧是一个同样的未完成文本，他能够像以往任何读者一样，从事自己的书写。读者实际上是意义的生产者，阅读就是创造，就是一个过程。整个过程中，读者拥有绝对的自主权。

相反，读者不能够续写的文本，如传统文本，就是只读文本（readerly/readable text）。只读文本永远是过去时，当读者接触到文本的时候，文本的意义已经由作者确定下来。读者只能接受文本事先设定的信息，完全处于被动的地位。当然，读者不同，解读出的意义也有些差异，但这些差异不是主动创作的结果，与此同时，文本不会因为解读的差异而发生任何改变。稳定的文本就像一个抽象封闭的概念，具有差异性的解读仿佛现实中形态各异、变化无穷的实物。只读文本企图借助于意义的单一性，向读者传递一个现实主义的假象：文本不是一种虚构，而是一个如同现实一样真实的世界。①

只读文本给读者带来的审美享受可称之为快乐（pleasure），因为阅读只读文本基本上是水平方向的阅读；而可写文本所带来的审美享受则称之为狂喜（bliss），因为阅读可写文本基本上是垂直方向的阅读。在水平方向的阅读过程中，文本传递的文化信息与读者携带的文化信息相一致，不会让读者失去主体身份，是一种舒服的阅读。在垂直方向的阅读过程中，读者的历史、

---

① 罗兰·巴特.S/Z［M］.屠友祥，译.上海：上海译文出版社，2000：61—63，66—68，87—93，96—102，127—131，197—198，225—228，317—319.

文化与心理基础遇到了挑战，其习惯、价值与记忆面临着破坏，因而他们感到迷失、甚至不舒服。①

可写文本，而不是只读文本，成为本章的论述重点。可写文本可细分为续写文本（续写结尾）与可选文本（选择结尾）。续写文本有《魔鬼恋人》（*The Demon Lover*）与《关于爱情，说些什么》（*What We Talk about when We Talk about Love*）。可选文本则如《美女还是老虎》（*The Lady，or the Tyger*?）以及《幸福的结尾》（*Happy Endings*）。

《魔鬼恋人》的结尾是开放的吗？简单地归纳一下主叙事便可见分晓。为了躲避德国的轰炸，凯瑟琳与家人搬到了乡下。有一些物件临走时没来得及带走，凯瑟琳又从乡下返回伦敦。打开门锁，进入屋子，一片萧条景象。就在环视房屋的时候，凯瑟琳发现，桌子上放着一封信，信是写给自己的。会是谁把信送到这里的呢？要知道，房门一直紧锁，窗户紧闭，她本人事先也没有通知房屋托管人自己今天要回来。而且，以往的来信，邮局都按照吩咐转至她在乡间的住址。来到楼上房间之后，凯瑟琳打开了那封信。信上说，今天是他们的纪念日，约好了晚上七点钟见面。署名 K，显然与自己的首字母一样，写信的日期也是今天。

25 年前，也就是第一次世界大战期间，凯瑟琳与一位士兵相识，他答应与他永远在一起，凯瑟琳也许诺等他回来。可是，他在战争中阵亡了。凯瑟琳长时间只身一人，后来，嫁给了朱福，有了自己的孩子。

再次回到现实中，凯瑟琳不敢相信，这封信会自己跑到屋子里来，就在疑心之中往楼下望去的时候，一股新鲜的空气从楼底吹了上来，好像是有人从地下室的门出去了。

她收拾好东西，赶紧出了门；她要乘坐出租车，赶在七点钟之前离开这个是非之地。街上行人稀少，一片冷清，当来到出租车候车点的时候，恰好有一辆出租车在那里等候。上车之后，她敲了敲护栏，招呼司机；司机一回头，两人目光相遇，她一阵惊讶，接着惊叫起来；与此同时，司机加足马力，出租车飞驰而去。

休斯认为，作品反映了凯瑟琳精神的崩溃。桌子上的那封信以及出租车上与往日恋人的相遇，都是凯瑟琳自我幻想的结果。既然是幻想，那就不必

---

① Roland Barthes. *The Pleasure of the Text*［M］. trans. by Richard Miller，New York：Hill and Wang，1975：14.

为上车后可能发生什么事情纠结了，如此一来，作品的结尾也就成为封闭的。

休斯认为，凯瑟琳实质上并非失信之人，也无鬼魂从阴间到人世来骚扰她，她是一个地道的战争牺牲品。其推理是，她的恋人在战争中阵亡，凯瑟琳陷入孤独之中，时间长达十三年，感情几近崩溃的边缘；结婚之后，她逐渐走出了精神危机，感到不再有人暗中跟踪自己，但战争的创伤并没有治愈。重返伦敦，远离了丈夫的保护，二战空袭的阴霾很快令她陷入痛苦的回忆中。有学者认为：家园被炸成废墟之后，人们总是不遗余力地用碎片重构自我，然而，在重构的过程中，有人误入歧途。休斯认为，凯瑟琳就是一个误入歧途的典型例子。

关于那封信，休斯认为，信封是存在的，但信的内容则是凯瑟琳幻想的结果；读完了信，把信放在床上之后，信中的内容也就不复存在了。有细节为证："为了安慰自己，她说自己情绪不好，接着闭上了眼睛待了一会，告诉自己说，信纯粹是自己的幻想。"为何产生幻想呢？休斯认为，凯瑟琳内心有着很强的内疚感，自觉辜负了旧时情人的信赖。当然，并不是说自己在幻想就能承认自己是在幻想，也并不能因此阻止幻想。休斯认为，她能幻想出信的内容，就能继续幻想出情人在场，既然他就在附近，那他就会在出租车里等着她。时钟报时加剧了凯瑟琳的紧张，在缝隙里看司机，就更容易幻想了。①

弗罗斯蒂诺持不同观点。他认为，凯瑟琳并没有精神崩溃或者患歇斯底里症，未婚夫阵亡之后，她只不过一时感到失落（dislocation）；她也的确患有面肌抽搐症，不过那是先前患病留下的后遗症。关于伦敦之家对于凯瑟琳的含义，弗罗斯蒂诺指出，与其说是阻断了一战对她的不良影响，倒不如说是加剧了自身的病痛。她与威廉姆的婚姻，完全是绝望中的无奈，长时间以来，一直没有人追求。满身疮痍的房屋的确象征着凯瑟琳焦躁不安的精神状态，不过，不是战争而是差强人意的婚姻所致。重返故居，凯瑟琳给读者展示的是岁月、死亡、重复与停滞的意象（的确，这些意象，如果是遭受空袭之后的结果，不应该是那样的状态，附近应该有轰炸留下弹坑，残垣断壁，高低不平的街道。可是，这一切似乎都没有任何痕迹）。此外，弗罗斯蒂诺认为，凯瑟琳的心理活动并没有早期歇斯底里的症状，也没有精神患者的内疚；

---

① Douglas A. *Hughes*, *Cracks in the Psyche*: Elizabeth Bowen's *"The Demon Lover"* ［J］. Studies in Short Fiction, 10（4），1973：411 –413.

作品清楚地表明，未婚夫感情冰冷，对她没有一点的善意，而她甚至没有看清他面部的表情。为此，她没有充足的理由产生任何过度的内疚，除了那一句不该有的承诺以外。

关于逻辑问题，弗罗斯蒂诺指出，从叙事的角度来看，凯瑟琳的思维相当清晰，看不出是一个精神有问题之人在行动。那么，她为什么正好是那一天返回伦敦？答案是，年轻的时候，她可能没有太在意自己所做的"不祥允诺"，人到中年之后，由于生活的不如人意，她下意识地在约定的这一天来到了伦敦，面对现实之后，她又不那么情愿地去见他。出租车是怎么一回事？事先约定好的，因为不可能马上就到，所以要早些叫车（而且，不知何故，未婚夫知道了情况，就在那里等着）。出租车司机是未婚夫吗？是的。如果不是的话，一个女性在车内做出那样激烈地反应，任何一位司机都会无条件地停下车来。① 可以看出，弗罗斯蒂诺的一切推论并不是完全建立在可靠的事实之上，但是可靠的推论，前后上下具有一致性。

作品叙事合乎逻辑，不含任何幻想的成分，照此，它就应当是一个关于凯瑟琳与未婚夫的故事。然而，叙事结束的时候，几乎只是完成了期盼的一半：叙事未完待续。

为何说作品是凯瑟琳与未婚夫的故事？未婚夫，依照官方的说法，已经阵亡，可是，一个死人怎么会以他的口吻写那封书信呢？既然书信真实可靠，死人不会说话，又不是托管人，那么，她的未婚夫就一定还在人世。稍等，一个疑问：那封书信的署名怎么会是 K？显然是凯瑟琳名字的首字母。要知道，叙事中始终没有交代凯瑟琳未婚夫的名字，是否有这种可能：他的姓氏的首字母就是 K？也许还有其他可能。言归正传。未婚夫就在附近，要么摆脱他，要么面对面。正如前面两位学者在争论中所揭示的那样，争议再多，没有争议的是关于凯瑟琳未婚夫的事实：他是一个冷酷无情的人，一个不让自己心上人抚摸自己的人，一个不想让心上人看到自己双眼的人。25 年过去了，自己已经有了家室和孩子，有谁还愿意与一个本来就没有多少好感的旧情相见呢？凯瑟琳不愿意，但她的未婚夫却处心积虑，执意与她面对面。他有理由得意，凯瑟琳几乎完全按照他的设想，一步一步地来到他的面前。似乎知道凯瑟琳的内心感受，所以，她一上车，他就飞驰而去。

---

① Daniel V. Fraustino, *Elizabeth Bowen's "The Demon Lover"*: *Psychosis or Seduction*? ［J］. Studies in Short Fiction, 17 (4) 1, 1980: 483 – 487.

他们面对面已经是不可避免的事实，可故事怎样发展下去呢？应当承认，到目前为止，叙事的视角一直是凯瑟琳的，关于过去的 25 年，她的未婚夫究竟有何说辞？读者有理由获得更多的信息。遗憾的是，交流中断。此时，留给读者的不是厚厚的余味，而是深深的疑惑。结局目前是读者最大的渴望。

没有结局，怎么办？在过去，读者只能是乘兴而来，败兴而归；但时代不同了，读者可以独自进行续写，而且作家鼓励他们进行续写。续写的方式很多，有一个读者就有一种续写方式，续写的方式千变万化，但有几个要点不可或缺。第一，应该有未婚夫的视角，只有让未婚夫讲话，两条叙事线才能交汇，交汇的叙事线可以构成矛盾冲突，有了矛盾就能有高潮，要化解矛盾，就有机会一展叙事的精彩。第二，在 25 年的空白里，到底发生了什么？第三，为何选择今天见面？第四，学界普遍认为，这是一个谋杀的神秘故事，凯瑟琳如何为自己辩护？第五，谋杀的正当理由是什么？要让一个人担当全部责任吗？第六，要揭示的是性格冲突还是社会矛盾？第七，作案地点为何不选在凯瑟琳的家中？第八，假如叙事的结尾如同哥特民谣一样，鲍温重写故事的意义何在？

一个线性的故事之后，应当是一个非线性的叙事。《关于爱情，说些什么》的结尾方式不含有暴力倾向，却也是主要叙事方式自身的本质所决定的。同样，是否是开放结尾，也为主要叙事内容所主导。

四个人，两对夫妇（丈夫麦尔与妻子塔里；丈夫尼克与妻子劳拉），围着餐桌喝杜松子酒，谈天说地，但主要围绕着爱情的话题展开。麦尔的爱情观似乎从一开始就为叙事提供了重要的价值标准："真正的爱情无他，精神之爱而已。"

第一种爱情，塔里与前夫艾德的暴力与爱情，这是一种奇妙的结合。艾德的暴力倾向表现在以下几个方面：艾德紧握塔里的双脚，拖着她满屋子里转动，塔里的头部几次发生撞击。与此同时，艾德口中念念有词，"我爱你！"用塔里自己的话来说，"他爱我至深，几近谋杀。"失去塔里的爱之后，艾德的反应同样充满了暴力，暴力不是外指，而是反指。他用枪自杀，但自杀的方式拙劣，用枪对准自己的口腔射击，没有一枪毙命，忍受着剧痛三日方才离世。

可以想到，塔里离开艾德的主要原因是他的暴力行为。不过，直到艾德死后方才醒悟过来，艾德之爱是一种带有施虐倾向之爱，与受虐之爱正好相反。用塔里的话来讲，"那的确是爱""当然，在多数人眼里，那是一种反常之爱。但他愿意为爱而死，他为爱而死。"

第二种爱情，纯属虚构，可算作幕间曲，却也是一定情况下，无可争辩的事实。麦尔以自己与塔里为例。他们恩爱有加，不过，麦尔认为，"万一我们一人有个三长两短，原谅我这么说话，万一明天我们俩有一人出了事，我认为，另一方，另一个人，就会悲痛一会儿，你知道的，接着，活着的人就会走出去，再一次相爱，不久就有了他人。"爱情是肉欲的。

第三种爱情，一对老伴，在野营的时候，坐在车里，一位少年开车相撞，少年身亡，老年人重伤。住院期间，妻子康复的很快，丈夫不仅没有因此感到高兴，反倒不快。何因？"因为他不能通过眼孔看到他的老婆。他说，这就是他不高兴的原因……他不能转他妈的头，看不到他妈的老婆。"老者的爱情超越了肉欲。

第四种，麦尔前妻玛卓立的爱情。麦尔几乎每天都盼着她早日结婚，不结婚，就赶快死掉。麦尔不仅要扶养玛卓立和孩子，还要扶养玛卓立的男朋友，他们几乎搞得麦尔与塔里破产。

第四个故事结束后，叙事戛然而止。戛然而止从何说起？叙事结束的方式与读者的期待决然相反。读者期待的是一个真正的情节。要知道一般读者对情节的理解，就要回忆一下关于情节的定义。

有两种情节。第一种，传统的情节观念。亚里士多德认为，情节由三部分组成，开头、中间、结尾。情节内在的逻辑关系是必要的（因果关系）与可信的（偶然关系）两种关系类型组成；情节离不开人物，但与人物相比较，情节更重要，其目的是唤起观众的情感，起到教育作用，人物因此也就是一个陪衬因素。在亚里士多德那里，情节所折射出的道理，也就说外在的规律性，是戏剧首要考虑的因素。亚里士多德的情节三段模式，后来发展成弗雷塔格金字塔模式（Freytag's Pyramid）：①

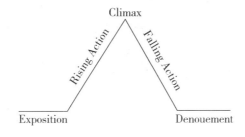

---

① https：//en. wikipedia. org/wiki/Plot_ （narrative)

即，阐释→行动上升→高潮→行动下降→结束五部分组成。可是，上述四个故事之间根本不存在因果逻辑联系，有的也只是偶然的关系，偶然关系也就是作者的意志移动的方式。四个故事之间也没有行动上升、高潮、行动下降，结尾也是武断的，因而处于未完成状态。

现代的情节概念。与弗罗斯特强调因果关系不同，俄国形式主义更注重小说家处于艺术目的对事件有意识做出的安排。休热特（syuzhet，即情节）高于法布拉（fabula，即故事）：故事内在的顺序是按照时间顺序呈现的，而情节内在的顺序则是按照审美目的排列的。且不论是否完全正确，总之，现代主义作家纷纷拥护，广泛实践。萧伯纳的《华伦夫人的职业》（*Mrs. Warren's Profession*）几乎是在室内通过谈话的方式完成的叙事，劳伦斯的《恋爱中的妇女》（*Women in Love*），各章之间也是以松散的方式排列在一起。不过，《华伦夫人的职业》究竟有一个共同主题，就这个主题母女之间发生严重的意见分歧，经过不断的辩论，两人最终达成和解。《恋爱中的妇女》也以一对情侣的死亡与另一对情侣的婚姻宣告结束。

相比之下，《关于爱情，说些什么》，就任何一种情节而言，都不具备一种结尾方式。因为故事之间没有必然的联系，所以，更多的故事就可随时加入进来，毫无违和之感。当然，并不是说故事没有一个共同的主题，事实上，主题很鲜明，即爱情说，不过，每个故事都是绝对独立的，人物也是如此，四个故事之间的顺序也没有在艺术上予以强调。作者采用的关联四个故事的方式极为松散，由听故事的人之间的一些交流作为衔接手段。

再添加一个故事也并不见多，而且，添加可以合理地持续下去。不过，读者发现了一个最具权威的续写文本，那就是作者本人所做的"续写"。卡弗投稿之时，编辑（Lish）发现原作有些絮叨，于是自作主张，进行了必要的删减和改动，特别是删除了最后的八个段落，这就是读者最早见到的版本。由于作者去世前和去世后妻子的努力，原作品和其他部分故事的原作一道结集出版。不妨把原作品的结尾视作编辑版的续写。麦尔（赫伯）过去淋浴，塔里在外边讲述了麦尔与抑郁斗争的痛苦经历；之后，塔里又想到了为爱而死的艾德（卡尔），痛苦欲绝，谁曾想到，塔里竟然背着卡尔打掉了他的孩子；好在，她与麦尔的婚姻幸福美满。整个故事中，尼克与劳拉甜甜蜜蜜，抓住一切时机，当众秀恩爱；然而，就在叙事快要结束的时候，劳拉与尼克长时间相对的目光仿佛也在讲述他们自己的故事，"不要担心，能闯过去的，一切都会好起来，你晓得。慢慢来。"可见，人人有本难念的经。尼克转身朝着窗外放眼望去。故事以尼克讲述开始，以其远望沉思收尾，颇具合理性与余味，给人一种充足的结束感。

那么，读者续写的依据是什么？两个依据：一是主干叙事提供的信息，二是个人对作品的理解以及对爱情的感悟。续写的结果，可以预料，千变万化，但有一点可以肯定，一定是个人感到满意的，其中凝结着个人对爱情的深切体会，甚至不乏颠覆性的认知。续写的文本可以在交流中实现流通，经过大众的广泛认可之后，甚至可以成为经典续写。不做交流的文本，仅供自我消费，但同样能够起到宣泄乃至教育的功能。无论怎样，续写者都能够从中找到属于自己的话语权，通过行使话语权力，揭示真理，创造真理，或者赋予事物应有的意义，增加事物的色彩。书写是阅读的一种权利，一种生存权。

第二种书写方式是选择式书写，读者无须调动脑细胞，只是在提供的结尾中选择适合个人审美口味的即可。《美女还是老虎》属于线性叙事的典范，但行至结尾处，突然发生了反转，拒绝提供稳定的结尾。小伙子打开门之后，看到的是美女还是老虎？作者把小伙子的命运交到了读者手中。

《美女还是老虎》的不确定性结尾方式，体现了典型的后现代主义艺术观念，它解构了叙事的稳定性，暴露真理的虚构性。令人惊讶的是，这种后现代主义叙事方式竟然在 19 世纪（1882）就已经存在了，并且一鸣惊人。可见，后现代主义叙事艺术，并不是肇始于 20 世纪的新鲜事物，只是这种艺术观到了 20 世纪才发展成一种主流的艺术理念。《美女还是老虎》发表之后，在国内引起了巨大的反响。地不分南北，人不分老幼，大家纷纷进行各种猜测。罗伯特·勃朗宁先生的看法是，小伙子打开了关有老虎的那扇门。两个选择，究竟是哪一个？可以预见，众人莫衷一是。事实上，无数的读者纷纷写信给作者，要求他提供一个合理的答案。

作者用另外一个故事《不要犹豫》或者《莫衷一是》（*The Discourager of Hesitancy*）回答了读者的提问。有五位客人，远道而来，志在找出真相，到底是美女还是老虎？接待他们的官员没有提供答案，而是讲述了一个故事。有一位王子远道造访，以求佳偶，在国王的授意下，很快为王子举行了婚礼。婚礼上，王子蒙上了眼睛；婚礼结束后，王子发现，有一排的新娘站在自己的身旁，他必须做出正确的选择，否则，立马死于镰刀之下。新娘的范围缩小到了两个人，其中一人微笑，一人颦蹙。那位官员于是说道，谁能说出王子娶了谁，他就告诉他小伙子见到的是美人还是老虎。显然，又一个同样的难题。斯多克顿（Frank Stockton）要说的是，选择权就在读者自己的手中，什么样的性格就有什么样的选择。可以肯定，这是一次人性的检验。

英雄救美，最终抱得美人归；灰姑娘遇见王子，终于嫁入帝王家。一位宫廷侍卫爱上了公主，这一次惹上了麻烦，大有丢掉性命之虞。无论小伙子做出的选择是什么，都是公主授意的结果。国王的权力固然至高无上，但公主的能力也不容小觑。国家的任何秘密，只要公主想知道，那她就一定能知道答案。当小伙子站在中间的广场上，用目光询问心爱之人的时候，看见公主举起右手，迅速而又微微地朝右边一动。就在此时，小伙子的命运不是掌握在自己的手中，而是公主手中，一个关于国王的故事，突然变成一个关于公主的故事。

第一种结果，老虎。按照国王定下的规矩，打开大门，走出的是老虎，小伙子就成为老虎的一顿美餐。公主示意小伙子打开右边的那道门，出来的会是老虎吗？会的。作者说得很清楚，公主很坚定，"她失去了他，谁又能得到他呢？"显然，只有两种选择，要么公主拥有他，要么谁也别想得到他。要让一个心爱的人在自己面前死去，这背后隐藏着巨大的仇恨，更需要一个铁石心肠。公主具有让他去死的铁石心肠。女儿像父亲。他的父亲，现在的国王，深受"远古拉丁邻居的影响"，具有"丰富、野蛮的想象力"，随时准备把自己"太多、野蛮的幻想嫁接到每一个主意、每一个行动上。"公主呢？"遇到这样一次自己极度好奇的机会，她那强烈、激昂的灵魂决不会允许自己错过。"她的好奇、她那强烈、激昂的灵魂培养出的恰好是"野蛮"。

她的内心深处集结着深仇大恨。这仇恨一是指向另一个门后的那位漂亮女人，二是指向站在自己面前的爱人。那位漂亮的女人竟然敢偷看公主的心上人；殊不知，公主的男人，好也罢，坏也罢，其他的女人就是不能看，看了就是犯罪。她无论如何也不愿意看到，当大门打开的时候，她"红光满面""眼睛里闪烁着胜利的喜悦"，迎接他的到来。因此，"从野蛮的远祖继承而来的狂野的血液在心中激荡着，她恨死了那个站在无声的门后腼腆、不安的女人。"她的幸福就是公主的痛苦。还有那个他。他多次与那个女人驻足说话，时间虽短，但想说的话总是可以说完。也可能是无关紧要之语，可有谁知道呢？宁可信其有，不可信其无。如此说来，这就是背叛。她见不得他当着她的面牵着那个女人的手，在众人的欢呼声中，成为夫妻。她不愿意独自一人在失望与无助中叫喊。他死了，还可以活在公主的心中；他活着，在公主的心中就死了。

第二种结果，美女。美女是国王派人从民间乃至宫廷美女当中选出的与小伙子年纪、身份相对应的绝代佳人。当美女从大门中走出的时候，国王立马免除对小伙子的指控，法场就变成婚礼现场，在众人的欢呼声中和亲眼见证之下，牧师为他们主持婚礼，成就一对新人。公主会把自己的心上人让给那位女子，怎么可能？这是因为多数读者可能忽略了一个重要的事实，即公主并不是百分之百的野蛮女人。大多读者坚信，公主继承了父亲的野蛮性格，因此就是一位野蛮的女人，殊不知，作者很狡猾地、清楚地暗示着一个重要的事实，即公主同时也是一位心地善良之人。在第四部分的第四段，作者指出了"她性格中一半的野蛮"的事实。如果是罗马人一半的野蛮，那就意味她不会像想罗马人那样血腥；如果是说，她的性格一半是野蛮，那么，她性格的另一半则是温柔善良。无论怎样，公主都不会是一个毫无恻隐之心的女人。公主另一半性格是恻隐之心的证据还出现在第六部分的第五段，"多少次呀，在白天，在梦中，一想到他爱人打开那扇门的时候，等待他的却是一只凶残无比的老虎，她就惊恐不已，以手掩面。"第七部分的第二段再一次证明公主的恻隐之心，"可是，那只讨厌的老虎，那些惊叫声，那浑身满地的鲜血！"

正如作者所说，这是一次检验人心的时候。选择老虎，这是因为读者看到的只是公主残忍的一面；选择美女，这是因为细心的读者发现了公主具有容易被人忽略的善良的一面。相信恶能战胜善的，就会选择老虎；相信善能够战胜恶的，则会选择美女。善与恶对半开，是恶而不是善更能引起人们的注意。

以上两种解读方式仅仅是选择，事实上，读者具有更大的选择自由：他们可以自由书写。

第三种结果，是由广大读者自由书写的，读者否定了二选一的狭隘思维。两个版本。第一个版本。小伙子勇猛无比，几经搏斗，终于打死了老虎。公主与年轻人经过生与死的考验，终于可以成为合法的夫妻了。且慢！公主如何解释她的决定？公主会说，这是她的自信，她不愿意因为怯懦而把心上人拱手让给他人；或者，她坚信，他会为她赴汤蹈火。年轻人会相信公主的话吗？倘若怀疑公主说了假话，年轻人会原谅公主吗？这一次书写还是一种考验，考验的依旧是读者自己的信仰。

不同意？重写。国王非常爱自己的女儿，却也不会改变自己立下的规矩。但是，公主可以在不违背国王命令的前提下，改变事情发展的走势；而且，公主的能耐国王不可能不知。国王的想法是：爱他，你就救他；不爱，你就杀了他。依据呢？合理的猜测。怎讲？既然让读者猜，那就让读者猜到底好了。公主示意打开藏有老虎的那扇门；门打开了，老虎出来了，可是，老虎无心理会年轻人！原来，经公主授意，仆人事先把老虎喂饱了！老虎不会吃人，美女也不会嫁给小伙子：有情人终成眷属。可是，别忘了国王嗜血！不过，国王也有不嗜血的性格。其实，国王一直处在为人误解之中。作者不厌其烦地指出，国王身上的罗马野蛮只是性格的一半，而不是全部。故事的第一句话就是，"在古老的时候，有一位半野蛮的国王（semi-barbaric）。"紧接着，"他一半的性格是野蛮的"；第二段，"他的野蛮打了对折（semified）"。第七部分的第一段，国王统治的是"一个未来半野蛮的幸福之地"。所以，当国王发现老虎不愿进食的时候，也就明白了真相。这次检验的是读者的信仰与智慧。

　　以上是从读者的视角做出的判断，下面则是从作者的视角做出的解读。

　　第四种结果就是，否定单一性。作品发表之时，美国独立已有一百多年，自独立以来，以韦伯斯特为代表的美国人就倡议文化的独立性。然而，美国始终没有一种完全的独立感，国人甚至认为，美国仍然在模仿欧洲的风格。英国人更是不遗余力的讽刺美国人，指责他们把英语这种高贵的语言变成了野蛮的工具。独立的最好方式就是反叛，《美女还是老虎》反抗的就是欧洲叙事的模式化。按照叙事传统，故事结束之时，作者一律提供一个稳定的结局。可是，作者就是要以一个开放的结尾方式反抗传统的稳定性。惠特曼在评价作品时指出，斯多克顿怀疑君主制能够主张正义，君主制对美国的文化来讲，根本就不适合。君主制反映的是传统价值观念，在民主制的美国是遭排斥和陌生的东西。① 同时，作者，如同君主一样，向来自视权威之上，不可侵犯。放弃封闭式结尾，就是放弃作者那君主般的威严，以民主的姿态，把权力下放给读者。

　　非线性选择式结尾。众所周知，非线性选择式结尾最成功的作品当属《法国中尉的女人》（*The French Lieutenant's Woman*），故事在行将结束之时，一反读者的期待，其实也是作者写作计划之外的，出现了三个结尾：一是查理斯与欧尼斯蒂娜完婚，但婚姻差强人意；二是查理斯找到了萨拉，发现自己有了女儿，一家三口幸福地生活在一起；三是萨拉决定独立生活，成为一

---

① Sarah Madsen Hardy. *Tradition or Rebellion*："*The Lady，or the Tiger？*" *and American Culture* [J]．*Short Stories for Students*，The Gale Group，3，1998：177 – 188.

位新女性，查理斯失望而归。不过，《法国中尉的女人》也不是最早的多结尾小说，《罗塞娜》（Roxana）有两个结尾：一是罗塞娜来到了荷兰，与丈夫结婚，沉浸在富足的幸福生活中；二是罗塞娜突然焦虑不已，往事挥之不去，于是在焦虑中，她度过了余生。关于《法国中尉的女人》的三个结尾，也有一个误解，读者都以为欧尼斯蒂娜是叙事的中心，但有学者敏锐地指出，小说的中心人物是查理斯。①

同理，《幸福的结尾》看似简单，实则复杂。读起来是一篇淡而无味的故事，琢磨一下则是一篇意味深远之作。《幸福的结尾》不仅是一篇多结尾之作，也是一篇关于叙事艺术的元小说。

故事的题目是"幸福的结尾"，那么，幸福的结尾是什么？要回答这个问题，就必须搞明白，故事的主叙事是什么？故事的主叙事就是一句话："约翰与玛丽相遇。"接着，作者提供了六个版本的故事：A、B、C、D、E、F。也就是说，一个原因，六种结果，这种结尾方式可视为鸽尾式（dovetailing）。如何理解这六种结果？学界普遍认为，这是六个版本的故事，不是六种结尾。且看图 2-1：

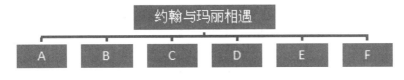

图 2-1 约翰与玛丽故事的六种结尾方式

值得注意的是，在 B，C，D，E，F 中都出现过这样一个相似的表述：后来的故事，就像 A 一样。那么，A 版本究竟是怎样的一个故事？"两个人相爱、结婚。有工作，有房，有用人。两个孩子，很有出息。有和谐的性生活，有朋友，有假期。退休后，有爱好。去世。"不难看出，这是一个一帆风顺的、幸福的、中产阶级的人生。换言之，就是"从此以后，他们幸福地生活着"的一个详细版。可见，A 既是一个故事，又是一个结尾，一个略微详细的结尾。显然，幸福的结尾就是 A：六个不同版本的故事，但结局都如同 A 一样。

不过，事情远非如简单。故事的起因是：约翰与玛丽相遇，读者看到的

① James Phelan. *Reading People*，*Reading Plots*：*Character*，*Progression and Interpretation of Narrative* ［M］. Chicago：University of Chicago Press，1989：83.

应是约翰与玛丽夫妇不同的人生结局。照此判断，约翰与玛丽的故事只有四个，两个幸福的人生、两个不幸的人生。见图2-2。

图2-2 约翰与玛丽的四种人生结局

可见，叙事比原来想象的还要复杂。B 其实是两个故事：约翰与玛丽的（不幸福）与约翰与玛姬的（幸福）。C 是四个故事：约翰与玛姬的（不幸福）、玛丽与詹姆斯的（不幸福）、约翰与玛丽的（不幸福）、玛姬与弗雷德的（幸福）。D 与 E 都是玛姬与弗雷德的故事。图2-2变更如图2-3，其中，幸福的有下划线：

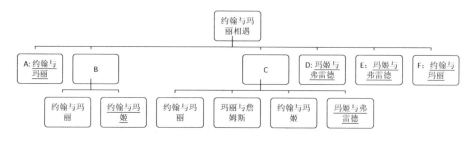

图2-3 六种结尾方式的细化

换言之，《幸福的结尾》的六个版本的故事，其实是关于四对情侣的十种人生故事：四个是直接的故事（约翰与玛丽），六个是间接的故事（鳏夫、寡妇再嫁）；换一个视角：约翰与玛丽的故事四次，玛姬与弗雷德的三次。最幸福的夫妇是玛姬与弗雷德，最幸福的人是玛姬，最不幸的人是玛丽。

六个版本的故事都以幸福的方式结尾，这是一个谎言。起初，作者说，"你不得不承认，无论你怎么截取，结尾都是一样的。其他任何结尾方式都是欺骗，不要上当。"可是，作者紧接着又说道，"真正的结尾方式就是此处所提供的这一个：约翰与玛丽死了。约翰与玛丽死了。约翰与玛丽死了。"显然，"幸福地生活着"与"约翰与玛丽死了"相抵触，究其原因，这是一个批判①与讽刺的手法。除非死亡是不可能的，否则，以死亡的事实为结尾没有

① Rena Korb. Critical Essay on "Happy Endings" *Short Stories for Students*, The Gale Group, 13, 2001. ［EB/OL］*https*：//www. encyclopedia. com/... /happy－endings.

任何主题与艺术上的意义。同样，凡是以幸福的人生作为结尾方式的都是空中楼阁：对于读者来说，只是一厢情愿；对于作者来说，则是投其所好，麻痹人心。为何？因为在每一个幸福的结尾之前（除了 A），几乎都有一个不幸的结尾。例如，在 B 版本中，玛丽服安眠药而死，并没有像她所想象的那样，得到及时的拯救。在 C 版本中，玛丽与詹姆斯死于约翰的枪下，约翰死于畏罪自杀。而且，在 A 版本中，约翰与玛丽没有经历任何挫折，生活就是一个单调乏味的程式，这种乏味与单调通过"刺激与挑战"的三次重复表现无余；① 不是说没有类似的生活方式，而是说这种生活方式仅仅属于特权阶层。在 E 版本中，弗雷德早亡，玛姬孤苦一人，直到"A 版本的最后"（"A 版本的最后"是一个极具迷惑人的表述）。在 F 版本中，约翰与玛丽经历了无数的激烈争吵（a lustful brawling saga of passionate involvement），但是，由于社会价值观念的约束（请记住，这是加拿大，你最后还是以 A 的方式结束），故事仍然落入俗套。另外，最幸福的人儿并不幸福。在玛姬与约翰的婚姻中，玛姬不得不忍受约翰的出轨，最后不得不忍受丧夫之痛；在与弗雷德的婚姻中，玛姬劫后余生（当然是天灾，不是人祸），或者再次经历丧夫之痛。反对平淡乏味的生活，并不是提倡充满磨难的人生才是幸福的人生。重要的是，在幸福的人生与不幸的人生中间，把注意力放在幸福的人生之上，是一种谎言，一种不负责任的表现。故事里的每一种人生，都有可能是现实中读者的人生。因此，幸福的人生不可信，其他的都是虚假的，正如作者所言，"要么恶意欺骗，蓄意造假；要么过于乐观，够不着纯粹的伤感"。

更有甚者，故事的结尾都是建立在父权文化之上。在 A 版中，玛丽骄纵约翰，为的是让他习惯自己的身体，最终离不开自己；她服药自杀，为的是以死相劝，期望他良心发现；结果，伤害的反倒是她自己。在 C 版中，玛丽做了一次新女性，可是，还是死于约翰的枪口之下。在 F 版中，玛丽也处于被动之中，只能是一个反间谍者；无论怎样折腾，只能给人一个幸福生活的假象，这也是父权社会所期望看到的。再从艺术上的角度来看，《幸福的结尾》在最后部分的元叙事当中，似乎话锋突转，从结尾方式转移到了故事情节。其实，作者想从情节的角度来阐释结尾的本质。结尾不应该是一连串"什么"之后的最后一个"什么"，这个最后时刻的"什么"应该是建立在

---

① Rena Korb. Critical Essay on "Happy Endings" *Short Stories for Students*, The Gale Group, 13, 2001. [EB/OL] *https*：//www. encyclopedia. com/... /happy – endings.

"怎样与为何"之上的。又一次回到了故事与情节或者法布拉与休热特之间的区分上来了。正因为缺少必要或充分的"怎样"与"为何",《幸福的结尾》六个版本的故事才读起来那么的干干巴巴,那么的平淡无奇。作者在以"无奇"说"有奇"的重要性。

要理解开放结尾,重要的前提是传统的封闭性结尾方式长时间以来一统天下。单一的结尾方式给读者留下的印象是结尾体现了一种必然性,一种稳定性,一种排他性的真实性。但凡有着阅读经验的读者都会发现,自己都曾经喜欢过或者不喜欢哪一种结尾,个人的看法是什么。同样,作家本人在创作的过程中,也有着几乎相同的体验,只是读者并不知道创作的具体内幕。当越来越多的小说手稿大白于天下,或者越来越多的学者开始研究手稿的时候,艺术创作的过程逐渐为广大的读者所熟悉。艺术尽量逼近生活,甚至生活可以模仿艺术,那都是一种解读方式,只是在作家本人那里才具有一定的合理性。因此,打破艺术创作留给读者的这种虚幻,真实地揭示艺术创作的本质,就成了后现代主义小说家的首要任务。这是一个叙事权力非中心化的时代。这是一个民主的时代,一个读者逐渐走向主体地位的时代。

封闭也罢,开放也罢,结尾缺少不了。这就是结尾的重要性和意义。除非读者始终是一位浪漫主义者,否则,任何一位具有现实主义情结的读者,都会在乎结尾。结尾,与开头相比,更加重要,因为它决定着一个艰苦过程之后的回报,决定着下一阶段人生演绎的方式,决定着另一个生命体规划人生的方式。结尾一定是逻辑和非逻辑共同作用的结果,可以是封闭的,也可以是开放的,但必定与主叙事结构一起,构成一个具有特色的叙事结构模式。

第三章

二元组合

正如《幸福的结尾》所言，"真正的行家，因钟情于中间部分而见长，因为那是极难处理的部分。""中间部分"就是短篇小说的情节，对于一般小说家来说，情节的确难以处理，不过，也正是因为高拔的艺术难度，方显小说家的叙事才华，有了足够的艺术才华，情节必定会大放异彩。

从前两章的部分文字可以看出，弗罗斯特对情节的定义是相当不错的，不过，把时间顺序视作故事内在构成的做法有些欠妥，《夜色温柔》第二版本之所以成功，就是因为作家以审美效果为主要目的，审时度势，果断地采用了时间顺序而不是备受推崇的倒叙手法，以此组织一连串的事件，收到了预期的艺术效果。从这个角度来讲，《幸福的结尾》所批判的"一个什么，又一个什么，再一个什么"的故事模式，也是情结的一种特殊形式，并非永远是败笔。

可是，关于情节的理解不能就此止步。情节之中尚有一个结构的问题。情节与结构是两个分立的概念。情节的本质或内在逻辑可以用一个"因为"来概括，或者用一个"操控"来点睛，但这两个概念用在结构身上则不行，因为结构是作家对一系列事件按照一定的组织原则加以组合、排列之后所形成的规则形状，准确地讲，结构是情节最终的表现形式，是具有美学意义的规范形式。

最早对情节的结构模式进行描述的当属亚里士多德。亚里士多德的情节结构是简单的三段模式，即开头、中间与结尾，可用两条短的和一条长的线段来表示，短的线段分别位于长线段的两端。后来，弗雷塔格把情节的结构模式定义为金字塔型，前一章已有描述。结构主义者只是把情节分解为基本的单位，特别是采用二元对立的手段对情节进行描述，其贡献令人瞩目，但并没有进一步对基本单位所构成的结构模式做出归纳。不过，原型批评的贡献不可抹杀，例如四季循环的叙事模式就是常见于作品之中的一种结构范式。

本章与下一章，将试图在学界以往取得的成就之外，寻找情节结构的一些模式。当然，这些结构模式也是受到已有成就的启发而总结出来的。具体地讲，本章主要总结两种结构模式，即套叙（frame story；nested story）与舞蹈，两种结构模式都有一个共同的特点，即由两个主要元素通过静态或者动态的方式构成。

第一节　套叙

套叙就是故事中包含故事。最早的套叙案例当属《一千零一夜》（The Arabian Nights），故事中，山鲁佐德给国王山努亚讲述故事。套叙的另一个名称则是中国套盒（Chinese Box），例如，"从前，有座山，山里有座庙，庙里住着一个老和尚和一个小和尚。有一天，老和尚对小和尚说，从前，有座山，山里有座庙，庙里住着一个老和尚和一个小和尚……"套叙也受到俄罗斯套娃（matryoshka）的启发。套叙在长篇小说的中颇为盛行，如《呼啸山庄》（Wuthering Heights）中奈莉的叙事，还有《黑暗的心脏》（Heart of Darkness）中马洛的叙事。具有套叙艺术的短篇小说，相比之下，略少一些。

套叙结构一般具有两个叙事层次。第一个叙事层次由叙事者（隐含作者）与读者（听众）互动生成，或称外层；第二个层次则由故事中的人物兼叙事者和他（她）的听众（读者）之间互动生成，或称内层；第二叙事层是第一叙事层的内容；第一个叙事层次发生在现实（当时）的世界，第二个叙事层次发生在过去（更远的过去）的世界。两个叙事世界一般不会交替出现，可以相对独立，也可以相互影响。简言之，每一个叙事层都由三个要素组成：叙事者、读者与故事。为了论述的方便，我们可以把第一个层次的叙事者标记为 N1，读者为 R1，故事为 S1；把第二个叙事层次的人物兼叙事者标记为 N2，读者 R2，故事为 S2。还有一个关键：从第一个叙事进入第二个叙事的手法讲究顺理成章。判断套叙的种类，为了便于区分，主要依据第一叙事层的人称，如果两个叙事层的人称一致，则称之为绝对套叙。除了第三人称套叙之外，本节所讨论的套叙均属绝对套叙。

短篇小说中，套叙一般采用第三人称与第一人称，不过，也有第二人称，第二人称不仅少见，而且历史较短，但势头强劲。在这一节里，论述主要遵守传统的人称分类标准，不再对叙事视角进行更深入的分类。

在第三人称套叙的短篇小说中，第二个叙事层不仅是第一个叙事层的内容，而且是第一个叙事层的注视对象；在第二个叙事层次里，人物永远不会意识到第一叙事层的存在，换言之，第一叙事层的关注行为是单向、不可逆的。然而，在主题上，第二叙事层可以对第一叙事层产生逆转性的影响。第三人称套叙的案例有《阿奇博与民众》（*Archibald and the Masses*）与《大雪封门：一个槲寄生式的故事》（*Snowed up：A Mistletoe Story*）。①

《阿奇博与民众》有两个叙事层。在第一个叙事层里，叙事者就是伍德豪斯（P. G. Wodehouse）化出的隐含作者，读者就是任何一位阅读该作品之人，叙事者与读者都处于现实世界之中，但可以是不同时空之人，即同时代或其后的人们。叙事者与读者所共同面对的故事发生在垂钓者之家（Angler's Rest）的酒吧（bar parlour）里。人物有穆里纳先生（Mulliner）、一品脱苦啤（Pint of Bitter）、杜松子和安格斯杜拉（Gin and Angostura）、清淡拉格（Light Lager）、小巴斯（Small Bass），也就是说，除了穆里纳以外，其余各位都是以其所喜爱的酒类命名。他们正在议论社会主义："流传甚广呀，社会主义思想，其中有些道理。我的意思是，你、我坐收其成，人们都这样说，其他人则处境尴尬，喝了这半杯就不知下半杯在哪里。"

从第一叙事层进入第二叙事层的关键是，穆里纳先生的侄子阿奇博也是一位社会主义者，不过，他信仰社会主义的时间不长。可见，有两个要素成为两个叙事之间的重要衔接：一是阿奇博的社会地位，即富贵之家的公子哥；二是其社会主义信仰持续的时间短暂。两个因素构成了充分的悬念，把读者从第一叙事带进了第二叙事：有谁会承认到手的好处是不当得之利？接受的信仰又为何很快就放弃了呢？与此同时，穆里纳先生也是连接两个叙事层的关键性人物。

第二个叙事层的叙事者是穆里纳先生，听众则是一品脱苦啤、杜松子和安格斯杜拉、清淡拉格以及小巴斯四位先生，故事中的主要人物则是阿奇博、未婚妻奥里利亚与男仆麦豆思。第二个叙事层依然是第三人称叙事视角讲述五段趣闻。第一，阿奇博偶遇一位饥寒交迫的男子，从他口中得知，其家人嗷嗷待哺，为此感慨万分，人间生活竟有如此之艰难；有了贫富不均的意识，

---

① Julian Wolfreys and William Baker eds. *Literary Theories：A Case Study in Critical Performance* [M] . New York：New York University Press，1996：19－29.

适逢伦敦东区大闹社会主义革命，阿奇博突然对社会主义思想产生了浓厚的兴趣。第二，在东区，阿奇博遇到了一位"受苦受难的无产阶级"男孩，想到他可能还饥肠辘辘，就送给他了一条面包，可谁也不曾想到，这位男孩举起面包，朝着他的脖颈就是一下。第三，在鹅与酸黄瓜小吃店里，阿奇博慷慨解囊，邀请众人豪饮一番，不料没有携带支票本，被众人穷追不舍。第四，筋疲力尽的阿奇博甩掉了众人的追赶，来到一家小饭店，饱餐了一顿美味，大大地缓解了肉体与精神上的疲惫，不料小店就是先前的饭店，再一次蒙受差辱。第五，想起未婚妻的警告，阿奇博半夜三更来到楼下模仿鸡叫，赢得了未婚妻的原谅，却惹恼了众邻，被前来执勤的警察逮到了警察局。

第二个叙事层因第一个叙事层而起，也必将对第一个叙事层起到反拨的作用，这种反拨的作用可以用一句话来概括，即第二叙事从正面、简单地剖析了群众对社会主义的种种误解。叙事者认为，社会主义运动是有必要的。阿奇博在偶然中对现实中巨大的贫富差距有了一次近距离的接触，一个不善深思之人变得严肃、认真起来了。他自己很快就成为一位社会主义革命者。就像历史所揭示的那样，革命的火焰已经燃烧到了他的身边，自己却浑然不知：他的男仆早已经是一位自由曙光联盟的成员，不仅熟悉"人民的声音"，而且同情"受苦受难的无产阶级"。在男仆的帮助下，他接受其政治宣传，但不接受其暴力形式。他的转变与其说是理性的，倒不如说是感性的。

感性引导着他实现了世界观的转变，也引导着他进行着革命的实践。直观感觉成为他判断一切的标准。凭感觉，他认为遇到的小男孩需要自己的帮助，于是就自掏腰包为他买了一条的面包，他天真地以为，社会主义分子做好事，不能接受任何感谢，接受感谢就是接受回报，接受回报那就不是利他主义了，更何况自己的行为足以令人感激涕零。显然，在阿奇博看来，社会主义就是无条件、一厢情愿的利他主义。有了错误的世界观，刚从第一次失误中出来，又进入了第二次失误。在酒店里，他再一次慷慨大方，免费请人喝酒。当众人随声附和，几乎是事事恭敬的时候，阿奇博对人民大众的感情就更加深厚了，这么好的人民大众，有谁会忍心让他们吃糠咽菜呢？在阿奇博那里，慈善就是社会主义的代名词。

人民闹革命，必然是走投无路。既然伦敦东区是革命的中心地区，那里的生活条件必然是地狱一般。可是，亲身经历令其大为失望："一派生机勃勃，他要做出这样的判断，太快乐了，简直不敢相信。原以为将要看到的是阴暗的地狱，却一头扎进了一片完美、欢快、汹涌的旋涡。"眼见为实，不过，个人所见也并不是现实的全部。阿奇博以眼见为现实，以部分代替整体，对社会主义的宣传产生了怀疑。好在他的激情也是一瓢冷水就能浇灭的。

当然，社会主义思想也是处处遭人误解。起初，阿奇博牵着男孩的手走进商店的时候，那位男孩认为阿奇博精神失常，心中不无反感；不过，一想到商店里还有巧克力、冰棍等好吃的，也就容忍了；没曾想到的是，阿奇博给他买的真的只是面包。可见，人们不仅对社会主义有着错误的认识，而且，一旦接受了社会主义，又对社会主义产生过高的期望，期望得不到满足，就心生怨恨。发生在鹅与酸黄瓜饭店的不幸，是阿奇博个人的，也是社会主义运动的，阿奇博的允诺可谓慷慨大方，令人顿生无限的敬意；可是，宣传是一回事，落实又是另一回事，当口袋里没有支票的时候，任何允诺都只是一场空欢喜，最终还是民众自己买单。民众喜欢坐享其成吗？不是，他们愿意付出辛勤的劳动，只是政治领导人要有诚信，能够兑现一切诺言，毕竟，制度与政策的力量是无穷的。话又说回来了，社会主义运动领导人有心，但现实无情。

饭店老板，那位身着衬衫与马甲的男士，似乎是资本主义经济制度的代表，他尊崇的信条是，按劳索酬，不劳不得。阿奇博也似乎在向读者发出警示，有饭吃才是硬道理，每一次挫折之后，都是美食让他产生了理想，真的是衣食足而后知礼仪。那位警察先生也是资本主义秩序的忠实代表，任何破坏资本主义制度的力量都要受到管制或制裁。奥里利亚则是资本主义价值观念的代表，她摆在阿奇博面前的只有一条选择，要么追求社会主义信念，要么坚持资本主义价值观念；走了一段弯路，阿奇博还是回到了奥里利亚的身边，接受了资本主义世界观。

第二个叙事层并没有否定阿奇博的社会主义思想，只是暴露了其信仰与现实之间的断裂之处，说明了其社会主义信仰短命的原因。其实，故事自始至终都沉浸在讽刺与幽默的格调中，在讽刺与幽默之中，又积极地肯定了阿奇博博大的善意，也就说，社会主义自有魅力，但不能空想。"这一杯，来，为社会主义而干，"一品脱苦啤若有所思地说。一品脱苦啤似乎从一开始就有先见之明，一切都在那杯酒里了。综上所述，不仅在技巧的层面上，而且在主题的层面上，两个叙事层都发生了有机的关联。

《阿奇博与民众》的套叙由第一叙事层进入第二叙事层，这种顺序可以称之为推进（zoom in），而《大雪封门：一个槲寄生式的故事》的套叙则是从第二个叙事后退到第一个叙事，这种顺序可以称之为拉远（zoom out）。推进还是拉远，主要取决于第一叙事层的位置：在先则是推进，在后则是拉远。《大雪封门：一个槲寄生式的故事》的第二个叙事层，与《阿奇博与民众》的第二个叙事层不同，采用的不是连贯式的故事体，而是断续式的日记体；不是第三人称叙事视角，而是第一人称叙事视角；不是转述他人的经历，而是直接的人生经验；不是可以公开的事件，而是偶然曝光的私密。相同之处在于，第二叙事层都不可能意识到第一叙事层的存在。

在《大雪封门：一个槲寄生式的故事》的第二叙事层里，叙事者是"我"（仪狄），读者也是"我"，即仪狄向她自己进行倾诉，这是日记体叙事的本质所决定的。"我"既是故事中的人物，又是故事的叙事主体，换言之，这种第一人称的叙事视角学界称之为内视角。第二个叙事层的内容有三个层次。第一，仪狄与求婚者的故事。仪狄有三位求婚者：比尔波顿勋爵、商人特里格先生与士兵奥莱尔斯先生。第二，父亲催婚。父亲希望通过婚姻的方式，解决燃眉之急，即经济拮据，其选择有二：一是把女儿嫁给比尔波顿勋爵，通过乘龙快婿的关系，谋得一个外交官的职位；二是把女儿嫁给特里格先生，有了特里格的帮助，经济问题也就能够得到解决了。也就是说，这是一个姑娘与四位男人之间的故事。第三，伦敦突降大雪，交通中断，食物、电力供应停顿，东区百姓骚动不安，社会开始动荡。故事的结局皆大欢喜。

在第一叙事层里，叙事者是杰弗里斯（Richard Jefferies）的隐含作者，受叙者可以是男性，也可以是女性，但隐含的读者主要是男性："很有可能，一个女人受到惊吓之后，夸大了事实"。这种带有贬抑口吻评论女人的行为，一般不会轻易地针对女性读者，但它的价值在于，为决策者提供了重要的事实依据，而这些决策者则绝对是具有理性的男性，因为在错综复杂的爱情故事中，叙事者看到的却是伦敦将来可能面临的危机。仪狄的日记构成了第一叙事层的故事。由此看来，第一叙事层包含两个要点：一是对女性的评价，即女人遇事失措，容易夸大事实；二是对人类文明的认识，即由于城市的生存完全依赖外来补给，长时间的自然干扰，的确能够造成极大的不便。从这两个要点出发，叙事者把两个叙事层连接起来，但两个叙事层次之间的这种关系并不能对读者的批评性阅读构成强制性约束。

那么，两个叙事层的关系是什么呢？也就是对第一叙事层两个要点所做的评述。其一，仪狄夸大事实。关于大雪，仪狄的描述是"风很大，在屋里人们无法点着篝火取暖，他们于是干脆把房子点着了""泰晤士河沿岸无遮无拦，大风把岸上的降雪吹得一干二净。由于议会大厦的阻拦，大雪堆积如山，据说，泰晤士河里已经出现了冰川"。关于食物短缺，仪狄的描述是"我们好久没有品尝到肉味，没有吃上蔬菜或面包，除了猫肉之外：这些斯文的男人们竟然把我的波斯猫给吃了，我是一点也不敢动"。关于社会治安，仪狄写道"没过多久，不法之徒就开始进屋抢劫（幸运的是，他们还没有到达伯克利广场）。他所在的军队应召平息暴乱，市中一度出现了一些恐怖的场面：大雪越积越深，与战马的肚带齐平，战马根本迈不动腿；可是，不法之徒有机可乘；由于缺乏食物，士兵很快就崩溃了"。关于环境卫生，仪狄如是说"今天早上大约三点钟的时候，耗子出来了，在床上乱跑，我们惊慌乱窜，我觉得这些耗子会把我们咬成碎片的"。

关于仪狄的描述，杰弗里斯的看法是：第一，伦敦的确突降大雪，大雪阻断了食物供应，食物的短缺给伦敦造成了一时的恐慌，有些地方甚至发生了抢劫事件。第二，泰晤士河中出现了冰川令人怀疑；那些绅士们是否真的把她的波斯猫给吃了，还需证实；既然士兵没有食品供应，不法之徒的粮食也不会持续很久，他们会互相对峙，但相安无事；老鼠与人类为邻，但几乎互不直接接触，可是作为邪恶的化身，一旦现身，就给人类造成了巨大的恐惧。两种看法中，前者属实，后者显然放大了事实，不过，虽有夸大成分，却是未来极有可能出现的一种可怕情况，因此，仪狄夸大的描述具有前瞻的警示意义。总之，仪狄虚夸，杰弗里斯则以近见远。

杰弗里斯以小见大背后的真正目的是什么？提醒伦敦市政府与市民潜在的威胁，未雨绸缪吗？显然不是。与其说杰弗里斯希望与大家一道防范大雪带来的种种不便，甚至灾难性的后果，倒不如说他内心希望伦敦真的经历一场如此之大的降雪，彻底地摧毁现代文明的成果，重返工业化之前的文明状态。前工业文明的生存特点有以下五点。其一，适者生存的天道。仪狄有三个求婚者，在他们当中，按照现代文明的择偶标准来看，最没有竞争力的当属士兵奥莱尔斯，然而，仪狄最后选择的终身伴侣恰恰是奥莱尔斯，这位士兵体现的优秀品质是强壮、健康、潇洒、向上，他不仅是战神与保护神，而且是爱神。其二，优存、劣汰的人道。物竞天择有时淘汰优者，保留劣者。伦敦东区出现的大多数革命者就是劣者，因为他们与老鼠一道被称之为革命的力量。为了淘汰劣者，杰弗里斯一方面利用东区的民众推翻现代文明，另一方面借助暴力之手，消灭这些带有劣质基因的民众。其三，日记胜过报纸。报纸是现代文明的产物，为国家的管理提供数据与信息服务，然而，报纸的分发无疑受到天气的制约。相比之下，传统的日记方式更能有效地履行使命。

没有报纸，她的父亲坐卧不宁；有了日记，仪狄很快学会了对照与比较、前后信息之间的关联，在自己收集的数据帮助下，仪狄很快就对形式做出了正确的判断，并对未来进行了可靠的预言。其四，无政府主义。日记一开始，仪狄就表明，有一位好心人劝她学习写日记，这样可以帮助她逐渐学会以逻辑的方式思考问题，然而在实际中，仪狄的日记始终缺乏逻辑。其实，那位好心人所代表的是等级制、中心化的启蒙理性，这种极权文化是资产阶级伦理的有效保证。与此相反，仪狄所代表的则是前工业文明的无序生活方式，无政府主义体现了自由主义状态下的人文主义精神。其五，自然化的城市。反对现代工业文明，并不是要废除城市，而是回到前工业化时期的城市模式，即自然化城市。城市的自然化表现为日出而作，日入而息，无忧无虑，根本意识不到城市生活的存在，也根本没有个性意识的凸显。① 城市与居民相忘于生活。

第二人称套叙。与第三人称视角、第一人称视角相比，第二人称叙事的手法出现的相对较晚，使用的频率也相对较低，但所取得的成就令人瞩目。由于第二人称的特殊性，第二人称套叙与其他人称套叙有着明显的不同。一般情况下，第二人称套叙的第一叙事层比较隐秘，第二叙事层则在"你与他（她）"或者"你与我"之间展开，属于"你们"或者"我们"的故事。第一叙事层固然隐秘，却也的确存在，由"我"与"你"直接构成，因此，第二人称套叙是绝对形式。也就是说，"你"既是事件的当事人、受叙述对象，又是叙事的读者或听众，而"我"则是第一叙事层的叙事者，也有可能是第二叙事层的当事人。换言之，眼前，"我"跟"你"讲一个关于"你"的过去或者未来的故事。两个叙事层之间，第二叙事层永远是第一叙事层关注的中心，但一般不会成为后者的支撑，因为后者往往没有任何主张，一张空白纸而已。

诗歌中，有一种体裁叫作戏剧独白，戏剧独白与第二人称套叙的效果表面相近，实则相去甚远。在戏剧独白的诗歌里，第二人称"你"主要通过第一人称"我"对"你"做出的反应或者进行的评价折射出来，叙事的焦点永远不是"你"，也不是作为故事的第三方，而是"我"，即（不可靠的）叙事

---

① Jessica Maynard, Agriculture and Anarchy: A Marxist Reading of "Snowed Up" [M]. *Literary Theories: A Case Study in Critical Performance*, eds, Julian Wolfreys and William Baker, New York: New York University Press, 1996: 129–156.

者本人。在第二人称套叙中，"你"与"我"或者与"她（他）"则共同成为叙事的焦点，"你"的行为与关于"你"的评价由"我"（内在于，或者外在于第二叙事层）直接表述出来，无须推断。戏剧独白与第二人称套叙之间的相同之处在于，第一叙事层都比较隐秘。

在第二人称套叙中，究竟是否存在着第一叙事层？确定无疑。在"你"与"他（她）"构成第二叙事层的情况下，"我"是叙事者，"你"是听众或读者，"我"与"你"构成第一叙事层。在"我"与"你"构成第二叙事层的情况下，"我"与"你"依然构成第一叙事层。简单地讲，第二叙事层的"我"如同第二叙事层的"你"一样，都可以抽身（时过境迁地）进入第一叙事层。此时的"我"是小说家的隐含作者，而"你"则是隐含读者。第一叙事层与第二叙事层的关系可以是倒叙，也可以是预叙：两个叙事层属于不同时空。无论如何，第一叙事层不会消失。是否可以这样说，作者缺场的第二人称叙事从一开始就具有套叙的特点？是的，一种隐秘的套叙。问题远没有结束。既然在两个叙事层中，"你"不是唯一的一方当事人，缘何把叙事称之为第二人称叙事呢？原因很简单，"你"是叙事的中心。在传统的第一、第三人称叙事中，"你"都没有出现，所以，当"你"出现的时候，特殊的"你"就赋予叙事第二人称叙事的称谓。

第二人称套叙的第一个实例是《如何与棕色女孩、黑人女孩、白人女孩或混血约会》（*How to Date a Brown Girl, Black Girl, White Girl, or Halfie*），该套叙属于"你与他（她）"类型。

第一叙事层隐而不现，但仍然存在。没有出现身份信息并不一定等于没有在场，在场但不进行语言交流，并不一定等于没有交流。无声也是交流的一种形式。现代主义小说叙事艺术纷纷强调作者从文本中隐退，让叙事在一种自然的状态下自由发生，仿佛作者与读者坐在窗前，共同观看窗外所发生的一切，在没有任何语言交流的情况下，不仅作者与读者忘我，仿佛一个透明的眼球，而且双方俨然失去存在。那么，无声交流的美学原理是什么？是作者与读者之间的一种信任，一种共谋式的快乐。你知我知，心知肚明，就是没有任何一方愿意把事情挑破，重要的是没有这个必要。这是一种高级的交流形式，所带来的也是一种高级的快乐。就第二人称套叙而言，无论第二叙事层是倒叙还是预叙，处于第一叙事层的"你"都不会无动于衷，都会就事件做出一定的反应，可以是和缓的，可以是激烈的，决定和缓与激烈的因素则是"你"的人生观、价值观与世界观。由此可见，作为读者或听众的

"你"的审美空间还是很大的，也是极为特殊的。

那么，作为第二叙事层的故事呢？故事就是"你"应该如此这般去与各色女孩约会。显然，这是一个关于如何约会的指导性叙事。

在第二个叙事层里，叙事者"我"的身份特征，在叙事的规程中逐渐显露出来，原来他是一位美籍多米尼加男孩（Yunior）。从本篇孤立地来看，他对经济状况拮据的少数族裔家庭生活十分熟悉，对少数族裔男孩的人生经历十分了解。从这个意义上讲，他的身份应该是美籍多米尼加人。受述者呢？同样是一位美籍多米尼加男孩"你"。"你"是故事的一个重要组成部分。有学者认为，叙事者与受叙者是同一个人："就大部分内容来讲，尤涅尔在给自己进行指导：他既是第一人称主体（说话的'我'），又是接受指导的第二人称客体（他与之交谈的'你'）。这是一个自反性叙事的视角，在这个视角里，他既是叙事者，又是受述者。"[1] 照此看来，既然一小部分内容不是自反性叙事，那么就可以说，这还是一篇正常的（非自反性）叙事。无论是叙事者还是受叙者，他们在现实中，都是一个身份明确的人，只是他们的身份没有点明。所以，第二个叙事层是封闭的，只发生在两个人之间，是一次私密的谈话。多数情况下，第一叙事层与第二叙事层之间绝对独立，不过，当第一叙事层的叙事者与受叙者均为美籍多米尼加人的时候，两个叙事层就发生重叠。

这是一个关于族裔身份的故事。对于一个族裔成员来讲，身份是什么？身份既不是本质主义的政治，也不是同化而来的外表，而是一种表演。表演就是根据对方对自己身份的期待而进行的一种迎合性行为，或者根据自己的需要而表现出的一种某一民族所具有的典型行为方式。他一会是白人，一会儿是黑人；一会是美国人，一会是西班牙人；身份永远是流动的、短暂的。当然，与他约会的那位混血女孩也在进行身份表演，不过，与他一样，身份表演都不可能真正解决身份问题，原因有二，一是误解，二是模仿来得终觉浅。因此，无论是"我"还是那位混血女孩，都存在着一种种族焦虑。在身份问题上，本质主义也靠不住。与拉丁美洲女孩约会，最好的办法当然是按照原始身份彼此认同，奈何认同的时候，代表身份的西班牙语说得磕磕碰碰，

---

① Daniel Bautista. In and Out of the Mainstream: Dominican – American Identity in Junot Diaz's *How to Date a Brown Guirl*, *Blackgirl*, *Whitegirl*, *or Halfie* [J] . *Romance Note*, 49（1），2009：83.

不成语句，且不说是否到过所谓的故乡。在同胞豪威面前，由于豪威的欺凌行为，那一点同胞之情荡然无存，根本谈不上族裔团结一致、共同对外的理想。重要的是，"我"一方面从权威的立场出发，对约会提出指导性建议，另一方面又在实际中瓦解了个人的权威性。缺乏自信是第一个致命的缺点。在白人女孩面前，"我"表现出的不是身份自信，而是模仿白人男孩的行为方式，文化等级制而不是文化多元化始终是叙事者"我"的潜在思维模式。整个故事中，出现了各种各样的设想，然而，在任何一种情况下，"我"都只能等待或者向往，要发生的约会根本没有实现；所要实现的爱没有一次是真实的情感，至多是一种引诱。其实，"我"对女孩所做的许多判断，要么是纯粹的类型化，令人质疑，要么是一厢情愿，根本没有多少说服力。说是要就约会提出建议，可是哪一种约会也没有一个完整、可信的答案。

对第二人称套叙的类型做出归纳，是一种冒险的事情，第二人称叙事的作品相对较少，但数量也是不菲，同时，第二人称叙事手法也会不断演变。《夜海之旅》（*Night – Sea Journey*）就是一个很好的例子。故事一开始就模仿但丁《神曲》的开头模式："哪样都行，用任何一种理论来解释我们的旅行都好，反正我在自言自语：我好似面对一位陌生人，讲述着我们的历史与生存状况，虽说有些沮丧，但还是要说出我的愿望。"无疑，这是第一叙事层叙事者与读者的对话，在这个层面上，读者就是所谓的"你"，像其他套叙第一叙事层的"你"一样，并不参与具体的表达，外在于作品，与叙事者一道，成为作品产生的先决条件。作为第二叙事层的故事呢？就是一个独白。

一个独白，准确地讲，一个"我"向"你"进行诉说的独白，成为第二叙事层。在这个叙事层里，叙事者"我"原来是一颗精子，受述者"你"原来是精子与卵子结合而成的大写的人。"我"是"你"的一个组成部分，但毕竟先于你的存在，"你"是整体，但终究是后来者；所以，"我"与"你"相知，但不相识，"我"的全部叙述，只有等到未来的你进入存在之后，才能到达交流的终点。《如何与棕色女孩、黑人女孩、白人女孩或混血约会》是一个关于过去的第二人称套叙，而《夜海之旅》则是一个关于现在与未来的第二人称套叙。在《夜海之旅》的第二个叙事层里，第一人称叙事几乎占据了整个叙事空间，除了倒数第三段以外，但并不能构成第一人称叙事，因为叙事中有一个不可或缺的"你"，这个"你"并不在文本之外，而是置身于文本之内的一个重要受述者。"你"在文本之外，则是一个第一人称叙事，在文本之内，则是第二人称叙事了。可见，决定第二人称叙事的是"你"在文本中的存在，而不是"你"在文本中所占据的空间大小。在两个叙事层里，两个叙事者根本无法重叠，一个是细胞，一个是人；两个受述者倒有可能发生重叠，不过，一个是虚设的"你"，另一个是实在的"你"。当"你"读到该文本的时候，已是时过境迁了。第二个叙事层对第一个叙事层起着支撑的作用：第一，主体上表达了一种沮丧；第二，提出了一个愿望。

怎样的沮丧？关于生存。第一，身不由己。"我"从"被抛"的那一时刻开始，就只有"向前、向上"的机会，根本无法知道"造物主"他的本质与创造动机，当生不由自主，来不晓实情的时候，一切只是荒诞，如有信仰，也完全基于荒诞。第二，强者死亡，弱者生存。都说弱者死亡，强者生存，可在"我"看来，那些体质强壮的同伴，纷纷沉入海底，溺水而亡；反倒是一个持否定态度的弱者"我"生存了下来。第三，死亡是人生的最终目的。绝大多数同伴在夜海途中就死亡了，而"我"则能够到达目的地"彼岸"，重要的是，由于"我"的抵达，一个全新的人就诞生了，可是，"我"的全部意义也同样归于死亡。第四，生存就是一种"自为的存在"。"存在"就是不断地游泳，游泳既是过程，又是目的。当然，这是荒诞的。否则，就只能主动选择溺毙，选择是一种自由，一种自我担当；可是，要想活命，就要接受荒诞，不停地游动，直到消失为止。第五，英雄行为。自杀者是英雄，而英雄中的英雄乃是那些拒绝永生、终止灾难循环之人。

关于宗教。其一，无目的性与冷漠的天父。天父创造了我们，创造了大海，却没有赋予我们任何目的；他知道我们的存在，却漠不关心。天父就是"我们的敌人、未来的杀手"。其二，命运与永生是相对的。天父反对众生对来世观持有普遍的有效性。在他看来，忠信者不必确信溺毙者在旅途的终点会复活接受审判；叛逆者也不必坚信死亡就是终结。造物主也不一定是永生的，其唯一永生的方式就是我们，因为我们延续了他的生命。永生就是"道成肉身的不断循环"。其三，造物主有两类：一是创造了"大海与泳者"，二是创造了"笼罩大海的夜晚"与"终点等候者"；前者是命运，后者是目的地；两者相反相成。

怎样的愿望？"由于'你'比我更加坚定，当我全神贯注地把正式遗产传递给你的时候，也把可怕的回忆与消极的决断等私有遗产一并传递给你。我的梦想有些疯狂，具体就是，我的某个想象不到的化身（我自己加上她，如果实际是这个样子的话），不管以怎样歪曲或者激进的方式，能够就这些反思进行反思。不管有何挫折，只要可能，但愿你能够实现我之所愿，因为我通过你、也面向你进行表达：终止这种毫无目的、十分野蛮的行为！千万不要聆听她的歌声！一定要憎恨爱情！"

可见，这是一篇关于存在主义哲学的故事，所折射出的信息就是，人生是一场荒诞的游戏："生存没有意义，只有无意义的爱情，无意义的死亡。"然而，一切都不会终止，一切都会继续下去。

第一人称套叙。第一人称叙事的主要特点是，叙事者既可以是事件的见证人，也可以是事件的参与者。作为见证人，叙事视角是外视角；作为参与者，叙事视角则是内视角。其实，第三人称叙事，相对于文本之外的读者来说，是一个隐含的第一人称叙事，叙事者是事件的见证人。所不同的是，第三人称叙事者始终没有使用"我"这个人称，没有使用第一人称"我"，第三人称的叙事者也就具有了全知视角的特权，当然，他放弃全知视角的时候，也是一种特权。第一人称视角，从理论上讲，必定受到限制，不过，由于任何叙事都是一种回忆，"我"完全可以在收集到全部信息之后，从第一人称的角度出发，进行叙事。第一人称的复杂叙事就是套叙，例如《失窃的信》（*The Purloined Letter*）与《莫格街谋杀案》（*The Murders in the Rue of Morgue*）都是第一人称套叙，绝对套叙。

《失窃的信》很容易给人一种假象，它是一篇含有倒叙的线性叙事文本。以杜滨收到五万法郎的支票之后，把失窃的信件还给 G 先生为分界线，此前是一个关于警察如何寻找失窃之信以及最终失败的经过；此后是一个关于杜滨如何寻得失窃之信的经过，两个经过无疑都是线性叙事；可是，从总体上来看，后一个叙事显然是前一个叙事缺失的部分，一前一后，不仅构成倒叙，而且形成悬念。

其实不然，它是一篇典型的第一人称套叙。还是以上述分界线为标准，前面的叙事为第一叙事层，后面的叙事为第二叙事层。第一叙事层的叙事者是未名的"我"，受述者则是文本之外的读者；故事呢？故事由两方构成，一是由杜滨和 G 先生（尤其是 G 先生）为主、"我"为辅的执法者，二是以大臣 D 为窃贼的违法者。叙事视角：内视角。可见，到目前为止，这是第一例较为复杂的第一叙事层。从以往的第一叙事层来看，第一叙事层存在的主要任务是交代叙事者、受述者以及第二叙事产生的缘由，有时甚至连缘由也不做交代，例如第二人称叙事作品《如何与棕色女孩、黑人女孩、白人女孩或混血约会》的第一叙事层。对第一叙事层的故事进行确认也很省事，第二叙事层的故事往往就是第二叙事层。相比之下，《失窃的信》的第一叙事层颇为复杂，这表现在第一叙事层具有一个完整、独立的故事。第一叙事层的内容大致如下：大臣 D 明目张胆地偷走了宫廷里一位无上尊贵女士的私人信件，有了这封信，这位大臣就可对这位尊贵的女士进行要挟，所以必须尽早、秘密地拿回这封信。方法是搜查大臣 D 的住宅以及其本人，这样做就意味着这封信仍然在他的手中，而且，由于必要之时，他必须能够立刻拿出这封信，因此，这封信一定就在他的住宅之内或者身上。然而，警察们在大臣的住处翻江倒海也没有找到那封信；扮演盗贼拦路抢劫也无济于事。搜查工作以失败告终。

第一叙事层是 G 先生的故事，而第二叙事层则是杜滨的故事。在第二叙事层中，叙事者与受叙者不变。故事的大致内容是：破案要明白三个基本道理，一是要设身处地，弄明白罪犯的心理模式，二是不能过分迷信数学思维模式，而要懂得一定的修辞规律，三是要懂得最显眼的地方最隐秘的道理。杜滨相信那封信就在大臣的府上，于是戴着墨镜登门拜访，进行实地侦察。结果很快就发现，那封信经过隐蔽之后，就放在一个不起眼的纸质卡板里，挂在壁炉上。第二次借故造访之时，通过在街道上制造混乱的方式，吸引大臣的注意力，杜滨趁机偷梁换柱。失窃的信件及时地回到主人的手中。可见，第二个叙事层完全是一个独立的故事，根本没有 G 先生的参与。前一个叙事是一个关于失败的故事，后一个叙事则是一个关于成功的故事。前一个叙事的主人公是 G 先生，后一个叙事的主人公则是杜滨。两个叙事的确因为同一原因而产生（寻得失窃的信件），而且有着共同的前提基础（信件就藏匿在大臣的府上），但它们之间的关系不是同一链条上两个紧密相接的铁环，而是两个相互独立、平行并且相反的铁环。假如 G 先生没有失败的话，也就不可能出现第二叙事层；所以，从这个意义上讲，第一叙事层是第二叙事层的原因，第二叙事层是第一叙事层的结果。不过，这种整体感极为有限，并不像一个过程：每一步都是前一步的结果，又都是后一步的前提，重要的是，每一步都是整体的一个有机组成部分。

那么，叙事是怎样从第一叙事层成功地过渡到第二叙事层的呢？采取了出人意料的转折手法。就在 G 先生搜索了住宅以及住宅以外可能藏匿那封密信之地无果而归之时，杜滨突然出示了那封重要的信件。G 先生如同读者一样，不禁急于知道，这到底是怎么一回事？要回答这个问题，就必须由杜宾自己来讲述另一个不为人知的故事。就这样，杜滨不仅获得了五万法郎的酬劳，而且还获得了讲述的快乐；与此同时，一个原本简单的叙事于是成了绝对套叙。不过，还有疑问没有解决。杜滨不是一直在帮助警察秘密搜查那封密信吗？他如何背着警察独自行动呢？他又是如何单独发现了那封信件的呢？杜滨的确一直在帮助警察寻查那封信密信，但最后他与警察发生了分歧：杜滨认为那封信还在大臣的府上，而警察则认为那封信在住宅以外的某个地方。为此，警察停止对住宅进行搜索，转而搜索其他潜在的藏匿之地。一个月的时间过去了，就在警察搜索其他藏匿之地的时候，杜滨坚信自己的判断，登门拜访，实地侦察，结果有了重大发现，并成功取回了失窃的信件。从这个角度来看，第二个叙事层与第一个叙事层，在时间上发生过重叠，这是套叙以往所不具有的。不过，重叠的部分，一个是无效的时间，另一个是有效的时间。就叙事艺术而言，一隐，一显，这给读者创造了一个时间上具有分界的假象，逻辑上具有独立性的现实。

在以往的套叙中，第一个叙事层弱，第二个叙事层强，而此处，两个叙事层几乎同样强；在以往的套叙中，第二叙事层反补第一叙事层，而此处，第一叙事层滋养第二叙事层；也没有哪两个叙事层既具有如此相同的基础，又具有如此之大的差别。

《莫格街谋杀案》作为第一人称绝对套叙，与《失窃的信》相比，既相同，又相异。这篇叙事作品，共有六个部分，第一个部分相对独立，第二到第六部分则构成一个完整的意义单元。换言之，第一个部分是第一叙事层，第二至第六部分构成第二叙事层。叙事者"我"在两个叙事层里均为内视角（不过，从其所扮演的角色与作用来看，第二个叙事层的"我"更接近第一人称外视角）。

第一叙事层，同样是一个完整、独立的故事，而不是一个托盘式的叙事，上面承载着一个散发着艺术和哲思魅力的第二叙事，即一杯上乘的茶饮。叙事者"我"与故事中的主人公杜滨先生，因寻找同样一本少有读者问津的书籍，在一家古老的书店里相遇，再相遇，不同的书店又相遇。缘分与相同的爱好把他们紧紧地团结在一起。杜滨因其超凡的推理能力，几乎成"神"；神者，理性之信徒也。杜滨在两个人没有任何交流也没有任何预兆的情况下，突然对"我"在脑海里得出的结论表示赞同：第一，尚迪理个头不高；第二，他在较为轻松、略微严肃的戏剧中出演一个角色，就会取得成功。其推理的过程是："从水果商贩到圆石，从圆石到切割学，从切割学到伊壁鸠鲁，又到猎户座，接着就是尚迪理。"原来在路口杜滨看到，"我"与水果小贩打了个照面，又因路面石不平，慌乱中伤了自己的脚；此后"我"一直低着头，看着路面上的圆石；来到另一条街上，"我"看到了工人用新的方法切割石头铺路，便轻声地念叨着一个字"切割学"，从切割学，又联想到了把物质细分到原子的伊壁鸠鲁；由于我们两人曾经谈过伊壁鸠鲁思想与天体物理的关系，"我"下意识地抬头仰望天空，从天空联想到星群猎户座；那么，这与演员尚迪理有什么关系？前一天，有评论家对尚迪理进行批评，措辞来自杜滨与"我"读过的有关猎户座的一本书，从猎户座也就自然想到了尚迪理。这一切都没有逃过杜滨敏锐的眼睛和缜密的思维。不知意识流大家乔伊斯、伍尔夫是否受到爱伦·坡的启发；不管怎样，杜滨联想与推理的方式，与意识流的工作机制一模一样，靠的是不同事物之间的相似与相关关系。在《失窃的信》中，爱伦·坡说过，"暗喻或者明喻，可以用来加强议论。"爱伦·坡身后还站着多少理论家呀！雅各布森、弗洛伊德、威廉姆斯·詹姆斯。第一叙事层有时间、地点、人物、事件、情节以及自然、流畅的衔接手段。说理虽多，却依然不减叙事的色彩。

第二叙事层却是关于一起涉及两条人命的谋杀案。不过，此次"我"虽在叙事之中，但焦点不是"我"，而是一对不幸的母女。从阅读报纸得知案情开始，到杜滨现场实地侦查，再到案犯主人的陈述，一切都在杜滨的掌控之中。细节加逻辑判断是杜滨揭开谋杀案谜底的关键。从窗户与门户完好无损的状态来看，可能是自杀，但自杀之人不可能把自己的脑袋几乎割了下来，然后跳楼。必定是他杀。杀人的动机不是劫财，也不是劫色，因为财产与身体都没有遭到侵犯。从两个目击证人都听不懂罪犯语言的细节出发，杜滨推断出，罪犯可能不是人类；再从那位年轻女人的尸体出现在烟囱这一细节来看，杜滨断定，罪犯力大无比，而且犯罪现场留下的毛发也不人类的，罪犯定不是人类。房间的门窗都是反锁的，罪犯如何进入又逃脱呢？原来顺着避雷针爬楼而上，钻窗进入，然后又从窗户逃走：第一个窗户上不仅有钉子，而且还有暗锁；罪犯从敞开的窗户进屋之后，就把窗户带上了；第二个窗户与第一个一样，而那枚钉子则是一种装饰，罪犯逃走之时，窗户敞开着，逃走之后，窗户也在罪犯身后带上了。经过推理，杜滨认为，罪犯是一头猩猩（orangutan）。

从第一叙事层进入第二叙事层，其逻辑关系既是偶然因素，也是必然因素共同作用的结果。必然因素是在第一叙事层中，杜滨展示出的超凡观察能力与非同寻常的逻辑推理能力；偶然因素则是从报纸上阅读到了一则谋杀案，外加警察在此案件中做出了失偏的判断。可以说，第一叙事层是第二叙事层的重要基础，也可以说，第二叙事层回证了第一叙事层的结论。其实，两个叙事层完全可以分离，单独成立一个叙事。

那么，如何理解水手的叙事呢？水手的叙事难道与《失窃的信》的第二叙事不一样吗？水手的叙事不是第二（或者第三）叙事层，而是第二叙事层的一个重要组成部分。在《失窃的信》中，第一叙事，作为失败的例证，只能起到反衬的作用，真正的叙事焦点应该是第二叙事层。没有第一叙事层，第二叙事层照样成立。相比之下，水手的叙事则是一个重要的补充，没有它，杜滨的叙事就出现了缺憾，因为杜滨破解了大部分谜底，但由于猩猩不解人语，有关各方也不解猩猩之语，警察与法官不可能让罪犯供认不讳，因此，关于罪犯的一些事实，也就无法知晓，要知详情，只能让猩猩的主人水手来陈述了。故事中，水手一路跟着猩猩到了犯罪现场，目睹了大部分事实，事件实属巧合，也是爱伦·坡精巧设计情节的高明之笔。既有悬念，又合情理。

套叙作为一种叙事艺术手法，所产生的艺术效果的确值得赞许，也不容学界忽视。短篇小说中，套叙手法所取得成就虽然不一定能与其在长篇叙事中的表现相提并论，但仍然有着无限的发展前景。

第二节　对舞

短篇小说结构的对舞，顾名思义，是指构成结构的两个要素之间关系的流动变换，而流动变换则是指各个要素在事件展开过程中不断获得新角色的现象。可见，每个要素，一身多职，多角色或多职不是静态而是动态下的一种特质。与此同时，对舞也是典型的二元对立思维模式，后现代主义虽然解构了二元对立的权威性，但并没有否定其存在的价值。正如后现代主义所示，世界进入了多元化时代，二元对立作为一种思维模式，理应拥有属于自己的位置，也决不会从此消失。其实，二元对立思维方式，在许多情况下，始终是一种有效的模式。结构主义文学批评在进行文本分析的时候，所采用的主要手段就是二元对立的方法。从文学史的角度来看，有一批短篇小说家对二元对立叙事模式情有独钟，并把它推向了艺术的高峰。

简单地讲，具有对舞结构特征的短篇叙事大致可以归为以下几类：第一，精神与物质，其代表作品有《夜莺与玫瑰》（*The Nightingale and the Rose*）与

《幸福的王子》（*The Happy Prince*）；第二，理性与反理性（如，直觉），其代表作品是《爱情是谬误》（*Love is Fallacy*）与《红毛酋长的赎金》（*The Ransom of Red Chief*）；第三，艺术与生活，代表作品有《最后一片树叶》（*The Last Leaf*）与《自私的巨人》（*The Selfish Giant*）；第四，主体与客体，代表作品是《麦琪的礼物》（*The Gift of Magi*）与《知识树》（*The Three of Knowledge*）。

精神与物质。

让我们以《夜莺与玫瑰》开始我们的讨论。才华横溢的年轻人邀请美丽优雅的姑娘在即将举行的宫廷舞会上一道起舞。故事的叙事要义正好应和了本节的论述主旨。叙事的主要结构是线性模式的，十分简短，这也是短篇小说的特性，即由希望走向失望。可见，希望与失望构成叙事结构的两个要素，从希望到失望而不是从失望到希望成为叙事结构的方向性，而希望与失望的背后又是精神与物质的对立矛盾性。

以上只是从开头与结尾或者目标与结局的角度进行审视的结果，事实上，这个结构性的总体走向是其他对立要素共舞结果的格式塔形式。第一，年轻的学生与教授的女儿之间的"舞蹈"：他，要约方，希望在王子举行的舞会上能够与他心仪的姑娘翩翩起舞；她，受约方，答应他的请求，不过，她有一个条件他必须满足。这样，他与她的关系发生了转变，进入了新的阶段，在新的阶段里，各自扮演的角色也随之发生了转变。第二，供需关系。姑娘，需求方，喜欢一枝红玫瑰；年轻人，供应方，要向姑娘赠送一支红玫瑰。两层关系之间存在着依存关系，只要第二层关系，即供需关系，能够建立起来，则第一条关系，即他与她共舞，就能成立。后来，年轻人如期履约，而姑娘违约，潜在的协调的关系变为实际的对立的关系。由于第二层关系没有建立起来，第一层关系也就必定失败。进程重新返回到起点。其实，在他与她的"对舞"中，姑娘的意愿自始至终是借助于年轻人之口，间接进行表达的；如此一来，年轻人处于显性的位置，姑娘处于隐性的位置，一实、一虚的关系现状，预示了姑娘未来可能表现出的不可靠性。

决定他与她能否在王子舞会上起舞的不是他们自己，而是代表社会价值观念的商品。对于男性来讲，商品可以是书籍、哲学奥秘或者玫瑰，也可以是珠宝等贵重物品。对于教授的女儿来说，她从事的一切活动就是商品。跳舞，如同婚姻一样，是一种社会交往行为，交往行为，如同商业活动，重在等价交换。教授的女儿得到的是满意的物质，而年轻的学生得到的是她的陪舞。不过，作为交易，普遍的规则是，价值越大，胜算越大。让问题变得复杂的是，年轻的学生遇到了一位竞争对手，这就是皇家内侍的侄子。就异性舞伴而言，决定他们竞争胜负的也是男性拥有的商品之间的竞争。作品从一开始就暗示着发生过一次竞争。书籍与哲学奥秘作为一方，玫瑰作为另一方；前者代表着精神，因其抽象性；后者代表着物质，因其可视性。精神与物质之间，物质第一次胜出，因为姑娘看中的不是学识，而是玫瑰。在第二次竞争中，物质再一次胜出。参与第二次竞争的一方是玫瑰，即精神的象征；另一方是珠宝，既物质的象征。珠宝胜出的主要理由是"人人都知道，珠宝贵于玫瑰"。换言之，物质高于精神。可是，物质的胜出，不是静态的，而是动态的，因为红玫瑰具有双重身份。根据种族歧视理论，一个人，无论肤色多么白，只要血管里流淌着一滴黑人的血液，就是黑人。红玫瑰，因为它具有精神属性，所以在与其他物质形式的竞争中，很容易败阵。红玫瑰身份的飘忽不定，时而物质，时而精神，就决定了她的最终的命运，也决定着年轻学生的命运。

值得注意的是，红玫瑰的抽蕾与绽放均在学生不知情的情况下发生，就像精神因其抽象性而不可视一样，红玫瑰的精神性，尽管是夜莺忍着剧痛、用生命和信仰铸就的，在年轻的学生那里还是遭到了遮蔽，因为在他看来，红玫瑰是物质的，而知识则是精神的。对物质的东西，年轻的学生视如敝屣，所以他把红玫瑰扔到马路上，马路上的红玫瑰又遭到了车辆的碾压，对此他毫不惋惜。红玫瑰自身的矛盾性，是精神与物质之间的矛盾冲突，反映了年轻的学生与教授女儿之间的矛盾冲突，一个注重精神，另一个注重物质。由于这种冲突，一对年轻人之间的舞蹈最终没有飘飞起来。精神与物质的矛盾冲突决定着叙事结构的本质特征。希望，在精神与物质的斗争过程中，逐渐沦落为失望。

与《夜莺与玫瑰》相比，《幸福的王子》的线性情节结构更充分一些，因而具有一定的复杂性。不可否认，《夜莺与玫瑰》的情节略为简单，但比较生动，充分体现了物质（肉体）与精神（玫瑰）的鲜明对立，正是有了鲜明的对立，年轻男女的情节才具有骨感。与《夜莺与玫瑰》一样，《幸福的王子》在精神与物质的对立转换过程中，实现了结构的塑造，把结构打上了二元对舞的烙印。

《幸福的王子》具有双线性结构，每一个结构都具有对舞的特点，并且双结构在互动中实现了自身的完整呈现。第一个结构，参与对舞的双方是王子与市民，前者重精神，后者重物质。王子的塑像金碧辉煌：身着金片织成的服装，长着一双蓝宝石眼睛，腰挂一把镶有红宝石的宝剑。在对立的物质与精神之中，王子注重精神，轻物质，四次行为足以充分说明：第一次，委托燕子把红宝石赠予了绣娘；第二次，委托燕子把一只蓝宝石眼睛赠予了穷困潦倒的剧作家；第三次，委托燕子把第二只蓝宝石眼睛赠予了一位卖火柴的小女孩；第四次，委托燕子把服装上的金片赠予了众多的贫苦市民。当王子从富甲四方之人逐渐变成一个一贫如洗的之徒的时候，他的精神世界从一贫如洗变为富甲四方。他的精神世界一贫如洗，因为长在深宫之内，他与世隔绝，根本不知人间有疾苦，误以为世间充满了幸福；当他把财富赠予众人之后，失去了物质之后，却获得了众人以不同形式表达的无限感念，他的精神世界为此变得十分充实。

与此相反，以上层社会和权力为代表的众生，在对立的物质与精神之中，注重物质。故事一开始，呈现在读者眼前的是一位"幸福的王子"，幸福显然是众生视角而不是王子视角下的，因为王子看到的是民间，而众生看到的是王子的金碧辉煌，一个目光朝下，另一目光朝上。判断的标准是物质的拥有而不是赠予。那位女王的伴娘十分幸福，因为她就要穿上绣娘缝制的裙子。市长先生发现王子的塑像破败不堪，因为昔日的辉煌不见了，他不知道，知道了也不可能赞赏王子的行为，因为在他的治下，有多少贫困他都熟视无睹。市议会议员持有相同的观点，他们同样赞同市长先生的提议，把有碍观瞻的王子塑像拆除掉，熔成铁砣。他们看到的是外在的物质表象，王子由美变丑，而读者看到的是内在的精神实质，王子由不知贫苦的丑变为救济众生的美。在物质与精神的对立中，富与贫、美与丑开始了它们的对舞，角色在转换的过程中，折射出的是世态的温暖与冷漠。

第二个结构，参与对舞的双方分别是重精神的落单燕子与重物质的众燕。落单的燕子爱上了芦苇，因为芦苇拥有纤细的腰身，所以整个夏天都围绕着芦苇翩翩起舞。与此相反，众燕则远离芦苇，对芦苇没有任何兴趣，原因很简单："她没有金钱，却拥有太多的亲戚"。所以，当众燕纷纷南下的时候，落单的燕子执意留下来，陪伴着自己的恋人，直到他发现芦苇水性杨花，时常与风儿调情。滞留北方，天气渐冷，燕子的处境每况愈下；然而，在帮助王子实现心愿的过程中，燕子的内心世界逐渐变得十分富有和温暖。从一开始的不情愿，尚需王子不断求情，到最后心甘情愿地死在王子的脚下，与其相伴永远。

南下的众燕如何呢？随着时间的推移，收获了越来越多的享受。众燕的享受通过落单燕子的讲述得到了展示。第一，白天众燕沿着尼罗河飞翔，夜间则在伟大国王的墓穴内安歇；第二，众燕飞过第二瀑布，遇见河马、门农神与怒吼的狮子；第三，温暖的阳光照射在绿色的棕榈树上，众燕在巴尔贝克神庙筑巢歇息；第四，再见鹮鸟、斯芬克斯、沙漠商旅、月亮山国王与绿色的长蛇。当落单燕子失去越来越多物质的享受的时候，众燕获得的物质享受则越来越多；当落单燕子因奉献变得越来越富有的时候，众燕却因从不付出，拥有的精神财富越来越少。一方面的失去意味着另一方面的收获；反之亦然。

当然，把物质与精神对立起来，并不是否认物质的重要性，而是要说明，过分重视物质、轻视精神的行为，最终会导致畸形的人格。事实上，王子也正是因为有了可靠的物质保障，才得以做慈善，帮助穷人。落单的燕子也对物质有着执着的追求，他要到遥远的非洲，与同伴一道享受明媚的阳光与悠久的历史，只是不愿因物质而牺牲精神的追求。市民百姓对精神也有着追求，只不过是狭隘的追求，例如伴娘的爱情就是狭隘之爱，如果她懂得尊重绣娘，她的爱就是博大的；市长与议会议员也懂得为自己造一尊塑像的意义，但那种精神享受是极端的自私。物欲横流之时，世人急需重建精神家园。遗憾的是，人们对"为艺术而艺术"所折射出的精神诉求有着长时间的误解，毕竟世俗的力量最强大。

理性与直觉。

与《夜莺与玫瑰》一样，《爱情是谬误》讲述的是男生与男生之间的竞争，焦点却是男生与女生之间的爱情故事。叙事结构主要由理性与直觉在对立转换中留下的轨迹积累而成。可以说，哪里有竞争哪里就有成功，一个人的成功从来都是以另一个人的失败为代价的。然而，取得成功的因素或是理性，或是直觉。作品是一个以两性为中心、三角关系的线性叙事，分为两个部分：前一个部分，以"我"与皮迪为中心，代表理性对直觉得胜利；后一部分，以"我"与珀利为中心，体现了直觉对理性的胜利。理性与直觉，通过缺失与拥有、获得与放弃、聪明与愚钝、赢家与输家的形式，在三个人的两段叙事中，处于不断地对立与变换之中，构成了叙事的龙骨。

"我"与皮迪的竞争，本质上是一次理性与直觉较量的故事。"我"的性格特征，正如个人自己所言，是一个冷静、讲究逻辑的男生，"我"的理性表现在：第一，抵制直觉，所以"我"反对追逐时髦，即便是拥有一件浣熊大衣，也不会随波逐流，竞相炫耀；第二，有明确的人生目标，能够合理地规划人生，"我"的人生目标就是做一名出色的律师，而出色的律师毫无例外都有一名优雅、大方、聪慧的妻子，妻子的聪慧与优雅大方可以促进个人事业的发展；第三，漂亮不可改变，但智慧可以后天获得，珀利漂亮但缺乏智慧，不过，通过学习和辅导，她可以拥有智慧；第四，知己知彼，百战不殆，经过询问得知，皮迪与珀利没有正式的约会；第五，皮迪愿意以任何代价换取浣熊大衣，"我"有浣熊大衣，能够以此与皮迪换取珀利。由于缜密的分析以及细致的计划，"我"终于取得了第一步的胜利，智慧对愚昧的胜利。

皮迪与"我"正好相反，一位绝对跟着直觉走的男生。第一，爱美就是直觉的表现形式，追逐时髦，也是直觉直接驱动的结果：大家都做的就是好的，好的就是对的。第二，只要能够拥有一件浣熊大衣，在所不惜。第三，口是心非，当"我"建议用浣熊大衣与女友做交换，皮迪一开始大为惊讶，但受直觉的驱动，为了能把浣熊大衣弄到手，他很快就否定了两人之间的一切。因此，他对珀利的评价完全是言不由衷；没有诚意，也没有恶意。第四，可以肯定，不是皮迪亲手把珀利交给了"我"，而是"我"放心、主动地约珀利出来；珀利也并不知道"我"与皮迪的交易，因为他们之间有些开放的意识："我们都没有正式的约会。"皮迪也是赢家。

在珀利面前，"我"起初表现出的完全是理性，但后来则完全是直觉。"我"的理性在于，下决心把珀利改变成一位富有智慧的女性；当遇到挫折的时候，"我"的理想战胜了失望，因而能够坚持下去。可是，向珀利表白，完全属于情感的领域，是由直觉所决定的。在情感的领域里，只有情感高手，没有理智高手；情感高手就是理智高手，情感低手就是理智低手。"我"是个情感低手，因而也是一个理智低手。"我"犯了两类错误：第一类，用理性代替情感；第二类，逻辑错误。第一类，要赢得珀利的芳心，"我"靠的不是情感或浪漫，而是知识或逻辑理性。第二类错误是：第一，仓促结论（Hasty Generalization）；第二，错误类比（False Analogy）；第三，乞求怜悯（Ad Misericordiam）；第四，弃实假设（Hypothesis Contrary to Fact）；第五，过简推论（Dicto Simpliciter）；第六，井中投毒（Poisoning the Well）。由此可见，"我"是一名觅爱情商弱，说理逻辑差之人。

珀利，一如她的至爱皮迪，也是一位直觉中心主义者。凡事不求甚解，浅尝辄止。她与事物之间建立联系的唯一方式就是直觉认同或直觉判断。八个逻辑谬误，她个人就占了六个，只能认出两个。对于"过简推论""因后成果"（Post Hoc）两种逻辑错误的陈述部分，珀利感同身受，根据以往的人生经验，断定这些都是至理名言；对于"乞求怜悯""弃实假设"的陈述，珀利深受感动，难以自拔；对于"矛盾前提"（Contradictory Premises）、"错误类比"，珀利惊讶不已，又赞不绝口。"仓促结论"是一个极为简单、最为基本、随时随地可见的错误，就是这样的一个逻辑谬误，她起初表现惊讶，旋即勉强同意。听到"井中投毒"的陈述，珀利则义愤填膺，奋起辩护。与其说珀利能够识别出该逻辑谬误，倒不如说这种陈述直接碰触到了她个人的某个痛点。

那么，珀利为何能够很准确地用"我"教授的逻辑谬误进行反击呢？是因为她理解得非常透彻吗？不是，从她上述的反应来看，她根本没有深入下去，至多记住了逻辑谬误的名称。究其根本原因，败也其因，成也其因，换言之，她根本就不爱"我"，而且行事风格全然是直觉认同，直觉判断。她根本就不爱"我"，因为"我"与她是两路人，而她与皮迪则是气味相投，志同道合。说皮迪拥有浣熊大衣，则是一个事实，不过，那也完全是一个锦上添花但不能改变本质的事实，一个方便的借口而已。正因为她不爱"我"，在下意识里，为了捍卫她作为皮迪情侣的地位，她于是不假思索、正确地运用了听说过的谬误名称加以反驳。可以断言，换一种方式加以考核，珀利可能对这些逻辑谬误还是不甚理解。

在"我"与皮迪之间，理性与直觉形成对立：最初的时候，以"我"的视角看来，理性胜利，直觉失败了（并非一无所获）；到了结尾，无论从哪个角度来看，最终还是理性失败，直觉胜利。"我"由聪明沦为愚笨，皮迪由愚笨升级为聪明。在"我"与珀利之间，相同的模式重复了一遍。总之，理性的事情不能依靠直觉，直觉的事情不能依靠理性。理性有失利之时，直觉有取胜之道。

《红毛酋长的赎金》是一篇关于绑架的故事。绑架，丧失了人道，挑战了天理。不过，作品也不无善意，善（理性之果）与恶（非理性之果）的交互出现，体现了二元对舞在叙事结构中的中心地位。该叙事有两组对舞：一是绑匪与人质，二是绑匪与人质家属。对舞的模式颠覆了绑架人质与解救人质的理念。

绑匪与人质。山姆与比尔绑架了红毛酋长（乡绅多赛特先生之子）之后，他们与红毛酋长就进入了绑匪与人质之间常见的一种关系类型。人质出于自身的安全，一般不会与绑匪直接对抗，而是机智地与其周旋，希望能够感化绑匪，同时为营救工作争取时间。如有可能，里应外合。绑匪，为了获取必要的钱财，一般不会伤害人质，但也不会善待人质，有时，为了加剧人质与家属的恐惧，甚至给人质施加一定程度的伤害。绑匪与人质的关系是管制与服从的关系。

红毛酋长，与比尔一见面，就给了他一个下马威，用小砖块不偏不倚地击中比尔的眼睛。为此，红毛的暴力倾向暴露无遗。到了洞穴之后，红毛酋长以草原恶魔的身份自居，令事态雪上加霜的是，他几乎难以区分幻想与现实，通过幻想，他面对着无数的邪恶，要战胜邪恶，他不惜武力，也决不手软。他扬言第二天一早就割掉比尔的头皮，恐怖几乎如期而来。以后，红毛酋长给比尔带来了不断的噩梦：把一个烧得滚烫的土豆，顺着比尔的脖子放到了衣服里；幻想自己是黑衣侦察兵，他要比尔充当他的坐骑，骑着他去要塞报告印第安人偷袭的消息。他与山姆的冲突不多，却也让山姆与比尔夜间不敢闭眼睡觉了，也曾因为山姆的管制，扬言要活活烧死山姆。红毛酋长根本没有人质的恐惧与服从，倒更像一个无法无天的黑帮头目。

面对红毛酋长，比尔的绑匪气派一扫无遗，红毛酋长就是他的噩梦。他不敢伤害人质，可能担心伤害人质，不仅赎金落空，还会惹上更多的麻烦，但总可以震慑一下，免得让自己受到更多的折磨。可是，比尔失败了。在红毛酋长面前，他简直就是一个俘虏，言听计从，毫无还手的胆量。山姆甚至在梦中发现自己被红毛海盗绑架了，用铁锁捆绑在一根木桩上。他打了红毛酋长一耳光，得到的是明天要烧死他的恫吓。对待红毛酋长，山姆与比尔能忍则忍，能打一下，决不打两下，每一件事情，几乎都是由着红毛酋长的性子来。

绑匪与人质家属。绑匪，都有自知之明，自己不是什么好人，当然也用不着承认自己是恶人，主要的是用不着慈悲。人质家属，得知亲人遭到绑架之后，一定是十分恐惧，恐惧之后就是慌乱，如山姆所期望的那样，"村里强壮的劳力，手拿镰刀和粪叉，四下寻找那被逼的绑架者"。山村地处偏僻，动静越大，对绑匪越是有利，绑匪就要趁着家属绝望之时，送去赎人的条件。接着，厚厚的一沓子钞票就自然到手了。

其实，从事后来看，当多赛特发现儿子失踪的时候，并没有多少不安，得知在绑匪手里，也就更放心了；倒是山姆与比尔提心吊胆，不知哪一刻，红毛酋长又想出什么新的花招，花招越新，折磨越惨。比尔不是不遗余力地看住人质，而是想尽一切办法把红毛酋长弄走，他就曾经背着山姆私自把红毛酋长打发回家了。收到山姆开出的条件之后，多赛特也立即做了回应：第一，支付 250 美元；第二，亲自把他送回家，否则你就留着他；第三，最好趁着夜色，不要惊动相邻与警察。敲诈者突然间沦为被敲诈的对象。可见，山姆与比尔的计划才是幻想，多塞特的幻想才是现实。当人质没有任何价值之时，决不能再平白落得一个恶名。山姆与比尔再也经不起红毛酋长的折磨了，乖乖地按照多赛特开出的条件把人送回了家，那 250 美元，与比尔愿意承担的 500 美元相比，少了一半。结果，绑架者与人质家属之间，角色完全换了位置。

对舞的驱动力有二：一是红毛酋长的顽皮与无忌，二是绑匪的道德底线。如其所说，他最喜欢的就是外出野营，最不喜欢的就是上学，遇见山姆与比尔，真是如愿以偿，既能"野营"，又用不着上学。他不仅好战，更喜欢冒险，与绑匪相遇，既满足了冒险、好战之欲，又无生命之虞，只是他没有意识到这一切罢了。最具说服力的，莫过于比尔打发他回家的时候，他自己竟然返身回到洞穴；把他送到家门口的时候，他竟然与比尔恋恋不舍。绑匪没有碰触道德底线。他们可以把红毛酋长留在洞穴内，逃之夭夭，红毛酋长有能力自己走回家；把他送回家之后，也完全用不着支付 250 美元的费用。道理似乎是，不管是什么游戏，只要参与游戏，就要接受游戏规则。不过，说到底，离开了基本的道德底线，幽默就有可能沦为悲剧。

艺术与生活。

《最后一片树叶》描述了三位，准确地讲，两位寄居于格林尼治村的艺术家的故事。格林尼治村（Greenwich Village），自 1910 年以来，是激进主义思想家的理想聚集之地，反文化的代名词。艺术观异端的艺术家与价值观乖张的知识分子在这里过着玩世不恭的（Bohemianism）叛逆生活。艺术家有两个重要的命题：一是艺术与传统的关系，二是艺术与生活的关系，《最后一片树叶》聚焦于艺术与生活的关系，反映了艺术家的艺术观、其成因以及其成就。在叙事的过程中，围绕着生活的角色，琼西与贝尔曼互为反义，并发生角色的转换。

琼西，与贝尔曼相比，所处的生活环境是一样的，但对待现实的态度与观念却迥然不同。可以说，冬天，对于反文化的知识分子来说，是一个准确的代名词，旧的价值观念已经破碎，新的尚未确立，他们就是新价值地探索着与创建者，然而，先驱者从来都是披荆斩棘，披荆斩棘者必定伤痕累累。琼西与肺炎先生的关系，就是艺术家与冷酷社会现实关系的真实写照。琼西倒下了，固然是因为生活现实晦暗，更主要是因为个人的意志发生质的变化。"你那位可爱的女士执意不再康复了。"除了死亡，没有任何东西令其留恋，即便是爱情；艺术的理想倒是有，到意大利那不勒斯湾写生，可是，那已经是遥不可及。于是，怀揣着艺术理想，把生命交给了秋风与树叶。秋风与树叶不解人意，却能够决定人的生死。造成这一切的根本原因乃是个人的意志，她的意志就是与生活现实决裂。

贝尔曼先生与琼西女士的处境极为相似。他们住在同一幢楼房里，都是画家，都面临着生活的窘迫，都有着始终没有实现的艺术理想。贝尔曼的艺术理想是一幅杰作。对待生活的态度，贝尔曼却与琼西女士迥然不同。他可以借酒浇愁，却不会放弃对生活的执着。听到琼西对此生没有多少留恋的消息之后，贝尔曼的反应十分激烈："怎么这么傻？树叶落光了，人就要死？闻所未闻"。对生活的执着还表现在，为了帮助苏，他不遗余力。六十多岁的老人，给她做模特，一坐就是一个晚上。可见，琼西与贝尔曼互为反义：对待生活，一个感到绝望，一个充满希望；关于生存，一个意志虚弱，一个意志刚强。

生活开了一个巨大的玩笑。贝尔曼的一个善举，把两个人的命运进行了对调。一夜之后，琼西迫不及待地想看到最后的一片树叶落下，令其意料不及的是，经过一夜的风吹雨打，树上竟然还挂着最后一片树叶：整个叶子呈现出深绿的颜色，叶子的周边，光阴已经染成黄色，高高地挂在树枝上，离地足足有二十英尺。树叶是贝尔曼画在对面墙壁上的。就在做完模特之后，趁着苏熟睡的那一个小时的功夫，贝尔曼踩着云梯，一手托着颜料盘，另一只手仔细地勾画出一片永不凋落的树叶。因为这片树叶，琼西懂得了一个道理："寻死是一个错误。现在，我要吃饭，不过，先把镜子拿给我，看看自己什么模样"。这正是贝尔曼的哲学。贝尔曼，由于一夜的辛苦和一小时的雨淋，终于抵不住肺炎先生的盛情邀请，撒手离开了人间。这正是琼西的梦想。琼西与贝尔曼互换了哲学与命运。

在两个人对舞的过程中，贝尔曼终于实现了他的杰作梦，一片画在墙上的小小的树叶，拯救了琼西的生命，并永远定格在那里，一如一幅名作，永远流传在人间。他的杰作不仅拯救了琼西的生命，而且改变了她的人生价值观念。同时，也传递出这样的信息：艺术，只有植根于生活，才能化腐朽为神奇。

与琼西一样，自私的巨人也把生活与艺术强行割裂开来。在《自私的巨人》中，美丽的花朵无疑是艺术的象征，花朵一如艺术，给人带来的是精神享受，而不是物质的消费。儿童，作为家庭的纽带，不仅是成人之父，而且也是社会的未来。无论是人还是社会，首先都是以物质的形式存在，有了物质的存在之后，才逐渐产生出精神的需要，儿童对花朵的迷恋乃是物质对精神的依恋，也是生活朝着艺术升华的一种表现。儿童与花朵的关系，就是生活与艺术关系的再现。这种关系并不是一开始就是显而易见。儿童一放学，就到花园玩耍，鲜花怒放，绿草如茵，孩子欢声笑语，到底是谁给谁带来了生机与欢乐，只有时间才能予以证明。当自私的巨人把孩子们驱逐出花园之后，花朵与鸟声突然消失，花园进入冬季；当孩子重回花园，春天也随之重返花园，可见，花朵与儿童之间存在着严密的因果关系。

花朵与艺术属于人类的精神层面，精神层面又属于人类社会的上层建筑。巨人把玩耍的孩子从花园中驱逐出去，然后用高墙把花园围得水泄不通，让花朵与儿童处于隔绝的状态，这就是艺术家或者统治阶级把艺术与生活对立起来的做法。象牙塔里的艺术说的就是艺术与生活割裂的现象。艺术进入了20世纪之后，"纯艺术"的呼声越来越高：作者要从作品中隐退；要展示，不要讲述；作品不是反映广阔的生活现实而是狭隘的作家自己；不是与现实中的读者进行有效的交流，而是作家的自言自语；作者死了，作品与作者、社会、历史的纽带断裂了。作品任由新批评闭门造车，仿佛成了断了线的风筝，在空中自由漂移。于是，碎片化、短路等极端艺术形式一时充斥市场。不是说后现代主义艺术没有价值，而是说走向了夸张。艺术排斥生活似乎是定势，进入生命的冬天也就不可避免。

生活离不开艺术。花园进不了，孩子们也就没了去处；马路上到处是大小不一的硬石，上面盖满了灰尘；进不了花园，只能围着花园，谈论着花园的美好。可见，离开了艺术，生活将变得枯燥无味。生活甚至模仿艺术。都说艺术模仿生活，离开了生活经验，艺术将是无本之木，无源之泉。可是，离开了艺术，生活也会暗淡无光。艺术告诉人们什么是理想，一步一步地指导着人们逼近目标；艺术教会了人们什么是正确的道路，什么是人生的崎岖小路甚至堕落之路；艺术节约人们的时光甚至保护了青春，用不着重复着前人走过的路，流前人流过的汗；艺术暴露了现实的黑暗，激起人们的抗争，能够引起一场社会革命。看不到生活的美好是因为艺术远离了现实，看不到艺术的美好是因为生活已经堕落。

艺术的生命力在于与生活牵手，生活的美好在于不断地向艺术靠近。孩子们在巨人高大的围墙上钻出了一个洞，爬进了花园。生活从来不会因为艺术的高冷而自弃，总有一种温馨的艺术形式，生活可以接近，也愿意接近。艺术何尝甘愿拒绝生活，体验过冬天的冰冷与干裂，对生活的期盼何其强烈。当孩子们一进花园，花儿就竞相开放，鸟儿就飞来放声高唱，好一个迫不及待。

造成艺术与生活分裂的关键原因是独裁。巨人就是一个独裁者的化身。他不问青红皂白，出于一己之私，断然把艺术与生活割裂开来。孩子失去了乐趣，花园失去了春天，他竟然不知自己就是罪魁祸首。历史与现实教育了巨人：历史就是从春天进入了冬天，再从冬天重返春天；现实就是春天重返花园；巨人汲取的教训是，艺术与生活构成永恒、美满的婚姻。从春天到冬天再到春天，就是艺术与生活对舞的整个过程；在这个过程中，巨人获得了新生，从一个愚昧的独裁者，变成一个困惑者，再从一个困惑者成为一个聪睿的主人。

其实，巨人就是艺术家本人，花园就是他的作品，在作品中，作者可以排除生活，愚昧地固守艺术，也可以把生活邀请进来，让艺术与生活结为百年好合。那位曾经在花园里出现的孩子，就是艺术女神缪斯，缪斯女神微服私访，亲自考验了艺术家对待生活的观念与态度，通过历史与现实，给后现代主义艺术家上了一堂生动的教育课。相应的，缪斯女神的花园就是经过历史的淘洗遗留下来的艺术家构成的艺术殿堂，在这个艺术殿堂里，艺术家们就是活生生的现实，生活不可或缺的部分；有了艺术，他们才有了自己的用武之地，把自己丰富的精神世界展示出来；有了他们，艺术才有了各色精湛的表现形式，各种惊世骇俗的艺术形式又进一步构成了艺术殿堂魅力四射的装饰。艺术家与缪斯女神之间又是一场精彩的对舞，在对舞的过程中，展示的是艺术理论的发展史。

主体与客体。

在《麦琪的礼物》中，主体与客体在不同层面多次进行对舞，共同构成一个完整的对舞叙事结构。当黛拉为自己的一头秀发感到自豪时，她体现出的就是主体意识："如果女王就住在隔壁，黛拉就会当着她的面，梳洗、晾干自己的头发。黛拉知道，她的秀发比女王的珠宝和礼物都重要。"黛拉的主体地位在于拥有秀发，主体地位意识的强烈程度取决于秀发的品质与等级。黛拉的主体意识十分强烈。同样，吉姆也有着强烈的主体意识。读者知道，杨氏夫妇有两件宝物，一件是黛拉的秀发；另一件呢？吉姆祖传的金怀表："如果国王就住在同一个院子里，吉姆一遇见他就要看一次时间。吉姆知道，没有一位国王拥有如此珍贵的物品。"也就是说，失去了自己的宝物，也就失去了主张宝物的主体权利。杨氏夫妇的主体意识可以平分秋色。不过，两人的主体意识也略有一些不足，因为各自的宝物略有遗憾：黛拉缺少一把与秀发匹配的梳子，吉姆则缺少一条与金怀表匹配的链子。缺憾成为叙事发展的主要动力。

当然，在爱的传递中，主体身份与客体身份也发生着交换。从行动的角度来看，给予爱，人获得了一种主体身份；接受爱，人获得了客体的身份。从目标的角度来看，接受爱的一方是主体，给予爱的一方是客体。从行动到目标的实现，人的身份完成了从主体到客体、从客体到主体的转换。

黛拉内心的矛盾性正是主体身份与客体身份交替出现的结果。当黛拉决定用秀发换表链之后，"她的目光炯炯有神，但她的脸色黯淡无光。""炯炯有神"，因为她是爱的主体；"黯淡无光"，因为自己马上由主体变为客体。不过，她很快就加快了身份的快速转换："她迅速又不安地把头发盘了起来"，接着，"带着依然兴奋的神情，她快步出门，匆匆忙忙地走在大街上"，不久又"快步跑到楼上"，甚至不得不"停下来，喘口气"。"不安"一词，准确地捕捉到了黛拉内心深处的微妙活动，那是一场在主体身份与客体身份不断摇摆的表现。不过，这场摇摆很快就被另一种主体身份所战胜，即爱的主体身份战胜了物的主体身份："快步跑""匆匆忙忙地走"等都是爱的主体身份的特写。当她用秀发换来了 20 美元的时候，她从主体身份开始向客体身份转换。黛拉的爱的主体身份此刻也正处在转换的过程中。

吉姆也一定经历了从对物的主体身份到客体身份转变的波动，只是叙事者没有给予展示，而展示到读者眼前的则是爱的主体身份。"他用一种陌生的目光看着她，眼睛里有着一种让她难以理解的神情，那神情让她害怕。"他简直不敢相信自己的眼睛，也不敢相信自己的耳朵，所以一看再看，一问再问。吉姆表现如此之强烈的东西其实是他对黛拉的爱，这种爱就在马上就要实现了的时候，突然消失了，所以，他的脸上露出了难以掩饰的失望。不过，在黛拉的心中，她已经接受了吉姆给予的深爱："雪白的手指扯下那张包装纸，接着一声惊喜，然后又是一阵幸福的眼泪"。爱，只要黛拉接受了，就能赋予吉姆爱的主体身份。同样，当黛拉手捧着金质表链送到吉姆眼前的时候，吉姆的一笑也就帮助黛拉获得了爱的主体身份。与此同时，黛拉与吉姆又互为爱的客体。

当吉姆知道黛拉用秀发换取表链的时候，黛拉彻底实现了自己对物的客体身份；当吉姆告诉黛拉他用金表换取镶有宝石的梳子的时候，吉姆对物的客体身份也完全实现了。不过，黛拉失去了秀发，拥有了宝石梳子；吉姆失去了金表，拥有了金质表链。

再从世俗与道德的角度来看。世俗的判断是：按现状拥有各自的财富，就是一种智慧，用自己的财富去满足对方的需求，结果愿望落空，这就是一种愚蠢。可是，叙事者的道德判断得出了与此相反的结论。用自己的财富去满足对方的需求，愿望虽然落空，但给予对方的爱却更加深厚了，因此这是一种智慧，一种超常的智慧；假如为了保持各自财富的现状而放弃爱，那就是一种愚蠢，一种绝对的愚蠢。这是另一个层面的对舞。

在结构要素发生对舞的过程中，缺憾与爱自始至终起着推动作用，而自始至终所揭示的重要主题也是爱与缺憾。不过，正是缺憾，黛拉与吉姆的爱才显得更加与众不同。

《知识树》的主体与客体关系转换发生在皮特与马洛夫人、皮特与兰斯洛特之间，所体现的是知识、爱与权力。在两层主体与客体关系中，皮特与马洛夫人为主，皮特与兰斯洛特为辅。

主体与客体关系转换的关键前提是马洛的艺术成就与自我意识。马洛衣食无虞，但艺术素养不值一提，用叙事者的话来讲，"搞创作，不管什么时候，雕塑家有的，摩根都有，就是没有菲狄亚斯的精神。"其一，比例失衡，"雕像或五官该小的，看起来太大；该大的，看起来太小"。其二，作品没有种类概念，"看不出创作意图的作品……一个数量不大、凝神而视的白色群体，英雄的、田园的、寓言的、神话的、象征的……根本不考虑作品的功能、年龄与性别"。其三，拥有属于自己的艺术教育观念，皮特主张"艺术就是冲动与本能"，与此相反，马洛主张"一些正规教育，不要太多，但要适度"。艺术贵在创新，不怕标新立异，就怕没有主张与特色。可是，对于皮特，马洛的艺术主张与实践始终是一个难解之谜。可怕的是，马洛对自己的艺术成就一无所知，或者根本没有忧患意识，完全沉浸在"艺术的快乐"之中。作品没有销路也就不足为怪了。

马洛夫人深爱着丈夫，也深爱着丈夫的艺术才华。夫唱妇和，两人完全陶醉于眼前的艺术成就，自足因而成为"给他们带来安逸的一种命运，"令人称奇的是，他们竟然把这种命运始终保持下来。马洛夫人从夸奖儿子开始，夸奖自己的丈夫："因为神奇的遗传呀！激情就是激情，当然，你，亲爱的皮特，对此一无所知。皮特的激情燃烧尽了吗?"有遗传，未来的成就呢?"你觉得，他会成为另一位艺术大师吗?"当女人这样关心一个男人的时候，答案只能是肯定的。一个女人爱上一位艺术大师，又生出一位未来的艺术大师，应该是多么的自豪。在马洛夫人看来，丈夫的成功招致了世人的妒忌与刁难，只有空谈者大行其道;马洛的不幸在于拥有了才华与成就，更大的不幸在于不为世人所理解。不过，笃信自己的艺术选择，就会自得其乐。爱，几乎是马洛夫人的代名词。

做好自己的事，世间则无事;在乎他人的事，其实只是在乎自己的事，世间必多事。爱上一个爱着他人的人，就是在乎自己的爱，在乎自己的爱，则必然多情。皮特爱上了马洛夫人。把这种爱转化成事实，就是皮特最大的心愿，否则，他就只是一个客体，一个只能旁观而不能参与的客体，客体也就是局外人。皮特必须成为局内人，成为局内人也就成了主体。皮特具有有利的条件。第一，主观条件，自己知道美与美的标准;第二，客观条件，马洛夫人的深爱建立在虚幻的审美观之上。有两种主体身份，解构型的与建构型的。皮特选择建构型的主体身份。他有一种错觉，自己就是一道防护墙，把马洛夫妇与世界隔绝开来。马洛夫妇的世界竟然也只有皮特这一条通道与世界联系起来。皮特认为，只要他不把虚幻的肥皂泡戳破，马洛夫妇就永远不得真相，假象就是真相，真爱就会永存。马洛夫妇的幸福完全取决于皮特的胸襟。皮特成功了:"他人生最大的成功在于，从未对好友摩根·马洛的作品认真过;作品，姑妄言之吧。在这个问题上，他完全相信，要毫无争议地转述他的话，简直是不可能。没有任何证据表明，他在这件事上，何时而且尴尬地，说过谎或者讲过真话。"如此行事，既不授人以柄，说自己没有审美标准，也不违背自己的初衷，让心爱之人得到真爱，哪怕是虚幻的。皮特仿佛大爱之源，高高在上，又深入马洛夫妇的生活中间。为了实现自己对马洛夫人的精神之爱，皮特拥有了超验之爱的主体身份。这种身份给皮特带来了"荣誉"与享受:他的成功不仅在于"他没有让人知道自己深为惋惜"，更在于"他也没有以任何方式予以掩饰。"心智双重的收获令皮特飘飘然。

皮特是地道的表演者，然而，更高级的表演者当属马洛夫人。在人类社会中，一切身份都是表演的结果，而一切的表演都离不开面具。因为有了面具和表演，才有皮特的主体身份，也正因为表演，马洛夫人才从客体身份，转为主体身份。有两种可能，一是马洛夫人根本不知道丈夫作品的档次，而且始终真诚地爱着他，当她不知皮特一直在保护自己婚姻的时候，她就永远处于客体地位；二是马洛夫人从来就清楚丈夫作品的艺术价值，而且始终真诚地爱着他，当她得知皮特一直在保护自己婚姻的时候，为了成就皮特的主体身份，她甘愿扮演一位没有艺术品位、不知内情的客体，她的身份就具有了双重性：表面上是客体，实际上是主体。两相比较，难度系数最大的是马洛夫人的表演。皮特的表演似露非露，而马洛夫人的表演深藏不露。马洛夫人不可能给皮特留下这样的印象：自己完全知道丈夫的作品不达审美标准，但是，由于自己十分热爱马洛，只能瞒着他，在与皮特单处的时候，对他的作品略加评论，以此展示自己的艺术品位，并以知己的缘故满足皮特的精神之恋。果真如此，久而久之，马洛夫人就会扰乱皮特内心的平静，甚至给他更高奢望的借口，自己的道德形象，也就大打折扣了。当皮特确认马洛夫人早已洞悉自己的小算盘而全然不露声色之后，他的脸色顿时苍白：一个一直处于主体地位之人顿时沦为了客体。

在皮特与马洛夫人之间，主体身份之所以能够发生转换，靠的就是兰斯洛特作为年轻人勇于追求真理的直率。由于事关父母，兰斯洛特得知真相之时，只能转向第二层亲近之人皮特求助，而皮特要他履行的是一个只有涉世深者才能做到的艰难之事，而此事只能对自己有利，不能有害。可是，没有谁愿意看着自己的父母蒙在鼓里，皮特毕竟是第二层的亲人。为了父母与自己的利益，兰斯洛特点燃了导火索；有趣的是，引爆的不是父母，而是皮特。

其实，皮特与兰斯洛特之间也存在着主体身份转换的现象。反对兰斯洛特去巴黎就读，为的是不让他发现自己的艺术实力，或许能够给他留下一个美好的幻想；更重要的是，没有艺术鉴赏力，也就无法发现皮特的秘密，发现不了皮特的秘密，也就保全了皮特。照此下去，皮特永远控制着游戏的平稳进行，永远处于主体地位。当兰斯洛特发现真相之后，尤其是母亲在满足皮特的精神诉求之时，他披露真相的行为，让皮特从两个层面的主体意识一下子陷入了两个层面的客体意识之中："我认为，那一定是，在我毫不知情的情况下，为了阻止我"。可见，皮特与马洛夫人之间、皮特与兰斯洛特之间的主体身份随着叙事的展开，发生了转换，对舞现象出现了。

对舞，与"任务—困难—帮助—完成"的线性叙事结构相比，强调的更多的是对立双方的身份转换，身份的转换，不可或缺的是内在的机制。更重要的是，在内在机制的引导下，由于身份的转换，一个消极的意义转变成一个积极的意义；一个积极的意义，由于正向转变，获得了更大的势能。

　　无论是套叙还是对舞，短篇小说叙事艺术均可以之自豪地展示，其叙述结构绝无乏善可陈之说。方寸之地再小，也可以雕刻乾坤。不过，过于美好的叙事结构，往往很难揭示深邃、微妙的生活哲学。毕竟没有尽善尽美。

第四章

并置

　　无论是开头、结尾，还是套叙与对舞，短篇小说的结构范式都是叙事的一种内在关系类型，不仅追求逻辑上的统一与完整，而且在视觉上保证具有一定时间的延续性。当后现代主义小说艺术解构了情节之后，文本的内在联系松散了，甚至断裂了，叙事表现出一种随意性，结构在两种情况下完全处于一种碎片化的状态。与此同时，向来单一、稳定的虚拟世界，突然发生了扭曲，与另外一个毫不相干的空间实现了对接，存在的单一性与稳定性遭到了破坏，而且，向来以生活为参照系对艺术进行阐释的方法，一夜之间，也走到了死胡同。这是一种怎样的叙事现象呢？一种后现代主义小说叙事的并置现象，即叙事碎片之间的并置，以及创作界、文本界两个世界的并置。

　　并置，在传统的小说中，多以双重情节的形式存在，由于对篇幅有着特殊的要求，双重情节仅仅存在于长篇小说之中。双重情节一般分为主要情节和次要情节，双重情节之间的关系又分为两种情况：一是各自独立运行，最后合二为一；二是交互影响，共同推进情节的发展。《汤姆·琼斯》（*The History of Tom Jones, a foundling*）有两个情节，一主一次，情节的主要发生地是伦敦，主要情节围绕着汤姆展开，次要情节围绕着索菲亚展开，因为陷害与误解，两条情节独立发展；当汤姆的真实身份水落石出、比菲尔的阴谋大白之后，陷害与误解也就消除了，由于分开发展的动力不存在，两条线索（情节）最终合二为一。《傲慢与偏见》（*Pride and Prejudice*）描写了四对婚姻，但主要形成三条线索，其中，伊丽莎白与达西构成主要情节，简与宾利、莉迪亚与威克汉姆的情节构成次要情节，主要情节与次要情节互动，在互动中，次要情节直接决定着主要情节的发展与结局。当然，对小说主要情节发展产生决定作用的仍然是误解与污蔑，不过，在解决莉迪亚与威克汉姆的危机过程中，误解消除，污蔑瓦解，简与宾利重归于好，莉迪亚与威克汉姆堂堂正正地进入婚姻殿堂，由于次要情节逐渐走向了美好的结局，主要情节也是花好月圆。

　　当然，这一切都发生在同一个社会空间里。在这个社会空间里，事件之间有着严格的空间、时间与逻辑顺序，完全符合读者阅读与认知的习惯。

　　上述情节的发展，主要依靠外部因素的推动，当然，也不乏精彩的心理描写，心理描写也是情节发展不可或缺的内在动因。不过，在传统小说当中，心理描写一直处于辅助的地位。当传统小说艺术成为叙事的桎梏之时，一场革命也就成为必然了。在理论家与小说家共同发力的作用下，小说叙事从外部世界走进心理世界，意识流小说叙事艺术出现了，由于意识流动规律的作用，意识流小说叙事的手法，与传统严谨的线性逻辑相比，显得凌乱，属于非理性的。意识流小说基本上瓦解了情节或线性逻辑。可是，有些小说艺术家从现代主义叙事那里看到了线性逻辑的最后挣扎，出于厌恶，他们在现代主义叙事艺术的变革过程中，又添加了最后一个稻草，线性逻辑一下子彻底垮台了。在没有线性逻辑的日子里，非线性范式成为主宰，非线性成为主宰的主要标志是，叙事的碎片化。

　　线性逻辑为何如此受欢迎？因为直线代表简洁、高效、美观；由于直线与现实主义小说紧密相关，直线还具有另一层象征意义，即能够真实地反映现实。然而，小说家最明白什么是叙事真实，一如统治者从来就明白什么是神的意旨。

　　历史也是一种虚构。历史上，由于不能拥有书写的权利，多数人对文字产生了崇高的敬意，甚至对文字的表述深信不疑，久而久之，文字就是真理；明白了这个道理，统治者也就对文字严加管制，同时也在屏幕后面制造了不少的真理。解构文字的权威性、虚假性从解构小说叙事的真实性开始。小说叙事，小说家如是说，就是一种言说，这种言说不是唯一的，而是多种可能性的一种；小说叙事如此，历史叙事亦是如此。懂得了这个道理，任何加工、注水以及掩饰的努力都归于枉然。小说家勇敢地承担起了破除迷信真实（元叙事）的重任，通过破坏叙事文本的统一性与完整性，摧毁读者对叙事真实的幻觉，培养他们对叙事这一艺术的正确认识，即无论叙事是想象的，还是历史的，凡是艺术就有虚构。破除迷信真实的实践，自主地发展成一场运动，不过，这场运动持续的时间短暂，因为它宣告的是一个简单的道理；接受一个简单的道理固然需要一定的时间，然而，道理一旦昭然于天下，小说艺术家也就没必要留恋于这项游戏了。

　　因此，一时间，小说艺术出现了两种现象：一是小说世界的碎片化，二是小说世界的多元化。无论是碎片化还是多元化，世界的存在，不可能是空无的。

第一节　世界的碎片化

什么样的叙事单位才是碎片？碎片有多长？很难说多长的叙事单位可以成为碎片，短到一句话，长到数个段落，但凡是碎片，就一定具有残缺性，就一定与前后叙事单位缺少必要的连贯性，二者必居其一。什么是残缺性？无论一个叙事单位有多短或者有多长，只要自身的意义在特定的范围内没有表述完毕，这个叙事单位就具有碎片化。什么是连贯性？所谓连贯性就是相关性，相关性既是逻辑上的，也可以是空间的，或者时序的；一个叙事单位，只要在逻辑上、空间上或者时间上，没有与前后的叙事单位形成合理的相关性，就是一个叙事碎片。有残缺的叙事单位，不可能与前后叙事单位建立合理的相关性；一个意义完整的叙事单位，如果不能与前后的叙事单位建立相关性，一定是一个碎片。作品中的碎片，由于缺少相关性，自然呈现并置的关系。

从艺术的角度来看，如果一个叙事单位是一个碎片，那是因为缺失的信息并不重要，或者信息的缺场本身就是一种特殊信息。同样，如果作品中的叙事单位之间没有相关性，那是因为相关性对于作品的解读没有必要性；或者，这种相关性的缺失就是一种表意形式；或者，相关性以某种隐含的方式潜藏在文本之内。无论如何，小说家没有必要花费宝贵的时间告诉你，自己在妄言，更没有理由去浪费读者的宝贵时间。碎片化的作品，一如不可靠的叙事，都是一种以特殊叙事方式进行表意的艺术。从这个角度来讲，任何叙事作品，一经作家的构思与创作，就是一部具有以表意为目的、具有审美价值的艺术成果。

对《内陆深处》（*In the Heart of the Country*）、《墙上的斑点》（*The Mark on the Wall*）以及《保姆》（*The Babysitter*）三个短篇小说进行分析，可以揭示碎片的艺术，尤其是背后的结构艺术。分三个部分，物理世界的碎片化，意识世界的碎片化，互切世界的碎片化。

物理世界的碎片化。

《内陆深处》描写的是现实世界，由 36 个碎片组成，所有碎片分别属于

13 个对象，这些对象又成为每个碎片的标题。按照出现的先后顺序，它们依次是：地点、天气、我的房子（及其附属）、人物（1）、线缆、教堂、政治、群众、重要信息、教育、商业、居家苹果、人物（2）。其中，我的房子（及其附属）较为芜杂，附属之物，依照先后顺序分别是：本地区与身体、我的猫与伙伴、我的呼吸与窗户。众所周知，短篇小说一般不做结构上的细分，有细分，也不再加注标题，可是《内陆深处》不仅把文本细分成 36 个独立的碎片，而且各有标题。碎片中，最短的，一个小段落，如碎片（2）；最长的，六个段落，如碎片（26），每个碎片自身都具有相对的完整性，但与前后的语境缺少逻辑关联。碎片内部，或以线性方式或以非线性方式形式进行描写或叙事，例如碎片（30）就是一个清单，列举了众多俱乐部的名字；还有碎片（1）的开头部分与碎片（8）的后半部分，都出现了自由诗的阶梯形式：散文形式突然变成诗歌形式，排版在视觉上有些破碎。更有甚者，文不对题：碎片（35）的题目是"教堂"，可是内容却是发生在体育馆里的一幕，观众群情激奋，又充满了性的暗示。见表 4 - 1 所示。

表 4 - 1　主题碎片分布情况

对象	所在片段
地点	1，16，26；
天气	2，15，25；
我的房子（及其附属）	3，7，13，18，28；
人物（1）	4，14，23，33；
线缆	5，24；
教堂	6，35；
政治	8，19，29；
群众	9，17，27；
重要信息	10，20，30；
教育	11，21，31；
商业	12，22，36；
居家苹果	34；
人物（2）	32；

从表4-1可以看出每一个对象具有的信息碎片数量、每一个信息碎片在文本中所处的具体位置。总的来看，多数对象的大部分碎片是以相同的间隔出现的，例如，最常见的间隔碎片数为9，即每10片重复一次。

可以把13个对象做进一步的整理，有八个类别：地点、天气、住宅、人物、宗教、政治、教育、商业。其中，住宅，除了上述附属物之外，还包括线缆与居家苹果；人物包括人物（1）、人物（2）、群众，还有叙事者"我"；宗教、政治、教育、商业与重要信息归并。把八个类别再做合并，则剩下以下四个大类：地点、天气、人物与活动。显然，作为后现代主义非线性叙事作品，《内陆深处》具有有效叙事最重要的要素。

不过，《内陆深处》几乎完全解构了线性叙事的规范。在线性叙事的作品里，人物出场后，就面临着一个亟待完成的任务，在完成任务的过程中，主要人物遇到了一些困难与敌人，要战胜困难与敌人，就要有一些朋友进行相助。经过反复的斗争与较量，主人公最终克服困难，战胜敌人，成功地完成了任务。在叙事过程中，推动事件向前发展的主要动力是任务或者主人公的欲望，任务的性质、主人公的性格与能力以及社会的规范则决定着事件发展的方式，这种方式，正如前面所言，一般表现为弗雷塔格图式，这就是线性叙事模式。

在《内陆深处》，由矛盾运动构成的情节几乎为零。叙事者"我"进行的交互活动极为有限，例如："我"与猫儿之间有过抚摸的动作如碎片（18），"我"与哈利有过一次不成功的交谈如碎片（32），而交流失败的责任主要在"我"。至于其他的人物，他们与"我"没有任何交流，没有共同参与过任何活动。仅有的就是从"我"的视角出发，所看到的关于他们的一切，静止的或者动态的。当然，也有一些碎片描写了一些活动场面，但这些场面缺乏生机，流于空泛。重要的是，"我"与这些场面没有任何权利与义务关系，"我"只是一位看客，就故事而言，也只是一个叙事者，机械地向读者传递着所看、所想与所感。既然没有任务，"我"也就没有遇到任何阻力，也没有成为他人的主要阻力。通篇看来，静态的信息远多于动态的描写，人物之间、事件之间几乎不存在着任何互动，也就没有任何关系了。无论是视觉上，还是内在关系上，叙事完全处于碎片化。

不过，后现代主义叙事解构的是线性叙事的艺术手法以及传统小说家对现实或真理所持有的天真观念，后现代主义小说并不解构表意本身，否则的话，后现代主义叙事则真的成为痴人说梦了。如果是痴人说梦，阅读也就成为多余的了；小说创作，换言之，叙事艺术，就可以永远休矣。要证明碎片化艺术仍然可以有效地进行表意，就要对《内陆深处》的主旨进行发掘。

加斯（William H. Gass）笔下的人物体现了一种异化的生存状态，一种封闭的、无能的、以语言为本质的存在。与现代主义作家不同，加斯的文本世界具有自足性，因而不具外在现实的指涉性。

叙事者"我"身陷"囹圄"而不能展翅。囚禁叙事者的当然不是真正的监狱，而是住所及其周边的环境共谋构成。根据碎片（3）可以得知，他屋外的枫树都去了树冠，为的是让线缆顺利通过；碎片（5）表明，对于叙事者来讲，"它们（线缆）在'我'面前就仿佛是栅栏""阻止了我外出"，要接近外面的牛群，"只能像一根棍子，把我的情感抛过去"。在碎片（24）中，叙事者告诉读者，"它们把我困住了"。线缆的主要作用就是通讯，把身处相隔万里的人们连接一起，然而，线缆不仅没有成为人们沟通的便捷工具，反倒让叙事者"在线缆之下，难以行走"，这就是为什么他把线缆称之为"交流的隔栏"（Bars of connection）。在碎片（3）中，叙事者还爬上去了树冠的枫树顶部，放眼四周的田地："我认为我知道到此的目的，就是去看，迎着新事物走出去"。可见，房屋是他的囚禁之地，但他也曾想过，要冲破自身的牢笼。遗憾的是，到了碎片（13）的时候，他就"像诗人一样堕落了""浓密的常春藤阻断了入口，我就待在里面了"。他所居住的房子，用他自己的话来讲，不仅窗户是"蛊惑人心的"，而且屋内也是"魔力超凡"。窗户如何蛊惑人心呢？碎片（7）给出了答案："树叶在窗子里移动"。显然，答案并不令人满意。其实，这一切，要么是幻视，要么是幻觉，幻视与幻觉折射出的都是内心世界的状态，叙事者的精神世界异化了，异化的精神世界才是囚禁他的罪魁祸首。"当房屋比作身体的时候，'居住在内'就是俄尔普斯式的堕落。"[1]

一个自闭之人必定是一个病态的自恋者。在碎片（14）中，叙事者与比利在邮局偶遇，他把比利描绘成一个"急切地与我谈论天气的人。他一边滔滔不绝地说，一遍不停地点着头；我故意使坏，看一看他到底多想说话。"一如线缆，邮局是人类交流的重要性媒体，然而，就在这样的一个重要场所，叙事者所表现出的，不是沟通的达成，而是交流的阻止，阻止交流的行为显然缺乏人性，毫无疑问是一种堕落。令人惊讶的是，比利的生活方式简直是

---

[1] Bruce Bassoff. The Sacrificial World of William Gass [J]. *Studies in Contemporary Fiction*, 1976, 18 (1): 48.

叙事者的翻版："比利关上门，把煤炭或者柴草搁到炉火旁，然后闭上眼睛。无法想象他是多么的孤独与空虚，也难以猜测，在这个内陆之地，他是否像我们一样，孤寂、死气、寡情。"在碎片（23）中，他又进一步说道，"我十分自私，希望他继续保持现状，数数棍子和木头，一大早就坐在窗台上晒太阳，可是，他不晓得他对我意味着什么……"其实，比利就是叙事者自我的投射。当他对比利进行评价的时候，叙事者实质上表达了自己向往停滞的生存状态，这是一种难以捉摸的表现。①通过恶意的拒绝，叙事者实质上表达了自己无能的绝望。

自恋者不能敞开心扉，也不可能给予他人应有的人类之爱。在碎片（1）中，叙事者说道，"我从爱的岗位上退休了"。叙事一开始，就高调亮出主题。在碎片（13），叙事者说过，"我的房屋、这个地方以及我的躯体，我以悲伤的心情在那儿出生了。在其他所有人看来，这是极其愚蠢的事情：爱"。爱孕育了生命，爱又把人带到了人间，所以，身体是爱的结晶，房屋是爱的场所。遗憾的是，爱，带来的不是幸福，而是荒诞。从碎片（3）得知，在他的房屋周边，枫树去了树冠，遭到了阉割，树也就失去了生命力。在树上爬来爬去，他能做的仅仅是超远方展望而已，之后，唯一的去处就是那所监狱，即自己的房屋。在碎片（34）中，叙事者捡拾苹果，"沉浸在浓烈的果香之中，我开始哼着小曲。可是，手一碰，苹果就瘪了。红红鲜艳的苹果，一拿起来，就露出了一堆的甲虫、飞虫和蠕虫，它们吞噬着腐烂的果质"。所以，碎片（15）准确地描绘了叙事者的生存环境，"在春季，天照常下雨，不过，树上挂满了冰晶"。雨水是生命的源泉，有了雨水，万物应该是生机勃勃，可是，春季如同冬季，寒冷摧残了一切生命。难怪在碎片（13）中，叙事者描写他和她的情人之间的关系，他能做的，只有替代："我的唇顺着你的脊背移动，就像一叶扁舟沿河而下"。其实，说到底，"她从来就不属于我；她只是一个虚构"。何为虚构？有学者敏锐地指出，"他根本就没有看见她，他看到的只是自己……他亲吻的情人是他的影像，他就是那位情人；他哀悼的是他自己，那位情人是他借助想象，用自己塑像而成的化身。"② 那么，究竟是因为无能

---

① Charlotte Byrd Hadella. The Winter wasteland of William Gass's "In the Heart of the Heart of the Country" [J]. *Critique: Studies in Contemporary Fiction*, 1988, 30（1）: 53.

② Frederick Busch. But This Is What It Is to Live in Hell: William Gass's "In the Heart of the Heart of the Country" [J]. *Modern Fiction Studies*, 19（1）, Recent American Fiction, 1973: 103.

所以不作为，还是因为自恋而不作为？答案并不明确，事实上，也不需要明确的答案。

在碎片（18）中，读者看到的是一位失去一切生存能力的废人。他挣扎过，但最终还是放弃："我必须，像他们所说的那样，振作起来……是的，下决心，动一动，干起来……干什么呢？我的意志就像房间里泛着尘埃的粉红光线……声音不撞到耳朵，听不见；饭不放到跟前，不吃，东西不进眼睛，看不见；想法根本就不是什么想法，梦幻而已；我心里要么空空的，要么塞得满满的……"显然，叙事者是一位完全失去作为能力之人，一个地地道道的空心人。

造成自恋与无能的原因，既是自身的封闭与意志的软弱，又是现代工业文明的恶之花。碎片（22）告诉读者，商业竞争异常激烈，除了邻里的便利店，大都市几乎吸引了全部的贸易。城市商业的繁荣背后，是城乡之间的巨大差别，乡镇的商业日渐凋敝，萧条如同监狱，处处制约、弱化着人们。在碎片（36）中，读者看到，圣诞销售旺季来到了，为了应对可能发生的挤购，商场通宵营业。为了吸引更多的顾客，商场装饰华美，"毫不知耻地招揽着过路之人"。商业有两头，一头是卖卖卖，另一头是买买买。一个神圣的宗教节日，完全被一个商业性的气氛取代了。教育难以实现文化传承的大任。读者在碎片（21）看到，女教师杰克斯（茅坑）是某个人的情妇，学生在做作业的时候，她整理自己的头发。对待学生，常常是暴力与粗口。从碎片（31）又得知，杰克斯还是一名盗贼，她的抽屉里，满是学生的爱物；甚至非法占有、花费他人的钱财。宗教更是腐朽变质。在碎片（6）中，教堂的尖塔变成了巫师的尖顶帽，传播福音、与上帝交流之地，竟然沦为魔术泛滥并主宰人类生活的场所。向来具有性暗示的鸟儿与鸽子，也栖息在教堂尖塔上面。到了碎片（35），正常的宗教活动始终没有出现，出现的乃是疯狂的体育活动，现代体育运动完全取代了宗教活动。当然还有性活动的暗示。总之，性爱成为体育的一种流行运动，大众化的体育运动成为全民的新式宗教。商业、教育与宗教，可以说，是现代在社会的重要缩影，是人性异化的重要根源。

学界认为，《内陆深处》的叙事者是叶芝笔下的年迈艺术家，艾略特笔下的被麻醉了的病人。① 准确地讲，《内陆深处》的叙事者倒更像普鲁弗洛克。

---

① Charlotte Byrd Hadella. The Winter wasteland of William Gass's "In the Heart of the Heart of the Country" [J] . *Critique*：*Studies in Contemporary Fiction*，1988：49.

与普鲁弗洛克一样，《内陆深处》的叙事者都是第一人称，前者是"我们"，后者是"我"。不过，长时间以来，学界似乎忽略了一个问题，即这个第一人称叙事者既然是一个空心人，或者说是一个没有作为能力之人，或者不愿意作为之人，又是如何具有如此深邃思想的呢？答案是，艾略特和加斯的第一人称叙事者，都是一个面具（persona），而面具的后面则分别是诗人与小说家。可见，两位叙事者一半清醒，一半醉，这是与其他第一人称叙事者不同的地方。

另外，加斯一再强调，小说世界是文字构建筑的世界（the world within the word）。在碎片（33）中，叙事者说道，"这就是我写的第一篇狗屁文章……这里是我射出的精液……瞧瞧这些色带一样长短不一的肠子，里面储存着我的呕吐之物，我写的虫子般的字词，还会有成千上万、甚至更多的排泄物"。精液与呕吐物无疑是文字的象征。做爱与创作有关系吗？"诗歌，一如爱情，从里到外，都是抚摸。"爱人与爱情是虚构，诗歌（创作）也是纯属虚构，即文本之外无他物，《内陆深处》也就对现实没有任何指射。不过，加斯认为，作家不强调作品与世界的联系，但并不等于读者不能够对照现实阅读作品。至此，读者难免想到艾略特。艾略特重视作品中客观经验与相关物的紧密结合，也就是说，艾略特强调作品与现实之间的对应关系，认为阅读作品会对现实产生特定的影响。由此看来，加斯的作品就具有更大的灵活性。

总之，在没有情节的日子里，叙事照样精彩。有了情节，所有松散的细节就有了中心，围绕着这个中心，这些细节各归其位，形成一个有机、统一的整体。没有了情节，所有细节松散地处于不同的位置，以各自独立的方式平等存在，形成碎片化并置的格局。然而，线性也好，非线性也罢，对作品进行综合解读是不可或缺的最后一步；要解读或阐释，就要打破信息原有的格局，重新加以整理，按照规范的逻辑模式予以思考。碎片化叙事仍然具有高度的艺术性。

意识世界的碎片化。

意识的流动，忽左忽右，飘忽不定；时而现在，时而过去，时而未来，一副顽皮捣乱的样子。时间以及线性逻辑是呆板的，意识流模式以及非线性逻辑是生动的、灵活的。作为现代主义叙事艺术，意识流手法本质上与现实主义的写实手法异曲同工。现实，从表面上讲，无疑是碎片化的，杂乱的；从深层上讲，则是有规律可循的。现实主义叙事方式，实质上，只不过是把杂乱的信息按照线性逻辑进行整理罢了。意识流叙事方式，表面上来看，繁杂纷呈，但也是事出有因；一切现象，只要是事出有因，则内部必定存在着某种秩序，这种秩序可能不同于线性逻辑，但一定是一种可以认知的模式，这种可以认知的模式也就为艺术创新提供了可能。

意识流叙事面对两个对象：一个是物理世界（现实），另一个是精神世界（意识）；采用一个手法，即自由联想；形成一种结局，即蒙太奇（时间蒙太奇，空间蒙太奇）。其中，自由联想是关键，有了自由联想，物理世界与精神世界就产生了互动，不过，在互动中，物理世界总是扮演着起因的角色，精神世界总是以结果的形式呈现出来。在物理世界里，起着诱发作用的客观物或者现象之间，可以具有逻辑性，也可以表现为非逻辑性。相比之下，意识世界的状态则是混乱无序的。不过，只要有角度，就一定有风景。

伍尔夫的《墙上的斑点》呈现了两个世界的现实：物理世界的现实只有一个，那就是墙上的斑点；精神世界的现实则较为丰富，也正是丰富的意识活动，赋予了作品应有的意义。

物理世界，作为意识活动的触发物，应当是丰富多彩的，墙上的一个斑点如何引发意识不断流动？不妨以《达洛维夫人》（*Mrs Dalloway*）中的女主人公外出购花部分的叙事为例，现实描写与意识呈现交叉出现。外部世界的描写大致分为四个阶段：第一，达洛维夫人来到了圣詹姆斯公园门口，驻足片刻；第二，朝着邦德街走去；第三，沿着达邦德街行走；第四，推门走进玛百莉花店。各个阶段又包含数量不等的细节。不过，在这个部分里，所出现的外部细节，并不是触发物，而是行程的标志，或者影响安全的因素，或者干扰信息。那么，墙上的一个斑点，如何与意识之间进行互动呢？伍尔夫自有巧妙之道。围绕着墙上的那个斑点（位于壁炉上方五至六英寸之处，不大，圆形的，白墙黑点），伍尔夫展开了丰富的想象，每一次猜想都引发了一次丰富的意识活动：

第一次：如果那是一枚钉子留下的，肯定不是用来挂油画的，一定是用来挂小型画像的。（第 2 段）

第二次：这个斑点不是钉子留下来的，它比钉子眼大得多，圆得多。（第 3 至 4 段）

第三次：这个斑点不是一个圆孔，可能是某个黑色的圆形物体留下的，比方说一片玫瑰叶，夏天留下来的。（第 5 至 6 段）

第四次：某些情况下，墙上的那个斑点看起来是突出来的，也不大圆。（第 7 段）

第五次：两百年前，一枚钉进墙里的巨大钉子，此后，由于几代用人不断地擦扫，现在又逐渐显露出来了。（第8段）

第六次：我必须站起来亲眼看一下，墙上的那个斑点到底是什么，一枚钉子、一片玫瑰叶，还是木头上的一道裂缝？（第9至11段）

第七次：的确，我一看到它，就有一种感觉，仿佛大海里抓住了一块木板。（第12至15段）

从第一次到第五次，伍尔夫的叙事者都对墙上的斑点进行了猜测，可是，从第六次开始，就不置可否了。前几次的猜测，也有些不确定的成分，但那是确定中的不确定；眼前的不确定，是不肯定状态下的不确定。等到第七次，叙事者也就不做猜测了，一个笼统的"它"了事。最后，经丈夫提示，那是一只蜗牛。水落石出，意识活动结束。

那么，叙事者是怎样从外部世界进入意识世界的呢？又是怎样出来的呢？第一次，从油画和小型画像的选择，过渡到生活方式，即老式房屋布局与油画相匹配；先前的东家，为了换一种风格的家具，选择更换居处，为的是不违背房屋布局与家具搭配的规范。显然，这是一种守旧的生活方式，而伍尔夫最为反对墨守成规。第二次，在难以确定这个又大又圆的斑点到底是何物，叙事者进一步指出，即便是站起来走近看一下，也未必知道那是什么。这就是"生活的神秘性"，而神秘性（不确定性）又引发出对现实的感慨。第三次，由一片玫瑰叶的遗落，追根于自己不善持家，再从灰尘联想到土层下面的特洛伊；此后，由叶子联想到树木，与外面树木的骚动相比，叙事者更喜欢安静状态下让思绪信马由缰；想些什么呢？由花儿想到了自己的装扮，由内心的自命不凡，想到了外在的掩饰，由内心的丰富世界，再到外在的现实，由意识流再到传统叙事艺术。第四次，由突出物联想到了坟墓，由坟墓联想到了考古。第五次，由获悉了两百年前的真相，联想到了知识的演变，由现今的知识通过联想又进入了眼前的世界。第六次，由叶子和木头联想到自然，由自然规律联想到人类社会规范。第七次，由救命木板联想到现实的可靠；再从木头联想到自然界的诸事。以上是大致分析，更详细的分析会带来一些小的变化。

走出意识，进入现实，其方式有两种。一种是联想结束，例如第2段、第9段等；另一种是联想突然中断，例如第3至4段与第7段。不过，中断了的意识活动，在其他的情况下，可以重新恢复，例如第11段想到了尊卑序列表，在第12段又重新拾起，不过，很快就又放下了。

另外，《墙上的斑点》很好地展示了意识流小说的时间问题。在传统的叙事里，叙事者无一不是按照时间的先后对事件进行陈述的，如有事件同时发生，也是采用一前一后的叙述手法，除非为了悬念，一般不会延迟信息。仅有的预叙，也是点到为止。意识流则不会照顾这些规范。例如，第 6 段（第三次触发）的中间部分（他们是这样的一些思绪：……文字能发出威武的声音就足够了）有三个层次。第一层次使用的是过去时态，说的是叙事者发现有人在一堆清理出的土上种上了鲜花，接着又说，花的种子可能来自查理一世时代，由此追问，那个时代都种些什么花儿。第二层次使用的是现在时态，说的是叙事者想象着如何打扮自己，想到得意之时，不由自主地拿起书来，掩饰内心的自满。第三层次使用了现在时与将来时态，说的是内心的活动非常重要，将来学者会给以充分的肯定，而那些概括的表述方式毫无价值。三个不同时态的片段没有统一的主题，但彼此关联。重要的是，他们牵手的行为揭示了这样的一个重要思想：在意识里，有一种全新的时间，这种时间不是由过去、现在与未来按照线性方式排列而成的物理时间（clock time），而是通过联想、对照等机制，自由衔接形成的心理时间（emotional/mental time）。

有读者也许注意到了一个问题：第一段明显说，叙事者是在一月的一天注意到的那个斑点，那个斑点还引起了一段联想，但那个斑点到底是何物，不得而知。可是，从第 2 段开始，凡是关于那个斑点的，就是过去时，此外，全都是现在时。一会过去时，一会儿现在时，两种时态交替出现，令人头晕眼花。在读者看来，要么从头至尾全是过去时，要么全是现在时。不过，对于初级非本族语读者来讲，由于对时态不那么敏感，他们到觉察不到时态的变化，时态的交替出现也就不构成问题。有学者对此提出了三种解释：第一种是"回忆起这件事情的时候，叙事者就重新回到了那个场景，对她来讲，一切仿佛发生在眼前"。这种揭示的关键在于仿佛二字，即一种假象。第二种解释是那个斑点是蜗牛留下的印迹，这个印迹就是符号（sign），那只蜗牛就是对象（signified），有了符号，缺场就是在场，就是现在时，过去时与现在时统一起来了。第三种解释是"所有的'旁叙'是叙事者写作的时候，对过去事件进行追忆所引发的思绪。"① 其实，上一段的阐释所遵循的就是第三种的阐释原则。认可第三种的主要原因是，它能够更好地体现意识流小说的本

---

① Marc D Cyr. A Conflict of Closure in Virginia Woolf's "The Mark on the Wall" ［J］. *Studies in Short Fiction*，1996，33：199.

质特征。

还有一个问题需要澄清：结尾处，叙事者丈夫所说的那只蜗牛，到底是哪一只？可以肯定的是，它不是一月份的那只蜗牛，那只蜗牛不可能一直待在那个地方。从时态上来看，丈夫的那番话正好发生在叙事者思绪万千的时候，也就是现在时，而不是一月份，因此，他所说的应该是另一只蜗牛。另一只蜗牛在墙上的出现，提醒了叙事者，她先前看到的那个斑点就是一只蜗牛，这与记忆中所有的特征相吻合，这就是她为什么那么肯定的原因。

那么，构成流动意识的思绪是否是一些有价值的内容？答案是肯定的。

首先是关于新型叙事艺术的思考。意识流的本质特征，正如叙事者在第2段所指出的那样，表现在，"我们的思绪容易围绕着一个新的事物展开，向前推进一点，就像蚂蚁起劲地搬运一片稻草叶子，尔后放下来"。在第6段，叙事者进一步指出，要展开思绪，就要"安静地、气和地、无拘无束地思考，没有打扰，永远不必站起来，从一件事情到另一件事，没有任何敌意，没有任何障碍。我想沉思，越深越好，远离表层，借助可靠、不同的表面事实"。在第8段当中，叙事者指出，当我们陷入沉思的时候，就进入了"一个世界，在那里，一个人天马行空，就像鱼儿一样，借助自己的鱼鳍，在水中自由地移动，吃一口睡莲的叶茎，悬浮在一窝白色的海卵上面，一动不动"。当然，这是一个和平的世界，这些思绪都是开心的念头。叙事者在第6段当中，把流动的思绪称之为"一面镜子""一件很重要的事情"。她指出，"假设打碎了这面镜子，形象消失了，以深邃的绿色森林为背景的浪漫身影再也见不到了，剩下的只是一个人的空壳，也就是他人看到的我们。那样的话，这个世界将是沉闷的、肤浅的、光秃秃的、突兀的！有谁愿意生活在那里？"所以，未来的小说家，就是要"探索这些有深度的东西，追求这些幻影，把现实从小说中驱赶出去"。看来，最自由、最浪漫、最真实的世界，莫过于人的意识世界。

其次是对传统叙事规范与父权的批判。谈到传统的叙事艺术，叙事者在第6段指出，"这些标准的东西、真实的东西"几乎成为"一切事情的准则"，无时无刻不牵制着人们，如有违背，即遭惩罚。然而。所谓的现实，"都不那么真实，都是亦真亦幻"，都是一些流于空泛的东西，"空泛的内容毫无价值"。对异见者进行批判，本质上，就是"一种非法的自由权力"。传统叙事艺术规范，说到底，就是父权的忠实反映。叙事者在此进一步指出，"现在，我在想，什么东西取代这些标准呢？要是你是女人的话，那就由男人来取代；

男人的视角控制着我们的生活，制定标准，确立惠特克尊卑表。"的确，父权的规范都是一些半真半假的东西：那位考古工作者临死之前，脑子里考虑的不是妻子，而是那些古旧、冰冷的东西；还有那些教授、学者们，他们与巫师和隐士有何区别？在第8段，叙事者毫不讳言，"没有了迷信，我们也就不再那么崇拜他们，就会更加尊重美，更加注重心理的健康"。归根结底，正如叙事者在第11段所说，"我们因此瞧不起只知行动的男人们；男人嘛，我们觉得，不会思考"。不过，有学者幽默地指出，叙事者反对父权，倒是丈夫提醒了她，墙上的斑点是蜗牛："'男性视角'还是赢家，并没有在嘲笑中走进垃圾桶"。① 应该说，反对男性视角，并不是说，男性视角永远是垃圾，而是说，不能用男性视角来衡量一切。其实，《墙上的斑点》还是尊重理性的，例如，"要知道确切的日期，就要回忆起当时看到了什么"。诸如此类的例子，叙事中并不匮乏。

再次是对战争的深恶痛绝。在第3段，叙事者列举了生活中莫名其妙失去的东西，由此感叹"我们难以控制自己的所有"。更令人尴尬的是，"若把生活做一番比喻的话，人们一定会想到，风一吹，自己就顺着管道，以一小时50英里的速度，来到了另一头，披头散发！直接来到上帝的脚下，一丝不挂！"所以，叙事者身上竟然还有衣物，能够坐在带家具的房间里，简直是奇迹。何故？叙事者不愿多言："自从我们的文明……这日子真是活一天是一天。"文明怎么了？不说也清楚，即战争频频，灾难重重："我们撕裂了"（第2段）；战争发生之后，一切规矩俱成幻影（第6段）；战争有意义吗？看一看地底下的特洛伊，一切都归于尘土（第5段）。所以，让男人评价一下战争最为有意义："该死的战争；让它见鬼去吧！"（第15段）。那么，美好的生活是怎样的呢？这就要看一下什么是"大海之中的一块木板"吧。从第12段的自由思绪中可以看出，热爱大自然，回归大自然，从大自然那里寻找生活的真谛。在叙事者的脑海里，大自然是生命的化身，是美的符号，追求美而不是权力，就不会有丑陋的战争，生命就会盎然成趣。这就是叙事者的救命木板。

可见，"墙上的斑点"，作为题目，是叙事艺术的高度概括，是新式小说艺术的代表，具体地讲，就是一种反对钟表时间，以心理时间为秩序的叙事

---

① Marc D Cyr. A Conflict of Closure in Virginia Woolf's "The Mark on the Wall"［J］. *Studies in Short Fiction*，1996，33：203.

艺术，即意识流手法。意识流手法恣意、杂乱，其节奏可缓、可疾，但所有芜杂的内容，都因联想的机制而发生关联，只要存在着关联，在不显眼的地方就存在着一个或者多个中心，有了中心，一切就会产生意义，关键是你采用了怎样的视角，视角决定一切。

· 互切世界的碎片化。

库弗（Robert Coover）的代表作品《保姆》共有 107 个碎片，读者即使熟悉后现代主义叙事技巧，也大多感到难以卒读。库弗为何把叙事艺术扭曲到这种地步呢？简单地将《保姆》的叙事方式反映了人类在后现代主义时代的生存现状。

可以从不同的角度，对《保姆》的叙事结构进行归纳。从现实与虚拟的角度出发，以二元对立为思维模式，学界为短篇的叙事结构勾勒出了一个较为清晰的轮廓。① 《保姆》由三个现实的部分和一个虚拟的部分组成，四个部分互相交叉、切割，最终形成了碎片化的叙事结构。

《保姆》的提纲

1. 塔克家

　1.1　保姆

　　1.1.1　尽责

　　1.1.2　未尽职责

　　　1.1.2.1　与塔克先生鬼混

　　　　1.1.2.1.1　未发现

　　　　1.1.2.1.1　发现：（未）被杀

　　　1.1.2.2　与吉米、比茜斗气

　　　　1.1.2.2.1　未解决问题

　　　　1.1.2.2.2　解决问题：（未）洗澡

　1.2　吉米

　　1.2.1　听话

　　1.2.2　不听话：（未）被马克所杀

　1.3　比茜

① 胡全生. 英美后现代主义小说叙事结构研究［M］. 上海：复旦大学出版社，2002：181.（略作改动）

    1.3.1 听话

    1.3.2 不听话：（未）被马克所杀

2. 电视机

2.1 （西部片与）谍战片

2.2 爱情片

2.3 谋杀片

2.4 新闻

3. 马克父亲家

3.1 塔克先生

    3.1.1 正当应酬

    3.1.2 幻想回家

        3.1.2.1 一切正常

        3.1.2.2 杰克与保姆鬼混：赶走杰克

        3.1.2.3 看望保姆

        3.1.2.4 未诱奸保姆

        3.1.2.5 诱奸保姆：（未）被发现

4. 药店（杂货店）

4.1 杰克与马克

    4.1.1 去见保姆

        4.1.1.1 未与保姆鬼混

        4.1.1.2 与保姆鬼混

            4.1.1.2.1 被孩子发现：马克杀死孩子

            4.1.1.2.2 被塔克发现：赶走马克

    在三个地点里发生的事件，可以归纳为四种关系类型：第一，塔克与保姆；第二，保姆与孩子；第三，保姆与杰克和马克；第四，孩子与杰克和马克。不难看出，保姆处于人物关系中的核心地位；这四种关系中，最本质的就是性关系。其实，虚拟世界里的故事，也是对现实的真实反映。

    如果把现实进一步细分为物质的和精神的，《保姆》的叙事结构也就形成三足鼎立的局面：物质世界、精神世界、虚拟世界。塔克先生家、马克父亲家与药店里发生的可视事件属于物质世界，人物的幻想具有不可视性，则属于精神世界。为了更好地体现《保姆》叙事结构的碎片化，不妨以三个世界为框架，对107个碎片的分布情况进行整理。其中，各个空间又进一步分为多个层次：物质世界，依次为塔克家、马克父亲家、药店；精神世界，依次为塔克（与夫人）、保姆、杰克与马克；虚拟世界，依次为（西部片与）谍战片、爱情片、谋杀片、新闻。见表4-2。

表4-2 主题碎片分布情况

物质世界	1；4；7；8；12；14；15；16；19；22；24；30；32；34；36；37；39；42；43；45；46；47；51；52；53；55；58；62；67；68；70；76；81；87；91；92；93；
	18；21；25；35；80；101；
	13；17；23；28；40；44；54；88；104；
精神世界	2；5；10；20；26；29；38；49；50；60；63；64；79；84；86；（11；66；74；95；107）
	31；33；72；83；89；94；98；99；105；106；
	3；6；9；57；59；61；71；73；77；90；96；
虚拟世界	（27）；41；48；56；85；
	65；69；75；78；
	75；82；
	97；100；102；103；

应当指出的是：有的碎片归属不清，但空间位置十分清楚，例如碎片（8）；物质世界与精神世界混合的碎片，归属按重要性，如碎片（3）属于精神世界，碎片（13）属于物质世界；凡是虚拟世界与物质世界处于一个碎片的，一般归为虚拟世界。此外，精神世界的碎片，一些是回忆与感想，另一些是欲望与幻想；前者为已然事件，后者为可然事件，可然事件重于已然事件。

习惯了一种真实可靠叙事的读者，很难接受《保姆》的多种可能并置的叙事方式。在他们看来，道理很简单：发生了的事情与未发生的事情难道一样吗？不一样。可是，什么是发生的事情，什么是未发生的事情？就写实作品而言，读者读到的事情在写作之前发生；当读者阅读作品的时候，写作之后的事情，也就没有机会进入作品与读者见面。读者渴望出现续集的原因之一，就是想知道，后来到底发生了什么。从这个角度来讲，故事永远不能结束，是颇有道理的。库弗的《保姆》就是把写作之前与写作之后的事情一并展示给读者的结果。写作之后的事情，有一些是必然会发生的，有一些是可能发生的，把必然会发生的事情提前展示给读者，因此也就有了逻辑依据。可以说，现实是幻想的结果，幻想是未来的现实。从另一个角度来讲，7：40、8：00、8：30、9：00、10：00 及其之后、发生在塔克家里、马克父亲家中以及杂货店里的事情，可以看作是库弗本人的幻想；除此之外的描述，当然不包括电视节目，都可视为塔克与夫人、保姆、杰克与马克的幻想。两个层次的幻想，共同构成了一个特殊的叙事文本。

《保姆》的碎片化叙事艺术就是要挑战传统的阅读模式。有学者指出，"一般情况下，为了消弭现实与文字之间的沟壑，作家通过平滑过渡的方式，引导读者在时间与空间的领域里穿梭。然而，库弗在《保姆》中采用的手法，就是要忽视长时间以来演变而成的创造无缝虚拟现实的手法。"如此一来，库弗的叙事，"不仅没有过度，反而利用语言的模糊性来隐藏过度，或者干脆误导读者走入死胡同、岔路甚至南辕北辙。"显然，他在游戏，把阅读的边界推向极限，就在崩溃之际及时收手，迫使读者明白，"他们的想法是错误的，必须再读一遍，按照刚刚获得的、具有适应性的理解方式，返回重读。"① 不仅如此，作为读者，如若从叙事中寻找一个清晰可辨的情节，就会再次上当受骗。《保姆》根本没有情节，硬要把一系列的行动组织成一个线性结构不可行，而且一个叙事不一定非要有行动或者情节。《保姆》的精彩之处在于"它展示的是元素之间的交互影响，也就是说，'真正的故事'总是难以直接进行描述的。"② 如此一来，《保姆》的读者，无论是谁，凡是想找出一个真实可靠的叙事来，最终都会发现，没有哪一种叙事线是正确的或者是主要的，因为《保姆》的文本就是一个互动的超级文本。毫不夸张地说，"叙事中找不出一个可靠的故事就是故事。"是的，"没有故事，只有阅读。"③应当说，这着实有些玄妙，读者当心受到迷惑；要明白，裁决权在自己手里，这就是阅读的民主，就是写作所赋予的权力。略有些暴力，不过，轻度的暴力能够产生快乐。

面对随碎片化的超级文本，正确阅读的收获是什么？

信息具有相对性、流动性与界面性。界面是信息产生的主要方式；界面性是指元素之间的差异与互动。信息具有相对性和流动性，但并不总是捉摸

---

① Steve Tomashula. Many Makers Make Baby Post：40 Years of Reading "The Babysitter"［J］. *Review of Contemporary Fiction*，2012，32（1）：222 - 223.

② Steve Tomashula，2012：232.

③ Steve Tomashula，2012：224 - 225.

不定、模糊不清的。就《保姆》而言，叙事结构固然碎片化，但仍然具有最基本的结构形式，即互相矛盾的现实与幻想、现实与虚拟。不妨把现实与幻想通过自身的差异与互动所产生的信息称之为上位信息，而现实与幻想则为下位信息。单纯从各自的视角看对方，现实与幻想之间互相抵牾；只有从上位信息看下位信息，下位信息之间的矛盾才能趋向和谐。例如，"水可以载舟"与"水可以覆舟"是下位信息，"水既可以载舟又可以覆舟"则是上位信息。读者欣赏《保姆》的时候，就是要有从下位信息提取上位信息的能力。作品中的每一个主要人物，都是一位新人类（new man）或者后人类（post-human）。例如，塔克先生，我们可以称之为"伪君子"：对于妻子来讲，他可能是一位好丈夫；对于保姆来讲，他可能是一位挑逗者；对于高级读者来讲，他则是一位道貌岸然之辈。可见，我们不是一个静止的存在（being），而是永远处于过程中的（becoming）、流动的创造之物。"如果我们是持续创造出来的，要么自我创造，要么他人创造。"①

凡是存在的，就是合理的。合理不是合乎道德，而是合乎因果关系。碎片化叙事是一种教学手段，它教会读者一个道理：角度不同，结果就不同，但审视的都是同一对象。碎片化叙事艺术，与线性叙事艺术相比，因为主张去中心化，主张多元互动，变得更加民主。

第二节　世界的多元化

作为意识流作品的重要代表，《墙上的斑点》完全具有元叙事的显性特征，叙事者通过自由联想，在不确定的时间、不确定的位置，以倏忽即逝的方式，揭示了自己对叙事艺术的认识。《保姆》则向读者展示了三个世界共存、交切的叙事结构范式。前者关于叙事者的戏剧化角色，后者关于作为叙述对象的多元世界之间的逻辑本质，把戏剧化叙事者与作为叙事对象的多元世界结合起来，就形成了这一节主要论述的内容，即叙事者的世界与作为叙事对象的世界之间的关系问题。不同的是，前者是碎片化的，后者是短路的。

---

① Steve Tomashula. Many Makers Make Baby Post：40 Years of Reading "The Babysitter" ［J］. *Review of Contemporary Fiction*，2012，32（1）：233.

叙事行为与叙事对象之间的关系由简单走向复杂。总的来讲，叙事者在进行叙事的时候，自由地对叙事对象进行评述，起到引导读者的作用，让他们方便地从现实世界进入文本世界，如《米德尔马契》（*Middlemarch*）；还有时候，叙事者直接面向读者，表达自己对某一事件的直接感受，如《大卫·科波菲尔》（*David Copperfield*）；也有时候，故事中的听众打断叙事者，叙事中断，读者的注意力从文本世界转移到了叙事者与听众的层面上，如《黑暗的心脏》（*The Heart of Darkness*）。更有一种情况，叙事者在叙事的过程中，既不评论作品人物，也不会因为读者的询问而中断叙事，而是谈论小说创作本身，例如在《项狄传》（*The Life and Opinion of Tristram Shandy*）中，叙事者"我"大肆谈论创作的艰难，这种艰难当然来自创作规范的约束。不过，除了谈论创作的困惑之外，叙事者的主要工作还是讲述故事，与众不同的是，谈论艺术创作是为了很好地反映叙事者的个性，而叙事的对象，除了自身的意义之外，也间接地折射出叙事者个性特征形成的根本原因，如此一来，整个叙事过程浑然一体，叙事者与叙事对象完全属于同一叙事空间。

不管怎样，学界把这种叙事过程中谈论小说创作艺术的手法称为元叙事，换言之，元叙事就是关于如何讲故事的故事。

正如上一节所示，像线性叙事方式一样，碎片化非线性叙事方式也是一种有效的叙事手段，只是读者需要调整认知方式。不过，碎片化并不是挑战线性叙事范式的唯一极端形式，把叙事者所处的世界与叙事对象所处的世界并置，则是一种蓄意挑战线性叙事的另一有趣的艺术行为。许多叙事手法并不按照规范的时间顺序由易到难先后出现，然而，当展示而不是讲述成为叙事艺术弄潮儿的时候，蔚然成风的元叙事手法不得不进入研究的视野。

在巴斯的两个著名的短篇《迷失在娱乐宫》（*Lost in the Funhouse*）与《丹尼佐德亚特》（*Dunyazadiad*）中，元叙事得到放大，与对象世界进行互动，产生了意想不到的艺术效果。一个是元叙事碎片化，嵌入对象世界，却没有对线性叙事产生破坏。二是元叙事以未来世界来者的形式，与线性叙事互动，形成一种短路的审美效应。

多数情况下，在阅读的过程中，读者看到的是虚构的世界；也有时候，叙事者放下眼前的叙事，短暂地与读者沟通一番；进入了 20 世纪，情况发生了巨大的变化。为了净化文本，擦除叙事者的痕迹，展示成为叙事的唯一合法手段；再后来，为了揭示叙事文本的虚构本质，叙事者干脆走进虚构的世界，狂欢一场，彻底摧毁虚幻的真实感。《迷失在娱乐宫》展示的是叙事者叙事的整个过程，如此一来，读者眼前的叙事文本包含三个世界，一是叙事者的世界，二是人物的心理世界，三是人物所处的物质世界，三个世界在同一个空间（文本）里并存。

在叙事者的世界里，读者看到了一个在叙事过程中艰难跋涉的叙事者，他的困难可以称之为"写作障碍症"（the writer's block）。《迷失在娱乐宫》的一部分精彩就体现在写作障碍症。写作障碍症产生的原因有二：其一，熟知小说叙事艺术规范；其二，由于能力所限，叙事者在叙事规范与失望的现实之间，不断地挣扎，但他的挣扎赢得了读者的极大同情。写作障碍症的结果是一篇"差强人意"的叙事作品，但这篇"差强人意"的作品竟成了后现代主义叙事的绝唱。

创作伊始，活跃在叙事者意识里的一条规范就是现实的虚幻感（the illusion of reality）。为了给读者带来现实的幻觉，叙事者一开始就谨记现实主义创作原则，使用斜体以及首字母加空白的手段。他还告诫自己，人物塑造的一个重要的标准就是描写人物的外貌与行为，同时，要调动读者的感官意识。然而，令他感到的困惑是"男孩的父亲难以描写，他没有显著的面部特征或行为方式"。还有一个难题，那就是"让一个13岁的男孩子进行复杂的观察，是否违背真实性原则？"在他看来，一个13岁的男孩在感情上仅仅相当于一个10岁的女孩。他十分重视创作规范，就在涉及两句歌谣的时候，也念念不忘抑扬格三音步与阴性尾韵。从现实主义的角度来看，叙事者的创作基本上失败了，他没有提供有趣的细节描写，唯一不错的描写集中在去大洋市的路上、麦格达、他们使用的日用品以及德国U型潜艇对美国沿海城市构成的威胁，这些细节，与自己的写作障碍症、安布罗斯的内心活动相比，似乎无足轻重。

叙事进行到了约有五分之一的地方，叙事者突然想起了叙事结构：开头、中间与结束三部分的要求。然而，开头是有的，不过一开始读起来倒像是一篇议论文："谁会觉得娱乐宫很有趣呢？恋人们。对安布罗斯来讲，那是一个令人恐惧、倍感困惑的地方"。总体上讲，开头部分还可以，除了对艺术手法进行的反思之外。中间部分呢？"中间部分要叙述进入娱乐场之后到迷路前所发生的事情；中间部分具有双重、矛盾的功能，即延缓并把读者引入高潮中来。"可是，故事的高潮是什么，读者一直没有任何感觉，倒是看到了安布罗斯与麦格达在体罚室的心理历程，由"fuck"一词引发的无数"淫秽"的联想，麦格达的身体引起安布罗斯的心理波动等，其中唯一可以称得上事件的叙事，就是彼得执意邀请麦格达游泳而遭到训斥。整个中间部分，"没有行动；状态。"状态（be）就是对眼前事物的描写，就是由事务所引发的联想。所谓的高潮根本没有出现，用叙事者自己的话来说，"我们应该进行得更远；不知哪儿出了问题；前面这些乱糟糟的内容没有多少有用。可是，人人都从这里开始；多数人没有遇到什么困难，为何少数人就迷路了呢？"结尾部分呢？"结尾部分应该讲述安布罗斯如何迷路，如何走出迷宫，以及人们汲取的教训是什么。"可是，读者看到的是，安布罗斯突然间发现自己迷路了，然后就是大篇幅的回忆与梦想，至于如何获救，不得而知。

就在叙事进行了一半的时候，叙事者突然说到，"我永远也成不了作家"。自知之明是一件美德。他深知，"本部分应该以生动的方式加以展示。爱尔兰作家乔伊斯曾经这样写道"，可是，说是一回事，做又是另一回事。他又写道，"没有哪一部作品，不经人打断或允许，一个人物能够讲这么长时间的话。"说归说，白纸黑字，已经成为事实。他更清楚，"除了最后一个句子，前文全都是说明性文字，中间应该早些添加一些行动，避免全部拢到一起。没有哪位读者能够忍受冗长的描述。"所以，当叙事者冷不丁地发问，读者也就不以为然了："真有这么一位叫安布罗斯的人吗？或者，他是作者臆想的产物？"创作似乎是一种游戏，完全受到冲动的驱使，调动文字来拼凑文本。

叙事者的写作障碍症还表现在表达的破碎与不确定。叙事之中，破碎的语句随处可见：

1. The brown hair on Ambrose's mother's forearms gleamed in the sun like.

2. The smell of Uncle Karl's cigar smoke remained one of.

3. Assertions of that sort are not effective; the reader may acknowledge the proposition, but.

4. "He gave his life that we might live," said Uncle Karl with a scowl of pain, he.

5. If anyone seemed lost or frightened, all the operator had to do was.

不确定表现在遣词造句上：

1. Magda would certainly gave, Magda would certainly yield a great deal of milk, although guilty of occasional solecism.

2. Second, as he wondered at the endless replication of his image in the mirrors, second, as he lost himself in the reflection that the necessity for an observer makes perfect observation impossible.

3. Deliberate violation of the "normal" pattern can better can better effect that effect.

4. This can't go on much longer; it can go on forever.

不确定还表现在结尾上。叙事者后来又提出了四种结尾的假想：一是遇见另一位迷路者，两人群策群力，像尤利西斯一样，克服了一个又一个困难，最终走出了迷宫；二是遇见了一位女孩，当走出迷宫的时候，由于经历了一番冒险，两人已经成为情侣，灵魂的伙伴，不过，那个女孩竟然是一位黑人。三是盲人女孩；四是安布罗斯以往的死敌。

叙事者是一位令人虔诚的、可敬的、初试牛刀的现实主义作家，由于能力所限，于不经意之中，创作出了与传统背离的惊世之作。他的失败之处就是他的成功之处，他的叙事没有情节，没有过多的外部描写，仅有的是流动的意识，自己的与人物的。语言破碎与逻辑悖谬，竟然成为高超的叙事艺术。

叙事者的成功体现在他所勾勒出的另外两个世界。第二个世界属于安布罗斯的精神世界。究竟是否存在着这样的一个世界？这取决于阅读的方式。一种是针对现实主义文本的阅读方式，另一种是针对后现代主义文本的阅读方式；前者旨在对文本中隐藏的真理或本源进行解码，后者否认文本之中有真理，于是对文本采取一种游戏的阅读态度。依照后一种解构主义阅读方式，读者或批评家摆脱了确立文本意义的责任，更没有在多种阐释之间做出选择的苦恼。于是，有学者把《迷失在娱乐宫》视为空洞的后现代主义文本，要么割裂了文本与语境的关系，要么揭示叙事之不可能，瓦解开头与结尾的宿命主义叙事观，要么在词汇的操场上自由地闲逛。这是典型的语言虚无主义，即语言完全独立于现实、独立于使用者，不仅缺少主体，而且没有中心。其实，解构主义批评家在批判现实主义阅读方式为神话、主张文学阅读是一种实现自我、体验民主的游戏的时候，忽略了叙事艺术的两对基本的张力关系：一是模仿与诗学的关系；二是指涉（外指）与自我指涉（内指）的关系。就第一种而言，叙事模仿了生活，不是说艺术是镜子，文本是生活的影像，而是说叙事作品中的逻辑完全是生活化的。就第二种而言，语言自我指涉，是相对于传统语言观念的一种认识，而不是绝对否认能指与所指之间的关系。总之，"某些方面，自我指涉表示空无，其余，则表现充实的意义。"在这一点上，"巴斯的创造性加深了我们对叙事自反性运用的理解。"①

剔除叙事者自我反思的部分，剩下的内容可以分为两类：一是安布罗斯的；二是战争与日用品。先谈安布罗斯。分析一下有关安布罗斯的叙事内容，就可以发现，这是一个关于少年青春期的骚动与成长的叙事，在这个叙事当中，安布罗斯占据中心位置，构成了以自己为主的独立世界。安布罗斯意识到了自己身体的不同与变化："处于那种尴尬的时期"。其一，变声滞后。男孩进入青春期开始变声，安布罗斯，与同龄男孩相比，相对滞后。他注意到了这样的现象，如果顺其自然地讲话，自己的声音就显得清亮，并不像其他男孩子那样，带有低沉的嗓音。于是，为了保险起见，他说话、做事的时候，刻意保持镇静，刻意做出严肃的样子。他认识到，"谈及无足轻重或不大相关的事情，严肃一些，并仔细留意自己的声音，这是一个好的习惯，有助于缓解尴尬的局面。"

这种维护自身形象的意识十分强烈。安布罗斯担心，与外界接触，稍有大意，就会暴露自己的错误与缺陷。由于缺乏自信与安全感，安布罗斯在交往的过程中，格外谨慎，也格外孤单。他不与其他少年一道下海游泳，因为"海水很凉，人会缩成一团"。是的，缩成一团的样子没有舒展的体态好看。遇到跳水的活动，他还是选择做一个旁观者。他认为，那是一种疯狂的活动，看一看那些男孩入水的姿态，滑稽至极，尽失男人的脸面。有收获就有失去，他失去了获得乐趣的机会，也放弃了书写自己的权利。不过，也有勇敢的时候。当麦格达欠身说话的时候，安布罗斯把手放到她的座位上，专等她说完话，一屁股坐在自己的手上。这是接触异性最好的幻想，既有效，又无风险。然而，就在麦格达说完落座的时候，安布罗斯急忙把手收了回来。除非麦格达不知道，否则，收回倒不如不收回。不收回，真的是一场意外，而且具有很好的借口；收回，暴露之后，则是一场没有得手的图谋不轨。不过，在欲望与道德之间，安布罗斯还是选择了后者，这就预示着他的成长会是一种健康的模式。

其二，对异性产生了一种莫名其妙的关注，这种关注何尝不是一种特有的冲动。在叙事中，麦格达第一次进入安布罗斯视野的时候，"她的体型，在她的那个年纪，是发育最好的"。第三人称叙事，当然也是少年安布罗斯的视

①　Deborah A. Woolley, Empty "Text," Fecund Voice: Self - Reflexivity in Barth's "Lost in the Funhouse" [J]. *Contemporary Literature*, 26 (4), 1985: 465.

角。他还注意到，麦格达的手就放在离自己的腿不远的地方，而他自己的手就放在自己的腿上。他更注意到，坐在麦格达旁边，或者从后视镜望去，谁都看不见他们两人腿与腿之间的距离，以及她的右手与他的左腿之间的距离。少年的微妙心理，即特有的聪明与顽皮，表现得淋漓尽致。再看安布罗斯的目光第二次如何落在麦格达的身上。"透过外搭朝着她的肩部看去，两副吊带清晰可辨。右边吊带的里面，又是一条胸罩的吊带，用一枚小小的别针固定着或者拉紧。裙子的右腋下，大概左腋下也是如此，出汗出得湿淋淋。"透过借喻的迷雾，少年安布罗斯的微妙心理昭然若揭。俄狄浦斯情结向来成为文学的一大主题，《迷失在娱乐宫》自不例外，不过，更隐蔽一些。提及父亲，读者见到的表述是"彼得与安布罗斯的父亲"（Peter and Ambrose's father），在这里，儿子作为独立的个体与父亲处于对立关系；而提及母亲，则是"彼得的与安布罗斯的母亲"（Peter's and Ambrose's mother），两个儿子共同拥有一位母亲；共有的方式说明了关系的密切。从俄狄浦斯情结回到安布罗斯的性萌动，读者发现，承认他们的母亲漂亮，就等于什么也没有说，要知道，"麦格达也漂亮，却是一种完全不同的风格"。遗憾的是，在与彼得暗中的竞争中，安布罗斯还是输掉了。

迷失在娱乐宫之后，安布罗斯浮想联翩。这是一个关键节点，对安布罗斯具有极其可贵的意义。第一次，安布罗斯展示了自己的信心。横向比较：彼得与他相比，其想象力不及自己的十分之一，甚至给孩子起个名字，也闹成了笑话。纵向比较：由蛹化蝶。当他幻想向自己的孩子讲述少年的经验之时，就完全超越了少年的自我："这很正常，我们都经历了这样的时光，这种现象不会持续太久"。什么现象？青春期对女性的迷恋。他很自信，"他会有自己的女人"，即便是独身，百货店也有假人。一副坦然自若的样子。进一步讲，"安布罗斯完全知道什么是结婚、生子，如何做一位可爱的丈夫和父亲；早上妥妥当当地去上班，晚上舒舒服服地与妻子上床歇息"。当然，他也十分清楚，"丈夫与妻子也时常互生怨恨；父母也不一定爱护自己的孩子，等等。由于没有比较，孩子事事都以为理所当然；人人做起事来好像就应该是这样的。因此，每个人都认为自己是故事的主角，而事实是，他原来是一个坏人，或者胆小鬼。对此，你也没有办法"。当他能够向麦格达吐露年轻时对她暗恋的时候，安布罗斯仿佛真的享受着美满的婚姻，只有婚姻美满，方可坦然相告过往的浪漫。十三岁的孩子，与叙事者所担忧的相反，思考问题相当有深度。接受这样的一个事实，就有如下的结论：安布罗斯超过了同龄的男孩，对成人世界有着非同寻常的认识。这也许与他的敏感有关系，敏感的孩子观察仔细认真：通过他在娱乐宫的视角，读者可以发现，他目光敏锐，思考能够触及问题的本质。

安布罗斯的幻想，本质上，是一种创作，而创作能够养护心理健康。借助一位大夫之口，巴斯指出，人人都是自己人生的主角，而且也是我们所有叙事中的主角，在这些叙事当中，"我们总是把自己想象成喜欢的主人公，让他人去扮演一些配角"，其实，"指定角色就是撰写神话，当有意识或者无意识之中，你的自我得到了渲染或者保护，角色指定就成了神话疗法……应该说，角色扮演从来就是如此。现在，生活中之所以出现如此之多的危机，是因为以往所扮演的角色不能够适应新的现实，或者，危机重重，因为人们无法改变新的环境来适应旧的角色"。① 的确，一个人，如果不能书写自己的剧本，就只能活在他人为自己书写的剧本里。我书写，我存在。困在娱乐宫之内，"通过讲述自己的故事，安布罗斯碰巧找到了治愈精神瘫痪症的方子，而自己对此全然不知。在脑海里重构自己的过去，他重新塑造了自我"。②

余下的细节则构成第三个世界，物质世界。可以说，从叙事者的写作障碍症上，读者看到了现实主义创作原则的影子；从他所提供的无关紧要的琐碎细节当中，读者又看到了一个物质的世界。事实上，面对那么详细的物品描写，读者产生的第一个疑问就是，这是什么时候的物品，换言之，作品创作于哪一个年代？对于这些细节，有学者认为，"这一切能说明什么？什么也说明不了，这就是关键。毋庸置疑，事件的准确日期根本不重要，这当然就是一个玩笑。"③ 把有关细节的展示说成是一个玩笑，难免有些简单，最起码，巴斯想要证明，现实主义过时了，但不能退出历史舞台。

一推理，就有发现。故事发生在独立日；他们坐的是一辆 1936 年生产的黑色拉萨尔轿车；时值战争期间；由此看来，故事应该发生在 1942 年至 1945 年之间。读者又得知，1943 年，为了节约铜料，在铸造一便士硬币的时候，美国政府减少了铜的含量；由于硬币外表使用的是金属锌和钢，一便士硬币呈现灰白色；读者还知道，德国于 1945 年投降；所以，故事发生的年代可能

---

① John Barth. *The End of the Road* ［M］. New York：Doubleday，1967：88 – 89.

② W Todd Martin. Self – Knowledge and Self – Consciousness：The Therapy of Autobiography in John Barth's *Lost in the Funhouse* ［J］. *Studies in Short Fiction*，1997，34：155.

③ Thom Seymour. One Small Joke and a Packed Paragraph in John Barth's "Lost in the Funhouse" ［J］. *Studies in Short Fiction*，1979，34（2）：191.

是 1943 年或者 1944 年。此外，这是一个物资紧缺的时代。有了这些事实，后现代主义叙事文本就有了指涉的功能。更有甚者，叙事者在叙事行将结束的时候，反问了一个问题，即"战争与叙事有何关系"？这也正是读者想知道的问题。答案很清楚："与海岸救生员交谈一番之后，父亲走回来说，近海有一艘油轮遭到鱼雷的袭击，石油污染了海水，无法冲浪了。一块一块的，很难处理，在海滩上留下潮汐线，黏在游泳者的身上"。虽然不用上战场，但在后方生活，一定会感到失望，这就是为何父亲抱怨说，"这足以见证美国生活的下降"。民以食为天，从更高的层面来看，战争是西方文明所面临的一个巨大障碍，正如偏离写作规范是叙事者面临的障碍一样。

三个世界因共性而处于平行状态。主要分析叙事者的世界与安布罗斯的世界之间的平行关系。简言之，正如叙事者与读者迷失在叙事者的叙事当中，安布罗斯迷失在娱乐宫，① 具体表现如下：第一，叙事者聚焦于自己的叙事过程，而不是讲述一个现实故事；安布罗斯自我意识保护太强，不能够积极地投身到周边的环境中去，而且回忆与幻想的时间长于行动的时间。第二，叙事者担心自己的叙事会崩溃；安布罗斯则担心自己走不出迷宫。第三，叙事者担心自己不能够完成一个具有弗雷塔格结构的现实主义故事，安布罗斯则担心自己不能够成为一个正常之人。第四，叙事者以违背叙事计划的方式结束了叙事；安布罗斯则莫名其妙地走出了迷宫。第五，叙事者通过叙事揭示了自己的性格特征，一个坚持现实主义规范但信心不足、反复自省、驾驭叙事能力"很差"的作家；安布罗斯则通过叙事勾勒出了一个虚构的自我画像。② 进一步讲，叙事者乃是成年的安布罗斯，因此，第一世界属于成人安布罗斯，第二世界属于少年安布罗斯，一如中年项狄讲述幼年和青年项狄的人生。其实，无论是成年还是少年安布罗斯，他们都是一位极度自恋之人。

把三个平行的世界杂糅在一起，无论按照哪一种小说叙事艺术，都是做不到的，只有一位既尊重又背离现实主义的作家，才能完成历史赋予的重任，这位作家就是一位"有写作障碍症的艺术家"。挫折催生了（后）现代主义叙事艺术。

在《迷失在娱乐宫》的三个世界中，一个是叙事者的世界，另一个是虚

---

① Marjorie Worthington. Done with Mirrors: Restoring the Authority of Lost in John Barth's Funhouse [J]. *Twentieth Century Literature*, 2001, 47 (1): 125.

② Marjorie Worthington. Done with Mirrors: Restoring the Authority of Lost in John Barth's Funhouse [J]. *Twentieth Century Literature*, 2001, 47 (1): 125 – 130.

构的世界，最后一个是现实世界；三个世界彼此独立，虽说前两个世界的主体均为安布罗斯。《丹尼佐德亚特》（*Dunyazadiad*）也是拥有三个世界：山鲁佐德的（由丹尼亚德叙述）、萨曼的（由萨曼叙述）以及叙事者的，前两个世界属于第二叙事层，后一个属于第一叙事层。山鲁佐德的世界可进一步分为她自己的与杰尼的，山鲁佐德的世界与萨曼的世界平行，但与杰尼的世界发生短路现象，因为杰尼穿越了时空的阻隔，来到了山鲁佐德的世界。第一叙事层与第二叙事层共同构成一个莫比斯带（Moebius Strip）。

中篇的第一部分，由丹尼佐德叙述，到了第二部分，叙事逐渐转移到了萨曼手中，丹尼佐德参与对话，但更主要是一位听众。所以，叙事的主体部分（第一、二部分）一分为二，形成两个平行的世界。第一部分主要针对山鲁佐德与杰尼，下面，首先讨论山鲁佐德的部分。

在山鲁佐德的世界里，读者看到两种态度，分别与女性视角下的国王山努亚与女权主义者山鲁佐德有关。国王山努亚荒淫、残暴：他每天晚上夺走一位少女的贞操，天亮之后，就把她处死。可以想象，整个王国内，愁云密布，恨海滔滔。究其根本原因，父权思想横行暴虐。残暴之君却安然无恙，主要是因为牢牢地控制住了军队，又有大臣们的绝对忠诚。山努亚的聪明之处在于，他只从自由知识分子和少数民族家庭中挑选少女，决不染指军官与大臣的女儿。另外一个原因是，文化传统使然。所以，无论是内部发生暴动，还是社会变革，都不可能成为现实。外国势力介入？也不可能。山努亚的弟弟，萨曼国王会以加倍的残暴进行报复。由于父权文化与统治模式坚如磐石，山努亚治下的百姓只能俯首就范，别无出路。

山鲁佐德智救女性同胞。一般人相信，历史最终能够会做出公正的判决。历史就是这样，一个社会制度如果违背了人性，堡垒再坚固、制度再强，都会在时间的长河中，逐渐出现裂痕，裂痕变成裂缝，裂缝变成裂口，裂口导致制度的大厦坍塌。山鲁佐德的思路是，拯救妇女同胞，俟机杀掉国王。拯救妇女同胞的目的实现了。自从她入宫之后，她凭借着超凡的故事深深地吸引了国王，为了能够听到下一个故事，国王放弃了杀戮的念头。和平一直持续到第一千零一个夜晚。与此同时，她还选择颠覆以父权意识为中心的传统文化。与父权抗争，重要的是有能力。山鲁佐德拥有一个藏书量空前大的私人图书馆，博览群书，不仅是饱学之士，还是一名开放的大学运动员。

山鲁佐德最具颠覆性的行为是开放的性态度与性行为。她找借口，让自己的妹妹在她给国王讲故事、与国王做爱的时候，厮守在床脚下，成为一切的见证者。天亮之后，姐妹两人用手指与舌头取悦对方，之后，就把太监、女佣、奴隶、宠物狗与猴子招进来，无技不施。此外，20世纪能见到的性趣味用品，无所不有，无所不试。可见，就性爱而言，月亮之下，山努亚就是国王；太阳之下，山鲁佐德就是国王。山鲁佐德为此十分自豪，甚至把自己比作伊夫里特（Ifrit）铁笼子里的少女。在铁笼治里，她束手无策，但在伊夫里特沉睡之际（国王无暇顾及之时），她就是一个彻底自由之人。一个彻底自由之人，可以与任何过往的男人发生性关系。睡过一个男人，就留下一枚印章戒指，五百七十二枚印章金戒指远不能满足她的理想与追求。事实上，一天之内，山鲁佐德能给国王带上了一百多顶绿帽子。忠贞与节操，全都不合时宜。

一千夜的性关系没有对山鲁佐德产生任何积极的效果。她的性行为，有技巧，无激情。不过，山鲁佐德也坦言道，从第二夜开始，不无快乐。经过一千夜的周旋，山鲁佐德拯救了无数的少女，也给山努亚生了三个孩子。在第一千零一个夜晚，山鲁佐德要实行终极计划：运用计谋，把山努亚的生殖器用剃须刀片做掉，然后，用它把他噎死。有不少女人，因为有了孩子，也就接受了命运的安排。山鲁佐德矢志不渝。她坚信，"除了延缓她们的苦难，你与我还有那些虚构的故事还能做什么？她们活下来，落到父亲、丈夫与情人手里，若不是忍受更长时间的暴力，还有什么？眼前，我们的主子高兴了，缓和了他们的政策，可是父权制度根本没有改变。"最后一夜，不是权宜之计，而是根本解决问题。

山鲁佐德的世界是以追忆的形式再现的，萨曼的世界则是以即时的状态呈现给读者的。萨曼的世界与山鲁佐德的世界正好相反。萨曼的故事完全颠覆，不，准确地讲是丰富了山鲁佐德的女权主义世界观。山鲁佐德坚信，父权制度难以根除，男人的恶性不可改变，但萨曼证明：一切都可以发生改变，而且真理并不是绝对的一元叙事，而是具有多元复杂性。萨曼以身证明，男人并不是顽固不化。他披露了关于山努亚的一些不为人知的事实。山努亚嫔妃成群，但她们只是一个摆设，为的是保持传统的延续；她们的主要用途是款待进行国事访问的来宾。当他们得知自己的妻子背叛了自己之后，首先想到的不是报复，而是自我流放；当看到伊夫里特的女人放荡无度的时候，他们才彻底失去了自己对女性的信仰。事实上，山努亚早就被山鲁佐德的智慧与美丽所打动，决定放弃报复的残酷行为，迎娶山鲁佐德为妻；同时也建议萨曼迎娶丹尼佐德为妻。其实，看到丹尼佐德根本没有勇气杀死萨曼的时候，萨曼是看到了丹尼佐德的善良与恻隐之心。真理是男人可以改变。

真理的另一个侧面是女人并不完全痛恨父权文化。萨曼的维齐尔（旧时伊斯兰国家的高官）之女就是一个生动的实例。她侍奉萨曼，不是为了复仇，而是出于纯粹的爱慕。她一生的目标就是能够与萨曼相爱，哪怕是一次。她并不是胆小而取悦萨曼，反倒勇敢地表露自己真实的看法：一方面，萨曼杀死妻子与她的情人令人遗憾；另一方面，也理解萨曼的愤怒。她进一步指出："男女之间的完全平等是值得捍卫的价值，但难以实现；执意追求平等，十有八九就会把幸福的机会搞砸；从另一方面讲，放弃追求，由于平等显然是一个理想，无疑就会失去幸福。"至于自己，面对理想与现实，她深知"自己不适合独立，由于个人本性与家庭教育的原因，只有生活在自己崇拜的男人的影子里才会幸福"。她知道，萨曼有缺点并无视自己的过失，但只要与他有一个孩子，生活就会完美，余生就感到满足。

亚马逊社会，作为女权主义的一个理想之地，结果会是怎样的呢？萨曼当然不知道，也不想知道。他知道的事实是，他破处的第一位女子并不真心想建立一个女性社会，亚马逊可能是一个权宜之计。他猜想，他以后破处的女人也许偷偷回国，用他给她们的宝石做嫁妆，成家生子，公开生活在自己的鼻子底下。父权社会，并不像女权主义想象的那样可怕：不明真相的人以为，国王残忍地杀死了每一位与他过夜的女子，而事实是，夜间发生的事情，完全依照每一位女子的意愿，或谈天，或做爱；天亮之后，他就偷偷地释放了她们，对外却做出与之相反的公告；女权社会，也并不像她们想象的那样美好，尤其是自由性爱的社会并不理想。从山鲁佐德的角度来看，她可谓充分享受了性自由的乐趣，但最后还是爱上了山努亚，走进了婚姻；萨曼有权享受性自由，但自由的性生活剥夺了他的幸福感："高的、矮的，黑的、白的，瘦的、胖的，冷淡的、热情的，勇敢的、胆怯地，聪慧的、愚钝的，标志的、普通的，我都与之做爱，与之交谈，我占有了她们每一个人，然而，占有我的不是别人，而是绝望"。他追求的是一位妻子，一位能够分享生活的朋友。男人的经历告诉女人，女人追求性自由，得到的最终也只能是一场空，唯有一位可以相伴、相爱、分享生活的酸甜苦辣的男人，才是最好的归宿。泛性主义都是雾里看花，好看却不中用。

维齐尔之女弱智吗？不是。面对她提出破处的要求，萨曼失去了性功能，无法满足，为此不无绝望之情，但维齐尔之女却并不认为如此。她坚信，萨曼本质上并不残暴，但碍于面子，怕长兄讥笑他软弱，迟疑不决才是他失去性功能的根本原因。道破背后的原因，萨曼马上恢复了元气。维齐尔之女的智慧还表现在，没有纠结于二元对立，让萨曼彻底摆脱谎言，正视现实，而是尊重萨曼的心理现实，尊重传统，采取了折中的方法：对外，规矩不变，一如既往；对内，尊重每一位女子的意愿，天亮之后，暗中遣送国外，到女性的自由国度亚马逊生活。

父权可恨，女权也并不可爱。可行的是折中主义，或者文化多元主义。有时候，女性可以主导一切，一如最后一夜山鲁佐德推荐的做爱方式，男性也可以主导一切，但终究由谁来做主导，不可能一概而论。男性享有的所谓特权，并不见得都有利于健康或者社会，可以推翻，但不可以再用。总之，男人与女人之间，爱与恨、不平等与差异构成了爱情悲剧观的全部。如果世间存在真理的话，那就是："所有的人都不够忠诚，要避免不忠带来的痛苦，那就是爱，无所牵挂。他选择同样的开放，我则选择同样的忠诚"。这就是两个平行世界对照的结果。平行且对称：从山鲁佐德的世界进入萨曼的世界，但萨曼叙述的事件主要发生在萨曼世界之前，也就是说，两个世界的关系是通过后退的方式前进。可见，山鲁佐德诅咒对称，但两个世界不仅实现了对称，而且对称的又是那么的美。

山鲁佐德的世界与杰尼的世界交会发生短路。根据杰尼本人的陈述，他晚于山鲁佐德1200年出生，但凭借着一句咒语，"找到宝藏的方法就是宝藏"（The key to the treasure is the treasure.），就可回到1200年前山鲁佐德的世界。从现在回到过去，可以理解；由于故事的是视角是丹尼佐德的，因此，从未来世界穿越时空，来到现在，则是不敢想象的，因为未来的事情尚未发生。不管怎样，两个不可能交会的世界发生了交会，一切变得不可理解，思维发生了短路。在第一个时空维度里，山鲁佐德为山努亚国王讲述的故事成了《一千夜零一夜》（The Thousand Nights and a Night）；在第二个时空维度里，1200年之后，后世的读者杰尼读到了这部举世闻名的杰作。当杰尼穿越时空，向山鲁佐德传授了《一千零一夜》（The Thousand and One Nights）故事的时候，两个不相交的时空发生了交会。两个不相交的时空发生交会，其方式只有一个，那就是莫比斯带。通过莫比斯带之路，杰尼就这样往返于两个世界之间。他的穿越，可能是梦，也可能是真；山鲁佐德见到杰尼亦是如此。亦梦亦真又何妨。

穿越时空的做法其实是一种象征。杰尼告诉山鲁佐德，目前，他感到自己的创作灵感枯竭，就像干旱一样，在他的职业生涯上留下了一道深深的裂缝，不过。这个裂缝就是一个转折点。与众不同的是走到无路之处，有人就对以往的努力进行了彻底的否定，但杰尼则不是，"它既不否定、也不重复老路"，而是超越它们，"重返叙事的源头"。什么是叙事的源头？山鲁佐德和她的《一千零一夜》：作品，杰尼在他的世界里须臾不离；作者，杰尼不远1200年的距离逆着时光与之见面。在杰尼的指导下，山鲁佐德讲述着一个又一个的故事，结集成为《一千夜零一夜》。其实，《一千夜零一夜》也是杰尼的杰作，即他重返源头的结果。如果用一句话来概括杰尼的创作原则的话，那就是"通过回顾我走过的路，即我们都走过那些路，来认识我目前所处的位置，了解了我目前的位置，就能知道我未来的前进方向"。过去决定着未来，不过，明白这一点还不能全面了解杰尼的创作原则，他要表达的是从未来（的作品）就能看出过去（的作品）的存在。说白了，就是以旧翻新。

杰尼又采用了一个比喻，进一步对自己的创作原则进行阐释：马里兰州沼泽里的蜗牛。蜗牛在行进的过程中，遇到什么吃什么，再用自己的体液，把吸收的营养结合起来，生长出新一轮的背壳。这里含有两个要点：一是吸纳外在的营养物质，例如前人的文学创作；二是个人的独创之物，把两者结合起来，就是具有创新意识的作品。那么，如果要在新作品中看出过去作品的存在的话，读者是否会感到作家在抄袭？不会的。再以蜗牛背壳为例，当一条直线沿表面平行而过，直线与螺旋层相交于两个点，这两个点可以说是处于纵轴上的同一位置，位置相同就意味着重复或抄袭，但两个点之间又明显具有差距，所谓的差距就是差异，差异就是创造性。可见，"蜗牛背负着历史，生活在历史之中，在当下生长的过程中，又增添了新的、更大的螺旋层"就是说，历史就是基础，否定了历史，也就没有现在，更没有未来。杰尼反对后现代主义文学把文学传统扫进故纸堆里的做法，主张继承传统并竭力创新。他坚信，这种新的文学形式，将成为文学殿堂中的一颗新明珠。因此，《一千夜零一夜》可以说是两个时空的两位作家共同努力的结果，是未来与现在，或者说，是过去与现在相结合的结晶。

穿越时空的象征意义还表现在做爱与艺术之间的相似性。山鲁佐德的主要任务是做爱与讲故事，杰尼的主要任务是讨论做爱与讲故事之间的关系。做爱与艺术几乎是不搭界的事情，可万物一理，做爱的艺术反映的就是叙事的艺术，就这样，不搭界的事情搭界了。杰尼认为，做爱有三种情况：其一，笨拙但用心；其二，灵巧却无心；其三，新颖并热烈。传统的"纯粹情节—功能"（puere plot‑function）模式属于一种笨拙但用的心叙事艺术，但远比那些充满技巧却并无任何用心的叙事艺术好得多，例如某些由内叙事加外叙事构成的套盒叙事（framed and framing tales），这就像国王山努亚与山鲁佐德做爱一样，"只对每晚快感的速度或者各种姿势的精巧程度感兴趣，置爱的程度及质量于不顾"。情节—功能模式常遵守的步骤是描述、行动推进、高潮与结束；同样，做爱也是经历了调情、交合、高潮与释放。不过，最高级的形式莫过于第三种，新颖并热烈。杰尼最感兴趣的是故事外套故事，而不是故事里有故事（套盒叙事）；当里面的故事结束的时候，其结束的方式自然带动着外面的故事走向收尾。可是，传统的套叙，无论怎样表述，都是由外及里的一种推进模式，完全不够高级。杰尼设想一种由内向外推进的叙事，例如一个叙事共有七个层次，当最内层的叙事达到高潮的时候，内层的高潮推动着第六层叙事进入高潮，以此类推，直至第一层叙事实现高潮并结束。其实，这就是巴斯的《墨涅拉亚特》（Menelaiad）的叙事艺术。杰尼把这种叙事艺术称之为"一串爆竹"或者"连锁高潮反应"，后者在山努亚与山鲁佐德的做爱中时有出现。归根结底，男人与女人之间的隔阂，正如艺术与现实之间的距离一样，必须通过阳具以及创作之笔来实现沟通。penis 与 pen 类形也就不足为怪了。

　　作家与读者的关系，何尝不是如此。作家与读者可能处于同一个时代，但从长远的角度来看，更多的是处于不同时代。阅读作品就是读者与作家交流的过程，在这个过程中，可以是读者穿越时空来到作家的时代，也可以说是作家来到了读者的时代。杰尼把作者与读者的关系作了生动的比喻："叙事者的角色，他认为，且不论他的性别，本质上是男性的，听众或者读者的角色则是女性的，而故事就是他们交合的媒介"。反应最快的当然是山鲁佐德，她问杰尼，"你真是一个庸俗的男人，难道你认为我们女性作家都是同性恋吗？"山鲁佐德看到了作家角色的变化性，却没有看到读者角色的变化可能。杰尼向山鲁佐德解释说，她在讲故事之前与山努亚做爱采用的是一种姿势，在第二次做爱的时候，则往往喜欢换一种姿势。言外之意，换一种姿势，也就换了一种角色。无论是男人在女人的怀抱里，还是女人在男人的怀抱里，女人与男人都同样具有活力，即"一位机智故事的读者，就像作者一样，能够按照自己的方式积极参与"。由此看来，所谓的女性气质，不是指一种温顺的、低劣的姿态，而是一种具有主动精神的状态。例如，灯塔可以被动地发出信号，但水手们可以积极地接受并对其进行阐释。"总之，他们完全同意，叙事是一种爱情关系，不是强奸：它的成功取决于读者的允许与配合，读者可以接受，也可以随时拒绝。"以作品为媒介进行互动，读者可以"怀孕"，作家也可以"怀孕"。作家何以已怀孕呢？从两个隔离世界的角度来看，作家应该是后世的作家，通过关注以往读者的反应，从中领悟到一些创作真谛，在将来的创作中运用并取得好的艺术效果。读者的主观能动性就是主体性，主体性体现了阅读的民主性。

第一叙事层与第二叙事层的平行与交会。第二叙事层包括山鲁佐德的世界、杰尼的世界以及萨曼的世界，三个世界互相作用，共同构成《一千夜零一夜》的文本，该文本与文本之外的《一千零一夜》有着一些关联，但又有着一些不同。关联之处在于《一千夜零一夜》以《一千零一夜》为基础重述而成；不同之处在于三个孩子都是男性，并无具体的姓名，也没有提及山鲁佐德最后爱上了山努亚，也找不到关于蔑视他、给他戴绿帽子等细节，更没有什么杰尼的出现。第二叙事层的叙事由两个人完成，一是丹尼佐德，二是萨曼。第一叙事层就是第三部分，在这里，叙事者"我"讲述了《一千夜零一夜》与《一千零一夜》的关系，也就是本段前几行所述内容，然后表达了自己的一个创作愿景：其一，创作一篇关于丹尼佐德与她的新郎的故事；其二，关于她的故事从我的故事的中间部分开始，以黎明的出现结束；其三，以这种方式结束叙事，就掌握了打开文学宝藏的钥匙，事实上，打开文学宝藏的钥匙就是宝藏。既然文学枯竭了，对原有的故事再加工，就是找了新的文学宝藏。当然，这种在加工必然带有自反性。

两个叙事层交会表现在：第一，《丹尼佐德亚特》就是由丹尼佐德叙述的，只不过是到了第二部分，萨曼的叙事喧宾夺主，从这个意义上讲，《丹尼佐德亚特》除了第三部分之外，完全属于丹尼佐德；第二，在《丹尼佐德亚特》中，真正属于丹尼佐德的故事的确从《丹尼佐德亚特》的中间开始；第三，丹尼佐德与新郎萨曼的故事就是以黎明的出现结束的。所以，读者有充分理由相信，《丹尼佐德亚特》就是"我"的叙事。此外，在第二叙事层里，杰尼已经多次对第一叙事层进行暗示。其一，杰尼本人正在创作一篇故事，题目就是《丹尼佐德亚特》，讲的是丹尼佐德，不过，故事刚刚进行了一半，巧的是杰尼的作品与"我"的作品同名，而且这番表述正好位于"我"的《丹尼佐德亚特》的中间位置，由于第二叙事层具有槲寄生的性质，可以视作叙事者"我"的故事，即与第一叙事层构成一个有机的整体，所以，杰尼的构想与"我"的构想一致；其二，当山鲁佐德得知，杰尼再也没有任何故事可以帮助姐妹俩度过最后一夜的时候，山鲁佐德自信地把自己的构想写了下来，交给了杰尼，让他带回，帮助他完成那篇叙事。所以，读者看到的最后一夜，即第一千零一夜里发生的故事，与丹尼佐德根据姐姐的谋划所演绎的一模一样，而不在场的"我"对此了如指掌，不难猜出，"我"就是杰尼，杰尼就是"我"，正是"我"依照山鲁佐德的计划完成了余下的故事。以上推论表明，"我"以杰尼的身份穿越时空，既从事写作，又指导山鲁佐德进行叙事，两个叙事层就这样交会了。

　　无论是《迷失在娱乐宫》还是《丹尼佐德亚特》，巴斯都通过二维空间，塑造了不同的众多世界，这些世界以不同的方式存在着，要么平行，要么平行且交会，从而产生短路现象。这种艺术手法的成功，完全取决于作者对文学传统的态度。他认为，作家不能单纯地沉溺于后现代主义艺术手法的乐趣之中，而是要表达对当下人生的积极思考，而人生思考的最大乐趣在于对传统主流文化与艺术观念进行解构。于是，思想与艺术，现实主义与后现代主义就神奇般地结合在一起了。这种手法，巴斯在《枯竭的文学》（*The Literature of Exhaustion*）中称之为中间体（intermedia），中间体就是文学振兴的主要手段。①

　　可见，世界的碎片化与世界的多元化是从两个方向对传统叙事艺术进行解构的结果：一是线性逻辑，二是现实主义虚幻。解构了线性逻辑，拥有的便是一堆碎片；打破了现实主义的虚幻，叙事者的世界与故事的世界则平行或交切。总之，完美与单一不再一统艺术的天下；叙事艺术，在结构层面，由于颠覆与创新，进入了多元化的时代。

---

① John Barth. *The Friday Book：Essays and Other Non‑fiction*［M］. London，The John Hopkins University Press，1984：62－76.

第五章

深层结构

　　以上四章在横向的维度上，分别从开头、结尾、视角与场所的角度，讨论了短篇小说的结构美学。短篇小说的结构，总体上讲，分为形式的结构与内容的结构，讨论了形式上的结构种类之后，只有进一步从纵向的维度论述语义结构，才能够完整揭示短篇小说结构的整体面貌。众所周知，文学表意的主要特色是含蓄或者朦胧，文本中的语言符号联合起来，仅仅构成一道语义大门，唯有穿过这扇大门，沿着逻辑的走廊谨慎地向前，才能进入辉煌的意义殿堂。这道大门就是语义的表层结构，辉煌的意义殿堂就是语义的深层结构，而短篇小说结构最精彩的部分当属在表层结构与深层结构之间起着连接作用的逻辑模式。

　　什么是语义结构？语义结构就是一个语句（群）、段落（群）或篇章在符号层面上的表意与其本质所指之间的关系模式。语义结构具有以下的特点：其一，以行为、事件或者方法等为基本的语言符号，而不是词汇、句式或者语篇的关联形式；其二，语义结构是由能指与所指构成的，能指构成表层结构，所指构成深层结构；其三，从表层结构到深层结构，其中起关联作用的是一种修辞式思维模式，也是一种因果规律；其四，深层结构的存在成为文学表意与科学表意的主要区别。归根结底，语义结构研究既不是语言学研究，也不是文体学研究，而是一种以思想为目的的整合性而不是分割性的宏观研究。

　　揭示短篇小说表意的深层结构就是要说明，作为艺术的一个重要分类，短篇小说的表意方式具有鲜明的曲径通幽之特质。科学的语言必须简约，语言符号的能指与所指之间的关系清晰与稳定，语言符号参与表达的程式必须严谨与完整，程式所产出的结论必须真实、可靠。可见，科学的语言具有单层结构，具有单向性。相比之下，文学的语言具有复式结构，具有多向性。文学语言是复式结构的，因为许多情况下，言内行为不是目的，真正的目的是言外行为；语言是多向的，因为言内行为与言外形为可以互为反义。科学语言更倾向于外延，文学语言则更青睐于内涵。总之，科学语言的表意具有单一性，文学语言的表意具有多元性，甚至矛盾性，正是这种多元性、矛盾性，换言之，一种严重的污染状态，才赋予了文学表意的灵动性与深邃性。

科学表意与文学表意的不同在于充分性。科学的表达必须是充分的，缺一不可，如有缺失，无论多么微不足道或者众人皆知，则结论必定难以成立。文学表达重在含蓄，含蓄的一种常见表现就是缺席，缺席并不是拒绝参与表达，而是以不参与表达的方式参与表达，从这个意义上讲，缺席就是出席。作品还有在场的人物沉默寡言，很少表达自己，这也是文学的一种表意方式；也许是人物本身寡言少语，也许是作者的特意安排，总之，沉默是一种言语的方式，无声有时甚至胜过有声。那么，说话说一半，表意也只表一截，所为何事？作者只给读者一些线索，读者应该顺着线索，按照广泛认可的逻辑，或者根据分散在文本之中各处的细节，自行推断。推断（寻找深层结构）是读者与作者之间的一种共谋游戏，体现了作者对读者的信任，能够给读者带来无限的智性乐趣。

科学与文学具有相反的思维模式。科学的程式重在合乎因果逻辑，凡是违背因果逻辑的结论都是错误的。文学的表意程式重在鲜活、奇特，在鲜活、奇特的表意逻辑背后，隐藏着一种简单的、日常的、广为认可的生活程式。科学就是要从芜杂的世界里，找出简洁可以操作的程序来；文学就是要把程式化的、乏味的东西，通过想象的方式加以改造，把它升华成能够满足人类心理需要的表述。科学既重视结论，又重视推演的过程；文学只重视结论，而全然不顾过程的逻辑可能性。例如，在《丹尼佐德亚特》的叙事中，杰尼能够穿越时空，从未来进入现在（或者过去），这种绝不可能的荒唐行为方式，只有在文学叙事中才成为可能。多数读者能够接受从过去穿越时空来到现在，毕竟过去的东西曾经发生过，要接受从未来穿越时空提前进入现在或者过去，这种逻辑一般读者难以接受。文学的精彩与震撼往往在于逻辑是荒诞的，但结论是可信的，如果纠结于从未来进入现在或者过去的荒诞逻辑，就只能中止文学欣赏，文学也就没有存在的必要，也就只能走向消亡。现实主义小说，其实是逻辑理性的一种必然产物。人作为一种高级生物，不仅仅是理性的尊崇者，更是非理性的拥有者。情感、想象与反逻辑倾向协作，就一定产生反逻辑的文学作品，其作用体现在宣泄，体现在有一种明确的目标指向，有了这两点，其余的即可尽情消费。不可否认的是文学天马行空，但最后无一不是着陆于理性的大地之上，这就是对作品进行深层结构分析的意义。

对短篇小说做一简单的梳理，就会发现在，表层结构与深层结构的巧妙结合，一般具有以下两种类型：第一，表象之下掩饰着深层的心理因素；第二，所见往往是存在的一角，更大、更重要的部分大多处于隐秘状态。要揭示深层结构，首先要分析其构成单位，然后，把构成单位连接成完整的深层结构。从构成单位到总体深层结构的纵深层次没有刻板的规定，一般视具体情况而定。表层结构与深层结构联结的方式或是修辞，或是因果。当然，并不是所有的语句（群）、段落（群）都具有深层结构，相当多的一部分表述完全是事实性的。此外，要完整揭示一篇作品的深层结构，不仅要以主要特色为中心，更要兼顾次要特色。

第一节　表象与心理

有读者对文学作品望而却步，就是因为作品存在着深层结构，或者说，表层意义之间存在着逻辑断裂，完全不像定理那样，直白、严谨。然而，文学作品的确是规范的表意行为，不过，其最终的意义存在于深层结构，而不是表层结构。要读懂作品，就要取得表层之下的内容，要进入深层结构，非经表层结构不可。表层结构与深层结构天然地联系在一起。

在表象与心理构成的语义结构中，表象构成表层结构，心理内容构成深层结构；根据表象的种类，表象——心理语义结构又可进一步分为两种，以体势为中心的与以物象为中心的。

体势，在文学作品中，是一种特殊语言，体势语。体势包括头部的动作、眨眼、眼神与内视、耳朵的动作、内听、手与脚的动作、四肢的动作、躯干的姿态等。语言的种类及为丰富，有口头语、书面语；有旗语，有电码；有公式，有乐谱；有礼仪，有体势。在这些语言中，体势语最难理解。体势语是无声的，又往往是附属的，因为无声，所以常常听不到、看不见，因为附属，所以往往得不到足够的重视。如果话语传递的是表述信息，那么体势语所表达的则是细微、精妙、隐秘的心理信息。离开了体势语，文学表达就会显得有些粗糙，或者说就不能称其为真正的文学了。

《莳萝泡菜》（*The Dill Pickle*）讲的就是一对旧情人偶然相遇之后由相吸到相斥的故事。表层结构：两人再次相遇，男主人公发现女主人公更加漂亮了；时隔六年，男主人公仍然记得一起出游的愉快经过；在过去的六年里，他独自一人完成了两人游览俄罗斯的梦想；现在，他认识到，他们都是自私之人，心里装不下他人，听到他的这一番表述，女主人公一直是为之感动，可是，突然间又不告而别。深层结构：经过时间的淘洗，男主人公记住的唯有一些美好的东西，但他的坦然虽无旧恨，也无新爱；女主人公发现，他的性格弱点没有任何改变，没有改变，也就没有复合的可能；对于男主人公来讲，偶遇之后的交流，其目的仅仅是交流；然而，交流对于女主人公来讲，则是一种判断的过程。故事揭示的主题是：以善解人意为中心的精神层面的默契互动才是甜美爱情的坚实基础。

以下先列出表层结构的基本单位，然后再从逻辑或修辞的角度分析其深层结构。之后，从更高的层次上对表层单位与深层单位进行整合。部分表层结构不属于体势语的范畴（1，5，8，12，13，17，18），但有关分析有助于揭示深层机构的整体面貌。

1. 接着，六年之后，她又一次见到他。

严格按照字面意思来判断，"接着"引出的是一个新的信息，这个应当引起读者关注的新信息就是：两人相遇；"又"衬托"接着"。当然，这是一个简单的例子，读者马上就会推断出深层的含义：六年前，他们两人就相遇过一次。可是，这种从中间开始的叙事方式，把过去的事件一笔勾销了。过去发生了什么事情？对今天的相遇会产生怎样的影响？这些都是发现了深层结构进一步引发的问题。此外，六年意味着什么呢？

2. 简直难以相信，他没有认出她来！她微笑着；他紧锁着眉头。她朝着他走了过去，他紧闭双眼，片刻之后，双目大开，神情兴奋，好似黑暗的屋子里燃起了一根火柴。

一般情况下，情人分手，再次相遇，前男友没有认出前女友，前女友不一定会主动相见。"她微笑着"说明，他没有认出她来的行为，虽然令她吃惊，但不足以令她不快，也就是说，分手留给她的更多的是一些美好，而不是伤害。否则，躲之犹恐不及，怎肯主动相认。相比之下，"他紧锁眉头"表明，他已经记不起她是谁了。六年的时间，对于她来说，不长，没有冲刷掉他在她脑海里的印象；对于他来讲，六年很长，几乎把她的印象从头脑中摩擦掉了，只是存留一点淡淡的痕迹，经过仔细地回忆才变得清晰起来。不过，他的神情一亮表明，过去的事情，无论如何，都不足以构成不快的阴影。抑或是他城府很深？后面的故事表明不是。可见，两人相处的一段时光给各自留下的印象是不一样的，一个深刻，一个肤浅。后面发生的事情也就可以理解了。

3. 她犹豫了一下；当然，她也想坐下来。

她为何犹豫呢？分手了，再次相遇，站着简单地寒暄一下，面子尚存；坐下来，不仅面子尚在，一些情意尚在；迟疑了一下，正好说明她的情感状态介于二者之间。另外一个原因，后面再讲。

4. 她掀起面纱，解开皮绒茸领的纽扣。

如果掀起面纱是起码的礼节，那么解开衣领上的纽扣则是非同一般的体势语了。异性或者同性相见，解开衣领纽扣就是褪去防范，这是彼此存有好感的信号；如果存有敌意，一定会下意识里，用手整理自己的衣服，特别是纽扣，因为衣服是保护自己免遭伤害的第一道护体。作为一种信号，当事人可以主动地发出，也可以潜意识里发出。其实，当男主人公在下文中问道"你要走？"的时候，他看到的是"她系好了衣领扣，放下了面纱，"并做出了正确的解读。那么，此处背后的原因是什么？下文再谈。

5. （人越老，）"越（感到）冷（淡），"她笑着说道。（the older one grows... The colder.）

从上文可以推断得知，女主人公怕冷，尤其是随着年龄的增长，人就越发怕冷。可是，女主人公的话还没有说完，男主人公就打断了她的话，等到再续前言，她应声答道，"越冷"。这是一个双关语。其一，不言自明；其二，人应该随着年龄的增长，社会知识越来越丰富，人际交往更加娴熟；可是，他打断她的话，这是相当不礼貌的。不过，她并不十分生气，所以，回答他的问话，带有笑意。

6. 她轻轻地、深深地吸了一口气，好似他们面前的纸质水仙花散发出的香味太浓。

长舒一口气，如释重负，释负之后，又感到了一种芳香。凡有过较深人生体验者，都会明白：当自己长舒一口气之时，要么对眼前发生的事情看开了，要么一直忧心之事不再令人担忧。那么，忧心之事所为何事？两人饮茶之时发生的不快。"许多人在中国宝塔里饮茶，面对那些黄蜂，他表现得像个疯子，一会儿挥舞着草帽，一会儿又用草帽拍打，那么起劲，那么气愤，丢尽了面子。四周的人窃笑不已，她简直是难受极了。"纸质的水仙花怎么可能散发出香味呢？是所谓花不醉人人自醉。在人物的角度来看，当客观物体具有了某种原本不具有的特性的时候，那是人心情的一种投射，所谓的芳香实质上是女主人公心花怒放的结果。此时此刻，何来的好心情？其一，她当时的声音美丽动听，已成为一种经久不衰的记忆，至今依然回响在耳畔；其二，她也回忆起了"那一个美妙的下午，到处是天竺葵、万寿菊以及马鞭草，还有温暖的阳光"。可见，展现在她眼前的只有美好的记忆。不愉快的回忆，只是为了忘却，才有短时间的再现。

7. 沉默良久，他突然一翻身，头枕在她的腿上……"我希望自己服了毒药，马上就要死了，就在这，就现在。"

头枕在她的腿上，几近安歇在她的怀抱之中，这是男性恋母情结的表现之一；女友在做性伴侣的同时，也扮演着母亲的角色。沐浴在女主人公双重角色的温馨之中，男主人公幸福至极。幸福与死亡何干？众所周知，死亡的冲动与死亡的意识密不可分。意识到死亡的临近，人即奋起反抗，奋起自卫。当爱情与死亡联系在一起，如劳伦斯的作品，爱情是机械的，是无源之泉。不过，此处的死亡是一种积极的行为方式，通过死亡的方式，男主人公可以把幸福的时刻定格在时间的长河里，短暂成为永恒。与此同时，敢于饮鸩自杀，也是爱情力量的一种体现，爱情越是深厚，人越是勇敢。这是一种令女主人公感到甜美、陶醉的表达。

8. "我们计划去的地方，我真的全都去了。是的，凡是谈及过的，我都去了，待的时间也不短，就像你说的那样，去晾晾自己。"

每一对情人都谋划过美好的未来，或是怎样把自己的孩子培养成天才，或是如何牵手周游世界，或者如何厮守终老。当连心锁尚在，牵拉的双手早就分开的时候，一切诺言都成为过去。不过，当初的梦想永远是美好的愿景，后来的过错永远是过错。时有其中的一方，不负当初的美好愿望，忍受孤独，挑战艰辛，独自一人，实现了两个人的梦想。这是一种无限崇高的举止，不仅能感动自己，更能感动另一方。承认梦想美好，就是承认另一方的善良与爱情，就是承认一段时光的美好；付诸实践，就能让梦想成真，让那一段美好的爱情定格在永恒之中。有多少人因为爱而原谅了一切过错，又有多少人因过错或者怨恨而抹杀了过去的真爱；不因过错或怨恨而抹杀真爱，就是一种理智的、诚实的、人性的行为，一种美德，这种美德不一定能够让两颗心再次并蒂，同步跳动，但至少可以唤起善的力量，让人为之动容，让人为之抛弃前嫌。

9. 他边说，边把烟灰弹进了烟灰缸。就在此时，她感到心中有一只陌生的野兽，沉睡了很久之后，开始燥动起来，伸着懒腰，打着哈欠，抖动着耳朵；接着，一跃而起，凝目远眺。她却微笑着，轻柔地说了声，"好生妒忌你。"

心中的那只野兽完全是一个暗喻，象征着沉睡已久的爱情。从文中得知，六年来，她一直单飞，也没有提及任何爱情。正是再一次相遇，特别是对她的几次赞美，令其柔情油然。第一次，"你真是好看"一下子就缩短了两人之间的距离，令女主人公下意识地把衣领扣解开。第二次，"你那优美的声音"，"只需一个字，我就能从万人生中分辨出来"。第三次，独自一人完成了当年两人共同制订的旅行计划。因此，那只一跃而起的动物就是一只狼、一只花豹，或者一只狮子，而这些凶猛的动物都是由她那颗骚动的心幻化而来的，完全是她内心强烈情感的真实写照。然而，她却感到并不是袒露心迹的时候，于是，才有了一句"好生妒忌你"。"好生妒忌你"完全是隐身物，真实的表达是"好想爱你"。

10. "不，我没有钢琴"

……

她做了个鬼脸。"买了，多少年前的事了。"

……

"没时间弹了，"她说。

女主人公说没有钢琴，这是眼下的事实；但要回答旧时情人的询问，最坦诚的答案是"我把钢琴卖掉了"，因为对方知道自己有一架钢琴，怎么能说没有呢？可见，女主人公不想让对方知道一些事实，这个事实是，自己的生活陷入窘迫。她做的那个鬼脸，其实就是面对现实的一种尴尬，而没有时间弹钢琴，只是一种借口，凡是收入丰赡之人，没有时间弹钢琴，也不会卖掉它。

11. 聆听着船夫喊出响亮、悲怆的号子，目睹着船只沿着黑色的河水，穿过两岸压抑的树木，她浑身颤抖着。……就在那时，她仿佛就坐在神秘黑海岸边的草地上，海水黑得像天鹅绒……"是的，我完全明白你的意思，"她说道。

众所周知，每一位听众都能通过文字重构对方所描绘的情景，但能够在脑海里如此精彩地再现当时的情景，非用心、用情之人莫属。的确，有两种几乎相同的叙事视角：一是客观的第三人称叙事视角，这种视角提供的信息之所以细腻、精准，是因为叙事者想在读者脑海里唤起生动、逼真的画面；二是叙事者与人物的视角重叠，展示的是人物脑海里已经形成的精美画面。女主人公听到与看到的情景，正是男主人公的言语所唤起的画面，其生动程度体现出了女主人公动心的程度。画面的表面下是真实的情感状态。

12. "刚才认出你的时候，我费了好大的劲，费了好大的劲才会到了那一段时光。我当时还是一个孩子。"他敲着桌面。"我常想，我一定让你烦了。现在，我完全弄明白了，你当时为何给我写那样的信，当时，那封信差一点要我的命。有一天，我再一次找出了那封信，读着读着，情不自禁地笑了起来。很对，我就是那个样子。"

听了这番话，女主人公突然起身，准备离开。为何突然要走呢？其一，女主人公已经发现他早就把自己忘记了，开始并不介意，此次再提，是可忍，孰不可忍？这是拿刀割心。其二，说自己当时是个孩子，那就意味着，当时的爱情在现在看来就是过家家，一场涉世不深的游戏。如此一来，爱上他，她就是一个弱智之人，她当时付出的真心简直是付之东流。这是伤口撒盐。其三，如有真爱，看到对方的批评，应有切肤之痛，后悔莫及；可是，男主人公开怀大笑，只有往事如云，不再耿耿于怀，才有此心情。他既无爱意，女主人公怎能眼见一颗伤痕累累的爱心再度遭受抛弃呢？

13. "你怎么要走呢？"

可以看出，男主人公没有多少心理知识，也没有多少心理推理能力。他的话没有经过大脑。对于追求默契的女性来讲，这是致命的缺陷。

14. 他一把抓住桌子上的一只手套，仿佛这样就能留住她。……她看着自己的手套在他的指间抽来抽去，渐渐地，渐渐地，怒气真的就消失了……

手套当然象征着女主人公自己，看着他留恋不舍地把玩自己的手套，女主人公仿佛感受到了一股强烈的留恋之情。有谁会离开一个深深爱恋着自己的人呢？先前他也许是一时糊涂，他固然有些缺点，但她此时也面临着窘迫的状况。

15. "是的，"她松了口气说道。

又是松了一口气。松一口气就是承认了某个现实。现实是什么？他值得再爱一次，因为他愿做一张地毯，让她在上面行走，永远不会受到伤害；做一张魔力地毯，带着她周游世界各地。这也就是她为何接受了他，"仿佛喝下了什么"一样。紧接着而来的赞美又把她拉向了他自己："在这个世界上，你是唯一一位与时代不同，活出自我的人。"

16. 突然间，他把手套递给了她，用力推了一把椅子。"有些东西当时很神秘，现在彻底明白了。当然，你也是这样……很简单，我们都是自私之人，专注自我而不能自拔，把自己完全包裹起来，我们心中没有一个角落可以留给他人。"

男主人公再一次陷入疯言疯语之中，根本不知自己的话具有怎样的杀伤力，这就是为何他在下文"愣住了，目瞪口呆"的原因。第一，把手套递给了她，也就是送客的信号。第二，两人拥有的共同财富就是一段失去了的爱情，而爱情向来就是神秘的，这就是过去的东西；遗憾的是，过去很神秘的爱情不再神秘了，爱情的魅力消失了，爱情也就进入了死亡。第三，各自心胸狭窄，装不下对方，那还有什么爱情可言？

17. 她走了。

她看到了他真实的性格特征。他是一个不能善解人意的男人，他的溢美之词，不仅是一时的冲动，而且是一时的梦呓。他身上的那种"虚幻性模糊"不仅没有消失，反而更加严重。她没有看清他真实的经济状况，但看透了他的自信与沉稳只是一种不化的愚钝。在物质条件与精神分享方面，她在冥冥之中做出了正确的选择：与其选择前者，毋宁坚持后者。

18. "那份奶油没动过，"他说到，"请不要算钱了。"

显然，男主人公的经济状况并不好。如此一来，就可推断出，女主人公对他的经济状况曾经做出了错误的判断。她曾天真地认为，"他也一定赚大钱。他衣着有派头"，而且从口袋里掏出的一包俄国香烟更加证明她的判断。所以，女主人公从一开始就受到误导，因而对男主人公的客套虽带有迟疑，但还是欣然接受了下来。

至此，可以归纳出一个清晰的深层情节结构。故事经历了两次高潮：第一次，胸中的野兽骚动不安；第二次，胸中的野兽再次发生骚动。还有两次反高潮：第一次，系上领扣，放下面纱，决计走人；第二次，在他滔滔不绝之中，她悄悄地离开了。推动情节第一次进入高潮的因素是男主人公对女主人公的赞美与男主人公行动上对逝去爱情的眷恋；推动情节第一次进入反高潮的因素是男主人公对昔日爱情进行了否定。推动情节第二次进入高潮的因素是男主人公对女主人公的物品爱不释手，由物及人，女主人公感受到爱的震撼；情节第二次进入反高潮的因素是男主人公对女主人公性格进行了全面的否定。一次可能是失误，再次就是证实。整个叙事中，多数主要信息完全掩盖在体势语的表象之下。

且慢。题目"莳萝泡菜"怎样理解？这是一个事关深层结构中心思想的问题。不难发现，在叙事的第一次高潮出现之前，莳萝泡菜总共出现了三次，但任何一次都与情节没有任何关联。莳萝乃是一种洋茴香。一提到莳萝，读者的脑海里就会呈现出一棵生长在土壤之中、生机盎然、浓绿的香菜；相比之下，一棵泡菜则是一个失去了生机的视觉意象，唯有从味觉上加以考量，方有特色。从活力的角度来看，鲜绿的莳萝与充满活力的爱情可以同日而语，莳萝泡菜则只能与没有灵魂的爱情相提并论。从味觉的角度来看，莳萝泡菜也许更胜一筹。不过，由于故事的主旨思想是爱情再次不振，所以，莳萝泡菜的视觉意象而非味觉意象更符合故事的主旨大意。就像鲜活的茴香，由于腌制失去了生命力，甜美的爱情，由于沟通失效而失去了活力。

除了体势语之外，文学作品当中出现更多的是物象，物象与人物的心理现实紧密相关。物象在文学作品中一般以两种方式出现，一是象征，例如《鹈鹕》（*The Loons*）中的同名水鸟、《外婆的日用品》（*Everyday Use：For Your Grandmama*）中的棉被等；《厄舍屋的倒塌》（*The Fall of the House of Usher*）中衰败的厄舍屋。二是本象，例如《菊花》（*The Chrysanthemum*）中丢弃在路上的菊花、《厄舍屋的倒塌》中家庭医生的神秘微笑与亚文本《疯狂的特利斯特》等。就象征而言，表层结构与深层结构同等重要；就本象来讲，表层结构轻，深层结构重。无论是象征还是本象，表层结构与深层结构之间的关系或者是因果逻辑，或者是修辞。对《厄舍屋的倒塌》进行分析，能够很好地揭示心理现实作为深层结构的文学特征。

对《莳萝泡菜》进行分析，所采用的方法是按顺序逐条进行，然后从情节结构的角度进行综合整理，最终归结于主题。对《厄舍屋的倒塌》进行分析的方法有所不同，即按主题归类，逐条分析，以主题归纳收尾。作品中出场的人物共有五人，重要的只有三人：罗德里克、玛德琳与叙事者；主要的文本有《鬼宫》与《疯狂的特利斯特》；主要的场景有厄舍屋与池塘。同样，为了很好地揭示叙事的深层结构整体，也对夹杂其中的一些体势语进行分析。

关于罗德里克，还有三个重要信息学界一直没有深入地讨论。第一，他极度敏感；第二，追求生动的绘画场景；第三，一直处于恐惧之中。

1. 不过，我知道，他那古老的家族一直以敏感的气质而著称。（第3段）

他的感官有一种病态的敏锐，简直难以忍受……只有一些特殊的声音不

会激起恐惧感，这些声音就是弦乐器发出的声音。（第10段）

敏感，从医学的角度来看，容易造成男性性障碍。当然，过于迟钝，也会对性活动产生重大的影响。弦乐器通过琴弓与琴弦之间的摩擦发声，这种声音或许能够弥补他缺失的遗憾。

2. 他把所有的心思都转移到绘画上来，从这些绘画当中……我也只能看懂一点点，这一点点也难以用文字来表达。其画风简单，构图质朴，却深深地吸引了我，令我敬畏。（第16段）

有一幅小图画，画的是一个很长的矩形拱室或者暗道，墙壁低矮、光滑、白皙，没有任何障碍或器皿。从画面上的一些细小之处可以看出，空间位于地表以下深处，不见任何出口，也没有火炬或其他光源，却有一种强烈的光亮，白的瘆人，令人极为不适。（第17段）

表层结构之下隐藏的内容是什么呢？转移二字是揭开谜底的钥匙。在《儿子与情人》（*Sons and Lovers*）中，莫利夫人，由于经济和社会地位上的差距，逐渐与丈夫产生了疏远；疏远了丈夫之后，感情无以寄托，继而转向了大儿子；大儿子死后，又转向了保罗。由于莫利夫人对小儿子投入了过多的感情，小儿子保罗始终生活在她的阴影之下，难以进行正常的社会交往。在《红字》（*The Scarlet Letter*）中，海斯特由于社会舆论的压力，不能释放自己的心理能量，只好把它转移到女儿的身上，给她做绚丽的衣服，以此寄托自己对迪蒙斯代尔的爱意。由此可见，罗德里克也是把自己的心理能量进行了转移，所不同的是，他把心理能量转移到了绘画上面，一如他的祖先的做法。

画中的强光象征着对失去的美好时光的追忆。这段美好时光，正如《鬼宫》前四部分所描述的那样，王宫美丽，宫中飘香，优美的歌声不断，国王端坐王宫之中，尊享颂扬。然而，过去的美好时光，进入了没有出口的地穴，永远地埋葬在那里。从画中流露出的不仅是追忆，而且是沮丧或抑郁。罗德里克追忆的显然是异性之恋，而不是乱伦，叙事者没有给出从异性恋滑向乱伦的证据。

3. "我完蛋了，"他说，"我肯定会悲惨的死掉，别无选择，只能如此。我害怕未来发生的事情，不是事件本身，而是事件的结果。"（第11段）

要让罗德里克害怕的东西似乎只有乱伦所造成的社会舆论，因为学术界一致认为罗德里克与妹妹之间存在着乱伦关系。其实，不然。他担心的是断了香火，断香火的原因不是乱伦，而是性障碍症。乱伦并不能断香火，倒是可能留下智障后代。正如他的发小（叙事者）指出，他的家族人丁不旺，家族的主干也是几代单传，到了他这里，孤身一人，不是不愿结婚，而是不能结婚。他的妹妹死了之后，他向叙事者明确表达了这种担忧：失去了妹妹，他就失去了所有的亲人，而他的身后，又显然是空空如也。

既然担心妹妹之死会给自己带来巨大的打击，那为何又把假死的玛德琳早早地装殓呢？他知道玛德琳染上了一种见不得人的疾病，即僵住症（catalepsy）（下文有论述），对于僵住症，历史上人们并没有深刻的认知，往往把它视作魔鬼附体。试想，自己的妹妹，染上这种魔鬼附体的怪病，罗德里克的内心是相当痛苦的，经过长时间的折磨，罗德里克终于在家族名誉与个人情感之间选择了前者。明知妹妹假死，却把她入殓，这就是他始终担惊受怕的原因真相——弑亲。

4. 他说着，玛德琳小姐（习惯上这样称呼她）出现在远处，由于没有注意到我，接着就消失了。我十分惊讶地望着她，心中不无掺杂着恐惧；可是这种情感又无法解释。（第13段）

玛德琳小姐没有说话，因此只是一个沉默的生命体。沉默，可能是没有机会说话，可能是有机会说话也没有用处，这就是妇女在父权体制下的正常命运。事实上，到此为止，一切活动都发生在叙事者与罗德里克两个男人之间，罗德里克显然是家中的权力中心，更有甚者，两位仆人在迎接客人之时，也没有言语，对于他们来说，言语似乎是多余的。小姐与仆人几乎处于相同的地位，那就是没有话语权，或者没有必要拥有话语权。鉴于她的姓氏与特殊身份，与仆人地位同等，已经是降格了。罗德里克既没有邀请她见客人，叙事者也没有主动向她打招呼，她的存在似乎是一个影子，影子如同虚设，交流或者说赋予话语权，也就没有必要了。活着，叙事者见到她只有这一次，而这一次实际上概括了她的一生。无法知道她内心的真实想法不要紧，关键的是罗德里克的愿望得到了满足。

叙事者的恐惧何来？玛德琳是父权文化的牺牲品，她的沉默显然是共谋，与父权共谋，就能给任何人，包括男性自己，带来恐惧，男性感到恐惧是因为他们不可能任何时候都能服从父权文化，要挑战父权文化，就意味着抑郁，罗德里克就是活生生的例子，虽然他不是有意进行挑战。

5. 玛德琳小姐的病情长时间以来让她的医生感到困惑，能够诊断出的病情通常就是持续的性情冷淡，整个人日见消瘦，时常患有短暂的僵住症或强直性昏厥。迄今为止，她一直与病魔斗争，从未倒在床上；就在我到达的当天傍晚，她终于让毁灭者战败了。（第14段）

无论是否愿意，作为哥哥的精神源泉，玛德琳拒绝了人性，维护了基督教（父权）文化的神圣性。其实，玛德琳是没有进入隐修院的修女，换言之，她就是厄舍古屋这座修道院的修女。修女就是上帝的新娘，作为上帝的新娘就是接受没有性的婚姻，但修女毕竟有着人的躯体，有着人的躯体也就具有人的欲望，人的欲望，一旦出现，就只能压制。不能否认的是，作为上帝的新娘能够以间接的方式刺激修女产生私欲。历史表明，修女习惯于用幻想的形式与上帝交合，持续的交合幻想会引发一种常见于修女之间的僵住症，僵住症会给修女带来肉体上的痛苦。不妨换一个角度来看。在伊甸园里，夏娃受到了撒旦的诱惑，又诱惑亚当采食禁果，两人之间发生了堕落的行为。女人是夏娃的后代，这就意味着永远是有罪之身，之所以有罪，是因为容易遭受诱惑。当人的欲望长期遭到压抑的时候，修女们很容易通过想象撒旦附体，以此寻求慰藉。无论从哪一个角度来看，结果都是一样：人的欲望受到压抑，在通过幻想直接或间接得到满足的过程中，修女们患上了这种僵住症。由于症状可怕，僵住症成为魔鬼附体的现象。当然，并不是所有的魔鬼附体，都表现为僵住症。遗憾的是，人们把僵住症视为邪恶的病症。

6. 我在楼梯上遇到了家庭医生，他的表情既狡黠又窘迫，打我身旁走过的时候，似乎在发抖。（第6段）

家庭医生的狡黠表情说明，他发现了厄舍家族病史的某些隐秘病症。作为大夫，有充分的理由对病人进行全面的检查，也最有可能发现不宜示人的症候。之所以窘迫，是因为有感于厄舍家族的声望。叙事者说道，"厄舍家族乐善好施，常常行些善事，却又不加声张。"此外，"这个家族的人也都酷爱音乐与艺术"。可见，有着如此声望的家族竟然发生僵住症，着实让他感到遗憾；可是，家族的声望又令其不能直言，于是便有窘迫之相。发抖呢？厄舍家大势大，如有疑心，可能给他带来杀身之祸。

7. 《鬼宫》是一首诗，在《厄舍屋的倒塌》前不久发表。就像坡的创作习惯一样，这首诗也是出现在叙事的正中间。不分析这首诗的蕴含，很难理解作品的其余部分。这首诗的表面结构是：有一座王宫，坐落于沟谷之中，白色的城墙，上面装饰着羽毛，城堡里散发着芳香的气息；国王有思（Thought）伴随着美丽的歌声，安坐在城堡之中，英俊威武，一番昌盛之貌。有一天，邪恶袭击了王宫，辉煌不再，一切美好成为记忆。王宫里的游客透过窗户看到，巨大的身影伴随着嘈杂的声音奇怪的走动着；与此同时，一众人慌忙冲出了城堡，边跑边笑（laugh），毫无善意（no smile）。

可以肯定，这不是一座普通的宫殿。一般情况下，国王会选择视野开阔的平原，或者环山拥抱的平地，或者易守难攻的高地之上，但没有哪一个国王会把王宫建造在一个峡谷之中。把王宫建造在谷地之中，不仅容易遭受洪水的冲击，而且在战时难于防守，容易陷入绝境。不仅如此，有谁见过宫殿的顶部飘扬着金黄色的旌旗，城墙上装点着羽毛？白色的城墙倒有可能，不过，用石头垒起的城墙不会是白色的。那么，到底是怎样的邪恶袭击了这个长生的国度？可以确定的是，以往的和谐之声不再了，取而代之的是不和谐之音；由于和谐与不和谐具有反义关系，在没有其他信息的情况下，有思宫殿里经历的灾难一定是对立性的病变，对立性的病变在众人眼里有失体面。

诗歌的深层结构到底是什么，显然与这首诗的语境紧密相关。厄舍即兴吟唱这首诗之后，叙事者说道，他之所以唱这首诗，是因为他相信一种相关性："与其说是新颖性""倒不如说是相关性"。那么，这种相关性指的是什么呢？"万物有知"（the sentience of vegetable things）。罗德里克相信，万物之间可以产生互相的影响。万物有知，这首歌也就唱出了他自己目前的处境；同理，万物有知，他的处境也就与他的居所有关："他的这种信仰（如我先前所言）与祖居的灰石有关"与"水和墙壁形成的浓烈的氛围有关"。罗德里克进一步指出，"其结果看一看几百年来冥冥之中对其家族不断产生的可怕影响就知道了。"换言之，罗德里克目前处于极度的抑郁状态，究其原因，是因为祖宅及周边环境对他的精神产生了重大的影响，其具体的影响又可以通过《鬼宫》这首诗略见一斑。那么，生活在老宅里，到底发生了何事造成了他的抑郁？他的家族几百年来一直单传，也有过旁支，旁支的情况有好有坏，但都没有延续下来；到了他这一代，只有他和妹妹两人。

家族的繁衍，毫无疑问，与性能力有关。既然《鬼宫》暗示了其家族的命运史，那就不妨借《鬼宫》的含义来推断出家族命运的悲剧所在。在繁衍与性能力的语境下，《鬼宫》的昌盛显然与健康的性能力有关，还有与可进行繁衍的异性关系有关。国王有思是男性，那城堡当然就是女性了。由此可见，从异性的繁衍逻辑来看，王宫发生的突变，无疑与异性之间的性能力有关，所谓的突如其来的邪恶就应当是性能力的恶化，这种恶化可以是单方的，也可以是双方的。异性关系的各方或者一方发生恶化，是第一个要点；第二个要点是，《鬼宫》中描述的恶化发生在过去，属于祖上的问题，罗德里克与其妹妹只是受害者。简言之，这种邪恶就是男性性障碍或女性性冷淡。由于没有证据证明妹妹染上了性冷淡的疾病，只知道她性情冷淡，性情冷淡并不能说明她就一定患有性冷淡之症。兄妹之间没有乱伦的行为，罗德里克没乱伦的能力,① 只是失去了性功能。

8. 我信手拿起了一本古书，是坎宁著述的《疯狂的特利斯特》。（第30段）

用力一扯，他就撕裂、掀起、扯下所有的木板，木板干裂、空洞的声音响彻森林，不断回响。（第31段）

恶龙在恐怖、沙哑、震耳的吼叫声中，口吐着毒气倒在了地上……（第32段）

就在此刻，我听到一声低长、沙哑、非同寻常的尖叫声或摩擦声……（第33段）

还没等他来到跟前，铜盾就掉在了银质的地板上，发出了巨大、可怕的响声。（第34段）

文本之内的描写与厄舍古屋里面的现象产生了惊人的相似，几乎是一种复制。还是罗德里克清楚这一切："……破门的声音、恶龙绝望的吼叫，还有盾牌的响声，这么说吧，是她撞裂棺木的声音、监狱铁门的嘎嘎声、在镶铜的拱形走廊里挣扎的声音！"艾特尔德的行为显然是英雄壮举，他不畏死亡，最终获得奖赏。艾特尔德与玛德琳小姐相提并论，无疑，他就是她的象征。玛德琳的壮举在哪里？"一时间，她跨着门槛，回身颤抖着，前俯后仰；接着，随着一声低沉、痛苦的呻吟，朝着她哥哥重重的倒下，在临死之前的痛苦之中，以猛烈的方式，把她哥哥扑倒在地，变成一具尸体，成为他早有预料的恐惧的牺牲品。"弑亲是第一个结果，遇弑则是另一个结果。从玛德琳的角度来看，这是一次颇具意义的壮举。过去，玛德琳既无话语，也无行动；如今，行动就是话语，她勇敢地反抗并成功颠覆了向来压迫她的哥哥，书写了真正的自我。

9. 我策马来到陡峭的池塘边缘，看到灰色的衰草、丑陋的枯树干，还有形似眼睛、空洞洞的窗口在黑色、诡异的水面形成的倒影，不由得一个冷战，心中更加抑郁。（第1段）

厄舍古屋象征什么？黑色的水塘又象征着什么？厄舍古屋把自己投射到水塘之中能够象征着什么？

---

① 关于乱伦的论述，详见 John L Marsh, The Psycho – Sexual Reading of "The Fall of the House of Usher" [J]. *Poe Studies*, 1972, 5（1）：8 – 9.

要回答第一个问题，首先要了解一下，古屋在叙事者的心里头下的阴影。"不知怎的，我一看到这幢房子，就不由自主地产生一种难以忍受的抑郁。"原来，"由于年代久远，房子的颜色消退得厉害，外表长满了苔藓，屋檐上挂满了蜘蛛网"。更令人感到恐惧的是，"有一道难以辨认的裂缝，从屋顶开始，呈锯齿状，沿墙壁蜿蜒向下，一直消失在池塘的死水之中"。当然，四周的环境也加重了这种抑郁感：这幢古屋位于"一片极其荒凉的土地上"，而且古屋的周围零散点缀着几株枯死的树木。古屋的内部同样给人压抑的感觉。屋内空旷，光线幽暗，黑色的地板，深色的壁布，破旧的家具，蜿蜒曲折的走廊，所有这些无一不加重叙事者的抑郁感。不巧的是，罗德里克患的也正是抑郁症。借助于上述描写，叙事者巧妙地传递出了的信息是，罗德里克得抑郁症来自他所居住的环境。由于这是一幢祖居，古屋不仅对罗德里克产生着心理阴影，也对其他祖先产生同样的负面作用。反过来讲，罗德里克患有遗传性性功能障碍，这种病症随时都可以断送家族的血脉，因此他像他的族人一样，无时无刻不陷入忧郁之中，这种忧郁也影响了日常的生活，对生活的影响往往通过环境表现出来。可以说，厄舍屋与厄舍家族同名一体，顺理成章。

黑色水塘象征罗德里克的妹妹。树木，从文化传统的角度来看，与男性相关，而池塘则与女性相关。正如枯木象征着罗德里克的性功能障碍，黑色死水的池塘象征着他那性情冷淡、缺乏女性生机的妹妹。

如此一来，古屋在水塘的投影不就是罗德里克与妹妹乱伦的象征吗？不是，关键在于投影，投影是虚，也就是说，罗德里克对妹妹的控制不是肉体的，而是精神上的。为何又如何在精神上对妹妹进行控制？罗德里克由于性功能障碍，不能娶妻成家，没有妻子的男人不是一个完整的人，没有家的男人是一个没有港湾的男人。在作品出版的年代，正值工业革命如火如荼，工业革命意味着效率的革命，效率的革命意味着竞争的剧烈，原本是把人类从繁重的劳动解脱出来的一场革命，却摇身变成了一场把人推进了相互倾轧的漩涡运动。在职场、商场拼命、博击的男人遍体鳞伤，回到家里就是回到安全的港湾，暂避风雨，并从妻子那里获得重新战斗的力量。罗德里克没有妻子，也没有母亲，唯一拥有的就是胞妹，胞妹此时就代替了妻子与母亲的角色，成为罗德里克生存的主要力量源泉。由此看来，罗德里克与妹妹之间的关系应该是精神上的，而不是肉体的。充任罗德里克精神源泉，妹妹与母亲与妻子相比，更具有优势，她的优势在于处女之身；处女之身，在西方的文化里，向来视为纯洁、高尚的符号，① 就像圣母玛利亚一样，既要孕育圣子，又不能有实质的性行为，所以感应受孕应运而生。他担心妹妹一死，他就成了家族唯一的血脉，从表面上看，这是忧家族之忧，但本质上却不是如此，他真正担忧的是自己失去了精神上的陪伴，无论妹妹是否真心实意。所以，当妹妹假死的时候，他决定把她安放在古屋的地下室，为的仍然是占有，但占有的方式不是对她的身体施加暴力，而是精神上的拥有，所以，把她从棺木中爬出时衣服上染上的血迹解读为暴力与乱伦的证据，应该是超越理性的许可。不仅如此，自始至终，没有任何证据证明他到过地下室，即便到了那里，仅凭他一人之力，也无法打开棺木，当初的一切活动，都是在叙事者的帮助下完成的。他所给出的借口，仅仅是借口而已。无论外界如何质疑，死亡都是事实，只有早知与晚知的差别而已。

10. 我眼见着裂纹越来越大，接着一阵剧烈的旋风大作；突然，整个圆盘映入我的眼帘，望着高大的屋墙坍塌下来，我感到一阵晕眩；在一片嘈杂的呼喊声中，仿佛万水翻腾，脚下那一潭深邃、阴冷的池水，就在"厄舍屋"的瓦砾落进之后，不露声色地恢复了平静。

前文指出，屋前的水塘象征着女性的身体，具体地说，玛德琳的身体；池水的深邃和阴冷与其性情的高深和冷淡相对应。长时间以来，厄舍屋的影子一直倒映在水池之中，也就是说，厄舍家族的男人们从精神上占有着女人们；眼前，玛德琳用自己的身体吞噬了并埋葬着厄舍古屋以及它所代表的父权文化。这是一次真正具有积极意义的反抗。不能通过改革重新焕发活力的古老传统，其结局只能如此。此乃历史的警示。

完整的深层结构：厄舍家族是一个家大业大、乐善好施的人家。不幸的是，从祖上开始，就患有性功能障碍症；疾病，随着时间的迁移，越来越重，等到罗德里克这一代，就摧毁了家族成员的繁衍力，男人失去了性功能，没有成家。为了维护家族的形象，罗德里克从精神上占有了妹妹玛德琳，玛德琳也就成了罗德里克的精神新娘。在父权主义的高压下，由于长期的性压抑，玛德琳逐渐患上了僵住症，发病的时候，给人一种假死的表象。天底下没有不透风的墙。罗德里克担心妹妹的病症泄露出去之后，会给家族的名誉蒙上一层阴影，在精神新娘与家族名声之间，他最终选择了后者。就在叙事者造

---

① Leila S. May, Sympathies of a Scarcely Intelligible Nature: The Brother – Sister Bond in Poe's "Fall of the House of Usher" [J]. *Studies in Short Fiction*, 30, 1993: 390.

访的期间，趁着玛德琳发病的时候，罗德里克与不知情的叙事者一道，把发病的玛德琳活活地埋葬在地下室。苏醒之后的玛德琳，以超乎寻常的力量，从棺材中爬了出来，跌跌撞撞地上了楼，用浸透着血污的身躯扑到了罗德里克，两人双双死去。

人精神垮了、抑郁了，也就懒政，不愿打理家务，也不愿与世人有交往；一个不愿交往的人，也就大门紧闭，帘布封窗。俗话说，房子不怕住，就怕闲。空旷的、无人维修的房子，年长日久，越来越显破败。兄妹二人死去之后，闲置的房子早晚要倒掉，只是艺术的夸张，让未来的必然早一点发生而已。

可见，叙事的真正意蕴不在表层，而是潜藏在叙事的深层结构里。要认识真理，就要拨开表层浓浓的迷雾。云开日现。至于如何解读深层结构的丰富内涵，那就是读者的事了。

第二节　头角与隐身

在表象与心理的关系结构模型里，表层结构与深层结构的语义关系存在着较为明显的差异，由于这种差异的存在，表层结构与深层结构之间的关系具有了隐喻的特点。相比之下，由于头角与隐身都是一个整体的一个部分，只是头角部分相对于隐身部分较小，但通过头角的引导，读者可以顺藤摸瓜，很快找出隐身部分，完成作品的整体理解。鉴于头角与隐身之间的这种特殊关系，表层结构与深层结构之间的关系则具有了提喻的特点。

要很好地理解表层结构与深层结构的提喻性特点，最好的方法莫过于回顾一下冰山理论（the Iceberg Theory, or the Theory of Omission）。冰山，当然是海洋里漂浮的冰山，仅仅露出一角（1/8），而巨大的冰体部分（7/8）则完全隐藏在水面以下，忽略了水下的冰体部分，往往会造成想象不到的灾难。海明威（Ernest Hemingway）在《午后之死》（*Death in the afternoon*）写道，"一位散文体作家对自己想写的东西心中有数，可以省略他所知道的东西；读者呢，只要作家写得真实，就会明显感觉到省略的东西，就像写出来一样。"① 海明威提出冰山理论，目的就是要读者更加注意作品中的细节，从细节出发，发现更多隐藏的信息。隐藏的信息，也就是省略的部分，既在文本之内，也在文本之外：在文本之内，因为作者已经给出了应有的提示；在文本之外，因为读者要依靠自己的知识储蓄，或者要查阅资料。冰山理论的优点在于，能够充分调动读者的阅读积极性，形成作者与读者智性共谋的局面；当然，作品应该隐而不晦，否则，就失去了应有的艺术作用。

《白象山》（*Hills Like White Elephants*）堪称冰山理论的经典之作。故事的表层结构是：一座火车小站里，一位未婚先孕的姑娘（吉格）与未来孩子的父亲（一位美国人）边饮酒，边等待着开往马德里的火车。美国人要打胎，不过，为了吉格可以留着孩子；吉格则要留着孩子，不过，为了美国人，愿意打掉肚子里的孩子。隆起的肚子仿佛对面的白象山。火车即将到来，美国人把行李搬到了对面，吉格表示自己一切安好。深层结构是：吉格很想有一个家庭，但美国人只想要两人世界；可是，吉格太在乎美国人的意见，而美国人则不想背负一点责任。结果如何，学界莫衷一是，但可以肯定的是两人的关系逐渐走向恶化。

上述表层结构概括而出，具体由以下诸多重要细节构成。

1. "我们喝点什么？"姑娘问。……

"喝点啤酒吧。"

言者无意，听者有心。"喝点什么"当然可以指饮料，也可以指各种酒，关键在于美国人的回答。美国人毫不犹豫选择了啤酒，这说明姑娘已经习惯了喝啤酒，喝啤酒成了他们生活的一个重要组成。啤酒不仅可以止渴，也是一种生活方式与质量的一种标志。啤酒中的酒精含量并不高，但足以提振人的精神，让人处于兴奋的状态。因此，喝啤酒就是追求兴奋，追求兴奋就是寻求一种快乐的生活方式，是享乐而不是创造。吉格对一切新鲜事物表现出好奇。当她知道 Anis Del Toros（the Bull's Anis）表示公牛茴芹酒的时候，第一反应就是尝一尝。可见，饮酒已经是他们的一种生活习惯，而且饮酒成瘾。

2. "有点甘草味，"姑娘说着，放下了酒杯。

"什么事都是这样。"

"是的，"姑娘说。"什么事都是甘草味。尤其是你等了那么久的东西，就像苦艾酒。"

---

① 　Ernest Hemingway. *Death in the Afternoon*［M］. New York：Scribner's, 1932：192.

三个关键词汇聚一起：茴芹（anis）、甘草（licorice）与苦艾酒（absinthe）。其中，苦艾酒是一种酒的名字，这种酒主要由一种名叫苦艾（wormwood）的植物调制而成。酿酒的时候，取苦艾的叶子与顶部，混以白芷（angelica）、茴芹、芳香薄荷（balm mint）与牛膝草（hyssop）酿制。酒的颜色呈淡绿色，具有浓烈的甘草味道。不过，酒中的甘草味道与甘草没有任何关系，甘草味道主要来自原料中的茴芹籽，茴芹籽的主要作用是掩盖苦艾的苦味。苦艾酒中含有一种有害的成分，即生物碱，这种生物碱，如果长期饮用苦艾酒的话，就会让人成瘾，并对人的精神产生巨大的毒害作用。苦艾酒一度风靡欧洲大陆与美国。1912 年，美国继荷兰、比利时之后，禁止饮用苦艾酒；1915 年，法国也开始禁止饮用苦艾酒。不过，在西班牙，关于对苦艾酒有争议，但并没有禁止它的消费。

苦艾酒的危害表现在两个方面：一是麻醉、致幻，二是激发性欲。关于苦艾酒的麻醉与致幻危害，许多作家都有描述，他们指出，苦艾酒能够致人失眠、紧张、梦魇、幻觉、恍惚以及深度的精神崩溃。这些症状，一开始不易察觉，等到发现的时候，就已经来不及了。中毒的人，神经麻木，大脑迟钝，意志瘫痪，完全一个废人，甚至对后代都产生不良的影响。有学者认为，画家凡·高的艺术幻视也许与苦艾酒有重要的关系，毕加索的画作《喝苦艾酒的人》（*The Absinthe Drinkers*）刻画的就是这些人饮用苦艾酒之后发生的悲剧：颓废、绝望。关于激发性欲的作用，最早见于一世纪老普利尼（Pliny the Elder）的《博物志》（*Natural History*）。他指出，茴芹具有催情的功效，甚至建议婚礼蛋糕中使用茴芹。爱德华四世对茴芹的催情作用深信不疑，曾下命令把他的床单用茴芹籽熏蒸，以此获得茴芹的效力。显然，苦艾酒的催情效果，主要来自酒中的茴芹籽。① 其实，苦艾，作为一种植物，在宗教领域也具有丰富的象征意义。在《圣经》里，苦艾就是悲苦、灾难与严酷惩罚的符号。在《耶利米书》（9：15 与 23：15）中，上帝愤怒，誓言要用苦艾惩罚以色列人；在《启示录》（8：11）中，有一颗名叫苦艾的星星坠落地球，导致地球上三分之一的水发苦，并且致使许多人死亡。

在这样完整的信息环境下，理解吉格与美国人的生活方式就不是一件难事了。他们两人的生活方式就是"看看光景，喝喝新牌子的酒。"要看光景，

---

① Doris Lanier. The Bittersweet Taste of Absinthe in Hemingway's "Hills Like White Elephants" [J]. *Studies in Short Fiction*, 1989, 26 (3): 282–285.

就要不断的迁徙、旅行；不要孩子的两人世界，实际上就是只有性爱，没有家庭责任的生活。这种生活当然非常美好，就像苦艾酒一样，深深地吸引着两个人，直到吉格突然发现自己怀有身孕。等到发现有了孩子，美国人才意识到，孩子让他忧心忡忡；直到发现有了孩子，吉格才认识到，自己长时间盼望的东西原来在美国人眼里是一个累赘。这就是苦艾酒一般生活的结局，甜蜜之后，是苦涩之味。吉格明白，打掉了孩子，他们之间的一切真情也就结束了。"因此，海明威让这位女孩在故事中的一个明喻中指出苦艾酒，并不是一次偶然的事件。苦艾酒激发了读者的想象力，就像激发了女孩的想象力一样；它所引发的意象和情感不仅依赖于故事中其他的主要元素，而且也这些元素传递的信息起到了强化的作用。"①

3. 吉格

在英文里，jig 可以是吉格舞，也可以是吉格舞曲。这种三拍子的吉格舞，节奏快，总体上反映了吉格与美国人的生活方式。入住——过夜——离店不就是三步节奏吗？用一个含有 jig 的短语来表述，那就是，吉格一直按照美国人的曲调，全神贯注地跳着吉格舞，换言之，从一个欧洲国家来到另一个国家，或者从一个地方来到另一个地方，稍做停留，马不停蹄（in jig time）。也许吉格可以与美国人一道去马德里做堕胎手术，但马德里是两人关系的终点，也就是说，此次出行，是吉格的最后一舞（the jig is up）；如果不去，由于要受到家庭的拖累，美国人整日备受煎熬，最终还是会抛弃吉格。

当然，jig 还可能来自另一美国俚语，jig‐a‐jig，即性交的意义，也就是说，吉格作为一个以性为特色的女孩，之所以受欢迎，是因为能够满足美国人对性的要求；有了孩子，吉格的注意力就转移到了孩子身上，无暇顾及美国人的性要求。事实证明，对于以性为生活中心的男人来讲，怀孕以及抚养子女，都是男人的灾难，为了避免灾难，他们往往选择出轨或抛弃性伙伴。②或许，吉格是她与美国人在一起的时候，美国人给她起的昵称，因为过去以及未来的情况都无法知悉；从这个意义上讲，吉格就是她与美国人行为方式的高度概括。

4. 他默不作声，看着车站墙根下的旅行包，上面贴满了他们曾经留宿过

①　Doris Lanier. The Bittersweet Taste of Absinthe in Hemingway's "Hills Like White Elephants" ［J］. *Studies in Short Fiction*, 1989, 26（3）：286.

②　Sherlyn Abdoo. Hemingway's Hills Like White Elephants ［J］. *The Explicator*, 1991, 49 （4）：239, 240.

旅店的标签。

有家，可以把家当作旅店；没有家，可以把旅店当作家。家是一个人的根，有家却把家当作旅店是人生的悲哀；没有家只能把旅店当作家乃是人生的悲剧。吉格与美国人的人生，就是无根的人生，由于他们把旅店当成家了，所以人生就是一场悲剧。当然，任何悲剧都是以喜剧开场，喜剧逐渐演变成悲剧。相信，一开始，吉格跟随着美国人漂流的感觉相当美好，直到有了身孕，母性的本能显现，方才发现对家的渴望；不同的是，美国人似乎自始至终，都没有家的概念，旅店对他来说，就是很好的家。改变女人的是母性，也许改变美国人的是时间与单调的生活方式。当漂泊成为唯一一种生活方式的时候，他就会感到生活的单一，单一就会令人生厌，厌烦漂泊无根的生活，就开始恋家。不过，能和他一起漂泊的人，不一定能够与他成立一个甜蜜的家，就像想和他成家的人不一定能够与他一起漂泊。无根是结局，也是悲剧。

5. "那就是一次相当简单的手术，吉格"那位先生说，"简直就算不上一次手术。"

吉格与美国人所面临的危机，可以称之为"该不该要孩子"（Shall the child come？）的危机。吉格，从她的行为方式来看，应该是一位新女性。19世纪末期，正是女权主义势头强劲之时；到了第一次世界大战之后，越来越多的妇女有机会从家庭走进社会，从而获得一个崭新的身份，新女性。新女性的一个主要特征表现在为人母的意识上："在20世纪初期，由于计划生育成为可能，生不生孩子要尊重个人意愿，做父母越来越成为人的一种自我意识。有能力决定是否要孩子、何时要孩子之后，现代人不得不多考虑一下做父母的欲望与能力。"① 显然，这是技术进步与意识形态进步共同作用的结果。由于女性没有更多的时间照顾孩子，社会对男性提出了要求，丈夫应该主动分担一些家务。吉格从一开始就显露出新女性的性格特征，美国人也体现出那个时代人们共有的心理现实：按意愿，都不想有孩子。从美国人对待孩子的态度上可以看出，他们此前从未讨论要孩子的事情，否则，美国人就不会那么烦恼。所以，当吉格说，盼孩子盼了那么久，应该是一句不真实的话。真相是，有了孩子，吉格突然想做母亲了，只是美国人还是坚持时代精神，而且十分坚定。所以，新女性并非像世人所理解的那样，对家庭不感兴

---

① Meg Gillette. Making Modern Parents in Ernest Hemingway's "Hills Like White Elephants" and Vina Delmar's *Bad Girl* ［J］. *Modern Fiction Studies*，2007，53（1）：51.

趣，而是持有一种"情感模糊"。

6．"我们喝点什么？"姑娘问。她摘下帽子，放在桌子上。

"天气真热，"那位先生说。

……

"它们看起来像白象，"她说。

"我从未见过白象，"他喝了口啤酒。

第一次对话，美国人根本没有接应吉格。如果美国人的回答是"喝点啤酒"，或者"喝点苦艾酒"，一切正常，起码态度是温和的。没有接应，美国人的表现是，他很生气。晴天归晴天，天热不热很难说，不过，有一点很清楚，美国人的内心很热，这种热是一种烦躁。烦躁何来？吉格坚持要孩子，而他反对要孩子，但最终的决定权在吉格手里，这就是他烦躁的原因。叙事虽然刚刚开始，他的气头之大，之前发生过一次激烈的争吵。喝酒作为人们的交际行为，应该是一种交流情感的有效方式，甚至具有浪漫的色彩。美国人拒绝回答，就是拒绝与吉格进行交流，甚至拒绝与她进行浪漫。

关于白象，他们很有可能都没有见过。没有见过不等于没有关于白象的知识。吉格说的白象，显然具有言外之意（无用之物）；其实，美国人心里最清楚白象的蕴含（有了孩子不能要），只是不同意吉格关于敏感问题（要不要孩子）的态度，这就是他拒绝回答的潜台词。吉格不想正面谈论敏感问题，而且又是公共场合，这也正好给他一个借口，不从正面回答吉格的关切。问题之敏感，态度之鲜明，矛盾之深厚，由此可略见一斑。

7．"我不在乎我自己。"

"可是，我在乎你。"

关于堕胎，两人始终没有达成一致的意见。吉格不在乎自己，是一句真话，与美国人在一起的时光是愉快的，如果有什么让美国人不高兴的事情，她会竭力阻止。美国人在乎吉格，换言之，不在乎自己，也是一句真话，否则，太不近人情了。不过，两个人此时的心情太复杂了，用一句话来概括，显然是不负责任。吉格不在乎自己，原本就解决了问题，但美国人知道，那不是全部的意思：吉格堕胎，做出了巨大的牺牲，却不是心甘情愿。美国人在乎吉格，其实也在乎自己，毕竟活着自己要快活。在不情愿的情况下，都替对方思考，其结果就等于都替自己思考；问题也许暂时能够得到解决，但为未来埋下了不和的种子。

8. "那，我们以后怎么办？"

"以后，万事大吉，就像以往一样。"

"何以见得？"

"那事是唯一让我们烦恼、唯一让我们不幸的东西。"

吉格询问以后的日子怎么办，真实的意思是，孩子来了，又走了，全是我们做出的决定，在没有孩子的日子里，自己生活在失去孩子的阴影里那如何是好？同理，万事大吉，也只是一个人的真实感受，这个人就是美国人，他最关心的是两人之间的快活，最担心的是，孩子的到来妨碍了他们正常的生活。美国人烦恼的事情，是吉格感到幸福的东西，吉格感到幸福的东西，是令美国人感到烦恼的事情。美国人可以一如既往，吉格却很难做到如此。两个人此时都在"我们"的旗帜下，从自己的视角出发看问题。他们之间的对话，表面上看，平滑、流畅，暗中却是激流涌动，或者，朝着相反的方向移动。

这种思维也体现在以下几个表述上："全部的东西"（everything）、"整个世界"（the whole world）、"我们的"（ours）。"全部的东西"对于美国人来讲，就是所有的快乐；"整个世界"相对于他，就是能够（想）去哪儿就去哪儿；"我们的"在美国人眼里，就是吉格和他自己。从吉格的角度出发，一切则发生了反转。"全部的东西"应该包括孩子，没了孩子，就不是拥有全部；"整个世界"应该包括家，没有家，世界也就缺失了一半；"我们的"应该是三个人的，而不是两个人的。标准不同，结论不可能相同。

9. 他们都在耐心地等待火车。

"耐心地"对应的英文是 reasonably，reasonably 的外延是"理性地"。从表面来看，"耐心地"与"理性地"没有明显的联系；不过，换一个角度来看，二者就可以相提并论。遇到麻烦，能够做到耐心，一定具有城府，城府以一定的智慧作基础，没有智慧，难有城府。智慧地看问题，显然，就是理性地看问题。在美国人看来，理性，此时此刻，是多数人（美国人）与吉格的主要区别。那么，一个重要的问题就出现了：理性的表现是什么？这就是吉格要能够理解，做堕胎手术是一次简单的事情，只不过是让空气进去罢了；空气进去了，就把种子吹了出来。在美国人看来，打掉孩子，仿佛就是怕打一下落在身上的灰尘，灰尘掉了，身上就干净了，心情也就愉快了。在吉格看来，孩子来的时候，不可能事先打个招呼，而是说来就来，总是让你惊喜（猝不及防）。孩子来了，大人就应该顺其自然，用心呵护。这也是理性的表现。到底哪一种是理性呢？男人有男性的理性模式，女人有女性的理性模式；两种理性模式，从生活的角度看，都是人类的模式。用男人的理性模式取代女性的理性模式，只能是一种强权。

10. 他拎起两个重重的旅行包，绕过站房，来到对面。

美国人的举动到底意味着什么完全取决于火车站房与轨道的关系。由于轨道在此具有象征意蕴，一如白象、农田与树木、门帘、云彩等，象征意蕴固然属于深层结构，但不在冰山理论的范畴之内，因此也就不再做讨论，不做讨论也毫不妨碍读者对作品进行深层次的理解。众所周知，火车站可以接待来自相反方向的车辆，因为驶往终点方向的火车，在返程过程中，必定经过此站，只是终点变始发站，始发站成终点站。那么，火车站的布局是什么？一般认为，火车站位于中间，不同方向的轨道分别位于站房的两边。因此，吉格与美国人到站停放旅行包的那一边，是从巴塞罗那驶往马德里的方向，而站台对面，则是从马德里驶往巴塞罗那的方向。既然去马德里做手术，自然应该在这一边候车；到了车站对面，应该是返程，放弃做手术。按照这种逻辑，有学者认为，美国人最后放弃了做手术的计划，因为吉格反对堕胎的情绪十分强烈，他在最后关头做出了让步，把旅行包拎到了对面，决定乘车返回。吉格之所以笑了，是因为美国人屈服了，她胜利了。[1] 这种推理存在的问题是，故事中没有说他们在此换乘，也就是说，他们就在当地旅游，到站坐火车就是为了去马德里做手术。所以，既然就在当地，不做手术了，也就没有必要到对面坐火车。此外，火车站的实际布局与车站居中、相反方向的轨道分居两边的构想不一样。对于小站，相反方向火车的进出都在同一个站台停靠，只是在进站、出站之前变轨而已。如此一来，他们进站的方向，没有轨道，却有消闲的酒吧，酒吧的方向与车辆停靠的方向相反，完全是出于安全的考虑。一般的乘客，当听到火车要进站的时候，才会把旅行包拎到登车的近地点。也就是说，小站上争论了一番之后，美国人还是坚持做手术；吉格的微笑既是一种无奈，也是一种自信，她知道未来的结局是什么。

未来的结局是什么？吉格清楚，但读者不清楚。有四种可能：一是做手术，两人分手；二是做手术，不分手；三是不做手术，两人不分手；四是不

---

[1] Stanley Renner. Moving to the Girl's Side of "Hills Like White Elephants" ［J］. *The Heming-way Review*, 1995, 15（1）: 34.

做手术，两人分手。① 究竟哪一种好？仁者见仁，智者见智。

吉格与美国人之间的纷争，仿佛一场足球赛，双方都想把球踢进对方的大门里。可见，三个要素构成了《白象山》的叙事结构：两个人，一个问题。其深层结构是：吉格要留住孩子，有了孩子，就有了家，有了家，才是完整的人生；美国人与此相反，决定不要孩子；有了孩子，就没有自由，没有自由，也就没有幸福的人生。吉格与美国人的思维方式，不是个案，而是多少男男女女之间曾经发生过的烦恼。

总之，"海明威依靠故事中的细节来传递意义；为此，他的细节经过精挑细选，每一个都具有目的；每一个拼图游戏完成之后，都能够揭示一个紧凑的结构、一个高度统一的故事，这个故事远比文字的表述大得多。"② 这个远比文字表述大得多的故事就是《白象山》的深层结构。

与《白象山》相比，《按钮、按钮》（Button，Button）的叙事艺术更符合冰山理论，因为它是一篇带有推理性的短篇小说。推理性叙事，或者说侦探故事，都是根据有限的细节或线索，按照刑事案件的客观规律，逐渐展示更多的证据，当证据达到一定数量的时候，所有的证据之间就会呈现出一定的逻辑关系，形成一个完整的证据链，这个完整的证据链所指，即是犯罪嫌疑人、其犯罪动机、作案手法等重要侦破结论。侦探故事之所以不能成为具有较高叙事艺术的作品，是因为叙事在即将结束的时候，都毫不例外地把谜底和盘托出，读完故事之后，读者也就基本上没有多少悬念或争议了。当然，叙事也可以留下一些无关紧要的悬念，交给读者自己去解决；也可以涉及一些人性的问题，任读者自由地开展价值判断。如此这般，那就是侦探叙事的万幸了。

叙事的表层结构是诺玛收到了一件礼物，一件按钮式的盒形器具，根据赠送人斯图亚德的解释，只要她按下按钮，世界某地就有一个陌生人死亡；与此同时，她会收到一笔数额高达 5 万美元的报酬。诺玛就此事与丈夫展开了激烈的争论：诺玛认为只要不是亲手杀死某个人，为了这 5 万美元，她愿意按下按钮；丈夫则认为此举有悖道德。由于诺玛执意要获得这一笔奖金，丈夫告诉她会如愿以偿。最后，诺玛趁着丈夫不在家之际，按下了按钮。当

---

① Nilofer Hashmi. Hills Like White Elephants：The Jilting of Jig［J］. The Hemingway Review，2003，23（1），1：72-83.

② Doris Lanier. The Bittersweet Taste of Absinthe in Hemingway's "Hills Like White Elephants"［J］. Studies in Short Fiction，1989，26（3）：286.

她接到医院来电，得知丈夫因事故死亡之后，突然间想到丈夫有一笔数额为2.5万美元的人身保险，如因交通事故死亡，则获得双倍赔偿。

叙事的深层结构是：亚瑟坚决认为为了5万美元，就杀死一个素昧平生之人，完全是一件有悖道德之举；无奈妻子一意孤行；为了满足妻子对金钱的渴望，亚瑟在一场自导自演的交通事故中身亡，给妻子留下了5万美元的人身赔偿金。表面上，诺玛是这场灾难的制造者，其实，制造这场灾难的真正凶手是斯图亚德。悲剧所检验的是人性之善、恶与金钱之间的关系。

1. "你按下按钮，"斯图亚德先生告诉他说，"世界某个地方就有一个陌生人死去，同时，你就会得到一笔5万美元的报酬。"

制造工具并利用工具造福自己，是人类智慧的重要体现，也是人类区别于动物的主要之处。杀人工具，人类向来就不缺少，但按一下按钮，就会有一个陌生人在不确定的地点死亡，着实是一件超凡的事件。人类可以创造奇迹，不过，除非有神秘力量，非则这是一件不可能的事情。原因有二：一是杀人要有具体的目标，没有目标，如何达到目的？二是，要有确切的地点，否则根本找不到目标。可以断定，这是一个充满悬念、极为有趣的叙事。

有一个悬而未决的问题：斯图亚德为何如此自信？

2. "这是一次恶作剧吧？"亚瑟问道。

……

亚瑟拿起那件按钮装置与信封，一把塞到斯图亚德手里；接着，走进大厅，打开房门。

……

他走了之后，亚瑟把名片一撕两半，顺手扔到了桌上。

一句恶作剧就清楚地表明，亚瑟根本不信这一套，因为斯图亚德的话毫无科学根据。用这样的把戏来游说亚瑟，无疑是在戏弄他；面对斯图亚德的戏弄，亚瑟十分不快，否则，他不会把送来的所谓礼物生硬地退回，也不会亲手为客人打开房门，因为那是相当失礼之举。至此，一切都停留在智商的层面。

3. "难道你就不想知道怎么回事吗？"

亚瑟摇了摇头。

"为何？"

"因为这不道德，"他告诉她说。

由此看来，"恶作剧"的评价之中，还包含着另一层意思，即不合乎道德规范：当然，在没人知情的情况下，杀人可以不负刑事责任，而且杀死的是一个陌生人而不是一个熟悉的人，毕竟与陌生人没有交情或感情；但是杀人取财，财富来之不义。可见，道德而不是刑法是人性诚实的守护神。

再看一下诺玛的举动。

4. 她想笑一笑，却笑不出来。"你一点都不好奇吗？"

有一点，读者简直难以想象：在两人入睡之前的谈话中，诺玛提出了一个疑问，这个疑问出现的频率相当高，共六次，而且密度也相当大，这个高频疑问就是"难道你不感兴趣吗？"现实是诺玛对此很感兴趣，而亚瑟则是毫无兴趣。同时，诺玛有两个下意识动作值得注意。当亚瑟表示自己对此没有任何兴趣的时候，诺玛想笑但没有笑成。为何想笑？她想用笑来掩饰自己对此过分感兴趣的尴尬。尴尬何来？自己有些违背道德。为何没有笑出来？她并不感到这完全是一个道德问题。当亚瑟明确表示这是一件不道德之事的时候，诺玛用手拍了拍亚瑟的肩膀，这个无意识的动作暴露了诺玛的内心世界：她认为，亚瑟太认真了。至此，诺玛对此事的态度昭然若揭，以后事态的发展，也就顺理成章了。

5. "我这是在干什么？"她心想。

诺玛决定打电话，这说明她真的心动了，而且迈出了重要的第一步。不过，她还是有些犹豫，这正是她的生动之处。犹豫正是良知在起作用的标志，当她抓起电话又几乎放下的时候，良知甚至向她发出了警告。然而，利益的魅力终于战胜了良知的约束。她最为关心的仍然是，杀人之后，是否有人知悉此事。她得到的答案是否定的。可见，诺玛关心的是他人知与不知，而亚瑟清楚的是他人不知自己知；妻子只受刑罚的约束，丈夫还受道德的约束；刑罚可以逃脱，良知无处躲藏。不过，当诺玛站在道德高地表示生气的时候，并不是她良心发现，而是不想把自己追求金钱、丢失良知的耻辱现实赤裸裸地暴露在他面前。其实，从后来的事情来看，也不想暴露在自己面前。斯图亚德明白她的心理，所以，又把那个装置送了回来。

也许有一个例外。

6. "假如死的是万里以外的中国农民，或者是刚果生病的土著？"

"万一是宾夕法尼亚州的小男孩呢？"亚瑟反对说，"万一是邻近街道可爱的小姑娘呢？"

"你这是把问题复杂化。"

诺玛的推理很清楚：在他人不知情的情况下，杀人可行。重要的是死的是中国农民或者刚果的病秧子，那就更无所谓了。且不说诺玛的种族主义流毒有多深，单就逻辑来讲，就有严重的问题：一是死人的结果不以她个人的意志为转移；二是生命的价值是等值的。如果说诺玛是智障者，也许贬低了她；不过，她有意回避问题、自欺欺人，完全是真的。

7. "5万美元，亚瑟，"诺玛打断他说。"可以去一趟欧洲，我们议论过多少次了。"

"不可以，诺玛。"

"可以买一幢海岛别墅。"

"诺玛，不行。"他的脸色苍白。

从前面可以看出，5万美元高于任何一个生命。在此，诺玛又想起了多年的理想；理想，具体地说是一次欧洲旅游或者一幢海岛别墅，都比生命的价值大得多。由此可见，诺玛的道德意识，在物质利益的诱惑下，逐渐堕落，越来越深。与此同时，亚瑟对诺玛的表现越来越震惊，震惊到了脸色苍白的程度。可以说，这是两人之间矛盾冲突的高潮。

8. 她给他添了添酒。"就是想告诉你，我并不——"她耸了耸肩。

"不是什么？"

"自私。"

早餐出乎意料的丰盛，这是女人常见的公关术：用实际的物质利益证明，她所做的一切并不是为了自己，而是为了他们两个人。诺玛如此关心亚瑟，亚瑟如何回报诺玛的关心呢？至此，焦点已经不是该不该杀人的问题了，而是到底谁关心谁的问题了。这是一招杀伤力极大的公关术。亚瑟如何回应？

9. "诺玛，我们会有的，"他说。

"什么时候？"

他沮丧地注视着诺玛。"诺玛——"

"什么时候呀？"

"你——"他似乎稍微一惊，"你真是要说——"

安慰人的好话就是一切都会有的，固然是画饼充饥，也不失效力。不过，有一点颇值得注意：问及实现理想的时间时，亚瑟先是沮丧，然后是惊讶地望着诺玛，吞吞吐吐，不知言语什么是好。此处有三个问题：第一，怎样实现理想？第二，何时实现理想？第三，亚瑟为何惊讶？仅仅是因为诺玛问他何时能够实现理想吗？

10. 她浑身一颤。会发生吗？一阵凉丝丝的恐惧向她袭来。

为何颤抖？人就是这样：凡事都是处于矛盾之中，其中一方占上风，另一方占下风；当占上风的目标实现之后，处于上风的欲望也就平息了，此时，处于下风的一方，由于欲望没有得到释放，于是就开始主张自己的诉求了。对于诺玛来讲，处于上风的是物质欲望，处于下风的是道德的力量。物质欲望满足之后，也就失去了动能；相比之下，处于下风、弱小的道德力量自然显得强大；当道德力量开始发生作用的时候，诺玛就感受到道德预言的恐惧。

11. 她简直不敢相信这场地铁事故。对方在电话里说，人群涌动，亚瑟在人群的推挤下，坠落在进站的火车前。

有谁相信，偏偏在诺玛十分渴望 5 万美元来实现自己到欧洲旅游、购买一幢海岛别墅梦想的时候，丈夫意外死于交通事故；由于死于交通事故，诺玛得到了 5 万美元的人身意外死亡赔偿金；有了这笔赔偿金，诺玛的一切愿望都可以实现了？合理的猜测是，丈夫自导自演了这场交通事故：他借着上班高峰时期人群挣拥无序的理由，听凭人们的推拥，倒在进站的火车头前。为何采取自杀的方式，获得这笔赔偿金？数量之大、需求之迫切，唯有如此，方能实现梦想。从叙事中可以看出，诺玛一再申明，很有可能，那是一笔真正的赠予；因此，"十分的投入""她吸气的时候，浑身颤抖"。难道亚瑟就没有犯下一个金钱高于生命的错误吗？表面上看，的确如此；不过，亚瑟宁愿一死，也不愿与诺玛一起生活了，因为亚瑟是一个道德意识十分强烈的人。

整个事件过程中，他的表态无不围绕着道德进行。第一阶段，对待斯图亚德的做法，他的态度如下：恶作剧（practical joke）、令人恶心（sick）、有悖道德（immoral）。第二阶段，对于诺玛的坚持，他的情绪如此变化：不理解、忘记这个话题（let it go）、注视（stare）、难以相信（incredulous）、震惊（astounded）、惊骇（appalled）、苍白（white）、不安（upset）、终止（not…any more）。第三阶段，对于诺玛的固执，亚瑟的反应是：警觉（guarded）、沮丧（dismay）、无语（not answer）。相比之下，诺玛是一个严重缺乏道德意识感的人，她只在乎是否是犯罪、人们能否发现她。在与斯图亚德的两次交涉中，每一次的中心问题都是，没有对面直接杀死一个陌生人是否算犯罪？在与丈夫的三次交谈中，两次涉及杀人的问题，最后一次，她认为按下按钮不会死人。亚瑟的逻辑是：既然妻子执意要杀人，获得那一笔数目可观的报酬，那何不让她杀死自己呢？与其让妻子做凶手，他何不自己结束自己的生命呢？这不是在讹诈保险公司吗？是的。社会出了问题，总要付出代价，也许保险公司赔付，两全其美：承担了社会责任，满足了诺玛的虚荣心。为何说是社会的责任？斯图亚德说过，他的组织是一个具有国际视野的单位（of international scope），而此事完全由斯图亚德引起。

亚瑟做出如此重大的决定，难道事先一点迹象都没有？有的。再回头看一下第9项，有三个问题尚未作答。当亚瑟说，"诺玛，我们会有的"的时候，亚瑟心中已经有了办法，那就是上面所说的事故。他知道，意外死亡，人身保险双倍赔偿，正好是5万美元。第二个问题，何时实现？当亚瑟在心中做出决定之后，他的意识就开始发生变化，就开始与诺玛的对话产生一定程度的脱节，没有能够完全理解诺玛的提问。当诺玛问他何时实现愿望的时候，根本不知亚瑟心中的决定，而亚瑟却理解为诺玛问他何时发生事故，何时能够得到意外死亡补偿金，这就是亚瑟为何震惊的原因。他那一句没有说完的话，如果补充完整就是："你真是要说，我现在就去死吗？"

可见，亚瑟发现妻子竟然是一个用他人生命换取自己幸福之人，处于道德意识的原因，他决定结束这段婚姻；考虑到妻子关心他自己，因此又决定以意外死亡的方式，满足她的愿望。

12. "不。"她几乎呼吸不动了。

诺玛难以相信电话传来的消息。死人是一定的，她毫不怀疑。她在丈夫的提示下，曾经有过四种设想：一是死的是中国农民；二是刚果的病秧子；三是邻近街道的小男孩；四是邻居家的小女孩；她没有想到的是，要死的人竟然是自己的丈夫。会死的人，不在万里之外，而就在眼前。常言道，害人害己；救人救己。

13. 盒子里空空的。

第一次听说盒子的功能，诺玛也不相信那是真的，但冲着那5万美元，她愿意试一试。万一呢？不是说，一切皆有可能吗？丈夫死了之后，她怀疑盒子里有机关，等到打开盒子，看见里面空无一物之后，方才相信，盒子与丈夫之死无关。信也不是，不信也不是，问题到底出在哪儿？

诺玛曾经两次一语中的。第一次，她说道，"也许，这是一次心理测试吧。"第二次，"他们可能在做一项研究！""他们想知道，这种情况下，一般人的反应是什么！他们说有人会死，为的是研究一下反应情况，看看会不会产生犯罪、焦虑什么的！"事实的确如此。斯图亚德选中了诺玛做实验研究，告诉她按一下按钮，就可以杀死一个陌生人，然后获得一笔报酬。其实，正如诺玛发现的那样，那个盒子根本不能杀死任何人。不过，当外来的刺激作用于人的时候，事情就不难么简单了。诺玛本无贪念，也没有明显的道德问题，可是，当她知道可以轻易地得到一笔数量可观的报酬之时，人性原本就有的贪念开始蠢蠢蠕动，单薄的道德意识观念，此时根本束缚不了强大的欲望，何况她明显具有可以逃避责任的机会。突如其来的机会，一下子打乱了平静的生活，在她根本没有搞明白其中道理的时候，就进入了悲剧阶段。四个要素同时具备，就可以改变一个人的人生：其一，外部巨大诱惑；其二，人性的弱点；其三，道德意识的程度；其四，法律的监督程度。这是实验的一个结果。

实验的另一个结果是：人人都具有弱点，多数情况下，人性的弱点不会引发巨大的负面效果；不过，当条件具备并且汇聚一身的时候，发生悲剧的可能性也就增加了。没有悲剧的人生，并不意味着一个人的人性完美，也并不意味着没有陷入悲剧的可能。这就是命运，一个随时让你难堪的规律。只有那些具有强烈的道德意识、对人性有着透彻理解、能够深入分析复杂问题的人们，才能够在遇到此类问题的时候，聪明地作为，规避悲剧的发生。命运可以猎获诺玛，却猎取不了亚瑟，因为亚瑟是一位具有鲜明道德感，能够分析具体问题的人。

14. "亲爱的夫人，"斯图亚德先生说。"你真的了解你的丈夫吗？"

诺玛不了解自己的丈夫，听他的话，他倒是了解亚瑟。是真的吗？是的。诺玛不了解自己的丈夫，但斯图亚德了解亚瑟和诺玛，他们是普通的中产阶级家庭，这就足够了。斯图亚德了解诺玛与亚瑟之间会因此发生一场悲剧吗？他深知，存在着这种可能性。因此，诺玛表面上是杀死丈夫的凶手，但实际上，斯图亚德及其组织才是杀死亚瑟的真正凶手；他对事情的发展过程了如指掌，十分及时，他与院方几乎同时与诺玛取得联系。

不妨梳理一下事情的整个过程。斯图亚德及其组织有一种假设：人性的弱点，在条件成熟的情况下，可以引发悲剧的发生。条件的成熟，当然，可以是自然形成的，也可以是外来干预的。斯图亚德及其组织选中了诺玛与亚瑟作为实验对象，并采取了外来干预的方式触发演变。诺玛，面对诱人的5万美元，觉得在不知何时何地的情况下，杀死一个陌生人，又没人知晓，是一件可行的事情。亚瑟，正好与诺玛相反，坚决反对这种取财背义的不道德行为；看到诺玛一意孤行，亚瑟深感失望，与其让她杀死一个陌生人，倒不如自杀，用自己的人身保险赔偿金，满足她的虚荣。对于诺玛，利益高于一切；对于亚瑟，道德高于一切。斯图亚德及其组织，用亚瑟与诺玛的人生与幸福证明了一个假设。人性，经不起检验。

　　显然，当读者只是看到信息头角的时候，其他的信息必然发生缺失，除非发现缺失的信息，否则就无法完整、正确地赏析作品。发现缺失信息的最佳方法当然是求助于文本自身，从文本之内找到相关提示性信息，再通过逻辑的推演，顺藤摸瓜，找到潜藏在文本之内的重要信息。信息的缺失是一种具有美感的叙事艺术，是叙事艺术区别于科学的重要方面。

　　以上通过演示的方式，展示了短篇小说，或者文学作品具有深层结构的事实。从表层结构进入深层结构，读者需要采用修辞手法或者逻辑推理手段，才能够完成审美过程。总之，"叙事，说的总是比知道的少；披露的常比说的多。"① 知道的和披露的都是深层结构。应当注意的是，揭示作品深层结构的方法以及本章所做的演示，并不是科研论文写作的范式，却是一个有意义的前期科研过程。

---

① Gerard Genette. *Narrative Discourse：An Essay in Method* ［M］. trans. Jane E Lewin, Ithaca：Cornell University Press，1983：198.

第六章

似非而是

从目前来看，文学表意可能令人不知所云，但在表层结构上，至少还是连贯、流畅的。可是，有一种情况，在表层结构中，文学表意就呈现出不稳定性甚至是矛盾性的现象。当表层结构出现不确定性的时候，文学表意行为并不意味着失败，不确定性只是一种表面假象，在它的面纱之下，依然隐藏着一种稳定的意义。这样的叙事文本所具有的是一种似非而是的语义结构。似非而是的语义结构仍然是理性运作的结果。因此，要找出隐藏的稳定意义，依然要诉诸因果手法（线性逻辑），不过，除此之外，还要求助于哲学的辩证思维模式，对立统一。

众所周知，要听故事，就必须相信叙事者，甚至尊重叙事者的特权。《愤怒的葡萄》（*The Grapes of Wrath*）中有这样的一段有趣记载：当叙事者讲到一个装穷的富家男子与一位装穷的富家女子在汉堡货亭相遇的时候，一位听众打断他的话问道，"为什么？"叙事者说，"我不知道，反正故事就是这样。"又问"他们为啥装穷？"答案是"嗯，富腻歪了。"这位听众不满意，一句"狗屁！"惹恼了叙事者："你想听还是不想听？"叙事者不耐烦地问。这位听众可以说是文学殿堂前众生的典型画像。他犯了两个错误，一是过于较真，二是不信任叙事者。不能较真，就是说听故事，不能根据生活对号入座，但也不能背离生活的逻辑。信任叙事者，就是相信他讲的都是真实的，甚至接受他的一些荒诞的设定，例如浮士德把灵魂抵押给了魔鬼，作为回报，魔鬼赋予他回视过去，前瞻未来的能力。否则，也就不会出现经典戏剧作品《浮士德博士的悲剧》（*The Tragedy of Doctor Faustus*）了。信任是听众（读者）与叙事者之间心照不宣的契约。

凡事总有例外。做人的一个准则是，要诚实；然而，人生躲不过的是，不诚实之人。小说叙事亦是如此。一个文学常识是，叙事者应该是可靠的，否则，听众（读者）无法根据叙事者提供的事实进行价值判断。越是禁止的东西，越是有人进行挑战。偏偏有那么一些叙事作品，叙事者要么有意、要么无意地提供一些不可靠的事实。这样的叙事者一般都是事件的直接参与者，他们采用第一人称内视角的方式讲述个人的亲身经历。意外的是，不可靠叙事同样给读者带来巨大的乐趣：通过披沙拣金，读者发现谵语之下隐藏的真实。显然，这是一种给人"现实幻觉"的创作活动，也是一种智性的游戏。

正如不可靠的叙事者可以说出值得相信的事实，可靠的叙事也可以出现矛盾的陈述。贝克特有句名言："我坚持不下去了，我会坚持下去的"（I can't go on. I'll go on.）。这是悖论，当然也有含糊不定的表述。在《乔安娜》（Johanna）的叙事中，"鹿皮鞋"（moccasin）、房子、大夫以及标准的家庭成员称呼无一不指向人类社会的事件；然而，叙事到了即将结束的时候，突然进入了模糊地带："她走进院子，浑身撒满了月光。她想说出自己的名字，可就是想不起来；要讲明此行的目的，可嗓子堵住了，一句话也说不出来。一阵恐惧袭来，她摇摇头，想把它甩掉。"她到底是谁？是生活在深林之中的人类一员，还是动物（鹿）家族的一员？在那位大夫眼里，她是一只鹿；可是，读者一路下来，深信她是一位姑娘。悖论与含糊表述不同。悖论之所以如此，是因为两个可靠、对立的陈述共处一体。含糊表述之所以如此，是因为莫衷一是，即在两种可能性中间摇摆不定。如同不可靠叙事者，矛盾叙事的含糊不定也不是败笔，而是引导读者进入更为复杂结构的高超叙事艺术。话虽如此，可靠叙事的深层结构已经令读者疲惫不堪，缘何又出现了不可靠叙事者和矛盾的叙事！

对叙事的不确定性研究早就开始了。在诗歌的领域，燕卜荪（William Empson）的《含混的七种类型》（Seven Types of Ambiguity），从语言的角度对含糊的种类进行了总结与分析，揭示了诗歌朦胧之美的根源。在小说叙事领域，布斯（Wayne Booth）从不可靠叙事与讲述（telling）之间的关系，对不可靠叙事者做了科学的分析。① 以此为基础，本章试图就短篇小说中不可靠的叙事者与矛盾的叙事（文本）两个问题，从理论与文本两个角度做出分析。

---

① Wayne C Booth. *The Rhetoric of Fiction* ［M］. Chicago：The University of Chicago Press，1961：218 – 242.

第一节　不可靠的叙事者

不可靠的叙事者叙事，其卖点就在于不可靠之处。读者与叙事者习惯上达成的约定是诚实、互信，在此基础上，叙事者向读者提供具有审美意义的叙事。读者的审美活动，完全以生活经验为依据，通过思考、再认识的过程，加深对生活的理解与认识。小说是日常生活的教科书。当然，由于日常生活的层次不同，也就派生出了反映不同生活层面的小说。归根结底，保持生活的韵味是小说区别于其他智性活动（历史、哲学、心理学、自然科学等）的主要特点。何为生活的韵味？生活的韵味就是习以为常的基本活动中所体现的人性本质以及客观规律之间的关系。离开了人性与客观规律的探索，小说也就失去了艺术生命力。

正如生活也有诡秘之时，小说叙事也有不可靠之日。生活是公开的，但并不总是透明的。由于生活千变万化，需要认识的现实也就层出不穷。要认识生活，就不可避免地面对两种限制：一是生活现实的复杂性，二是认识主体的认知能力具有差异性。以有限的能力，去面对复杂的现实，就有可能出现这样的情况：发现真理，或者以谬误为真理；前者属于可靠叙事的范畴，后者属于不可靠叙事的范畴。当人的欲望进入叙事之后，可靠与不可靠就变得更加复杂了：不可靠的内容，在一种话语体系里，成为可靠的东西；可靠的东西，则成为不可靠的内容。不可靠的原因有多种，简单地分为有意识的与无意识的。当叙事者处于偏见、好恶、个人或团体利益等原因之时，其叙事则为有意识的不可靠叙事；当认识能力受限，比方由于疾病或外伤等原因所致，叙事则为无意识的不可靠叙事。

对不可靠叙事进行解读，需要可靠的标准，可靠的标准可以外在于文本，也可内置于文本。外在于文本，多是因为叙事者与读者之间有着较为密切的关系：他们同处于一种文化、同处于一个历史节点之上，同在一个物理空间之内，共同经历着某一生活事件。不过，任何一个因素发生的改变，都会对文本解读构成一定的困难。在这种情况下，从文本之外寻找解密文本的钥匙，也就理所当然了。内在于文本，是因为叙事者与读者之间存在一种契约精神，根据契约精神，叙事者与读者总是处于一种陌生人的地位、不知的状态以及不确定的关系。要合作，叙事者就要在叙事的过程中适时地与读者订立交流的契约，当然，约定的内容与行事方式可以变化。当审美标准内在于文本的时候，文本具有自足性，读者可以在任何时候、任何地点进入文本，无须求助于文本之外的证据。标准的设立方式，决定了文学审美的范式。

大约有三种不可靠叙事模式：一是狡猾的叙事者，例如《黑猫》（*The Black Cat*）；二是疯人叙事者，例如《黄色的墙纸》（*The Yellow Wallpaper*）；三是偏执型精神分裂症叙事者，例如《泄密的心》（*The Tell - Tale Heart*）。

《黑猫》的叙事者十分狡猾，蓄意为自己的犯罪行为开脱。关于叙事动机，他在开篇之处说得很清楚：

> 即将成文的是一个疯狂又家常的故事，我不指望人们相信，也不祈求人们相信。要是有所企盼，那就是疯了，有些证据我自己都不敢相信。可是，疯，那是不可能的；做梦，当然也不会。明天我就告别人世了，所有的心事，今天一吐为快。无他，就是把家中发生的事情，简单、清楚地交代给世人，让他们去评说。

叙事者没有为自己的罪行辩解，否则，无异以卵击石。他的聪明之处在于，在能够播下怀疑种子的地方做文章，通过个人言说的方式，给世人留下一种事实；他相信，只要是事实，就能够赢得一些人。他首先从言语方式开始，展开攻势。关于自己的罪行，他把握得十分准确：习以为常的暴力；如此坦诚，如此准确，似乎能够给人留下一个客观、深刻的印象。没有奢望，方得平静，唯有平静，方见真谛。承认自己都不敢相信，就是要说明，当时糊涂，此时清醒。人之将死，其言也善；又把评价权留给他人，何其诚意！

关于妻子之死，叙事者的说法是：就在发现尸体的三天前，在地下室的楼梯上，叙事者一怒之下，杀死了他的妻子。关于第二只胸前有一个白色绞架图案的黑猫，叙事者的说法是：在杂货店里发现的，无人认领；令人称奇的是，除了胸前的图案，其余一模一样，也是少了一只眼睛。

这几个问题值得慎重思考：他的妻子到底死于何时？如何会出现一只一模一样、同样缺少一只眼睛的黑猫呢？然而，事实胜于雄辩。在逻辑的推演之下，真相大白，一个诚实可靠的叙事顿时发生了反转。

叙事的结尾处，叙事者描述了妻子的尸体从墙壁中坠落时的情景："它整个掉了出来。尸体已经严重腐烂，与裹尸布板结在一起；此时此刻，直挺挺地矗立在旁观者的面前"。其中一个关键点就是"严重腐烂"。众所周知，按照叙事者的说法，这是第四天，也就是说，尸体经过四天的时间，就发生了严重的腐烂，这显然与常识不符。民间的做法是，挺尸三天，言外之意，从第四天开始，尸体也就开始发生巨变。此外，地下室的气温稳定，湿度恒常，在远离细菌和昆虫的情况下，剧烈腐烂之前，尸体至少可以保持一周的时间。可见，妻子的死亡时间有出入。那么，何时死亡？在叙事给定的细节当中，最有可能的死亡时间就是杀死黑猫的那一天。

不知是上天报应，还是惶恐之中操作失误，就在叙事者杀死黑猫的那一个晚上，叙事者家中发生了一场火灾。火灾之后，一切夷为平地，只有他卧室靠着床头的那面墙安然无事。不过，一个奇怪的事情发生了：

> 这里的石灰墙皮，很大程度上，经受住了烈火的考验，这当然归因于墙皮是刚刚涂抹过的。围绕着这面墙，聚集了一群人，有不少人在仔细、认真地观看其中的一个特殊部分。"奇怪！""难以想象！"以及其他的表述让我产生了好奇。走近一看，白色的墙面上仿佛一副浮雕，一只巨型猫的身影，给人留下准确、深刻的印象。脖子上的绳索依稀可辨。

从叙事者的描述来看，那是他杀死的那只猫留下的。不过，他从未提及黑猫的体型巨大，可是，白墙上的阴影面积巨大，显然不是一直普通体型的猫留下的。那是什么留下的呢？不得而知。再看一下叙事者的解释。他认为，黑猫的尸体撞击到了白墙，体内的氨水与新鲜的石灰，在烈火的作用下，发生了化学反应，留下了浮雕一般的画面。调用化学知识，可谓具有说服力。不过，有一个重力原则难以解释。当猫的尸体与墙发生撞击之后，根据重力原则，应该马上掉落在地，而不是长时间停留在墙上。掉落在地，不在墙上，就不会发生化学反应，没有化学反应，也就应该没有那副浮雕般的画面。

那副浮雕像，应该是他妻子的尸体印在白墙上的图案。从图案的面积之大、腐烂的程度来看，这是一个完全靠得住的结论。据叙事者的陈述，他杀死了黑猫之后，过了一段时间，才杀死妻子的，也就是说妻子实际死亡的时间之长，足以令尸体发生严重腐烂。

把黑猫的尸体扔进卧室的可能也是微乎其微。叙事者说，看到房屋起火，邻居们觉得一声闷响要比一声清脆的响声，更容易唤醒睡梦中之人。这本身就一个荒唐的推论，因为事实正好相反。另外，情急之下，人们下意识的动作就是，弯下腰，从地上捡起一块石头或土块，用力扔进窗户。即便是大火熊熊，四周通明，邻居们也不可下意识抬头，四周环顾，从高处寻找固体物。可见，把吊挂在树枝上的黑猫解下来，扔进窗户中，不可行。况且，一只死猫，不是一块小石头，一甩手，就那么容易扔进窗户。所以，死猫的尸体与石灰发生化学反应的说法站不住脚。唯一站得住脚的事实是，邻居们扔了一块石头，惊醒了睡梦中的叙事者；白墙之上的浮雕，是藏匿在墙中妻子的尸体与白石灰发生的化学反应所致。应当指出的是，叙事者的谎言都是针对读者的。现实中，叙事者只是感到恐慌，根本没有这番谎言，当着众人之面，这番谎言无疑自杀。

那只一模一样的黑猫呢？叙事者担心邻居和读者知晓案件的事情，灵机一动，把杀妻说成是杀猫。既然杀死了自己的黑猫，那家中怎么还会出现一只失去眼睛的黑猫呢？为了欺骗邻居和读者，叙事者只好继续编造谎言：

> 我突然被蹲卧在屋子里唯一——个巨大苦艾酒桶上的一个黑色物体所吸引……那是一只黑色的猫，一只很大的猫，与柏拉图一样大，除了一点之外，与柏拉图一摸一样。柏拉图全身没有一处是白毛，但这只黑猫的腹部有一块面积很大的白色斑块，几乎盖住了整个腹部。

世上哪有这么凑巧的事情，纯属虚构。当谎言持续下去的时候，虚构就更加明显了。他接着指出，这只黑猫与叙事者双方气味相投，一见如故。一番亲热之后，黑猫就跟着新主人一路来到了新家。他们不是新识，而是旧友；唯有旧友，才能如此行事。那黑猫腹部的那块白色斑块呢？事实是，大火之中，黑猫竭力逃命；为了避免烧死，它纵身一跃，从火苗的上方飞了出去。结果，逃过了死亡之虞，却没有躲过烧伤之吻：就在它纵身一跃的时候，大火烧掉了腹部的毛发，留下了一个巨大的白色斑块。若非细心，根本不会注意到，那是一处烧伤。

由于大火之后，邻居发现了那块奇怪的浮雕，叙事者担心邻居最终发现自己的秘密，不得已之下，他决定迁移尸体藏匿的地方。就在他声称杀死妻子不久之后，他决定把妻子迁移至地下室的墙壁之内。不过，黑猫虽然没有死，此次迁移尸体，也不是为了真正杀死黑猫。出师无名不行。既然妻子已死，此次迁移尸体的唯一借口就是杀死妻子。楼梯上的一幕，的确是编造，不过，有可能是黑猫碍事，有可能是搬运尸体过程中发生了倾倒事件，总之，有一点小插曲，他把这段小插曲编造成杀妻、藏尸的经过。看一看藏匿行为完成之后的得意扬扬，就知道，叙事者把尸体藏匿于墙壁之内的做法，并不是第一次了，起码是第二次。他在叙事中所讲的仆人哪里去了呢？是否也遭到杀害，藏尸于墙壁之内呢？①

为何黑猫从墙壁之内出来呢？正如叙事者所说，他把它也封在墙壁之内了。当时，叙事者并没有此意，只是疏忽大意，把躲进洞穴之内的黑猫一起密封到里面去了。宠物有个习惯，紧跟主人，或者与主人移动过的物体近距离相处。也许过于相信主人的缘故，黑猫一直没有警觉，直到封死在里面。猫有九条命，尤其是黑猫，传说中具有巫术。如此说来，大难不死，凑巧报警，也就不难理解了。文学吗，有一点神秘色彩倒是好事。

把杀死妻子的时间颠倒过来，对叙事者来讲有什么好处吗？没有任何好处。只是因为他杀死妻子之后，对邻居说过谎言，为了与既有谎言保持一致，叙事者不得不继续虚构；毕竟，从头到脚推倒重来，是一件不容易的事情。那么，邻居看到这一段叙事之后，就不会发现有关仍猫的一节是虚构的吗？有可能，可是，事过境迁，有谁还记得当时的具体情节？不怕争议，就怕没有说法。

叙事者把自己的罪行归咎于两个因素：一是酗酒，二是性格的怪异。他寡廉鲜耻地声称：

> 我们的友谊就这样持续了数年，期间，我的脾气和性格，由于酗酒的恶习所致，（说起来真是不好意思），开始发生变化，每况愈下。日复一日，我变得喜怒无常，动辄发怒，毫不顾及他人的感受。

数段之后，叙事者说道：

> 接着而来的是，乖张，仿佛就是要彻底地压倒我。关于这个性格，哲学没有涉及。人有没有灵魂，我不知道；我知道的是，乖张是人类的一个原始冲动……

可见，在叙事者看来，酗酒不是他的本性，是外来的邪恶改变了他，他只是一个无辜的受害者。乖张呢？人之本性，非我一人拥有。如此一来，叙事者以一个受害者的身份，据理力争，还事情一个本原，也算作是最后一个"善事"吧。

---

① Susan Amper. Untold Story：The Lying Narrator in "The Black Cat" ［J］. *Studies in Short Fiction*, 1992, 29（4）.

其实，真正导致他人生悲剧的因素是社会歧视。社会歧视在他幼年的心理上投下了浓厚的阴影，造成了难以弥补的伤害。根据叙事者追忆，他小时候因"性格温顺，善解人意"而闻名；不幸的是，心地的善良却成为同伴的笑柄。在父权社会，男人的标志性性格特征是坚毅、刚强、自主；过于敏感，或者多愁善感，都是女性性格特征。一个男人不仅没有男人的天性，反倒呈现女性的柔弱性格，这无疑会成为父权文化的异类，自然就沦为人们的笑料。此乃其一。其二，他的父母发现儿子因心地善良而备受奚落之后，为了破除他的孤单之感，缓解他的心理压力，送给他许多宠物；从温顺的宠物那里，叙事者找到了一位敏感者做人的尊严与乐趣。进入成年之后，他又幸运地找了一位通情达理的妻子；妻子不仅热爱宠物，当得知他离不开宠物的时候，像他的父母一样，为他饲养了一大群宠物，其中包括那只黑猫。福兮？祸兮？

父母与妻子的关爱产生了两种结果：一是让他找到了可以施爱的对象，同时也从施爱的行动中获得尊严与满足；二是，通过宠物来化解他的心理压力，没有能从根本上改变他的敏感性，敏感特质改变不了，就难免受到来自社会方面的压力，社会的压力会聚集内心深处，不过，一旦遇到触发物，就会井喷式地爆发。宠物黑猫就是他敏感与自尊、暴怒与残忍情绪的触发物。正如预料的那样，叙事者与黑猫的关系十分融洽。没预料到的是，酗酒可以释放他的坏脾气，同样，岁月可以改变宠物的性格。畜生毕竟不是人，年老的黑猫变得有些乖张，当他的乖张碰触到了叙事者心理的敏感处，悲剧也就发生了。凡是亲近的人，如有任何变化，无论多么微小，身边的人都会捕捉到；变化虽小，对于敏感之人，伤害巨大。黑猫的不幸便是如此。它既是朋友，又是潜在的伤害者，当叙事者认为黑猫伤害了自己，其愤恨即呈几何级增长，报复手段就会变本加厉。惨剧之后，叙事者的心理状态如其所述："我的旧情未泯，可是，想到曾经如此依恋我的宠物，竟然厌弃我，心中就感到痛苦；痛苦不久就演变成愤怒"。

造成杀妻悲剧的原因如出一辙。妻子可以说是处处为他着想，尤其体现在为他置办宠物一事上。叙事中关于妻子的行为着墨不多，因此，这一件事极具象征意蕴。妻子的命运如同黑猫，其原因是，"我的妻子……反复提及一个古老的说法，所有的黑猫都是隐秘的巫师"。要知道，叙事者正是喜爱宠物黑猫的时候，把黑猫说成巫师，无疑是挑战叙事者的智商，正如他的同伴奚落他像女人、偏爱展露情感一样。当然，叙事者没有直截了当地说出他的憎恨，不过，细心的读者不会不发现这句话的潜台词："在这一点上，并不是说她多么认真，而我呢，提一提这件事，无他，只是突然想起来"。越是含蓄，越是可怕，因为在另外一个场合，叙事者说道，"我平时的坏脾气发展到了憎恨一切、憎恨所有人的地步……我无怨无悔的妻子，不幸的是，常常忍耐着巨大的伤害"。事后的追述表明，妻子就在"杀死第一只黑猫"的时候，遭到了毒手。遇难的原因就是，她贬低黑猫，也就是贬低或奚落了叙事者。① 当然，酒精不是一点作用没有。

可见，叙事者挑战警察的能力，反倒由于疏忽，引起警察对藏匿尸体墙壁的注意；挑战读者的智商，却因披露了太多重要的细节，经过逻辑的推演，彻底暴露了自己的真实意图与犯罪真相。

《黑猫》的叙事者丧心病狂，但没有真正患有精神分裂症，仍然是一个智性正常之人。相比之下，《黄色的墙纸》的叙事者，从一个相对健康的女人，由于病情逐渐恶化，变成一个精神分裂的女人。精神分裂病患者的言语根本靠不住，但不可信的语言行为之中，往往隐藏着致病的原因。其依据是人人（主体）都有欲望，当欲望与社会规范（超我）发生冲突的时候，由于受到抑制，进入了无意识层。个人欲望与社会规范和谐相处，人的精神就表现出健康的状态；否则，就会患上精神分裂症。任何情况下，欲望都不会永远进入休眠状态，总是寻找机会，以乔装打扮（隐喻的、转喻的）的方式表达自己。精神分析学者的主要任务就是通过患者的语言行为或实际行动，找出导致精神分裂的主要原因，针对有关因素，对病患加以疏导，实现治疗的目的。文学批评家的任务则是挖掘隐藏在精神分裂病患者言语行为以及实际行动背后的真实动机。

女主人公简来到疗养地之初，看到人们在住处花园小径上自由地行走；后来，却看到人们像她一样四处爬行。墙上的黄色墙纸，一开始，只是图案不佳，不断起伏，突然间呈现断崖；后来，她看到黄色墙纸上出现了铁栅栏，栅栏之后囚禁着一个女人（幻视）；把这位女人解救出来之后，简学着她的模样，四处爬行，不亦乐乎。可见，简从相对健康滑向精神失常，自己却全然不知。她的叙事不可靠，但不可靠的叙事也含有真实。

意识清醒的第一个阶段：话语权与真相。简为何来到这幢多年没有出租出去、空旷甚至闹鬼的大房子里来？疗养。为何疗养？这就涉及问题的关键。

---

① 既然妻子死于黑猫之前，那么，她如何又能够对黑猫腹部的白色斑块进行评价呢？答案是，那是叙事者事后编造的谎言，不足为凭。

简认为自己有病，而丈夫则认为她没病，只是患有"偶发性紧张抑郁症"，也就是轻度的歇斯底里症。果真如其所说，简也就没有必要远离家园，一个人独自居住在空旷的大房子里。问题的关键不是在病情的描述上谁对谁错，而是双方之间缺乏有效的沟通。真相是，双方都认识到了病情的实质；不同的是，丈夫为了照顾妻子的感受，把病情言轻了，而妻子则实事求是，通过实事求是，希望能够进一步表达自己的诉求。让患者知情，主动与医生配合治疗，显然是一条不可否定的有效做法。从妻子的言行来看，她的自我诊断与配合疗法是完全正确的，其理由是她有明确的诉求，满足她的诉求，方可减轻其精神压力。减轻其精神压力，就是以隐喻的形式满足其受压抑欲望的表达。欲望不受压抑，精神也就没有压力，她的病情定会得到缓解。叙事中没有交代病情的原因，但患者的诉求十分清楚，而且是能够满足的要求。

　　问题是丈夫过于自信，丈夫的自信是社会话语权的自信。丈夫与弟弟，（还有她原来的医生），都是男性，他们共同构建了男性话语方式。她的丈夫"极度的讲究实际，一听到信仰就烦，一见到迷信就感到恐惧，凡是看不到、不能够用数据表达的言论，定会遭到他的训斥"。可见。在虚幻与实际、抽象与具体之间，讲究实际与具体，则是追求科学理性的表现，而内科医生最是工具理性的代表。不过，简的态度十分明确："从个人的角度讲，我不同意他们的观点。"其原因是："我个人认为，合适的工作，能够带来兴趣和变化，对我有好处。"双方的力量对比是，二比一，再加上职业的权威性，简屡战屡败。在与丈夫进行了第一次的斗争之后，简的结局是："可是，有什么办法呢？"在第二次与第三次的斗争中，结局相同："可是，又能怎么办呢？"所以，简唯一的选择只能是，"别理它了，谈谈房子吧"。让步或逃避就是出路。一个有趣的现象是：在做主张的时候，简使用的一个词是"我"（I），即主体的意识；当做出让步的时候，则使用了一个无标记性词汇"人"（one），即无主体意识。有主体意识，因为她是一个言说中的人；无主体意识，因为她是一个言说的对象。第一人称的叙事，遗憾的是，表达了一个"自我的分裂"。①

　　丈夫不仅盲目地自信，而且无理地争夺话语权。一开始，妻子展示给读者的是一个理性的形象。"我仍然自信地坚信，其中有些古怪之处。"她的坚

---

① Jeannette King, Pam Morris. On Not Reading Between the Lines: Models of Reading in "The Yellow Wallpaper" [J]. *Studies in Short Stories*, 1989, 26 (1): 28.

信来自理性的推论：第一是大宅的租金很低，第二是长时间无人租住；第三是周边的环境优美宜人，房子却空置，肯定是继承人或共同继承人一方出现了问题。在与丈夫就自己身体状况的讨论中，也是遵从理性的逻辑：首先摆出结论，然后表明丈夫的观点，其次是弟弟的观点，一个"所以"（归纳演绎）之后，接受了他们的意见。在父权社会，由于妇女缺少理性思维，理性思维自然就成为男性的特权。任何质疑的行为，都是对男性权威的挑战，在男人等于理性、理性等于正确的惯性思维模式下，挑战行为无疑是制造混乱，要维护秩序，就要制止混乱的发生。所以，当简把自己的真实想法告知丈夫的时候，得到的又是一次否定。如果上一次是退让，这一次则是真情。遗憾的是，愤怒的表达太过曲折。"我有时候会朝着约翰发一通无名之火。"与"无名之火"对应的英文是 unreasonably angry，即"失去理性的愤怒"。把自己的反应归结为失去理性，其中隐含着太多的内容。表示愤怒，是因为理性的表达遭到了否定；说自己不具理性，是对男性权威的无条件屈从；她维持的是男性的权威和家庭的和谐。最能体现男性权威威严的是，简在眼前书写的时刻没有直接引用约翰的原话，在没有原话的情况下，简犹能心平气和地表达自己对丈夫的尊重，其权威性之高由此略见一斑。结果，"我为此不遗余力地约束我自己。"不遗余力地约束自己，就是男性间接地把如山的重负强加给妇女。权威最充分的体现方式是，无声、缺场，但书写、管制的效力十足。简试图争取话语权，但话语权最终还是牢牢地掌握在男人的手里。

慢性毒害的第二阶段：从丑陋中寻得乐趣。在简清醒的时候，关于黄色墙纸的印象，她给读者提供了准确的描述：总体上，"这种颜色让人感到害怕，几乎令我作呕；一种发霉的、不干净的黄色"。可是，"有些地方，是一种令人感到枯燥、荒诞可笑的橘黄色；在别的地方，是一种病态的硫黄色。"然而，没过多久，"这种纸就看着我，好像知道对我会产生一种可怕的影响"。这种后来的影响就是她仿佛看到"一个断裂的脖颈和一双突出的眼睛，倒过来盯着你"。面对这种注视，"我感到这是无缘无故、无时不在，为此十分生气"。当约翰的妹妹探访之后，简就注意到，墙纸表面图案的背后，"有一个陌生的、讨人厌的、不成形的人，在四处走动"。再后来，"弯着腰，四处爬行"。再不久，"这个隐约可见的人影似乎在摇动表面的图案，俨然要出来"。厌恶黄色墙纸的时候，简还处于一种正常的精神状态；看到人的断颈以及突出眼睛的时候，就开始产生幻视；那个四处走动、爬行、要出来的人影，更加证实了她的幻视。简之所以成为不可靠的叙事者，是因为她不知自己开始幻视。然而，"墙纸归墙纸，我还是越来越喜欢这个屋子。大概因为墙纸的缘故吧。"

批判父权的专断，往往给人一种感觉，男人都是恶魔。其实，正好相反，简的丈夫格外疼爱她。可以断定，简到过米歇尔医生那里就诊；之后，就是现在宽敞、风景优美的乡下住所。在这里，丈夫的表现无以复加："他格外细心，特别疼我。"约翰还是一位幽默的丈夫：他许诺说，等她的病情好转之后，就邀请亲朋好友过来；不过，"他宁肯往她的枕头里塞进鞭炮，也不想让他们在她周围转悠。"可以看到，这种关爱自始至终没有缺失。所以，"他不想让我有任何忧虑，要是还不知情的话，简直是太可悲了。"众所周知，男人是理性的代表，女人是感性的化身；在理性与感性之间，理性至上，是规则的制定者，通过规则，约束着感性。感性，只有在理性的范围之内运行，才能有效地表达自己。制度是刚性的，愿意与否，都要遵守。然而，当理性屈尊的时候，也就是以关爱的形式出现，理性通过暂时的妥协，能够与感性实现前所未有的有效沟通，不仅没有失去原有的权威，反而获得了更大的力量，促使感性产生一种甘愿牺牲的精神。约翰开出的温柔毒药是，"不要写作""躺着别动""不要幻想"。所以，出去走一走、走访朋友、光明正大地写作，都成为泡影。试想，如此一来，他的妻子会成为怎样的一个动物？令人感到悲哀却又难以抵抗的是，每一次提出诉求遭到否定之后，简都会表示，"我不会犯傻，让他有一丝的不安"。"诉求—否定"成为一个流程，在这个流程中，读者发现并强烈感受到的，不是燃起的希望，而是一次比一次强烈的悲剧性。当所有的欲望出路都堵死之后，她在无意识之中做出了一个决定，与敌为友：喜欢上黄色的墙纸，并从中看到了可以释放欲望的情景。

在丈夫的关心之下，简的状况是什么呢？她宽敞的"幼儿园"可以说明一切。理性受损的成年女性，无疑是智性后退，重新回到了幼儿时期。此时，在丈夫的眼里，简已经是一个宝贝了，丈夫经常把她抱到床上。让她身处幼儿园就是要说明："从法律的角度讲，妇女是儿童；就社会、经济、哲学活动而言，她都需一位成年人，她的丈夫，来引导她。"因此，独立地工作，就是摆脱丈夫的引导，成为一种危险的行为；只有把她限制在幼儿园的范围之内，才能给社会带来安全感。此外，幼儿园的窗户安装了铁栅栏，有了铁栅栏，"叙事者就永远地囚禁在儿童时期，严防'逃跑'到成年期"。成年期的人可以思考，能够思考的主体往往能够对父权构成威胁。简的床头也是固定到墙上的，不能移动。"如此一来，床头就不仅能够从性爱上而且从感官上防止她

'越雷池一步'，与其他人发生不应有的关系。"从这个意义上讲，她来到乡下，"身与心都进入了一种强迫性的休闲状态"①，与其说是治疗，倒不如说是实行管制。

自求解脱的第三期：狂欢的疯癫。在第二期的末尾，简一到晚上，就能看到黄色墙纸上的铁栅栏，而不再是那个图案了。与此同时，约翰不再与简开玩笑了，取而代之的是，"有时候，他看起来特别古怪，就连珍妮也是一脸难以描述的表情"。简开始与父权分道扬镳。进入第三时期，简坦诚道，"日子比过去有趣多了"。趣味何来？她发现，铁栅栏后面模糊不清的影子真的是一位妇女，那些无数的影子是无数的妇女；白天，她们能够出来，到屋子外，四处爬行；不仅如此，当丈夫外出的时候，我也能够像她们一样，在屋子里自由爬行。世界终于属于她的了。不过，简也注意到，"他问珍妮许多与我有关的专业性问题""也问我各色各样的问题"。简自认为能够"看穿他的用意"，但她知道的仅仅是他发现了她白天爬行的秘密，不知道的是自己在丈夫的眼里，病情加重了。

当容器遇到超高压的时候，只有两种方案：一是打开阀门，正常泄压；二是置之不理，造成爆炸，非正常泄压。简，经历了抗议、顺从、再抗议、再顺从的过程之后，终于从另一端找到了泄压的方法：她发现，自己并不孤单，而是有人陪伴，这个人就在黄色墙纸的后面藏着，令其惊喜的是，还不止一个人，是一群人。她无法突破铁栅栏的约束，但她们能。简根本不知自己发生了什么：她身处丈夫的世界中，但活在自己的精神世界里。

读者也许注意到，从一开始，黄色的墙纸具有压迫性。其中的一个图案"十分的模糊，要看明白，会弄得你眼晕；同时又相当的清楚，让你永不服气，刺激着你去审视它；当你顺着一拐一折、漂移不定的曲线追踪了一段时间后，它们又突然自杀：沿着意想不到的角度跳了下去，在闻所未闻的矛盾中毁掉了自己"。父权就是这样，多数情况下不在场，令你不知所措；在场之时，又令人捉摸不透；及至若有所悟的时候，但见它处处矛盾，难以自圆其说。可是，在第二阶段的后期，墙纸又出现了"一个显著的特殊现象"："当太阳透过东窗照进来的时候，我总是寻找那长长的第一束直线，可是，光线变化如此之快，我根本不敢相信它"。可是，"夜间，任何光照之下，暮色、

---

① Loralee MacPike. Environment as Psychopathological Symbolism in "The Yellow Wallpaper" [J]. *American Literary Realism* (1870 – 1910), 1975, 8 (3): 287.

烛光、灯光、哪怕是月光下，它就变成栅栏了，我说的是外表的图案，后面的女人一清二楚"。日光与月光不同，前者代表的是父权或理性，后者代表的是女权或感性。与父权对话，简找不到目标，因为父权在她面前飘忽不定；相反，月光下，或者其他具有阴柔特点的光线之下，简宾至如归，很快就看到了真相。阴柔的光线就是女性（母亲）的语言，用自己的语言进行表达，意义准确、稳定。值得注意的是，要进入女性的语言，就必须牺牲男性（父亲）的语言。不同的是，进入女性的语言，不是在意识层，或者潜意识层，而是无意识层，用无意识的语言（无意识的语言也具有可靠的语法结构），来表达女性真实的愿望，用理性或男性的语言标准来衡量，显然是妄语。

有学者认为，"简想把顽固的墙纸撕掉，不是像以往所说的那样，为的是把她从父权的压迫下解救出来，而是把那个妨碍她实现理想自我的叛逆性自我除掉。"① 如此表述，并无不妥。当简的病情尚在初期的时候，她的最大心愿是做一个合格的妻子，不给丈夫添任何麻烦。她之所以感到压抑、厌烦，是因为潜意识里，那个反叛性的自我意识在作祟，只是她没有意识到而已。所以，移除令其不安的墙纸，就是除掉叛逆性的自我意识，从这个角度来讲，这种说法完全正确。不过，认为"当那位妇女从后面走出来的时候，出现的不是一个自由的意象，而是一次社会理想的胜利"的观点，则有失偏颇。② 如果简先前使用的是父亲的语言，此时她使用的应该是母亲的语言；所体现的，不是社会理想的胜利，而是真实自我，也就是原始自我的胜利。她的行为，用父亲的语言来讲，是精神失常（疯病）；用母亲的语言来讲，是颠覆性的狂欢。叙事结束的时候，叙事者没有交代，简的狂欢是阵发性还是持续性。阵发性之后，由于压抑的欲望得到了宣泄，精神可以恢复正常。正常之后，并不否定父权的压迫性。即便是持续性精神失常，她的无意识控诉也是真实、有力的，是一种振聋发聩的警示。

总之，用理性的语言来衡量，简的语言表达与行动方式是不可靠的；不过，不可靠的叙事后面，隐藏着可靠的事实：把女性视为他者，这是一个有悖理性的行为；在一个反智的世界里，疯癫是唯一清醒的方式。

偏执型精神分裂症（paranoid schizophrenia）叙事者。在《泄密的心》

---

① Jeannette King, Pam Morris. On Not Reading Between the Lines: Models of Reading in "The Yellow Wallpaper" [J]. *Studies in Short Stories*, 1989, 26 (1): 30.

② Jeannette King, Pam Morris. On Not Reading Between the Lines: Models of Reading in "The Yellow Wallpaper" [J]. *Studies in Short Stories*, 1989, 26 (1): 31.

中，叙事者一开始就在矛盾中挣扎，竭力证明自己身体健康、头脑清醒："真的，紧张，相当的紧张，紧张得难以忍受！我以往如此，现在依旧如此！你凭什么说我疯了？"为了证明自己，叙事者接着说道，"上至天堂，下至人间，什么声音我都能听得见。我甚至可以听见地狱的声音。我又怎么可能疯了呢？不信，你看：我给你讲述整个故事的时候，是多么的健康，多么的镇静！"我们并不怀疑，叙事者能够听到天堂和地狱的声音；与此同时，我们也深知，自己听不到天堂或地狱的声音。我们是读者或听众，当然由我们进行判断，判断的结果是：叙事者患有偏执型精神分裂症。① 由此可见，他的叙事完全不可靠。

简的精神分裂与《泄密的心》的叙事者的精神分裂有所不同。简的精神分裂是由于处于父权规范高压之下而产生的；父权的高压缺乏习惯理解的直接性暴力，不仅没有暴力，而且还伴随着不相宜的关爱。在关爱环境中陷入精神分裂的患者，不会形成暴力倾向，所以，整个叙事中，简进行了多次的抗议，言语的或者行为的，但每一次抗议都没有使用暴力，最出格的行为是把钥匙扔了出去，当她满屋子爬行，进行狂欢的时候，始终小心翼翼地躲着丈夫，以防对晕倒的丈夫造成伤害。《泄密的心》的叙事者则不同，他关心的是怎样证明自己清醒，没有疯狂。其结果，他没有证明自己的清醒，反倒证明了自己患有一种偏执型精神分裂症。他的冷血与残暴，无不令读者倒抽一口冷气。造成这种病症的原因，一般情况下，是敏感、多疑的性格，同时，早年可能饱受歧视、虐待以及由此引发的个人自卑所致。病情至少持续一周的时间。在《黄色的墙纸》中，不可靠叙事指向了父权文化的失败；在《泄密的心》中，不可靠叙事指向的是叙事者个人的病症。

偏执型精神分裂症的第一个表现是幻觉，就《泄密的心》而言，是幻听。根据现代科学研究成果表明，偏执型精神分裂症经常体验到与环境刺激无关的感官知觉，其中有74%的患者受到幻听的干扰，能够听到他人听不到的声音，他们认为这些声音来自头脑之外。叙事者说过，"患病之后，他的感觉不仅没有迟钝，反倒更加敏锐了。"按照他自己的说法，他能够上听天堂，下听地狱，中间听人世。比如，在叙事即将结束的时候，他说："他听到了一种低沉、单一、快节奏的声音，就像包裹在棉花之内的一块手表发出的声音。"当

---

① Brett Zimmerman. Moral Insanity' or Paranoid Schizophrenia: Poe's "The Tell – Tale Heart" [J]. *Mosaic*, 1992, 25 (2): 39 – 44.

然，他把这种声音解释为那位长者的心跳声。要知道，要想听到一个人的心跳，除非把耳朵贴近人的胸膛。也许有人想说，他听到的正是自己的心跳声，这样说不无道理；不过，既然能够听到天堂与地狱的声音，最合乎逻辑的结论是，他听到的声音属于幻听。不知读者是否注意到一个细节："声音不在我的耳朵里"。他不幸言中，却又不幸无知。如果他知道，声音必须出现在自己的耳朵里，不在耳朵里，就是幻听，他就不会做出错误的决断。事实是偏执型精神分裂症患者都那么自信，不相信自己的精神出了问题："你觉得我疯了，疯子是啥也不懂的"。

偏执型精神分裂症的第二个表现是过度自信。叙事者在谈及谋杀过程的准备工作时说道：

> 你应该知道我做事多么老道：十分谨慎、富有远见、天衣无缝！……直到那天晚上，我才发现了自己的本事，我的睿智。一想到自己得手，就情不自禁。

可以把他的行为称之为"高超的谋杀艺术"；平心而论，能力超凡之人实施谋杀行为，的确无可挑剔。谋杀方案精心谋划，藏匿尸体的计划也无破绽：

> 假如你还觉得我疯了，等我告诉你我藏匿尸体的那股子谨慎劲，你就会改变自己看法……但凭肉眼，哪怕是他的眼睛，也发现不了破绽。痕迹擦洗得十分干净，没有一丝的痕迹，一滴的血迹。

这就是所谓的"自信的激情"与"完美的胜利"。像艾伦·坡的其他叙事者一样，这位叙事者自鸣得意之情，溢于言表。

第三个表现是情绪波动起伏大。回忆之初，叙事者要向读者展示，"我可以镇静地向你讲述整个故事"。可是，等到回忆起老人心跳的巨大响声之时，叙事者抑制不住内心的狂躁，一扫刚才的平静：

> 可是，心跳越来越响，越来越响！心脏就要爆炸似的。就在此时，一阵焦虑袭来：邻居会听到心跳的声音！这老家伙的时辰到了！

推己及人就是精神分裂者难以知晓的最大错误。随着焦虑地出现，叙事者由平静转为焦躁，其话语方式也多呈现出重复、感叹与强调的句式。下一次平静出现在完成谋杀、清理好作案现场之后；下一次狂躁发生在警察出现在作案现场之时。当此之时，《泄密的心》的叙事者可以说是艾伦·坡所有的叙事者当中，最歇斯底里的一位。

第四个表现形式是情景与情绪展示之间出现巨大的反差。面对一个无关紧要的情景，偏执型精神分裂症患者有可能控制不住自己，陷入狂笑之中，或者极度悲伤之中。有时候，情感表达甚至错位：该悲伤的，高兴；该高兴的，悲伤。不难发现，每在提到恐怖犯罪艺术的时候，他就掩饰不住的欣喜，并且相信读者也会分享他的快乐。讲到把头伸进老人房门内的时候，有感于自己神不知鬼不觉、耐心巨大，叙事者说道：

> 哦，看到我如何巧妙地进屋，你一定大笑不止！……一想到站在那里，打开房门，一次一点，而他做梦也想不到，我会有此想法，秘密行动。想到这儿，我真是开心……

马上就要亲手结束一个人的生命，他竟然能够窃喜不已，若非精神分裂，孰人敢为？读者更不会忘记，叙事者回忆作案之后，不留一丝痕迹的得意之情："所有的出血都流进了浴缸，哈！哈！哈！"叙事者的狂喜，令人毛骨悚然。

第五个表现是暴力倾向。不过，并不是所有的偏执型精神分裂症患者都有暴力倾向，即便是有暴力倾向，也往往是针对自己，而不是他人。《泄密的心》的叙事者属于例外，他的暴力不是针对自己，而是他人，因而是最危险的一种精神分裂症。具有暴力倾向的分裂症患者往往有以下的特点：焦虑、愤怒、好争论。叙事一开始，他就坦言道，自己紧张，从来就感到紧张，而且不是一般程度的紧张。此外，正如他所描述的那样，"遇到琐碎之事，我就会起身争辩，嗓门高，举止粗暴……我口喷唾沫，我怒吼，我谩骂！"显然，这些都是烦躁的表现。

最后一个表现是，受迫害幻想。精神分裂症患者疑心重，总是怀疑他人在谈论他，一起谋划陷害他。当叙事者邀请警察进入房间的时候，自己十分自信，认为他们根本发现不了问题。可是，当自己出现幻听之后，他坚信，警察也一定听到老人的心跳，之所以镇定自若，是因为要折磨他。

> 他们听到了！怀疑了！晓得了！知道了我的恐惧，就拿我穷开心！这个，我早就懂，现在也明白。可是，干什么也比受这份罪好！受人奚落尚可忍，孰不可忍？这些虚伪的微笑，我简直受不了！要么尖叫，要么速死！

既然微笑都是阴谋，警察的微笑当然也不例外。那么，叙事者为何不打自招呢？万一警察不知呢？真相是，患有迫害幻想症。在叙事者看来，死不可怕，可怕的是，警察明知答案，却有意戏耍他。与其遭受警察的戏耍，不如投案自首，不仅可以揭露警察的虚伪，而且至少还可以赢得一丝自尊。

综合起来，偏执型精神分裂症表现为：幻觉、过度自信、情绪波动、情绪表达错位、受迫害幻想、暴力倾向。可以说，谋杀事件并不是叙事的中心内容，但仿佛一面镜子，折射出凶手的真实面目。

有一个问题难以回避：20 世纪，新的批评理论芜杂纷呈，借助于新的理论工具，学者们纷纷把目光投向了文学历史的深处，对理论诞生之前的作品进行新视角下的阐释。问题是作家在创作之初，并不知悉有关理论，用现代的理论去阐释一部久远的作品是否合适？一个常见的认识是，一个理论的诞生，往往以坚实的社会现实为基础。这个社会现实，从历史的角度来看，可能经历了演变，但本质上没有发生根本的改变，所以，后世的理论能够阐释前世的作品。不妨换一个角度来看。当作家进行创作的时候，虽然不能够从理论的高度认识自己所描写的社会现实，但忠实生活的逻辑，按照生活原有的样子再现现实；当社会的认知水平提高之后，新的理论不仅能够阐释眼前的现实，而且同样适用历史长河中的现实主义描述。

上述问题也是《泄密的心》所面临的问题。有三种可能：一是艾伦·坡的作品纯属虚构；二是艾伦·坡经历了精神分裂的痛苦，个人的经历为他的创作提供了叙事基础；三是艾伦·坡在当时就对有关的疾病有所了解，只是当时并没有可靠的理论阐释。艾伦·坡的朋友当中就有医生，他们很可能是他的知识源泉。此外，学术论文与普通杂志、百科全书等媒介，对精神与身体方面的疾病都有论述或描述。当然，由于精神分析尚在发展的初期，有关的论述或描述也是零散的，关于疾病的症状或分类，学者们也是智者见智，仁者见仁。不过，下面的记载，也许更加可靠：

> （偏执狂患者）……傲气、自负以及张扬；易激动……固守一些极为荒谬的观点；好争论……自吹自擂，使用……反常的手势，做出反常的事情……有时候，没有多少依据就心生怀疑；其他时候，因为一些极为荒诞的理由或者纯粹出于幻想，表现出害怕、畏惧的样子……要接受道德约束或医学治疗的时候，……又坚持说，没必

要，自己根本就没病。①

因此，与其浪漫地认为，艾伦·坡曾受精神分裂疾病的困扰，通过艺术创作，缓解自己的精神疾病或毁坏欲望，倒不如说，坡是一位涉事很深的作家，为了取得准确和真实的艺术效果，创作之前，查阅了大量的有关资料。艾伦·坡的这种精神有他的侦探小说为证。

没有靠不住的艺术，如果艺术靠不住的话，那就称不上艺术了。所以，不可靠叙事只是一个艺术假象，它构成了叙事的表层结构，要寻找真实可靠的意义，就要从表层出发，深入到叙事的深层次里，在那里，通过逻辑判断，去伪存真，一个可靠的表述就自然显现出来了。

第二节　矛盾的叙事

矛盾的叙事，不言而喻，指的是由具有对立性事实或信息构成的叙事文本。对立性表现为是与不是、在场与不在场，事实的对立性或矛盾性，是文本意义产生的场所。应当指出的是，对立性或矛盾性之间不存在着统一关系，因为统一关系的存在，表明对立或矛盾双方互为依存，缺一不可。与此相反，没有统一关系的对立关系表明，矛盾的事实能够共存，是因为在主体的视角里，信息呈现不确定的特性，可能是、也可能不是，可能在场、也可能不在场。由于不能否定，所以只能予以肯定。矛盾的叙事不是失败的实例，而是成功的典范。

不可靠叙事者，从表面上看，讨论的是讲故事的人，但实质上，研究的仍然是文本。不过，由于叙事者企图掩盖事实，在陈述的过程中，大量虚构，自以为虚构的陈述滴水不漏，熟料漏洞百出，甚至自相矛盾；或者，由于叙事者患有的精神疾病伤害了有关器官，叙事者在不知情的情况下，做出了大量相对可靠、却绝对违背现实逻辑的陈述。在两种情况下，虚构或违背逻辑的陈述背后，都隐藏着真相，隐藏的真相都能大白于天下。相比之下，矛盾叙事中的对立现象，是在正常而不是异常的认知情况下，由于认知主体的能

---

① Issac Ray. *A Treatise on the Medical Jurisprudence of Insanity* ［M］. Boston：Charles C. Little and James Brown，1838：172 – 173.

力或条件所限，所导致的一种不确定性或片面性，这种不确定性或片面性是显性的，而不是隐性的；是心理上真实的，而不是虚构的；是目的，而不是手段。就不可靠叙事者而言，他（她）与读者形成对立关系；文本之外的读者掌握着可靠的标准，通过理性地运用经过检验的标准进行判断，可以得出可靠的结论。然而，就矛盾的叙事而言，叙事者与读者之间没有对立关系；可是，要充分理解矛盾的叙事，读者不仅需要知识与能力，而且需要智慧；唯有如此，才能认识到矛盾的叙事所传递出的信息。可见，与不可靠叙事者对应的是技术，与矛盾的叙事对应的是哲学。要区分二者，不能仅靠一个现象或条件，而是要综合考虑；也不能否认表面的相似处。

矛盾的叙事，根据成因，大致可以分为三个类别：一是有限能力的，如《年轻人古德曼·布朗》（*The Young Goodman Brown*）；二是主体性的，如《喧叙》（*Recitatif*）；三是有限物理视角的，如《月光下的林径》（*The Moonlit Road*）。用视角来分区分矛盾的叙事文本，问题似乎又回到了原点，其实不然。不可靠叙事者的视角是单一、固定、自信的。矛盾的叙事，一般情况下，具有一个意识中心（center of consciousness），意识中心往往由多个视角构成，视角之间可以自由转换，信息之间具有矛盾性；也有单一视角的情况，但单一视角缺乏自信，如有限能力的矛盾叙事。本质上，矛盾叙事的每一个视角都是可靠的。

有限能力的矛盾叙事，顾名思义，是由于叙事者（主要人物）的认知能力有限所致，叙事者获得的一部分信息可靠，另一部分的信息则模糊不清，既可能是（存在），也可能不是（不存在）。读者的任务可以是去搞清楚不确定的信息到底是什么，也可是接受可靠信息与不可靠信息并存的现实。前者是技术性的审美活动，后者是思辨式的审美活动。就《年轻人古德曼·布朗》而言，叙事者的视角与主要人物布朗的视角重叠，布朗的那一段特殊经历完全是一种矛盾的现实，仿佛两个人关于同一事件的不同见闻，构成了典型的矛盾叙事。

自从作品发表以来，不少读者试图回答叙事者提出的一个问题，即布朗到底是否在林中睡着了，做了一个噩梦？对此，出现了三种回答：一是梦境说，二是魔鬼说，三是现实说。梦境说认为，叙事中所出现的事件，事实上是布朗在梦中所见，也就是说，布朗"从没有邪恶的地方，看到了邪恶。"①魔鬼说认为，叙事中的事件，不是布朗梦中所得，而是魔鬼所为，魔鬼借助法力，唤起了村民的鬼魂，而布朗错把村民的鬼魂当作村民。② 现实说认为，夜晚林中发生的一切都是真实的，霍桑（Nathaniel Hawthorne）以此批判"布朗的长者们……从事着正义的职业，却干着魔鬼的勾当"。③ 第一种情况下，布朗是一位有罪之人，第二种情况下，布朗是一个牺牲品，第三种情况下，布朗是一个遭受不公之人。关于《年轻人古德曼·布朗》的解读方式之多，足以说明该作品的复杂性、深邃性与代表性。

　　叙事中存在矛盾性的事实简单地总结如下。第一，布朗的祖父。进入森林不远处，布朗遇到了一位"衣着朴素体面"之人，这位先生告诉布朗，他曾是布朗祖父地帮凶，一起当街殴打过一位女性公谊会信徒；可是，在后来的对话中，克洛伊丝又指认这位先生为布朗的祖父。祖父、父亲在布朗眼中，都是守法的基督教徒。第二，布朗的妻子费丝。布朗相信，费丝待在家里；可是，他在林中听到的声音、捡到的红丝带，特别是面对面所见，无一不证明费丝到场。令其疑惑的是，就在他向费丝惊呼之后，眼前的费丝顿时消失得无影无踪。第三，重要教职人员以及其他政要。一方是牧师、执事谷金、布朗的道德精神顾问克洛伊丝；另一方是州议会的参会人员、州长夫人及其好友等，上述重要人物，之所以能够一一列出，是因为布朗在巫师集会上亲眼所见。可是，他们，如同费丝一样，也都在瞬间消失。第四，最新入会者。他们与上述三种人不同，没有具体的姓名，但结局却是一样。无怪乎，叙事者提出这样的疑问："难道是布朗在林中睡着了，而且只是做了一个巫师聚会的荒诞不经的梦？"没有答案。

　　其实，答案是布朗在林中所闻所见既是实的，也是虚的。何为实？本人在场，亲耳所闻、亲眼所见，均为实。何为虚？难以向社会证明的所闻所见，或者亲身体验但社会拒绝承认的，即为虚（捏造事实，不在讨论的范畴之内）。那如何看待自己的怀疑对象？怀疑，从宏观上讲，是可靠的，因为有了犯罪事实，必有犯罪主体，但犯罪的主体却始终处于隐藏的状态中。越是没

---

① Mark Van Doren. *Nathaniel Hawthorne*［M］. New York：William Sloane Associates，1949：79.

② David Levin. Shadows of Doubt：Specter Evidence in Hawthorne's "Young Goodman Brown"［J］. *American Literature*，1962（34）：344.

③ Harry Levin. *The Power of Blackness*［M］. New York：Knopf，1958：54.

有人承担犯罪事实，越是有可能人人都是犯罪的主体，但绝大多数人是无罪的。不过，当犯罪事实增加，或者社会风气每况愈下，却没有承担责任的主体，多数人都有可能是犯罪的主体或同谋。

布朗见到了什么？布朗见到了虔诚的外表之下，隐藏着的各色罪恶，这些罪恶从一个神职人员口中说出，更加令人震撼：

> 教会中，白胡子老者向家中的女佣灌输一些轻浮的思想；许多的妇女，为了早日穿上寡妇的丧服，就寝之前给丈夫服毒，抱着他度过最后的一夜；少不更事的年轻人急于继承父亲的财产；美丽的姑娘，莫要脸红，亲爱的，在花园里挖好了小小的墓穴，邀请我作为唯一的客人，参加婴儿的葬礼。

罪行似乎是罄竹难书，主持为此进行了极具抽象的概括：

> 你会高兴地发现，整个地球就是一个由罪行构成的污点，一块巨大的血迹。这只是其中的小部分！还是让你自己去窥探每个人心中深藏的罪行，去发现各种邪恶艺术的源泉；与人的能力，比方，与我的能力相比，人心更具有取之不尽的邪恶冲动。

神职人员自揭宗教组织内部的罪行，所引发的摧毁性效应可谓巨大，简直能够颠覆整个基督教。

布朗为何郁郁不乐？信以为真，但又不能揭穿真相，因为他拿不出可靠的证据；即便是有了证据，难道就有人相信？

在上述四个具有矛盾性的事实中，第二、第三是重中之重。从费丝的角度来看，费丝显然没有参加过巫师聚会，即便是参加过，也不会承认。布朗临行之时，的确看到费丝留在家中，费丝本人也没有表示，夜间有外出的活动安排。当布朗清晨回家的时候，费丝出门迎接，说明她一直待在家中，并没有外出。从她那兴高采烈的表情来看，费丝根本不知道布朗夜间参加了巫师聚会。费丝也没有询问丈夫夜间外出所为何事，这说明她对丈夫充满了信任。反过来讲，布朗没有证据证明费丝夜间参加过巫师聚会，他捡到的粉红色头绳，不一定是费丝的，也可能是其他女孩子的。他看见过费丝，可又如何向她证明呢？他呼喊过费丝，可费丝没有回应他，没有回应的呼指是不真实的。如果费丝参加了巫师聚会，她不会提前回家，而是与布朗一起返回，让布朗无话可说。如果是提前返回，由于面对面见到过布朗，她迎接布朗时的表情，一般情况下，应该是忐忑不安，或者目光里有许多话要说，而不是笑容可掬，俨然任何事都没有发生。费丝的城府很深。此时的布朗，既不能怀疑自己，也不能面对面的质疑，挑破最后的一道面纱。

布朗面对神职人员的情景同样如此。他不敢相信，参加过巫师聚会的老牧师，清晨会一如既往，饭前散步，边行走，边思考上午要布道的内容；也不敢相信，执事谷金根本没有看破红尘，依然按时做祈祷功课，祈祷之声，隔窗可闻；同样不敢相信，克洛伊丝始终坦然地从事着少年的宗教启蒙工作。在布朗看来，既然在如此广泛的聚会上，大家撕下了最后一块遮羞布，也就没有必要继续保持虚伪的面孔。露出真面目，也许是最后的一点善。然而，布朗又不能阻止他们的宗教工作，不是怀疑自己的所见所闻，而是没有办法证明所见所闻的真实性。社会邪恶这一类东西，正如社会道德滑坡一样，往往是不能够用数据来说明的，只能用心来感应，然后在无形中加以确认。要用数据来讲话，由于数据统计工程浩大，不仅难以短时间内完成，等到完成以后，数据已经失去了应有的作用，而且每一个环节都会出问题，简言之，诚信是最大的障碍。用心感知，就是你知，我知，大家知；此时如此，彼时如此，故如此。然而，用心感知的东西，最容易遭到否认，不到质变之后，是没有人承认的，即便是质变之后，也有人推脱责任。因此，布朗的困惑是，欲罢不能，欲言又止。

布朗认为，他可以参加巫师聚会，但神职人员以及达官贵人则不能。"这里，"那位身形模糊的人继续说道，"就是你们平时敬重之人。你们视他们为神明，一想到自己的罪行，再看看他们正派的生活以及虔诚的祈祷，就感到羞愧难当。"由此可见，在世俗的眼光里，尘世一般由两种人构成，一是敬重他人之人，二是受人敬重之人。第一类人是普通人，容易受欲望的侵扰，走向堕落，因而是上帝的弃民，但弃民自有自知之明。第二类人是优秀之人，不为欲望所扰动，一心向善，因而是上帝的选民，上帝的选民具有示范、普度众生的能力。布朗之所以去参加巫师聚会，是因为他是一位世俗但守法的基督徒，不过，出于好奇，很想知道世俗之人到底是哪些人，都能够犯下什么罪行。即便是参加巫师聚会就是一种罪行，也在所不惜，毕竟自己是一位世俗之辈。与此相反，神职人员以及达官显贵，都是上帝的选民，他们不会是有罪之身。然而，出乎意料的是，他心目中的理想边界消失了。不过，上帝的选民并不是他最后的边界，他最后的边界是他的妻子费丝。他竭力阻止费丝堕落，因为费丝是他身边的最后一道防线：有了费丝，堕落的布朗也许还有救赎的余地，这就是他的妻子取名"信仰"（Faith）的缘故，也就是"费丝耽误了我"（Faith kept me back awhile.）的双关所在。

布朗的错误在哪里？他的错误在于把人分为两类，弃民与选民。其实，所有的人都是弃民，所有的人也都是选民。不是说，人类都有原罪吗？这就是说人人都是弃民；不是说，人人都可以赎罪吗？这就是说人人都是选民。真正的弃民应该是知罪不悔，有救不从。有利在前，有谁愿意承认自己是知罪不悔，有救不从之人呢？徒劳在前，有谁愿意做选民呢？凡事无绝对，总有例外之人，这就是魔鬼与圣人。布朗参加巫师聚会，却不能允许妻子和其他人参加。在呼唤妻子眼望上帝、拒绝魔鬼的时候，自己却往泥潭里越陷越深。布朗责人以严，待己以宽。正因为看不到人心的黑暗之外尚有光明，布朗的一生都在抑郁中度过。他不是一位好丈夫，因为他没有原谅妻子；也不是一位好父亲，因为他不能正确面对人心，不能正确面对人心，也就无法正面教育孩子。他也不是一位好村民，自己的世界观孤立了自己；也不是一位好信徒，狭隘的宗教观误导了自己。不过，布朗仍旧是一位好人。他知道什么是恶，什么是善，在善与恶之间，他不断犹豫。

正确的道路在哪里？在老牧师的脚下：他参加了巫师聚会，但在法律的体系里，他爱惜健康、虔诚、敬业，认真对待每一次布道。在执事谷金的脚下：他仍然坚持祈祷，做祈祷之时正襟忘我。在克洛伊丝的脚下：她依然耐心地辅导她的教女，指导她沿着宗教的道路直线行走。他们都在合法地履行宗教职责。倘若有一天，他们由于罪行暴露，遭到革职，这也是正义得到伸张的体现。不妨做这样的假想：人人都知道神职人员有隐藏的罪行，但他们的罪行始终没有得到惩罚，因此，众人深感失望，一致同意废除宗教信条，在没有宗教信条的日子里，人们放纵自我，完全不必顾及虚伪的面纱。可以想象，这样的世界很快就会走向崩溃。与此相反，承认邪恶的存在，也允许虚伪的面纱在人世间不时地出现，但在法律和道德的约束下，社会可以艰难、缓慢的前行，但绝不会后退。

这就是布朗既看到邪恶又无法确认的理由。换言之，叙事者要揭示的是，邪恶既存在，又不存在，或者说，虽知之，但包容：前提是阳光有照不到的死角。正义是人类前进的动力，向上是人类生命的维生素。

由此可见，巫师聚会是《年轻人古德曼·布朗》中最精彩的一笔。世上根本没有巫师，也就更没有巫师聚会了。巫师聚会实质上是一个特殊组织的一次纳新大会，例如地狱之火俱乐部（The Hell Fire Club）或者骷髅俱乐部

(The Skelton Club)；入会之后，新会员获得了一些不为外人知晓的组织内部的秘密，这些秘密令其大开眼界，也对人生产生了重要的影响。或者，在一次社交活动中，有人在无意当中，获得了一条有关生存方式的重要信息，该信息改变了自己的人生观、价值观与世界观。无论哪一种情况，所获得的信息都不能证实、也不便于证实，但按照生活的常理，无不具有极高的可信度。对此，可以信之，也可不信，但不管怎样，整个过程不便于对外宣讲。

　　生活中的这种现实，用什么来描述最合适呢？夜间的一次巫师聚会。夜间漆黑一片，一切活动均处在黑暗之中，很难为人知晓。夜间，一般是鬼、魔、巫师活动的时间，他们进行的活动当然与人类的生活方式以及到伦理相违背。夜间的活动，没人能够证实，也没有人能够证伪，是与不是，完全取决于一个人的态度。其实，布朗不可能夜间跑到森林里去做一场梦，因此，他的所闻所见一定是真实的。把真实的东西描写成梦，原因有三：一是因为梦自身与现实有着不可分割的联系；二是因为时过境迁，事件没有留下任何证据，仿佛一场梦，梦在则实，梦过则虚；三是黑夜与梦一样，充满了神秘、朦胧的色彩。亦真亦幻，亦是亦非，这才是叙事追求的真正效果。

　　霍桑的人生观具有超越时代的精神。他对清教思想的态度，并不像《红字》那样，具有鲜明的批判精神，倒是表现出了几分的认同。对清教思想的认同，似乎是对虚伪的让步，但事实并不如此。正如《查拉图斯特拉如是说》所言，该是撕下虚伪的道德面纱的时候了，《年轻人古德曼·布朗》撤下了清教思想的遮羞布，但并没有选择超人，而是选择了宽容，选择了向善。这就是矛盾叙事的一个重要蕴含，也是《年轻人古德曼·布朗》与众不同之处。

　　主体性矛盾的叙事。叙事中存在着矛盾，产生矛盾的主要根源是人物的主体性。主体性，是小说人物意识到并能够主动行使个人权利的存在状态，表现为个人的能力、个人在行动中的作用、由能力与作用所决定的个人在关系网络中的地位。主体性具有以下四个特点。第一，自由。自由就是在合法或合理的范围之内，自主地、不受干预地行使权利的可能；没有自由，人的一切行为都将失去意义，因此，自由是个体按照个人意愿积极作为的重要条件。第二，平等。平等是一种政治权力，它给予每一位合法公民相同的权利；平等并不等于公平，公平是平等的合法保障，平等与公平承认差异性结局；有了平等与公平，才有正义。第三，能动性。能动性就是发挥个人才华、解决问题的能力。作为一个生命体，人的一个主要特点就是主观意志，这是人区分于非生命体的重要标准。人有了意志，就能把个人的欲望变成现实，从而体现个人的能力与作用，在关系网络中找到自己的位置。第四，自律性。人不是唯一具有欲望的生命体，却是欲望最大而且不断升级的生命体。欲望的大小，当然要与个人的能力与机遇有关，能力与机遇有限，欲望也就要得到适度的限制，反之亦然。否则，人在欲望的驱动下，无限膨胀，当条件与能力有限的时候，膨胀的欲望就会导致悲剧。文本乃是主体性表演的场所，主体性的性质决定了文本的矛盾性。

主体性存在的社会环境对主体性也能够产生重大的影响。一个重要的社会环境是对历史的解读方式。历史，除了事实性，还有文本性，即历史是一种以事实为基础的语言构建，进行语言构建的主体，一般情况下，是权力的拥有者。在专制的体制下，历史作为官方的单一叙事，体现的是官方的意志，因而是元叙事或元历史。在元历史当中，异质内容或声音全部遭到清洗，或者遮蔽。当社会进入民主时代，每一个社会阶层或团体，都有权利参与历史叙事，历史就不再是单一的声音，而是多声部混合而成的交响乐，交响乐中，并不回避偶现的杂音甚至冲突的旋律。和谐、一致的旋律固然重要，但只要有一种声音想要主张自己的权利，它就有表达的机会，它的声音就有一席之地。交响乐实质上就是文化多元化，多元化就是要去中心化，就是要否定等级制的二元对立。中心消失了，等级退位了，取而代之的是边界性、流动性。意义，作为最高级别的奖赏、最美丽的符号，不再是先在的、稳定的、可靠的，专等有志者前去掀开盖头，而是在差异之中，通过各方互动的方式才能逐渐产生，因而意义具有异、延的特性。

《喧叙》的叙事部分存在着无法消弭的歧义，不是给出的事实不可靠，而是可靠的让你难以抉择。一个边缘化的厨房帮工玛姬、两位孤儿院的"孤儿"特怀拉与罗伯塔、两位不称职的母亲，构成了叙事的主要人物谱。其中，玛姬与两位"孤儿"的人生经历构成了故事的主要情节。叙事的歧义主要表现在：其一，人物的族裔身份不确定，特怀拉与罗伯塔之间，一个是白人，一个是黑人，可是，谁是白人、谁是黑人，莫衷一是；其二，关于曾经发生的事件，特怀拉与罗伯塔各执一词，不分黑白。归结起来，作品解构了族裔身份的文化积淀与历史的单一性与稳定性，阐述了阶级与历史的文本性对于族裔问题的重要性。

有道是，习惯成自然。人如此，文化亦是如此。任何程式化的东西都是一种思维定式。关于黑人的叙事，一个重要的背景就是白人；白人与黑人的关系，就是压迫与被压迫、中心化与边缘化的关系；白人受教育程度高，礼貌、文雅，黑人家受教育程度低，粗鲁、低俗。阅读了太多的美国非裔小说，读者的第一反应就是身份认定：谁是黑人，谁是白人；然后，对号入座。总之，一切相关的文学审美活动都程式化了。莫里森（Toni Morrison）反其道而行之，在创作《喧叙》的过程中，把它定位成"一篇试验性作品，作品中根本没有出现任何关于两个不同民族人物的民族信息，而民族身份，对于她们来讲，至关重要"。① 民族身份，对于小说人物至关重要，为何又要遮蔽掉了呢？有两个目的：一是迫使读者对什么是真正的民族身份进行再思考，因为他们在这个问题上已经形成固定不化的思维模式；二是把读者的注意力从固化的身份模式上转移到阶级的层面上来。因此，习惯于固化思维模式的读者，面对作品，无所适从，因为他们根本找不到恰当的民族身份信息。没有了稳定的身份信息，对作品的理解也就裹足不前了。

抛开民族身份，摆在她们面前的关键问题是经济与阶级：经济水平决定了各自的社会地位，社会地位又进一步影响着她们之间的关系。共同的困境与渴求保护的愿望把她们联系在一起了。在圣文德孤儿院，特怀拉与罗伯塔从一开始就与孤儿院的其他成员格格不入：与其他孩子不同，她们不是孤儿，而是被父母遗弃之人；所以，在孤儿院，她们是他者，远不如波多黎各人、乡下的印第安人与朝鲜人。在特怀拉与罗伯塔之间，也存在一种张力：首先，特怀拉是叙事的中心视角，无形之中，特怀拉拥有一种不可否认的权威性；其次，母亲曾经告诉特怀拉说，"他们从不洗发，身上散发着难闻的气味。"罗伯塔身上的确发出一股难闻的气味，但是"他们"到底是指白人还是黑人，没有明确。国内的学者和读者多倾向罗伯塔是黑人；可是，国外的学者与读者倾向于特怀拉是黑人。② 信息的准确性可以怀疑，但不能否认的是，特怀拉与罗伯塔很快成为朋友，不仅仅是因为她们同处一室，而且因为罗伯塔"一点就通，也不刨根问底塔"。成为朋友，但并没有解决"食盐与辣椒"（孤儿对她们的称呼）的问题。

两个姑娘的母亲到孤儿院探视她们，母亲们的不同表现也极大地颠覆了读者的预期，再一次说明了经济地位而不是族裔身份是决定一个人社会地位与幸福感的关键因素。特怀拉的母亲玛丽空手而来，最后不得不分享女儿没

---

① Toni Morrison. *Playing in the Dark* ［M］. New York：Vintage，1992：xi.

② Robyn Warhol，Amy Shuman. The Unspeakable，the Unnarratable，and the Repudiation of E-piphany in "Recitatif"：A Collaboration Between Linguistic and Literary Feminist Narratologies ［J］. *Textual Practice*，2018，32（6）：1009.

有吃完的食物。与此相反，罗伯塔的母亲给女儿带来了鸡腿、火腿三明治、橘子、巧克力脆皮全麦饼干、一保温桶的牛奶。很难想象，这样家庭出身的女孩身上的气味会是不洗澡所致。四人相遇的时候，倒是罗伯塔主动地向自己的母亲介绍特怀拉的母亲，礼仪上的周到孰是孰非，一目了然。更令特怀拉尴尬的是，两位母亲握手之时，玛丽费尽周折才把手从破陋不堪的口袋里摘了出来。进教堂的过程中，玛丽一直口吐脏话；祈祷的时候，她也是心不在焉，只顾自己的形象，拿着化妆品，摹画不停。特怀拉与母亲进食的时候说过的一句话，能够很好地概括她当时的心情："我真想杀了她。"可见，根据白人或者黑人的抽象行为方式来认识两位母亲，无疑是不妥的。

成年之后，特怀拉与罗伯塔的两次相遇再一次体现出了两人社会地位的差异。不过，第二次，造成差异的是社会地位与流行文化的拥有度。特怀拉的第一份工作是公路旅店服务员，当罗伯塔以游客的身份在旅店歇脚的时候，罗伯塔根本不想与特怀拉相认，其中的主要原因是身份差异：一个是底层的招待，提供服务的；另一个是游客，享有服务的。罗伯塔事后给出的理由是：黑人与白人之间的那些事，这显然是一个俗套的借口。正如特怀拉所说，一车游客，有黑人，也有白人，他们之间热情寒暄，不分种族。可见，族裔身份已经根本不足以构成地位上的差异。加大两人之间差距的另一个因素是文化知识。吉米·亨德里克斯，一个黑人与印第安人混血儿、布鲁斯与摇滚乐吉他手，成为横亘在她们之间的一道沟壑。特怀拉不知道，亨德里克斯是反文化青年人的偶像，误以为是与罗伯塔同行的一位男青年的未婚妻。两个原因共同作用，加大了两位女性之间的感情沟壑。相比之下，族裔身份无足轻重。

第三次相遇，更能说明族裔身份的微不足道。特怀拉嫁给了一位消防员，经济状况与社会地位都有明显的改善，但与罗伯塔的差距却更大了。罗伯塔此时已经是计算机专家的太太，开着豪车、住着宽敞的大房子、雇着用人。看着眼前的这一切，特怀拉心潮难以平静："他们没有办不成的事情。他们认为，他们拥有这个世界。"可以说，中产阶级的幸福在于，有奋斗，就有收获，有收获，生活就有保障。上流社会的幸福是，有投资（劳动），就有收获，有收获，就能挥霍。日子，对于中产阶级来说是拥有；对于上流社会是选择。罗伯塔显然属于上流社会，特怀拉，中产以下；他们之间的差异，可以精准地归结为：他们、我们。在孤儿院，特怀拉与罗伯塔是"我们"，其他的孤儿是"他们"；眼前，罗伯塔与资产的拥有者是"他们"，特怀拉与那些奋斗者是"我们"。"他们"与"我们"的称呼让人生分。无论如何，特怀拉和罗伯塔与之结群的人们不会是清一色的黑人，也不会是清一色的白人。"正如我们的分析表明，用模糊种族的表述方式叙事，针对的是所有的读者，他们无论是否清楚，都怀有一定的种族主义。后现代主义模糊两可，为的是避免采取政治立场；莫里森模糊两可，为的是主动进攻，抨击种族主义的疯狂。"①

《喧叙》的第二个矛盾之处集中在特怀拉与罗伯塔对玛姬的解读上。玛姬的职业身份是孤儿院的厨房帮工；民族身份不详，只知其肤色是栗色（sandy colored）；身体特征是个头不高、哑巴、罗圈腿、头戴护耳帽、一身男孩装扮。根据特怀拉与罗伯塔在孤儿院的一段对话可以确认的事实是遇到危险或者想哭泣的时候，她喊不出声音来，只有眼泪；哑言但耳聪，受到屈辱，从不做出任何引人注意的反应。可见，玛姬是一个无足轻重的人物，然而，却无意成为叙事的焦点，换言之，成为特怀拉与罗伯塔两人争论的核心人物。关于玛姬，她们各自讲述自己的故事，通过各自的故事，试图修改对方的记忆，确立自己故事的中心地位，使用具有权威性的故事（记忆），治疗自己心灵上的创伤。"只有当人物根据自己的记忆，质疑并正视原型人物意义的时候，他们才能治疗精神创伤"。② 如此一来，玛姬就成了历史人物，她的人生经历也就是历史事件，如何认识历史，直接关系到特怀拉与罗伯塔的自我身份。由于映射出历史的本质，玛姬成为一个象征。

呈现历史的方式多种多样，是文明的选择，也是权力的表述。在没有文字之前，历史只有依靠口口相传，口头传诵，难免遗忘，也不能排除传承者根据个人好恶添枝加叶。有了文字之后，文字落地生根，难以更改，历史似乎是铁板钉钉。可是，鹅毛笔后面还有一个史官，史官必须对史料进行选择，选择必然带有倾向，有倾向，就有可能失之公允。更何况权力可以干预历史的书写。当历史只以文字为依据的时候，审查文字，就审定了历史的性质。不过，文字审查，审查了地上的，审查不了地下的；审查了书面的，审查不

---

① Robyn Warhol，Amy Shuman. The Unspeakable，the Unnarratable，and the Repudiation of E-piphany in "Recitatif"：A Collaboration Between Linguistic and Literary Feminist Narratologies ［J］．*Textual Practice*，2018，32（6）：1012 - 1013.

② Helane Adams Androme. Revised Memories and Colliding Identities：Absence and Presence in Morrison's "Recitatif" and Viramontes's "Tears on My Pillow" ［J］．*MELUS*，2007，32（2）：133 - 134.

了内心的。关于黑人的历史，由于历史的局限，只有碎片化的历史事实，口头的、文字的，却没有多少系统的记载。凭记忆重塑历史，记忆有多少可靠性？白人的记忆可靠，还是黑人的记忆可靠？历史是一元的，还是多元的？答案就在叙事的矛盾之中。

黑人的历史，仅仅属于黑人的，还是黑人与白人共同的遗产？玛姬的肤色说明，黑人的历史，是在黑人与白人的手中产生的，关于这一段历史，白人可以进行回顾与书写，黑人也可以进行回顾与书写。所以，关于玛姬的故事（黑人的历史），特怀拉的回忆是白人的视角还是黑人的视角？罗伯塔的回忆是白人的视角还是黑人的视角？谁也说不清，也没有必要说得清楚。可以肯定的是用"喧叙"做题目，莫里森要揭示黑人的历史更多地采用口头相传；让特怀拉做叙事者，她的叙事无论是白人的还是黑人的，都可以说明一个道理，即总有一种历史的书写容易成为元叙事，凡是元叙事就是专制，凡是多元叙事就是民主。

特怀拉的第一次叙事受到罗伯塔的挑战。《喧叙》的叙事者是特怀拉，从她的视角出发，读者很容易与之认同，认同产生之后，她的叙事就成了元叙事。关于两人的过去，特怀拉的反应是"那段日子发生的事情，我简直忘得差不多了，不过，天哪，圣文德的事，历历在目。还记得玛姬吗？有一天，她摔倒了，那些臭丫头大笑不已"。罗伯塔的反应十分强烈，抬起头来，吃惊地看着特怀拉说道，"玛姬根本没有摔倒。"可以看出，特怀拉十分自信，确定玛姬摔倒了；罗伯塔也是十分的自信，玛姬并没有摔倒。即便是罗伯塔反对，读者也倾向于特怀拉的陈述，这就是叙事视角的力量。魔鬼往往驻留在读者心中。罗伯塔的看法是"不，特怀拉，她们把她打倒在地。那些姑娘把她推倒了，还撕扯她的衣服，就在果园里"。面对罗伯塔的说法，特怀拉迟疑不决，感到"玛姬事件让我身心不宁"。显然，罗伯塔的陈述动摇了特怀拉的叙述，历史的稳定性与单一性遭到挑战。"如果我们记忆中的过去不是真实的，那么我们还会忽略了什么呢？"① 这是令人最受启发的一点，历史记载不可能涵盖一切，任何遗漏都有可能改变历史的结论。历史只能通过反复地书写，才能不断逼近真相。

回忆童年的共同记忆，可以加强彼此之间的感情，弥合岁月与离别造成

---

① Shanna Greene Benjamin. The Space that Race Creates: An Interstitial Analysis of Toni Morrison's "Recitatif" [J]. *Studies in American Fiction*, 2013, 40 (1): 95.

的隔阂。可是，历史似乎不解人意。第二次相遇，罗伯塔单刀直入，再一次提到玛姬事件："你还是那个年幼、依靠政府的孩子，看到一位年迈、可怜的黑人老妇倒在地上，上去就是一脚。你踢了那个黑人女人，还胆敢说我是个顽固"。特怀拉否认玛姬是黑人，但罗伯塔十分坚定，不仅坚持玛姬是黑人，还承认她们两人都踢了玛姬。在特怀拉的叙事里，玛姬还是一个没有民族标记的妇女，在罗伯塔的叙事里，则成了黑人。"当时，充当游行纠察，就是坚持以种族色彩为取向的政治立场；通过给玛姬指定肤色的方式，罗伯塔重新书写了玛姬事件，对于一个变得越来越不稳定的记忆实行了控制。"① 控制历史，服务于现实，这才是罗伯塔的真实目的，因为她后来澄清了事实。批评自己具有暴力倾向，以相同的原因指责特怀拉，罗伯塔要说的是斗争避免不了身体冲突。如此一来，不是宣扬暴力，起码是承认暴力，并借助历史，赋予暴力合法地位。哪一派胆敢做出这样的主张？众所周知，让黑人与白人学生同校，有助于消除种族隔离的弊端；可是，罗伯塔坚持母亲的权利，母亲的权利就是黑人与白人分校：罗伯塔维护的是黑人学生的利益还是白人学生的利益？主张种族隔离，还是反对种族隔离？难以回答。不过，可以肯定的是，无论是黑人还是白人，每一次权力主张，实质上，都是一种种族主义行为，都带有一定的暴力倾向。姊妹情谊没有得到巩固，倒是揭示了更深邃的道理。

最后一次相遇，罗伯塔对玛姬事件的态度发生了转变。她传递了信息。第一，她的确认为玛姬是黑人。这倒有可能，因为玛姬的肤色是栗色，人们对颜色的认识存在差异，把她视作黑人也合乎情理。第二，玛姬到底是什么肤色，现在她记不清了。在没有文字记载的情况下，记忆就是历史唯一可靠的来源；然而，记忆有时也是不可靠的；因此，关于历史，不仅是受迫害史，也包括迫害史，任何人都要采取审慎的态度。对于弱势群体，或者历史上的受害者来说，这是否是找借口企图全部否认历史的罪恶？不是。有的学者，因为看到了历史事实中包含杂质，提出了质疑；有的学者担心，有人借口历史事实中的一些杂质对历史进行全面的否定。在对待犹太人历史、北美土著历史、美国非洲裔历史方面，民权活动家、知识分子、族裔作家，包括一些政治家，都开始意识到这个问题，并对历史文物采取了积极有效的保护措施，

---

① Shanna Greene Benjamin. The Space that Race Creates: An Interstitial Analysis of Toni Morrison's "Recitatif" [J] . *Studies in American Fiction*，2013，40（1）：96.

也对具有争议却没有历史证据的一些观点持有审慎的态度，这种做法不能简单地用一个叛徒、内奸来描述。第三，"想做就是做了"。神话是否是历史，历史里是否有神话的成分，这些都是史学界的一个重要课题。同样，心理活动是否是事实，事实是否含有心理现实？她们说得好，当时，她们都是孩子。从孩子到成年，人的成长历程就是人类进步的历程。久远的过去，有多少是清晰的，有多少是模糊不清的，这是一个难以简单做出论断的问题。没有谁愿意否定血腥史，因为每一个人都有可能是那个受害者。

种族问题，从来就不像理论构建的那样清晰、简单，超越简单的二元对立的思维方式或者语法，把种族与阶级结合起来考虑，或许更能表达种族问题的真实性。民族主义运动，许多情况下，是在与霸权主义共谋，然而，在运动热情的冲击下，共谋的事实参与者很少能够正视。历史，就像玛姬一样，不会说话，自己是什么，完全取决于拥有话语权一方的独白；事实是，关于历史的表述，任何一方都不可能屏蔽主观意志的干扰。无论是种族问题还是历史问题，真相往往存在于间隙处，"要很好地利用二元之间的空间，善意的双方，不能说不该像特怀拉与罗伯塔那样，在开发空间的时候，要致力于寻找双方前进的道路，而不是指责对方的办法。"① 总之，把种族、阶级与历史糅合在一起，通过废除人物民族身份设定的方式，莫里森促使来自不同文化背景的读者反思自身的表述语法，加深认识一个道理：彼此批判对方的时候，其实都是在共谋。超越每一个视角的局限、齐心谋划人类共同的命运，才是文明歌剧这场大戏情节发展的真正动力。

可见，当行为主体在行动过程中自觉行使权利的时候，自觉意识、行为能力、实际行为与社会地位构成了主体性，主体性在社会关系网络下引发了行为结果的矛盾性，不过，矛盾存在之处自有哲理的光芒。

有限物理视角下矛盾的叙事。叙事中之所以有矛盾，是因为叙事者之间的时空位置不同，视角受到了限制，不能够获悉更多有关事件的必要信息。限制叙事视角的因素，来自外部而不是内部，是客观的而不是主观的。与此相反，有限能力视角，受到自身条件的限制，自身的限制性因素同样是客观的，而不是主观的。有限能力视角单一因而是固定的，而有限物理视角则是不断转换、多元的。在有限物理视角下，读者要获取完整的信息，可以把不

---

① Shanna Greene Benjamin. The Space that Race Creates: An Interstitial Analysis of Toni Morrison's "Recitatif" [J] . *Studies in American Fiction*，2013，40（1）：105.

同出处的信息简单相加；信息之间如有矛盾，则需要去伪存真，按照事物内在的逻辑关系还原事件。主体性矛盾的叙事，没有可靠的事件，只有多种可能的阐释。换言之，事件永远是一个不可见的实体，所有的阐释永远是不可见实体的影子；影子越多，不可见的实体也就越清晰。

《月光下的林径》有三位叙事者，儿子、丈夫、妻子。儿子年幼，缺乏深度思考问题的能力，但能够准确地反映所获得的事实；丈夫有些性格缺陷，在行动的过程中，对事情做出了错误的判断，造成了悲剧；妻子，一直处于真相之外，可是能够如实反映自己的经历。他们三个人的共同悲剧是，一位家庭成员死于另一位家庭成员之手，在回忆事件的过程中，每个人都是可靠的，但在事件发生过程中所获得的信息都是有限的，个别地方是错误的。错误的出现完全是当事人无意间造成的，当事人不会因为犯有这种错误而成为不可靠叙事者，因为他是完全行为能力人。

故事文本由三位叙事者的叙事构成。关于谋杀案件，小赫特曼在叙事中提供的信息分列如下：

1. 小赫特曼年龄19，男性，耶鲁大学学生；

2. 他们的住处略有些偏僻，四周长满了树木与灌木；

3. 母亲朱莉娅美丽有教养；

4. 父亲老赫特曼在妒忌与控制中，爱着母亲。

以下是小赫特曼从警察那里得到的消息：

5. 父亲外出处理事，计划第二天回来；由于办事不成，当天过半夜返回；

6. 父亲把钥匙忘在家里；为了不打扰众人，他从后门进入；

7. 他听到轻柔的关门声，看见一个人影消失在树林里；追击无果；

8. 他认为，那是仆人来访的朋友；

9. 房门没有上锁，他进屋后，径直走向母亲的卧室；

10. 卧室没有上锁，里面漆黑一片，父亲差一点被母亲的尸体绊倒；

11. 母亲的脖颈有用力按压的痕迹；

12. 没有发现有财物遗失。

以下是事后发生的事情：

13. 从此以后，父亲对屋外的脚步声、开门声格外警觉；

14. 一个月夜里，走在林径上，父亲发现了一个神秘之物；

15. 小赫特曼视而不见，但浑身感到一股寒意；

16. 就是那一夜，父亲消失得无影无踪。

卡斯帕·格赖顿先生的陈述，具有以下的重要信息：

1. 他明天就要赴刑了；

2. 他没有曾用名，卡斯帕·格赖顿的名字用了20年了；

3. 他的编号是767；见到两名穿制服的人，逃跑不成被抓。

以下是关于流浪过程的陈述：

4. 他只记得成年之后的事情；

5. 衣衫褴褛，乞讨为生；以天为被，以地为铺；

6. 整天想的就是惩罚有罪之人，因犯罪即将受到惩罚。

以下是谋杀案件的经过：

7. 他爱妻子，妻子却不爱他；

8. 为了证实妻子有无情人，他谎称外出办事；不过，当天半夜之后，就偷偷地返回家中；

9. 临行之前，在门锁上做了手脚，即使从里面锁上，也可以从外面打开；

10. 他看见一个人影，消失在树林里；追赶无果；现今想来，难以确认是否是人影；

11. 当时，在嫉妒与愤恨的控制下，他成了一只野兽；

12. 他来到床前，发现床上没人；他以为，妻子听到声音逃跑了；

13. 转身下楼，由于屋内漆黑一片，不觉摸到屋子的一个角落里，误打误撞上了他的妻子；

14. 亲手惩罚、掐死了他的妻子。

事后经历的怪异现象：

15. 一个月夜里，他在林径上看到了身着白色衣服的妻子；

16. 惊恐之中，为了躲避妻子，他跑掉了；

17. 一切仿佛是一场梦，笼罩在黑暗与不确定之中。

已故朱莉娅的鬼魂在陈述中，提供了如下的信息：

1. 出事的那天晚上，她有一种莫名其妙的恐惧；

2. 她吹灭了灯；没有灯，魔鬼就不会找上门来；

3. 听到魔鬼上楼，可是，一会儿又下楼了；她准备跑出房间求救；

4. 正准备开门，魔鬼又返回来，她急忙跑到屋子的角落里躲藏；

5. 一只大手卡住了她的脖子，活活地把她窒息而死。

朱莉娅死后发生的事情：

6. 一天月夜里，在林中小径上遇见了丈夫与儿子；

7. 妻子相信，爱情的魔力可以破除阴阳相隔、人鬼恐惧的魔咒；

8. 小赫特曼看不见母亲；

9. 老赫特曼与妻子看到了彼此的面容；

10. 妻子满怀爱意地呼喊丈夫；丈夫却充满恐惧地退避、逃跑。

经过分析可以发现，小赫特曼转述的是警察收集到的信息，在警察与他之间、他与读者之间没有任何利益冲突，而且一位耶鲁大学生在事后没有情感波动的情况下所做的陈述，可以说，完全可靠。通过他，读者了解到了：其一，父亲与母亲之间的重要关系信息；其二，老赫特曼向警察所做的供述是什么。

可以看出，卡斯帕·格赖顿就是老赫特曼，因为两人经历的事情在逻辑上具有高度的吻合性。只是事发之后，老赫特曼失忆了，不记得谋杀案件之前的事情，只记得其后的一些经历。通过他的话语方式可以看出，老赫特曼固然失忆，但没有失智。他向警察就事件做出的供述表明，他是一个不可靠叙事者；在向读者进行叙事的时候（人之将死，其言也善），部分事件失忆，但叙事仍然是可靠的。作为一名受害者，朱莉娅根本不知道事情的原委，不会受到利益冲突的影响，她的陈述合乎理性，她的叙事完全可靠。

叙事中出现多处矛盾：小赫特曼关于父母关系的陈述，与老赫特曼关于朱莉娅的陈述之间具有矛盾性；老赫特曼对朱莉娅的情感与朱莉娅对老赫特曼的情感相矛盾；老赫特曼向警察做的陈述与他向读者所做的陈述相矛盾；老赫特曼向读者所做的陈述与朱莉娅所做的陈述相矛盾。小部分的叙事不可靠，不能改变叙事总体的性质，《月光下的林径》仍然属于矛盾的叙事。

事情的经过是：老赫特曼患有疑心病，由于妻子相貌漂亮、气质迷人，不仅受人尊重，而且与人和谐相处，老赫特曼因此怀疑妻子情外有情；为了防止妻子红杏出墙，日常生活中，他想必不时地提出一些约束性的要求；这一切，儿子看得明白。

为了证实妻子到底有无情人，他谎称外出办事，第二天返回，却借口事情办不成，连夜返回。由于不能从前门进入，打草惊蛇，于是从后面偷偷潜入。为了保证计划顺利进行，他事先对门锁做了手脚。就在他准备从后门进入的时候，他突然听到了关门声，月光下，又看到了一个人影消失在林中。根据事后的判断，这可能是幻听与幻视，因为他自己后来也不十分确定。当时，亲耳所闻、亲眼所见，他深信不疑；由于嫉妒与愤怒冲昏了头脑，他变成了一只失去理性的野兽，偷偷地向妻子的房间靠近。

朱莉娅，出于女人特有的第六感觉，感到灾难临头，不堪恐惧。吹灭了油灯不久，就听到魔鬼上楼的脚步声；听到魔鬼转身下楼的时候，她准备冲出房间向人求救；不知何因，魔鬼转身回来；情急之下，逃到房间的角落里躲藏起来；魔鬼发现床上没有人，以为人已经逃到楼下；黑暗中，原本下楼，却误打误撞上了躲在角落里的朱莉娅。愤怒之下，魔鬼卡死了朱莉娅。朱莉娅不知道，所谓的魔鬼，就是她的丈夫。

面对警察的询问，老赫特曼编造了谎言。

收监前的一个月夜里，老赫特曼与儿子走在林中回家的小路上，突然碰见了朱莉娅的鬼魂；面对妻子的鬼魂，老赫特曼惊恐不已；惊慌之中，他逃离家乡，四处流浪。当时，儿子与母亲不能够做出任何交流。

后来，警察查实了老赫特曼的犯罪事实，判定死罪。不过，在羁押期间，他设法逃了出来；流浪了一段时间之后，又被警察发现收监。

老赫特曼（一个版本）的叙事、朱莉娅与小赫特曼的叙事，都是可靠的叙事，但由于叙事者受到主观意志以外客观条件的限制，三个人的叙事之间无不存在着矛盾性；叙事之间虽有矛盾，却没有对事件主要情节的分析造成不良影响。对矛盾的叙事梳理、分析之后，一个清晰、合理的事件逐渐浮出水面。

叙事的矛盾是一种现象，也是意义存在的一种方式，总之，叙事的矛盾性绝不会是艺术的一个败笔。要正确理解矛盾叙事的艺术性，就要具有一种开放的而不是封闭的、流动的而不是稳固的思维方式。

不可靠叙事者的文本所呈现的是单一的事件，其中明显存在着隐晦、严重的逻辑性错误；不过，经过严密地逻辑推理之后，一个清晰、可辨的事实真相终于呈现在读者眼前。矛盾的叙事文本所针对的也是单一的事件，不过不是对单一事件本身进行具体地描述，而是对单一事件做出多元化的解读；从多元化的解读当中，可以抽绎出这个事件的整体轮廓。无论哪一种情况，读者都要透过迷雾看本质，从"非"的现实当中看到"是"的存在。

第七章

重写

　　文本之内有歧义，文本之间也有歧义。文本之内，歧义既是一种叙事艺术，又是一种生活现实；文本之间，歧义主要是一种意识形态，其次才是一种艺术手法；文本之内的歧义属于同一个虚拟的世界，文本之间的歧义则属于两个不同的虚拟世界，因而，文本之内的歧义具有共时性，文本之间的歧义则具有历时性；文本之间的歧义因虚拟世界中一个行为主体的本我与超我或者两个行为主体之间发生冲突而产生，文本之间的歧义则因为两个虚拟世界的缔造者之间出现了认识上的差异而产生。由于后起文本与先在文本之间发生了冲突，文学的传承与发扬进入了一个新的高级阶段。

　　文本之间的歧义因重写而产生。重写是后世作者，处于意识形态的不同考虑，针对先在叙事文本内容进行反思、质疑的一种艺术再创作活动。具体地讲，重写就是以先前的叙事文本为基础，在基本不改变原作叙事结构的前提下，凸显广为忽视的细节、释放遭到禁止的声音、改变故事的结局，或者以原班人马为基础，重新演绎叙事中的主要事件，得出一个完全不同的结局，彻底颠覆原作品的主题思想。重写并不是为了取代原作品，而是基于同一事件发出不同的声音，原作品与重写作品具有同等的存在价值。重写体现了现代社会的民主精神与先进理念，以生动可靠的虚构现实，揭示了历史进程中，主流意识形态与话语权力合力对社会发展以及文本生成所产生的深远影响。重写是一种多角度探索人性、权力、文化与历史、具有颠覆与进步意义的艺术活动。

　　重写从来就存在，并不是后现代主义小说家的创造或发现。众所周知，莎士比亚就是一位重写的大家，学界普遍认为，他的《哈姆雷特》就是在托马斯·基德（Thomas Kyd）的戏剧作品《哈姆雷特》的基础上改写而成的；当然，前《哈姆雷特》（Ur‐Hamlet）没有现存文本，无法证明莎士比亚的《哈姆雷特》是改写的作品，但它与基德的代表作《西班牙悲剧》（*The*

Spanish Tragedy）极为相似，却是不争的事实。弥尔顿（John Milton）的长篇史诗《失乐园》（Paradise Lost）则是以圣经故事为依据进行二次创作的艺术结晶。他们的重写（改写）有一个共同的特点，几乎没有改变原作品的主题思想，只是在情节（相对于故事）和局部的细节上有所创新。值得强调的是重写的目的不是颠覆，而是增色，把原来富有创见的题材改变成更加细腻、生动因而富有感染力的艺术形式。民间故事（童话、宗教与历史故事），从它诞生的那一天开始，就在口头传播的过程中，根据社会与历史的实际需要，得到了不断的丰富与发展，这就说明了为什么同一个民间故事，在不同的国家会有不同版本的原因。由于人类不同社会基本的人生观、价值观和世界观趋同，而且长时期以来没有发生本质的改变，甚至在科学普及、民主思想与文化多元理念盛行的今天，民间故事仍然大行其道。对民间故事的主题思想进行颠覆与改造，也仅仅是 20 世纪 70 年代以降的事情，是后现代主义文学运动的一个重要组成部分，旨在揭示文本乃是话语权力斗争场所的道理，或者借民间故事的载体传播新时代的价值观念。

文本从来就不是孤立的空中楼阁，因为文本具有历史性。人类的历史，从来就是一部斗争史。在人类社会中，生存是第一需要，要生存，就要互助，为了确保互助局面的形成，就要建立秩序；要创建秩序，统治阶级借助苍天或者上帝的名义，制定行事规范，并加以合理化与合法化。为了维护行事规范，统治阶级又建立了具有暴力倾向的国家机器。在暴力的监管之下，行事规范逐渐深入人心，内化成为日常生活一个不可或缺的组成部分。当被统治阶级生活难以为继的时候，就开始以暴力的方式反抗；可是，新政权建立之后，只是统治者不同罢了，新的统治者所采用的治国方略仍然是没有本质变化的旧的一套行事规范。纵观历史，要改朝换代不难，要建立新的社会秩序并非易事，因为既有的社会秩序，由于习惯使然，几乎成为金科玉律，不可改变，统治者认为如此，被统治者也是如此认为。当然，历史中回荡着少数智者的声音，不过，他们的声音十分微弱，无法唤醒沉睡的大多数。

人类思想进步的步伐十分缓慢，但从来没有停止，当进步的速度达到一定级数的时候，就迈开了幂指数的步伐。一个重要的觉醒就是真理具有相对性，其次是等级社会制度充满暴力与压迫。真理是相对的，因为人类的认识与发现只是部分的，不是整体的；等级制度充满暴力与压迫，因为等级制度既不是神授，也不是合理的制度，更不是理想化的制度，而是以牺牲一半人乃至大多数人的利益为前提的一种制度而已。等级制度，要维护自己的权威性，就必须依靠国家机器的暴力淫威；被统治阶级，只要不想暴力出场、不想流血，就必须向权力臣服。因此，当一种意识形态、一种文化实践成为主导的时候，社会也就失去了公平与正义。可见，真理的相对性与秩序的暴力倾向，均成为解构逻各斯中心主义与权威主义的后现代主义运动精神实质。

其实，无论权力多么强大，反抗总是存在的，只是形式不同而已，换言之，只要有权力与秩序，就必定有反抗。暴力反抗遭到镇压之后，更加凸显了权力的不可撼动，然而反抗的原因以及抗议者的政治主张却不会从历史中消失。暴力无效，尚有狂欢化，狂欢化在没有对等级制度构成真正威胁的前提下，通过短暂的戏拟、反讽方式挑战权力，表达边缘化群体的政治主张。最具隐秘性的反抗方式当属创造性地使用语言。真理为当权者所有，但表述真理的语言为所有人所共有，否则，当权者的真理就无法得到传达并理解。然而，占有语言，无论占有者的地位多么卑下，就有机会创造性地使用语言。通过赋予词汇新的意义、让规范化的表达方式呈现特定的意蕴，边缘化的群体用语言构建了自己的理想社会与美好的生活方式，这种语言构建虽然得不到统治阶级的认可，但由于语言始终处于不断的流通中，反而得到了广泛的传播。如此一来，权力话语与边缘话语均成为语言的一种方言。历史证明，边缘话语，随着历史的演变，最终能够战胜权力话语，成为新的一种权力话语方式。

官方的文字构成权力话语的文本，同理，小说家的文字构成人类社会的文本。权力与反抗互为依存，叙事文本与社会现实互为依存，透过叙事文本可以看出权力与反抗之间的微妙关系，无论权力多么隐秘，无论反抗的痕迹遭到怎样的擦除，双方斗争的过程总是依稀可见。不过，要见微知著，则需要高级的辨识能力，在社会分工越来越细的历史时期，揭示文学文本潜台词的使命就光荣地落在后现代主义小说家的肩膀上。等级制度到底是如何得到合法化的？又是如何维护权力的尊严的呢？边缘群体的那些话语遭到压制的呢？小说家不是文学批评家，他们只能通过叙事的方式，对上述问题提供答案。与宗教、历史故事的重写相比，童话故事的重写异军突起，成为20世纪70年代以降英美叙事文学的重要现象。众所周知，道德教育必须从娃娃抓起，因此，人一出生就进入了文化体系之中，甚至从生命孕育之处，就开始受到文化的干预。神话作为文化的一部分，属于整个部落；童话作为文化的一部分，则属于每一个儿童。由于童话负责儿童内化文化的重要任务，童话的影响力是广泛的、深厚的、永恒的，不仅在人生之初，甚至到了人的成年以后，仍显其踪影。小说家选择影响力巨大、影响深远的童话作品作为重写的对象，不仅找到了揭示权力话语运作方式的最佳途径，也找到了传播新时代价值观念的理想媒介。

总的来看，民间故事的重写集中在两个方面：一是揭示文化传统中的性别歧视与压迫，以及女性在等级制度下能够做出选择或在当代社会中可以进行选择的积极反应；二是解构逻各斯中心主义，提倡文化多元化，用多元和谐取代等级压迫。两个方面的艺术实践即是本章的组织方式。

第一节　自我解放

无规矩不成方圆。要保证社会正常运行，就要有一套行之有效的规则。一般情况下，立法之时（制定规则），要么接受立法对象参与制定规则，要么在制定规则的过程中，征求立法对象的意见，当双方就规则达成一致意见的时候，规则方可视为有效，否则就是无效。无效的规则一般缺少公平与正义。父权社会给妇女所制定的规范，既没有邀请女性参与，也没有征求她们的意见。然而，一套无效的规范一经实施就是数千年。数千年的历史，对于女性来讲，就是压迫的历史，甚至是暴力的历史。遗憾的是，广大的妇女由于内化了父权订立的规范，并没有意识到规范的不公与暴力。历史上不乏游戏并颠覆规则的女性，但毕竟是少数，她们的勇气与反抗并不能改变压迫与暴力的本质。因此，揭示妇女规范本质的历史重任就落到了解构主义（女性）小说家的身上。

要解构，就必须具有实力。虽然内务（家务）与外务（社会工作）同等重要，但是从事内务，妇女从来就没有获得发言权。第一次世界大战给广大妇女提供了从事外务的机会，有了外务的机会，妇女就开始争取发言权。看来，只有男人们内讧（发动战争），妇女们才能从中获益。不过，妇女的获益也漂浮在血水与泪水之上。战争既然不能避免，妇女就理应趁此获取权力。20 世纪 60 年代如火如荼的民权运动，再一次为妇女争取政治权利提供了大好机会。借助黑人权力运动的东风，美国妇女率先争取文化上的性别平等以及政治上的权利平等，美国妇女的解放斗争很快传遍欧洲国家，欧洲的妇女积极响应，女权主义运动形成燃遍欧美大陆之熊熊大火。女权主义政治运动步步为营，取得了接连的胜利。与女权主义政治运动相向而行的是文学领域解构女性形象与妇道的艺术运动，运动的主体自然是女性小说家，不过，也有男性作家偶尔加入解构的阵营。

女权主义叙事与女权主义文学批评方法不同，目的相同，一唱一和。女权主义批评结合精神分析、解构主义与文化唯物主义的视角，通过对经典作品重读的方式，全方位地揭示父权文化之下，广大妇女所遭受的压迫与蹂躏，甚至进一步构建自己的文学史。小说家则从反应女性规范的童话故事入手，通过改写童话经典，一方面揭示父权文化对女性实行压迫与暴力的本质，另一方面借机传播新（女权主义）的价值观念。当然，其中也不乏精彩的反省。

以女权主义为宗旨的重写可以分三个类别：一是彰显父权文化运作的模式，如《白雪孩儿》（*The Snow Child*）与《死去的皇后》（*The Dead Queen*）；二是揭示女性与父权主义的共谋，如《老虎的新娘》（*The Tiger's Bride*）；三是刻画新女性形象，如《与狼为伍》（*The Company of Wolves*）与《狼女爱丽丝》（*Wolf–Alice*）。

《白雪孩儿》与《死去的皇后》是对《白雪公主》（*Snow White*）的重写，通过重写，两部作品深刻地揭示了内化之后的父权文化已经成为人们自觉的行动范式。在篇幅上，《白雪孩儿》只有两页，远不及任何版本的《白雪公主》，但题目与开头的方式准确无误地把读者的注意力指向了传统的版本，白雪公主的现代版与传统版为此历史形成了互文关系。两个版本的开头都包含着两个元素：时间，隆冬；理想，女孩白皙如冬雪，红润如鲜血，发黑如乌木。当然也不无些许差异：在格林的版本中，愿望出自王后，在卡特（Angela Carter）的版本中，愿望出自公爵；在格林的版本中，女孩是女儿，在卡特的版本中，女孩是情人；在格林的版本中，黑发如乌木，在卡特的版本中，黑发如鸦羽。不过，处于权力顶端的女人所面临的问题是一样的：除掉对方，在容貌上，保持独一无二的地位，只是继母（新皇后）要除掉继女，原配要除掉对手。

总之，《白雪孩儿》的叙事抛弃了《白雪公主》的情节，却保留了传统作品的精神实质，其目的是通过创新式的重复手法彰显原作中隐秘的内容：

> 这意味着，只要她属于"可感知"与"物质"的范畴，重新接受这些"观念"，尤其是父权针对她自己所厘定的观念，就是通过游戏般重复的方式，把隐秘的东西彰显出来，即在使用语言过程中女

人气质隐秘呈现的方式。①

可见，重复就是强调，强调了就能引起注意。不过，童话故事口口相传并不是强调，而是全面复制，全面复制就是全盘接受；重写过程中，只有在同一个童话故事的框架内，有选择地重复，才能够实现凸显的目的。

《白雪孩儿》揭示了女性气质乃是父权构建之物的真相。在《白雪公主》当中，读者透过母后的愿望看到了，一位完美女孩应有的形象到底是什么；在《白雪孩儿》中，读者则看到，一位完美女孩的形象竟是按照公爵（男权）的欲望呈现的。卡特对传统版本进行了180度的颠覆，成功地唤起了读者的注意：女性的行为规范，大而言之，整个社会的规范，无一不是权力与意志的真实表达，而拥有权力的主体不是女性自己，而是与之朝夕相伴相爱的男人。所以，公爵作为贵族的最高等级，完全是权力的化身，借公爵之口表达理想女人的标准，最具有说服力。当一个完全符合公爵审美标准的女人出现的时候，权力的效力不言自明。然而，在《白雪公主》中，完美女人的标准却是王后钦定的，这又如何解释？事实是，王后内化了国王的标准，她所表达的只不过是国王的意志而已。若不是卡特的重写，读者不仅意识不到权力的隐秘性，而且在不知不觉中会形成一个共识，即女性的标准由女性自己来厘定，是一个女性伟大传统的延续。

皇后或者公爵夫人（女人）完全站在国王或者公爵（男人）的影子里。当然，在《白雪孩儿》中，权力的虚与实通过魔法的形式揭示出来。与公爵并肩而行，公爵夫人威严不可侵犯，她本人俨然就是威严的源泉。重要的是，公爵也担心夫人可以加害于他的理想情人。遗憾的是，这一切都是虚幻。公爵的一句话"我会给你买新手套的"，夫人身上的毛皮大衣就自动地离开了她，缠绕在那位美女的身上；一句"她又不是鱼，怎么能在冰冷的天气里游泳呢？"又把夫人脚上的皮鞋转移到了女孩的脚上。通过话语对抗，谁到底是权力的中心，不言自明。也许直到此刻，公爵夫人，就像读者一样，才明白这样一个道理：男人才是世间秩序的真正制定者。唯有一事随了心愿，还是经过公爵的许可。挑战公爵的女孩，无疑就是挑战公爵的威严。公爵夫人发起的挑战，其实正中公爵下怀。通过征服挑战的方式，公爵及时地向夫人传递出这样一个信息：一切挑战、叛逆都是徒劳的。借助这种手段，权力要表

---

① Lucy Irigaray. *This Sex Which Is Not One* ［M］. Ithaca：NY Cornell University Press，1985：76.

达的是：权力至上，无时不在现场。

男人对女人的（性）爱似乎坚持不到永远。在《白雪公主》中，由于王子的一个深情之吻，白雪公主从地狱折返人间，与王子相爱，幸福到永远。生命与幸福都是王子（男人）赐予的，女人只需要漂亮。这是一个虚构，或者一个不切实际的梦想，揭示这个虚构的则是《白雪孩儿》。当白雪孩儿摘取了一朵玫瑰之后，她的手指被刺破了，鲜血滴落在雪地上，没过多久就死去了。"具有神秘与性暗示的玫瑰成为女人气质的永恒象征"，刺指见血，则"反映了睡美人进入成年的事实，"① 而白雪孩儿之死，则标志少女时代的结束。与王子的深情一吻不同的是，"公爵翻身下马，解开马裤，接着刺入白雪孩儿的身体。公爵夫人坐在骚动不安的骡子背上，审视着他；他不一会儿就完了事。"这当然不是刑事案件中的死后奸尸，而是公爵对待一位女孩方式的隐喻。在与公爵的关系中，女孩的身份是虚无的，她的地位也是虚无的，归结起来，完全一个空字："接着，女孩开始融化。不久，除了一根羽毛（鸟儿偶尔掉落的）、一摊血迹（就像狐狸扑杀的猎物在雪地上留下的痕迹）以及她摘取的玫瑰，就什么也没有了"。白雪孩儿演绎的其实是公爵夫人的一生。"它咬人！"夫人说。是的，这是做女人的痛楚。

相比之下，《死去的皇后》采用的是续写的手法，但揭示的依旧是父权文化运作的模式，其手段则是重复《白雪公主》的死亡与还阳之吻的模式。

关于爱情的童话故事，结尾方式都是相同的经典模式："从此以后，白雪公主与王子，在他们的土地上，幸福地生活着"。可见，经过一遍又一遍的灌输之后，婚姻，对于年轻人来说，就是人生的最好归宿。如果所有过来人都用童话故事表达他们对婚姻生活认识的话，童话的表达难免带有片面性。因此，从结婚以后说起，《死去的皇后》就是要表达婚后的不满，从而解构童话构筑的美丽幻想。其实，透过王子在皇后葬礼上的回忆，可以清楚地看到，王子对白雪公主几乎是彻底的失望。

其一，白雪公主没有一点同情心。在她和王子的婚礼上，她的死敌，恶毒的王后，得到了应有的惩罚：皇后双脚穿着沉重、灼热的铁鞋（iron slippers），在大理石地板上艰难地行走着；跌倒之后，她的整个上身埋藏在堆叠起来的裙裾里，引起众人哄堂大笑。白雪公主呢？在葡萄酒的作用下，"面颊

---

① Cristina Bacchilega. Cracking the Mirror：Three Revisions of "Snow White" ［J］. *Boundary 2*, 1988，5（3）：18.

红润"；看着恶毒皇后痛苦不堪以及丑态百出的样子，她"笑得十分开心"（laughed with open glee），"就像一个看马戏表演的孩子"。对此，可能出现两种不同的反应：一种支持白雪公主，认为皇后遭受的痛苦，罪有应得；另一种支持王子并赞同他的看法，认为皇后受到的处罚过于严厉，有悖人性。不可否认，皇后是有罪的，但使用酷刑，显然是古老的报复手段。作为一个理性主义者，白雪公主应该是痛恨与同情交织于胸：痛恨，因为皇后的手段毒辣；同情，毕竟自己还活着，看着曾经的一国之尊忍受着非人的肉体折磨，应该有些同情心的表现。然而，"她看起来没心没肺"（utterly heartless）。为此，王子坦言道，"这个孩子，逃出了邪恶，又犯下了邪恶"。一种不懂得痛苦与同情、只能从折磨中看到开心的清纯，的确也是一种不能饶恕的邪恶。可是，白雪公主的名字是纯洁的象征，难道纯洁意味着冰冷？显然，父权书写女性气质失败了；或者，新女性出现了，可是，王子并不是新男性，没有新男性，新女性主义也注定是一种失败。

其二，白雪公主开放的性观念得不到王子的认同。婚礼结束后，一行九人进入洞房：王子、白雪公主，当然还有七个小矮人，不过，这些小矮人已经成为王子的"新兄弟"了。就在王子给白雪公主宽衣之际，小矮人冲上前去帮忙；当洞房的灯光熄灭之后，王子找不到白雪公主，却听到了不远处"窃语、嬉笑与轻叹的声音"。在《白雪公主》中，七个小矮人守护着白雪公主，就像守护天使一样；白雪公主则为他们洗衣做饭，就像妻子操持家务一样；白雪公主，就像她的名字一样，纯洁、无暇。然而，读者之中不乏世俗者，对白雪公主的这一段时光产生怀疑。借助王子之口，《死去的皇后》表达了这一质疑："我认他们做兄弟的时候，就有疑心，为此惴惴不安，甚至连想都不敢想；现在好了，一切都浮出水面；黑暗中，我看到了阳光下看不到的东西。"王子最终接受了这种九人游戏，却也不得已，其实，他的内心深处极为不情愿，否则就不会耿耿于怀。"不管这帮变态干什么，我一定比他们强！"与其说是自信，倒不如说是自我宽慰：事已至此，如何退却？那又如何理解白雪公主的处女膜牢不可破呢？牢不可破，是因为无处可破；无处可破，是因为处女膜已破。女权主义对父权文化进行的猛烈攻击，就表现在对待处女膜的态度上。作为衡量女人贞操的重要手段，刺破处女膜从来就是新郎的特权与成年的标志。然而，对于女性来讲，处女膜会就是一张压在女性身上的符咒。此时，"白雪"二字，按照父权的标准，空空如也；不过，根据女权主义的阐释，所折射出的阳光，五彩斑斓。可见，《白雪公主》唤起的疑虑，通过解构主义的重写，终于得到了凸显，同时，也再一次让读者清楚地看到父权文化的本质，父权文化在退让中坚持，在坚持中苦恼。

王子视恶毒皇后为己爱的行为是一种绝望。看到白雪公主的冷漠与开放的性行为之后，王子在葬礼上如梦方醒："我明白了，是她设计了这一切……我们只是表演者。"此话怎讲？没有老皇后，就没有白雪公主的劫难；没有劫难，王子就不可能一吻救妻。"老皇后为我而死！……让我透过可见看隐现，透过意象看投射，透过投影看神奇的实体，人心，纯洁的雪白色……"在王子看来，老皇后深知，自己所导演的这一切，最终要以自己的悲剧来结束；而整个过程中，最大的受益者就是王子自己，他不仅娶了白雪公主，而且也看到了白璧无瑕的公主真实的一面。何以见得是导演，而不是行动？"也许她要的就是野猪的心脏，也许她早就知道猎人会本能地那样做，也许根本就没有什么猎人，也许是伪装大师老皇后她自己所为，这有可能，很有可能。"显然，王子认为，恶毒的皇后并不想真正地杀死白雪公主，就她的智慧而言，要杀死她，易如反掌，也不会让白雪公主口噙毒苹果，但等王子吻活。因此，王子的结论是"大概老皇后爱过我，而且为我而死！"既然如此，王子希望通过亲吻老皇后救活她，就成为自然而然的事情了。遗憾的是，那是一次毫无希望的绝望之吻。

王子没有醒悟。一方面，王子是对的：老皇后没有能力杀死白雪公主，她的权力只不过父权的授权而已。她并不知道白雪公主比她漂亮，而是通过询问魔镜才获得了信息，可见，魔镜就是父权的象征。她之所以想迫害白雪公主，是因为父权运作的逻辑使然：皇后是最漂亮的，要保住皇后的地位，就要永远保持最漂亮的地位，包括剪除对手。因此，任何一位超过她的姑娘永远是她的地狱，而她不想下地狱；不下地狱，就必须剪除对手。遗憾的是，父权阻止了她的行动。其实，那位用猪心换人心的猎人，也是父权的一个化身，是他成功地阻止了老皇后疯狂而又合理的行为。可见，权力的影响力无处不在，无事不管。白雪公主虽然是她的继女，但父权的逻辑已经令其丧失理智，继女反而成为一位普通女性的化身。另一方，王子是错的：白雪公主只有经历这番劫难，才能成熟，只有成熟，才能做王子的夫人。她来到森林，就是进入社会；与七个小矮人共处，就是要学会社会交往，懂得家庭生活的规范；她的死亡象征着少女时代的结束，当王子把她吻活之后，新的生活就开始了。白雪公主要举行成年仪式，王子也不例外。他的成人仪式就是对"白雪"二字有一个清醒的认识。可是，王子没有完成他的成年礼仪，幸福的生活就是一枕黄粱。而且，老皇后并不爱他，而是爱自己而已；之所以遭受酷刑，一是因为她阻止了权力获得最大的利益，二是因为他年老色衰，需要取而代之。可以说，有了《死去的皇后》，《白雪公主》的思想更加明确。

两次亲吻，一次有效，一次无效，为何？顺我者昌，逆我者亡；"我"就是父权。第一次有效，因为白雪公主经过社会的洗礼，已经成熟，懂得了作为一名家庭妇女的职责与权利；而且，她已经成为世界上最美丽的人儿，符合做王子妻的条件。何以见得她已经成熟而且最为美丽？七个小矮人就是权力的代表，也是白雪公主的七个考官，经过他们的考核，白雪公主取得了合格的成绩；成绩合格之后，把她密封在玻璃棺材之内，一是向世人展示，二是等候重要时刻的到来。所以，她的死只是一个象征，王子的吻也是一个象征。第二个吻为何无效？其一，他在仪式上接纳了白雪公主，但在精神上却拒绝了她，因为他没有能够认识到"白雪"其实是一个虚无，一个虚无的载体，可以容纳任何东西，包括开放的性观念。其二，把错误视作真理。皇后作为女性，负责养育后代，但并不负责教育后代，因为她不代表权力与规则。她懂得父权的一些规则，但并不完全掌握父权文化的精要，所以不能够担当教育重任。受教育就是要学会进入父权文化体系，这个任务只能由父亲和父亲指定的人来完成。王子把老皇后视为导演和导师，吻活她就是激活母权的权威性，这是不为父权所允许的。老皇后尸体散发出的恶臭乃是父权最激烈的话语，而荒诞就是父亲对他行为的最准确评价。

皇后的死去没有让王子看清父权运作方式及其奥妙，《死去的皇后》却让读者明白，作为父权的代表之一，王子要超越自己，就要理解父权的本质。

《老虎的新娘》是对经典顶峰之作、博蒙夫人（Jeanne‐Marie Leprince de Beaumontt）的《美女与野兽》（*Beauty and the Beast*）的重写，通过重写，揭示了《美女与野兽》中隐含的女性共谋行为，成为女权主义运动中，不可多得的自我反省力作。

女儿替父受过。在《美女与野兽》中，父亲在返乡的途中迷路，误打误撞地来到野兽的宫殿。第二天，他在花园走动的过程中，发现了玫瑰，猛然想起小女儿的托付——一枝玫瑰；于是，顺手采了一支，不料惹恼了主人——一头凶猛的狮子。作为惩罚，狮子要求父亲把自己的女儿送来抵罪。当然，要解释摘玫瑰的原因，不能不提女儿；狮子做出怎样处罚，那是他本人的事情。不过，得知冒犯他财产之人有女儿之后，一直为自己的婚姻大事整日担心的狮子，自然也就看到了解决个人婚姻大事的机会。无论狮子的要求是否合理，提要求那是他的权力，但作为父亲，无论如何是不可以让女儿来替罪的。两个原因：一人做事一人当；可以顶罪的话，也是父亲替女儿顶罪，断然没有女儿替父亲顶罪的道理。当父亲把狮子的要求告诉女儿的时候，他就犯下了错误。小女儿主动提出替父顶罪，这叫作孝顺，否则，做子女的就有失孝道。仅就此事而言，当父亲与女儿发生冲突时，父亲享有优先权。

可是，为了凸显女儿的孝顺，在小女儿的坚持之下，父亲答应了女儿的要求。就这样，父亲逃避责任的错误，就掩盖在女儿替父顶罪的孝道之下，这真是一举两得：儿女获得了孝顺之名，父亲则得到了保释之实。把一位可爱的父亲解读成一位逃避责任的男人，不也从美之中看到丑了吗？是的。不过，父亲的行为具有无意识性，无意识的行为基础是父权至上；当权力及其准则自上而下一以贯之的时候，经久成自然。从这个意义上讲，父亲的许可是可以原谅的。而且，父亲也不是一个虚伪、贪生怕死之辈，他毕竟陪同女儿返回宫殿，这足以显示其舐犊情深。就这样，父权的尊严，在表面的冲突之下巧妙地得到了掩盖。到了宫殿之后，狮子当着父亲的面，确认了美女替父顶罪的做法实属个人意愿；狮子表面是父亲的对手，本质上却代表着共同的利益，即维护父权的尊严。

女儿的行为，从表面上看，出自个人意愿，但实质上，是她长期内化父权规范的结果。与美女的行孝心、晓大义相比，两个姐姐则显得自私，有失孝道；可是，她们没有达到最高的道德境界，却并没有越过道德的底线，否则，就不会得到父亲与美女的原谅。她们才是真的女人，当然，不是没有严重的缺点。美女，与姐姐相比，可谓是圣人：不计较、不贪图享乐、大方、孝顺、视死如归、轻表象重本质，等等。然而，能做圣人的人是少数；圣人，鉴于她（他）的人格特征，绝不是一位普通的女（男）人。不能否认，做圣人就要放弃做凡人，要放弃做凡人，就要修身养性，修身养性其实就是脱胎换骨，脱胎换骨必定经过一番彻骨之痛。对于父权与女性而言，唯一可行之道就是温水煮青蛙。美女从小就浸染在父权文化之中；当然，没人例外，只是美女更用心："他的几个女儿特别好看，尤其是最小的女儿；小的时候，人人宠爱她，称她'小美人'；就这样，长大之后，她仍然是'小美人'。"美女超过姐姐的地方，当然是品行；一个能让人们一致赞赏的女人，只有一个办法：美心。美心，当然是在父权文化的框架之下进行；美心，重要的是要配合（共谋）。美女没有忤逆的表现。①

　　共谋的结果在《老虎的新娘》中得到了有力的体现。把美女作为胜利品带回破旧的宫殿之后，老虎对美女只有一个要求：让他一睹她的身体；作为回报，老虎退还他父亲赌博输掉的钱，而她则可以毫发无损地回家。令老虎、包括读者意外的是美女拒绝了他的要求；但令老虎和读者更加惊讶的是她愿意以另一种方式满足他的要求：老虎可以把她带到一个黑暗的屋子，拾起她的裙裾，盖住她的上半身，但确保她能够自由呼吸。这样，她同意老虎进入她的身体。她进一步表示，之后，老虎还可以把她带到广场，在大庭广众之下，付给她报酬，她一定不拂他的好意；不过，给她的报酬不能超过付给其他女性的。老虎流下了一滴眼泪。显然，他的自尊受到了挫伤：他与美女之间只能是嫖客与妓女的关系！美女为何主动提出这样的建议呢？因为根据父权文化，女人只有两种：一是魔鬼，二是天使。面对老虎，美女只有一种选择，做魔鬼。为何？老虎向来残暴，是吃肉的野兽，在他那风雨自由进出的宫殿里，至今尚有生物的骨头。女人做魔鬼，父权自然是允许的。可见，美女完全按照父权文化的塑造进行人生的选择。

　　经历了此事之后，老虎和他的仆人意识到：美女要做的是天使般的女人。当她威胁说要上吊自杀的时候，老虎的仆人毫不犹豫地说道，"你是一位体面的女人。"当老虎的仆人通知她一起去打猎的时候，她直言不讳，"我要跑，骑马进城！"老虎仆人的回答是，"难道你不是一位体面的女人吗？"由此可见，无论是美女，还是老虎及其仆人，他们都接受了父权文化的一个重要标准：女人要做就做一个天使般的女人。所以，在野外，当她当着老虎与他仆人的面，脱下自己衣服的时候，"我笨手笨脚，还有一丝的赧然；没有一个男人曾看见我裸体，我是一个骄傲的女人。由于骄傲，不是羞愧，我的手几乎不听使唤。"回来之后，当再一次裸体的时候，她意识到，"我一点也不习惯裸体。见到自己的肌肤，我相当不自然；脱掉衣服，俨然剥掉我皮"。父权诅咒人的身体，更诅咒女人的身体；亚当堕落了，就是因为夏娃的引诱。在父权文化的熏陶下，美女已经全盘接受肉体堕落的观点，在行事上，与父权文化一唱一和。其实，当老虎的仆人第一次向美女传达主人要求的时候，他把父权文化关于裸体（肉体）的陈述演绎得淋漓尽致。他欲言又止，遮遮掩掩，

———————

①　Cristina Bacchilega. *Postmodern Fairy Tales：Gender and Narrative Strategies*［M］. Philadelphia：University of Pennsylvania Press，1955：77 - 78.

最后勉强说出了主人要看她裸体的要求。美女与那位男仆人的表现何其相似，真是琴瑟和谐。

让身体白璧无瑕，为的是将来高价抛售。在《美女与野兽》中，父亲可谓一方财主。但天有不测风云，投资失败，血本无归，一夜之间，一家人的幸福化为泡影。父亲迷路，与其说是不测，倒不如说是心意；私采狮子的玫瑰，与其说是犯规，倒不如说求助。他用自己的小女儿换取了狮子的一朵玫瑰，不是犯糊涂，而是坚信狮子不会那么吝啬。事实正如他所预料的那样，狮子慷慨大方：赠予了一橱柜的珍珠财宝，这些财宝正好舒缓了他的困境。反过来看，既然要惩罚犯下过错之人，狮子何必又赠予他那么一大笔钱呢？人家求他了！如果不想把女儿视作私有财产，在艰难的时候进行交换，那又何必接受狮子的赠予呢？真是有求必灵！好一场默契的交易。然而，这一切都在不幸、悲伤、威胁、孝顺、父爱的掩盖下，乔装打扮，以理性的方式进入了读者的意识里。父权文化润物细无声，行为主体也中规中矩。

要揭示隐含的话语，就要重写，把隐秘的符号变成清晰的表达。美女原本是等待着狮子高兴时一口吃掉她，不曾想，狮子不仅没有吃掉她，反倒恋上她了。从死亡的恐惧之中坠入爱情的河流里，美女似乎从地狱进入了天堂。然而，现实是，她是父亲的贵重商品，在紧要的关头抛售出手，缓解了他的燃眉之急。没有成为狮子口中之食，是因为她生产的能力远远大于食品的功用。整个过程中，美女对父亲没有任何怨言，也没有做出任何反抗，只有默默地接受现实，在恐惧中安于现状。应当说，她的命运只是诸多不幸婚姻中的一次幸运，令人难以忘却的是一个又一个秉持父权文化、忍受暴力与压迫的人生。由此可见，长时间以来，妇女的命运也是自己与父权文化合谋的结果。

《老虎的新娘》把妇女的共谋和盘托出，摆放在读者的面前，令人无法回避，不得不直视。"在牌桌上，父亲把我输给了野兽。"故事的第一句话就点明了父亲与女儿之间的关系：女儿就是父亲的财产，父亲有权按照自己的意愿随意处置女儿。不难看出，作为女儿，美女当然知道输掉手中的牌意味着什么，然而，整个过程中，她只是冷眼旁观，没有做出任何控制个人命运的举动："我一旁看着，像所有的女人一样，愤怒又漠不关心；情形使然，你不得不老老实实，见证一次愚蠢之举。"是什么样的情形？父权社会，男人当家做主，女人就像商品一样，送出去，赢过来。几千年了，从来没有改变过。她可以各种方式阻止父亲，可是没有，只是听由父亲随心所欲。也许，她从母亲的悲剧看到了结果："她因父亲赌博、嫖娼、捶胸顿足的忏悔而死"。有道是，知其不可为而为之，是希望；知其不可为而不为之，是绝望。应该说，与父权文化认同是共谋，放弃反抗也是共谋。当父亲输掉手中的牌局时，美女无悲亦无喜：悲，输掉的，不是娶过去的；喜，离开了魔鬼父亲，成为威风老虎的财产。因此，在父权制度下，妇女的命运，不可能与自己的共谋（不作为）没有任何关系。

美女在《美女与野兽》中与父权的共谋，通过《老虎的新娘》的颠覆得到彰显。公允地讲，美女对狮子的好感是一步一步地建立在理性之上的。第一步，狮子并没有吃掉她的意思，这让她感到安心。第二步，狮子能够理性地接受她的拒绝，这说明他通情达理，可以与之对话，能够对话，就能够交流，能交流就能解决问题。第三步，对美女，狮子表现出了足够的关怀，即便是冰冷的心也可以融化。第四步，狮子主动示弱，让她知道自己离不开她。综合起来，狮子的真诚与关爱打动了她；而丑陋，与爱心相比，简直不值一提。反过来讲，狮子的改变也是美女用爱心、耐心与诚意感化而成。要知道，用爱心、耐心与诚意改造放浪不羁的丈夫，其实也是父权文化的重要部分；不过，并不是所有的爱心、耐心与诚意都可以换来回头之金的。总之，美女所实践的正是父权文化的核心价值观念。作为奖赏，狮子还原成帅气的王子，美女一跃成为王子之妻，对于她来说，可谓一举两得，也几乎是顺理成章的事情。

然而，不经意间，美女的一个举动给读者留下了无限的遐想："王子足以吸引她所有的注意力，可是，她还是禁不住问了一声野兽何在。"美女固然完全接受了父权文化并且与之共谋，不过，她无法掩饰内心对野兽的依恋，她所依恋的当然是野兽的情感，① 而那份情感与丑陋的外表几乎是密不可分的，只是这种依恋很快就淹没在父权庆祝胜利的欢乐之中。《老虎的新娘》成功地演绎了这份珍贵的情感，不仅反衬出与父权文化共谋对内心真实情感的深度压制，而且也歌颂了女性内心的那个骚动的"野兽"。

两次拒绝了老虎之后，美女在对等的情况下，终于向他展示了自己的身体。要展示自己的身体，不是感到羞愧，而是担心"人身体上的这个脆弱、瘦小的饰件，本身并不傲人，难以满足他对我们的期待，而这些期待，据我

---

① Cristina Bacchilega. *Postmodern Fairy Tales：Gender and Narrative Strategies* ［M］. Philadel-phia：University of Pennsylvania Press，1955：80.

所知，在他等待的过程中，会越来越高"。可见，肉体不仅不再是禁物，而且越是傲人，越是成功。展示了身体之后，"我感到一生中，第一次拥有了自由"。什么自由？可以毫无顾忌地释放一直遭受囚禁的"野兽"，也就是胸中积蓄已久的浓烈情感。这种自由，在人类社会里，她是享受不到的；然而，在老虎的世界里，她拥有无限的权力，用不着装模作样，与父权文化共谋了。此时此刻，从她助手手中的镜子里看到，父亲满脸开花，因为他从老虎那里获得了一大笔钱；她不仅理解，而且确信无疑，女儿对于父亲来讲，就是可以随时用来兑现的私有产品。女儿的情感对他来说，形同于无。既然如此，她毫不犹豫地打发自己的助手前去做父亲的女儿，而自己在老虎这里做有情感的女人。

做有情感的女人，她不会等待王子吻活，也不想去改变野兽，而是自己主动来到老虎的住处。她不是涂脂抹粉，精描细画，用艳丽的服装把自己包裹起来，而是赤身裸体，仅仅披一件裘皮大衣抵御风寒，在没有邀请的情况下，径直走向他的卧室，"亲自把打开和平王国的钥匙交给他，相信他的欲望不会把我毁灭"。当老虎看到眼前的一切感到震惊的时候，美女她不仅自由了，而且强大起来了。眼前的老虎不是往日的狮子，消极地等着奇迹发生，而是伸出像砂纸一样粘人的舌头来，要舔掉她的皮肤！

　　每一次舔舐，就会撕扯掉一张又一张的皮肤，人生中所有的皮肤，留下一层闪亮的新生毛发。我的耳坠化成水珠，沿着我的肩膀向下流动；我抖了抖肩膀，把水珠从我漂亮的毛发上抖了下来。

不是美女改变狮子，让他重归父权文化中去，而是老虎改变美女，让她驻留在生物的情感世界里，而此时的美女对物质世界没有半点的留恋；在没有丰富物质的世界里，人生，不，老虎的一生，会更加精彩。与以本性为中心的老虎世界相比，王子的世界更注重父权文化，在父权文化一统天下的情况下，所有的行为主体只有共谋，没有个性张扬。

说起共谋，读者长时间形成的印象是压迫与服从。其实，在没有压迫的情况下，更容易形成共谋。当狮子向美女求婚遭到拒绝的时候，他的理性克制，既尊重了对方，也尊重了自己；当他允许美女回家探望父亲的时候，他表现出了对他人的充分信任，也赢得了他人的充分信任；当他甘愿为失去美女而绝食的时候，美女也就甘愿为她操劳一生。老虎也是如此。两次主张要求，两次遭到拒绝，但每一次都能够在控制好自己情绪的情况下，尊重对方的意见；不仅如此，他用委屈的眼泪向美女证明，他的主张是没有私心杂念的，只有那些诅咒肉体的文化才把他的要求视为不轨。更突出的是，他知道对等的意义：要看对方，最好让对方先看自己。对等与尊重赢得了美女的芳心。不同的观念之间也许存在差异，但爱心与尊重能够帮助一个人超越差异的鸿沟，自觉地接受差异的观念。共谋之中，美女也并不是一点张扬个性的勇气也没有。在狮子面前，她勇敢地说不；在老虎面前，同样如此。当然，共谋之上的原则不同，但效果无异；说"不"所否定的文化不同，但勇气依然可嘉。

显然，揭示女性与父权文化的共谋具有反省的意义，女权主义并不是盲目地把所有的责任推向父权文化。除此之外，童话重写更是具有倡导新女性思想的积极意义。只有解构，没有重构，女权主义就会陷入虚无主义。

针对伯罗（Charles Perrault）的《小红帽》（*Little Red Riding Hood*），《与狼为伍》颂扬了父权制度下反经典的女性形象。在《小红帽》的结尾处，叙事者这样总结道：

> 孩子们，尤其是漂亮有教养的年轻女性，永远不要与陌生人攀谈；否则的话，就会成为狼的晚餐。我说的"狼"，各种各样。还有一些迷人、少语、谦逊、朴实、平稳与亲和的男人，在家中、在街道上，纷纷向女孩子表白。不幸的是，所有的狼当中，这些温文尔雅的伪君子最危险。

小红帽，就是一个活生生的例子，不听父母之言，轻信一位道貌岸然的伪君子的话，结果丧身狼口。狼，既是森林之中的野狼，也是四处猎艳的色狼。在过去，女孩子们要防范两种狼；现在，则要防范色狼。色狼要防，因为在他们的诱惑下，女孩子容易上当受骗。所谓的上当受骗，就是女孩子判断失误，主动把自己交给色狼。问题的关键就是，把自己交给色狼，到底是判断失误，还是敢爱敢恨的女权主义行为？

《与狼为伍》给出了响亮的回答：爱了就爱了吧，那也是一段美好的回忆。小红帽在《与狼为伍》中幻化为一位不具姓名的普通女孩，正处情窦初开、意识蒙眬、又对未来充满憧憬的时刻：

> 她是一枚完好的卵，一个密封的容器；体内有一个用薄膜覆盖、没有入口的魔力空间，一个封闭的系统；她不知道如何去颤抖。她拥有利刃，无所畏惧。

可见，她渴望知道的是，如何去震颤；在利刃与勇气之间，重要的不是利刃，而是勇气。所以，当她在森林中遇见一位美男子的时候，很快就攀谈起来；处于信任，她把藏有利刃的篮子交给了同行的男人代管。当她与美男子打赌，看谁最先到达外婆家的时候，故意"在途中磨磨蹭蹭，确保帅哥能够赢得这场赌局"。有竞争，必有奖赏。赌局的奖赏就是"一个吻"。她当然愿意颁发这个奖品。

此时，人生的路上，最需要出现的一个路牌就是"谨记父母教诲！"然而，无论是那位美男子，还是这位小美女，他们看到的路牌是，"跟着感觉走，一路向前！"不过，令人意外的是，外婆临死之前，看清楚了这位美男子的真实面目：原来，他是一只色狼。更令人意外的是，色狼吃掉了外婆。外婆是女性文化的根源，吃掉了她就是彻底否定了女性赖以生存的文化基础。的确，对于色狼来讲，女性越是遵守女性的道德文化，色狼越是难以猎艳。除掉了外婆，就等于除掉了猎艳道路上的障碍。女孩呢？进屋之后，当然看到外婆遇害留下的痕迹，不过，她没有恐慌，也没有愤怒。显然，作为女性文化传统的外婆，在最恰当的时候消失了。女孩在充分征求美男意见的前提下，把自己身上的文化饰品（衣物）统统烧掉了，烧掉了衣物，也就与道德文化彻底再见了，剩下的唯有肉体。

面对狼人，女孩摧毁了他的伪装，保留了狼的本性。看到外婆被吃掉之后，她不仅没有哭，也没有呼喊求救，反倒走上前去，把那位狼人（美男）的衣服一件件地脱下来，一一扔进壁炉中。根据民间传说，"把他穿的衣服烧掉，他就再也做不成人了，一辈子都是狼"。照此推理，当遇到狼的时候，为了避免受到伤害，最好的办法就是把狼变成人。因此，"有经验的老妇，都是把一顶帽子或者一件围裙朝着狼扔去，作为护身之道"。对于女孩来讲，在这危险的时刻，她应该把自己的衣服穿在或者扔到狼人的身上，让他变得温柔一些。与此相反，她把可以自救的衣物扔到火中烧掉了，把可以让狼人保持人性的衣服也烧掉了，如此一来，她在狼人面前仅仅具有肉体，狼人在她面前只剩下狼性了。不过，肉体与狼性正是他们所需要的。

伯罗的警告没有奏效，他所担心的事情终于发生了，不过，并不是一场悲剧。喜剧？是的。"瞧呀！她睡得那么甜蜜、深沉，躺在外婆的床上，依偎在温柔的狼人的怀里"。同样的场景，不同的解读：伯罗说，悲剧即将开始；相爱的两个人似乎在说，此刻最美。其实，在高潮即将到来的时候，叙事者已经开始为这一切做好了铺垫。一是狼人的同伙在屋外齐声嚎叫，用女孩自己的话来讲,"他们来为我们唱赞歌"。两个人的行为不仅值得称赞,而且也是发生在一个值得纪念的日子里:"圣诞节,狼人的生日。"是的,一位新的圣人诞生了。既然狼人是圣人,他的女孩也就是圣人的新娘,他们就是举世的楷模,他们的生活方式就应当是人类的生活方式。相杀的成为相爱的,禁止的成为提倡的。一切在变,一切皆有可能。历史说,未来更美好。

其实,狼人与女孩并没有拉开悲剧的帷幕,而是避免了一场悲剧的发生。真正的悲剧脚本与此不同。一对新人入了洞房,丈夫要到屋外小解;按照传统,在屋内小解很正常,因为严冬,到屋外可能造成伤害;可丈夫认为,在屋内小解不文明。然而,他这一走,再也没有回来。其实,这位丈夫是一位狼人。在他的道德体系里,完成婚姻大事,他履行了人的职责;履行了人的职责之后回归狼群,也是一件正常的行为。他对妻子实行的惩罚,在他看来,也是合理的。妻子没有征得他的同意再嫁,没有他的允许再嫁,就是通奸,通奸就要受到惩罚。第二任丈夫呢?在他看来,妻子既然嫁给了他,外面还有别的男人,当然是大逆不道,惩罚忤逆之人自然是男人的合法权利。两种情况下,妻子都没有申辩的机会,因为女人从来就没有话语权。如果他们知道事实真相呢?尊严至上,他们没有管理好妻子的身体,失去了做男人的尊严。反过来看,妻子等了第一位丈夫好多年,她是否可以丈夫辜负了其大好年华的原因来惩罚他呢?根本不可能。她是否可以第二任丈夫不问青红皂白的原因反施暴力呢?也不可能。她们既没有能力,也没有先例。其实,两位男人是父权的化身,父权整体上对女人严加管制的就是她们的身体。即便是惩罚错了,对其他女人来说,也具有震慑力。

关于女人的身体,值得认真地思考一下。不难看出,《小红帽》告诉女性的一个重要道理,就是管好自己的身体;而《狼人》(*The Werewolf*)中的外婆,也是因为她的身体发生了改变,即成为狼人和巫婆,遭到了外甥女和村民无情的杀害。由于外甥女与外婆在血缘上的特殊关系,外甥女不得不做出大义灭亲的举动,否则,其命运与外婆的别无二致。有两种可能:一是外甥女的确内化了父权文化,管好了自己的身体;二是外甥女在进行表演。无论怎样,身体成为女性的重负。《狼女爱丽丝》同样以身体、狼人、理性为焦点,从人的成长过程出发,为女性身体享有的合法权利做出了有力的辩护。

生命的本能冲动是人的本质特征。爱丽丝是一位狼人。为此,叙事者说道,"除了不是狼,她一点儿都不像人"。显然,这里套用了父权的视角,从父权的二元对立逻辑出发,用狼与人这两个元素对爱丽丝进行价值上的判断,就能实现贬低爱丽丝的目的。遗憾的是，二元逻辑失败了，因为结论是一个悖论：从前提条件来看，她不是狼，结果就是人；可是，从结论来看，她不是人，因此就是狼。人与狼不相容，因此，基于父权文化二元对立逻辑做出的判断是错误的。要认识爱丽丝，就必须抛弃父权文化。关于爱丽丝的现实是："她就像野兽一样，过着一种没有未来的生活。她生活在现在，一种持续的无序状态，一个没有希望、也没有绝望的感官世界"。强调直观感觉，就离不开当下性，离开当下，直观感觉也就不可能存在。因此，这是一种没有过去、没有未来的一种存在。的确，她不是像野兽，干脆就是野兽。人是有理性的，反应在生活上，是有文化的动物。她不具备这一切，只有冲动，原始冲动。

原始冲动，人兽具备，但爱丽丝的原始冲动却是人的原始冲动。不错，她在野狼的哺育下长大，但不是野狼；正如宠物与人类共同生活，却不可能变成人一样。"就在她脏兮兮、衣衫褴褛、天性自然的时候，把她运送到人之初的伊甸园……她很可能是一个聪慧的孩子，能够成为亚当与夏娃的头头；她的沉默与嚎叫就像任何一种语言一样，是真实的语言。"亚当与夏娃是上帝的杰作，爱丽丝比亚当、夏娃强多少不得而知，但一定不比他们差。可是，"她的缺陷暴露了人类的潜在不足，处于恐惧，我们把她驱赶到动物那里去了"，仿佛没有她，人类就没有了缺陷一样。其实，只是眼不见，心不烦；缺陷依然存在我们的身上。与动物相比，人真的低一个等次，因为狼就不会做出如此荒唐的举动，"由于她够不上一个完美的狼，他们就给予了必要的照顾"。珍惜自己的原始冲动，人类不如犬科动物。不过，在这个时期，爱丽丝还处于理性的朦胧阶段，认为自己与世界融为一体，不分彼此。

当理性正式形成的时候，爱丽丝并没有沉溺于理性的光辉之中，而是继续探索自己的身体。由于爱丽丝在例假与月亮周期之间建立了关系，理性第一次发出了光辉，理性的光辉照亮了她自己。她发现了"自己与周边的环境之间存在着一种本质的差异……树木、绿草不再是她好奇的鼻子和竖起的耳朵的衍生物，而是自足的物体，一种等候她赋予意义的背景。"此前，她看到镜子里的自己，却不知那是自己的影像，反倒认为是一个与之互动并成一体的另一个生物。现在，再次对着镜子，她突然发现，镜子里的那位陌生的生物，不是别人，正是她自己。"她的眼角有些湿润，然而，她与镜子的关系更加密切了，因为她知道，从里面她看到了自己。"有了主体意识，也就有了身份的概念。此时，她的主体意识告诉她，她已经成为一个女人了，不管她是否知道女人这个名词。她对自己身体的变化充满了好奇，而不是厌恶。"她仔细打量着例假以来皮肤所发生的变化……好奇地琢磨着新生的乳房，接着，惊讶地发现，两腿之间长出了王冠般的新发"。羞耻感是人区别于动物的主要特点，爱丽丝没有一点羞耻感。人感到羞耻是因为意识到了身体内在的需求，而内在的需求与动物的一样，作为一个高级动物，人为此觉得失去了高贵。为了保持高贵，人开始管制内需。爱丽丝丝毫感觉不到这些差别，唯一能感觉到的是身体之美与内需相关，内需即美，美即内需。

无独有偶，公爵应该是她的同道者。公爵表面上是一位食腐者，特别是人的尸体，实质上却是肉体的尊崇者。人的尸体应该是一个象征，象征着人的肉体；喜食腐肉也是一个象征，表示对肉体的沉醉。在父权文化的主宰下，肉体是邪恶之物，沉溺于肉体，就是堕落。为此，肉体只能下地狱，灵魂则能上天堂。既然诅咒肉体，肉体散发出的气味当然也就是恶臭的。公爵沉溺于肉体，父权文化就把他妖魔化成喜食腐尸的狼人。公爵是父权体系中的异化者。他居住的房子高大宽敞，却似乎是地狱；与人近在咫尺，却只能处于边缘的地方；崇拜人体，欲望却不能得到满足。违背规则，父权的惩罚是十分严厉的。

爱丽丝有另一个重大的发现，公爵祖母的衣服给她的肌肤带来了愉悦的快感。"她拽出公爵祖母的晚装，在柔滑的天鹅绒和具有涩感的蕾丝上滚来滚去，这样做，她那少女的肌肤感到十分的愉悦"。不仅如此，"她穿着新衣服，趾高气扬地来到屋外，吮吸着十月篱笆的芳香……时而朝着狼群得意地唱了起来。现在，她知道如何穿戴，有了把她和他们区别开来的标志了"。爱丽丝的得意与快乐主要来自衣物，可是，众所周知，衣物实质上是文化的标志，它有效地把肉体包裹了起来，人类从此与动物有了区别。然而，爱丽丝改造了衣物的功能，衣物不是管制肉体的工具，而是服务于肉体、与肉体亲和的客体之物。由于欲望，爱丽丝与动物为伍；由于理性与衣物，她与动物分道扬镳；然而，理性与衣物的区别功能仅仅是一个符号，绝不是一个工具，对爱丽丝根本不能产生管制的效果。修道院（宗教理性）失败了，镜子（父权制度）也失败了。可见，爱丽丝的主要财富是身体，她用理性与衣物来滋养身体，包装身体，而不是限制、约束身体。身体是爱丽丝的圣物。

实践是检验真理的标准。由于向来藐视宗教理性，公爵终于遭到了惩罚。他在十字架上蹭痒，从圣水盂里饮水，在夜间盗取新娘的尸体，这一切惹怒了以教会为代表的父权制度，教会对公爵实施了严厉的惩罚。爱丽丝以特有的勇气，主动为公爵治疗枪伤。她使用的并非秘技，就是动物的舔舐疗法，此法收效甚快：一开始，墙上的镜子里出现的是一个模糊的影像；可是，不久，"凭借她柔软、湿润、轻柔地舔舐，一张生动真实的面孔终于出现了，那是公爵的脸庞"。爱丽丝与公爵是新时代的夏娃与亚当，不过，夏娃不是亚当的一根肋骨，相反，亚当是夏娃的一根肋骨。就《圣经》而言，上帝造亚当使用的是泥，泥属于理性；夏娃出自亚当的肋骨，肋骨是肉体，可见，肉身与理性均是生命的根本。可以说，关于人生，无论是《圣经》还是《狼女爱丽丝》，都有最真实的叙述，那就是，不可轻视人类的身体，尤其是女性的身体。

女权主义重写揭示了父权意识形态的工作机制，彰显了父权主义话语方式在构建道德与行为规范方面所拥有的巨大力量，演绎了我者父权文化对他者女性文化的歧视、管制与排斥，清楚、准确地再现了父权文化的本质。女权主义重写唤醒了人们沉睡的意识，解构了父权的霸权主义，批判了女性的共谋行为，为重建女性的主体地位提出了富有智慧的主张。

第二节　自我质疑

女性是边缘化的群体，远离权力中心，没有话语权，重写文本，其目的就是夺取话语权，诉说所受的压迫，表达压抑的愿望，书写女性生活的另一种现实。男性向来是中坚群体，处于权力中心，在行使话语权力的过程中，创造现实与真理。作为体制中人，男性群体重写文本，其目的就是质疑现实与真理的客观性与稳定性，揭示现实与真理作为书写与构建产物的本质，把人类的认知活动推向了一个开放的高度。在开放中，人们发现，一切存在之间的关系（知识）都具有互动、流动、多元的特征。否认这些特征，生活就会表现出荒诞。

逻各斯中心主义的大厦主要是从内部开始瓦解的。要瓦解一幢大厦，首先要击垮大厦的主要支柱。西方文化大厦的第一根主要支柱，毫无疑问，就是基督教文化，否定了基督教文化的核心观念，也就动摇了宗教大厦的根基。西方文化的第二根主要支柱是启蒙理性，对理性的尊崇推动了工业化的飞速发展，工业化的发展不仅没有把人从繁重的劳动中解放出来，反而更加扭曲了人性，人在机器面前低下了高贵的头颅，成为科学与技术的奴隶。第三个主要的支柱是资产阶级价值观念，天赋人权与普世价值似乎是资本主义社会走向成功、获得幸福、实现自我价值的有力保障；然而，资产阶级的价值观在现实中很快就暴露出了自身的局限性，成为（后）现代主义作家的批判对象。

通过重写经典，《J 的婚姻》（*J's Marriage*）解构了神圣家庭的宗教神话，揭示了神性掩盖之下人性的真正现实；《玻璃山》（*The Glass Mountain*）瓦解了工具理性的神威，生动地再现了人性的异化与思想的迷惘；《布拉德船长》（*Captain Blood*）勾勒出一副反英雄的画面，揭示了资产阶级价值观念对英雄观念的侵蚀。

《J 的婚姻》针对《圣经》中关于圣母玛利亚、圣约瑟夫（以及耶稣）的宗教故事，提出了质疑，揭示了宗教圣衣掩盖之下的真实人性。根据《马太福音 1：18 – 24》玛丽与约瑟夫订立婚约，但在举行婚礼之前，玛丽有了身孕。约瑟夫不想让玛丽成为众矢之的，打算秘密解除婚约。可是，在梦中，一位天使告诉他，处女玛丽是圣灵感孕，他尽可与玛丽结为夫妻。玛丽将诞下一个男孩，可以取名为耶稣，有了耶稣，人们就不再有罪。按照天使的指引，约瑟夫与玛丽结为夫妇，不过，直到耶稣降临之后，才得以完婚。《路德福音 1：26 – 38》也有相同的记载，所不同的是，与《马太福音》的视角相异，《路德福音》采用了玛丽的而不是约瑟夫的视角（"这怎么可能？"玛丽问天使，"我还是一个处女。"）。有四个问题浮出水面：其一，玛丽如何面对一个可能无性的婚姻？其二，玛丽如何向约瑟夫解释自己的未婚先孕？其三，玛丽未婚先孕之后，约瑟夫内心感受是什么？其四，他们的婚姻体现的是神性还是人性？然而，这一切，无论是《马太福音》还是《路德福音》都不可能做出回答，因为它们与宗教叙事没有关系。

对此，《J 的婚姻》抛开了宗教的因素，直接从人性的角度进行了回答。在揭示谜底之前，有必要对两个基本的事实做出交代：玛丽与约瑟夫的年龄问题。在《J 的婚姻》的开头部分，叙事者向读者细致、生动展示了约瑟夫的迟疑："经过长时间极度的自贬、疯狂的示爱、忧虑、绝望以及对任何幸福生活的否定之后（所有这些，她都以相同的方式做了答复，只是没有如此地动情），J 终于下定决心娶了她，或者这一直就是自己的主意，其余的只是做做样子而已。"对于约瑟夫来说，这显然是一个艰难的抉择，归根结底，是因为"他实在是太老了……"关于约瑟夫年龄的问题，《圣经》没有直接的答案，但根据专家的看法，约瑟夫把玛丽领回家（订立婚约）的时候，大约在80 至90 岁之间，去世的时候111 岁。不过，约瑟夫也并不是一生未娶，只是40 岁的时候才有了大儿子，一生养育了四个儿子、两个女儿，80 岁以后开始丧妻。①

玛丽与约瑟夫见面的时候，大约12 岁。其实，玛丽是在神父们的安排下与约瑟夫见面的。在玛丽3 岁的时候，她的父母把她作为献给上帝的礼物送进了教堂，在教堂里居住了9 年。玛丽快要长到情窦初开的时候，神父们担心发生不该发生的事情，遭到上帝的责备，就决定把她许配给一位年老、孤独、需要娶妻的男人。有12 位犹太部落的老人参与抓阄活动，最后约瑟夫中彩。神父把玛丽交给了约瑟夫，并嘱咐他们在适当的时候举行婚礼。② 有学者认为，按照当时以色列的习俗，13 岁的男孩在成人礼（Bar Mitzvah）之后一个月就步入婚龄阶段，而女孩则是12 岁一个月。③ 适婚年龄早，但实际结婚年龄因人而异。有理由说，约瑟夫与玛丽是地地道道的祖孙配。

其实，年龄的问题以及约瑟夫与玛丽婚配的真相，《圣经》的几个福音都没有提及。叙事者讲述个人年龄问题给约瑟夫带来的苦恼以及他在求婚一事上的迟疑不决，就是要引起读者对有关身世问题给予足够的关注，认识玛丽与约瑟夫的特殊人生经历，了解玛丽与约瑟夫走到一切真正原因。

在现实中，玛丽是一个沉默者，自己的命运，就在神父与约瑟夫之间，通过一次抓阄的形式决定了。在《圣经》里，她同样缄默无语，虽然在《路德福音》中发出了声音，那也不过是问了一句而已。然而，在《J 的婚姻》中，事情发生了变化：她依然没有声音，可是，无声中自有果敢与机智。

思考让她找到了平静。举行婚礼之前，约瑟夫主动亲热。一开始，玛丽就感到了一种恐惧，可是，恐惧的原因是什么，不得而知。也许令约瑟夫宽慰的原因才是真正的答案："难道是有生以来，心理变态的老妈子灌输的错误言论、自古关于鲜血的可怕传说以及地狱里的酷刑（女人在事件中的作用不得不令人思忖一番），或者早期的不幸，比方霸道的父亲所致？"当然，并不是都能经历，不过，可以听说，同性之间的宣传杀伤力最大。其实，玛丽不

---

① Jeremiah Jones. *A new and full method of settling the canonical authority of the New Testament*：volume 2 ［M］. Oxford：at the Clarendon Press，1845：46 – 49.

② *History of Joseph the Carpenter*，Chapters 3 and 4. ［EB/OL］// http：//www. pseudepigra-pha. com/apocrypha_ nt/histjoe. htm.

③ Donna B. Nielsen，*Beloved Bridegroom* ［M］. Cape Town：Onyx Press，2013：2.

是受到蛊惑，而是真正相信那些故事。所以，当玛丽做出一些过激的反应也就不为过了。"她奋力挣脱，气愤地吐他……惊恐之中，她大声尖叫，竭力逃脱。"难道夫妻之间，灵与肉的结合不是彼此的渴望吗？与约瑟夫，不是：约瑟夫的亲热似乎就是恐怖的源泉。然而，玛丽清醒地认识到，"J本人除了话语之外，没有任何身体上的实质行为，"为此，她开始变得坦然，毕竟"言语……不能让一个人面对现实的时候全然无助。"可见，从恐惧到清醒，唯有思考，才有提升。

　　玛丽最终同意举行婚礼，是因为受到了智慧的指引。关于性与爱的关系，约瑟夫的认识是"没有爱，性是难以理解的；没有性，爱可以独自完美"。关于他与玛丽的关系，"如果将来能够分享爱的自然行为，那就再好不过了；不过，如果他们真的能等到这一天，也必须得到她的许可，按照她的方式进行"。有着个人打算的玛丽当然从中看到了机遇：在性的问题上，她可以掌握主动权。原因有二：一是约瑟夫可以接受无性的爱；二是他愿意接受玛丽的条件。当然，得出这样的结论，"与其说是因为理性，倒不如说是直觉"。可见，直觉与理性都可以成为认知的主要方法。有智慧，也有果敢地行动。新婚之夜，两人通宵未眠，直到天亮之际，玛丽才和衣而睡。对此，约瑟夫的解释是"需要过一阵子，才能够学会第一个裸睡的艺术"。其实，这不是因为玛丽第一次面对性产生了恐惧，而是她巧妙主导新婚之夜的结果。玛丽神秘地出现在海边的一幕，可以说是叙事中最模糊、最具有性象征的场面。约瑟夫来到海边：

　　　　就在那一刻，就在死亡的太阳，黏稠又血红，熔化在沉陷的大
　　海里的时候，就在远处的山峦眨着眼睛，由黄绿色变为蓝色的时候，
　　就在第一阵晚风拂过松冠，唤醒了树木的时候。

　　这无疑是一个冥冥之中的呼唤，这个呼唤通知约瑟夫到场，见证一次神秘而又具有仪式般的时刻，只是不能通过肉眼，而是凭借心眼，来目睹这场在玛丽看来神圣的仪式。它之所以"称不上是幸福的"，是因为约瑟夫在这场仪式中成为一个边缘化的他者；之所以"看上去会是幸福的"，是因为玛丽在这场仪式中成为积极的参与者。视角不同，结果也就不同。约瑟夫有一个全面的视角，不过，这需要博大的胸怀。玛丽呢？终于等到了这一天，终于完成了女人一生中最辉煌、最崇高的仪式，这次仪式，只有与不同于约瑟夫之人共同携手，才能得以完成，而仪式的结晶就是上帝之子的诞生。这场仪式

改变了玛丽的整个人生，重要的是改变了她对自己身体的看法。当约瑟夫发现玛丽裸身站在睡床旁边的时候，她其实正在欣赏自己的身体，一个能够缔造生命的肉体，准确地说，这是人类的伊甸园，这是上帝的伊甸园。显然，这不是她第一次暗自欣赏自己的身体，也不是第一次为之感到自豪，因为当约瑟夫走进房间的时候，玛丽没有半点的惊讶与羞涩。似乎是，玛丽觉得，在约瑟夫面前，自己没有必要再施展温柔之计，阻止约瑟夫靠近自己的身体了，因为她已经完成了人生中最重要的任务。当然，此次约瑟夫又是遇到了拒绝，然而，由于她怀有身孕，也就算不上是拒绝。不过，往回想一下，就不难发现，自海边偶遇之后，玛丽对约瑟夫就开始大胆地开放自己的身体了。再往后看，当妊娠期结束后，玛丽几乎把自己的身体交给了约瑟夫。玛丽的人生，并不控制在约瑟夫或者上帝的手中，而是完全掌握在她自己的手中。

　　一切事实，都由玛丽言说。"我怀了孩子，她说道。"玛丽怀了谁的孩子？"上帝上身怀的孕。"原来是上帝的孩子。在《圣经》的福音书中，不管是对谁说的，有一点可以肯定，上帝派了使者传递消息。可是，在《J 的婚姻》中，上帝的使者并没有出现，关于"圣灵感孕"这一消息，约瑟夫也是从玛丽那里获得的，玛丽她自己，是"圣灵感孕"这一事实的唯一出处。可见，没有假托之言，真相完全依靠人类自己来创造了。不过，玛丽并没有剥夺约瑟夫的话语权力。约瑟夫的反应是，玛丽的身孕，与上帝毫无关系。"他怎么也想不通，上帝为何会为一件没有意义的事情，是的，这么说吧，几乎是庸俗的事情操心。"在约瑟夫看来，上帝对人类来讲，简直是无关紧要；而人类对上帝来讲，也是如此。"上帝卷入这种人或其他人无聊的私人事物中，简直难以置信。"可见，不是上帝的使者没有出现，而是约瑟夫压根就不相信上帝与人类之间存在着任何的关系。既然上帝不会卷入，参与的只有人类了。从约瑟夫的角度看来，无性（罪）怀孕不存在，存在的只有有性（罪）怀孕。"圣灵感孕"，显然是世俗的玛丽与世俗的约瑟夫之间的争论焦点，不再是来自神灵人类不可抗拒的指令。

　　约瑟夫对待玛丽身体的态度反映了世俗与宗教观念之间的对立。获得"圣灵感孕"消息之前，约瑟夫的态度是世俗的、热烈的。对于他们之间的爱，约瑟夫信念坚定："不过，从一开始，他们的情感就产生了无上美丽的和谐；上帝知道，面对如痴如狂的爱情，凡是妨碍他们幸福爱情的东西，哪怕是剩下一个微不足道的障碍，最终也必定会让路。"他需要做的就是耐心地等待，等着玛丽想通了，愿意了。约瑟夫对玛丽的身体给予了由衷的赞美。在海边不期而遇之后，"他站在那儿，一动不动，惊讶无语：她举止优雅，身披柔和的霞光，重要的是，她微笑着望着他那直勾勾的眼神"。就在玛丽宣布怀上了上帝的孩子之前，望着她赤裸的身体，"他惊呆了，不敢相信眼前的一切……她不再是一个幻影，他亲吻着她的耳朵、头发、眼睛、脖子和乳房，热泪盈眶。他甚至神志恍惚，担心自己会晕倒"。约瑟夫对玛丽的身体表现出强烈的情感，这情感既是世俗的，也是崇高的。世俗得没有杂念，崇高得没有私心。

获得"圣灵感孕"消息之后，约瑟夫的态度是反宗教的、冷淡的。得知玛丽"圣灵感孕"之后，约瑟夫不仅没有感到任何欣喜，反倒是大病一场。卧病在床，他辗转反侧；有时候，甚至"神智恍惚"；在高烧的睡梦中，"还在思考着那桩怪事，脑袋就像着了火一样，发出微弱的噼里啪啦的声音，扰人难受，甚至在清醒的时候，那噼里啪啦的声音也时有发生。"病情越重，对"圣灵感孕"的失望也就越深。孩子诞生之后，"他们渐行渐远，没有争吵，没有爱恨。后来，J 就连她的模样也想不起来，旁人问起她来，他也说不出个一二来了"。婚姻关系，名存实亡，不仅没有往来，也无惦念。约瑟夫忙于自己的木匠事儿。玛丽呢？可以想象，一如既往，一个地地道道的新女性，绝不会压抑自己的身体需求，把浪漫的绿色草原变成寒冷的冰天雪地，总之，再也不是那个圣母的形象了。可以说，没有"圣灵感孕"一说，一切安好；有了"圣灵感孕"，爱情死亡，家庭破裂。世俗婚姻的死亡、世俗家庭的破裂，对玛丽来讲，没有任何悲剧的色彩，一切都在她的掌控之中；对于约瑟夫来说，则不同了，一切美好的愿望无一不化成泡影。能够顶住突如其来的打击应该是一个奇迹。

其实，在神圣家庭存续的期间，起着维系作用的不是宗教热忱，而是世俗的关爱。在宗教的世界里，玛丽更多的是圣母，而不是人妻；在《J 的婚姻》种，她更多的是世俗的女人，同时也是约瑟夫的妻子。做不了真正的妻子，就只能做真正的女人了。不过，玛丽的人性之光犹在，否则，很难得到约瑟夫的原谅、逃脱时代认可的惩罚。关于她的人性之光，着墨不多，但弥足珍贵：当他神志恍惚的时候，"她耐心地伺候着，帮他把病养好"。在日后的日子里，"她……像以往一样心宽大方，也像往常那样，笑容满面"。没有忏悔的迹象，却也没有任何放浪、毒辣的招数。约瑟夫没有怨恨，一是他具有自知之明：他是一位耄耋之年的男人；二是同样具有人性之光。"由于心有同情，他也就忘记了自己的不幸；日复一日，身体每况愈下，境界却越来

227

高"。冬天来临，他悄悄地为她额外准备了一份粮食；忙完一天的木匠活，也做一些原本属于她的活计。最令他心生怜悯的当然是产前的一个月，所有的困难，她都能以巨大的勇气直面；还有分娩时的剧痛，她同样以高贵的姿态处之。作为一个女人，玛丽走下了神坛，赢得了约瑟夫的同情与赞美。面对苦难，人性如同神性，也正是人性成为他们之间的纽带。儿（养）子与约瑟夫的关系如何呢？作为养父，当然具有父爱，却做不到实心实意；作为儿（养）子，由于上述或者其他的原因，从一开始就表现冷漠。就这样，两人互不关心，互不干涉。宗教虚幻的家庭伦理根本就不存在。

约瑟夫对世俗生活的评论具有高度的概括性与普适性。他总结自己的一生，得出的结论是，"生活不比他预料的好，也不必他预料的差""无论发生了什么样的事情，都没有什么可悲叹的，没有；反过来，也没有可兴奋的"。换言之，担心的事情不因为担心而避免，一旦发生了也没有那么可怕。的确，苦难是人生的一部分，爱情总有解体的时候，肉体与精神终有泯灭的日子。上没有天堂，下没有地狱，中间没有救世主。短暂的世俗却是永恒的存在。世俗之中，只有人性，没有神性；神性，如果有的话，只是人性的倒影。

巴塞尔姆（Donald Barthelme）的《玻璃山》是对波兰（不是瑞典）的童话故事《玻璃山》的重写。时过境迁，巨大的社会变化所引发的生态危机、人性扭曲以及信仰缺失，在几乎相同的叙事框架下，通过比较、对照的方式得到了真实的再现。

从一个文本到另一个文本，社会就从田园模式进入了都市模式。在波兰的版本中，玻璃山只是一个比喻，一个由地壳运动生成、冰雪覆盖、陡峭险峻山峰的夸张。在巴塞尔姆的版本中，玻璃山也是一个比喻，不过，不是山峰，而是具有玻璃墙体的现代化摩天高楼。当那位学者（school－boy）从玻璃山上朝下看去的时候，除了山谷、死伤的骑士之外，别无他物。可是，当"我"从玻璃山上朝下看去的时候，看到的不是那些再熟悉不过因而不值一提的自然地貌，而是充满了人类征服痕迹的现代化都市，也正是在（工业化）都市化的过程中，人类一步一步走向了异化。

从家园到人类动物园。工业化以前，人类生活在大自然的怀抱中，大自然就是人类的家园，即便有了城市，城市也是自然化的城市。工业化之后，人类的家园就成了动物园。在动物园里，动物远离自然环境，生活在人类仿制的自然生态中。在仿制的自然环境中，没有自然的净化与循环机制，污气冲天，疾病泛滥。从这个意义上讲，都市化的城市就是人类为自己建造的动物园。

30. 人行道充满了各种颜色的狗屎：土黄色、暗褐色、铁黄色、浓黄色、青绿色、象牙黑、玫瑰红。

伴随着都市化的疯狂，就是森林的砍伐；令人更加担忧的是先进的工具加剧了砍伐的速度：

31. 有人正在砍伐树木的时候遭到逮捕，一排的榆木拦腰砍断，在大众与勇士之间横七竖八地躺着。

32. 用电锯伐掉的，毫无疑问。

动物园里不缺树，却也是稀稀疏疏；都市的树木从来就是装饰品。当树木离楼房最近的时候，人离树木最远。人类创造了两个动物园，一个给动物，一个给自己。

理想变为疯狂。在传统的版本中，营救并迎娶端坐在金殿银屋里的美丽公主就是人生的最高理想，为此，"长时间以来，他就听到父母说及美丽的公主……"而且，勇敢的骑士们"从地球的四面八方蜂拥而至，试图把她营救出来"。英雄救美堪称人生的至高理想，进入现代社会，求索"中魔的象征"何尝不是如此。当然，人群中不乏勇者骑士，横陈在摩天大楼脚底下的尸体就是最好的说明。然而，价值观念却发生了分歧："脑子进水了。"犯傻不可怕，只要名正言顺，或者只要能够成功；可怕的是名不正，言不顺：

39. "一会儿就掉下来，血肉飞溅！"

40. "但愿有幸一睹，再拿手绢取点血。"

不珍惜生命，就是极度的疯狂。可见，英雄主义威信扫地。珍视可贵的生命并无过错，可怕的是人心却又那么的冷漠。现代人的理想与热忱投向何处？财富。财富就是理想；追求理想，不择手段；没有约束，人性也就异化了："我的邻居们不等骑士们死去，就开始敲下他们的金牙"。理想成疯狂，价值沦落风尘中。

人性何以堕落如此？工具理性使然。把人类彻底地从摆脱封建迷信中解放出来，公允地讲是启蒙主义的辉煌成就。启蒙主义，一言以蔽之，就是理性；理性，表现在日常生活中，就是常识，表现在重大社会活动中，就是科学与技术。不过，天地无情，以人为刍狗，讲的就是自然规律冰冷，不以人的意志为转移。换言之，启蒙主义发现并尊崇自然规律，却没有发现、尊崇人性的规律，即便是有所发现，也是服务于经济效益。理性、技术、产品成为人类必经的一条道路。理性原本是人性的解放者，却沦为新时代、新形势的压迫者。

事实胜于雄辩。攀登玻璃山，传统的工具是单枪匹马外加一腔热血，一切都那么原始。不过，也有先进的工具，那就是猞猁的前掌。把猞猁的前掌捆绑在双臂之上，用猞猁锋利、坚硬的手指代替十指，读书人终于成功了。然而，再先进，也只是自然的杰作，而不是人类的发明。现代工具则全然不同了。"我"使用的不是猞猁的利爪，而是现代化工具抽子（plumber's friend）。使用抽子的一个要点就是垂直用力。此外，作品中不乏现代化工具的代表，例如大众牌和勇士派汽车、飞机（脚上绑着交通信号灯的夜莺）、脚扣与电锯。如果说与骑士相比，书生先进了许多，那么与书生相比，"我"也先进了不少。遗憾的是，理性促进了技术的不断进步并提高了工作效率，同时也占据了人灵魂的主体地位并对人类产生了异化效果。异化现象表现在"我"的行为方式上：

20. 我抬起右手的抽子，左手的保持不动。

21. 接着，举起右手，上移一点，把手里的抽子重新固定好。

当然，不可否认，这是一个经典的攀爬动作，用手、用猞猁的利爪或者用抽子，其效果都一样；不过，在本叙事中，这一套分解十分准确的动作象征着工业化时代标准的机械化作业方式。内化机械化作业方式的另外一个表现就是叙事风格。从以上的举例（20、21；30；31、32；39、40）当中可以看出，几乎是一句话一个段落。不过，第 63 段与第 80 段例外，属于大段落，却也自成一体。第 63 段属于同类举例，众多例子单独成段，符合整齐划一的原则。第 80 段则集中回顾了一个连贯的叙事单位（或事件）。整个故事由 100 个段落构成，100 堪称一个完整规范的组成单位；与此同时，叙事的一个重要主题"一个美丽、中魔的象征"位于第 51 段，不偏不倚，正好出现在叙事的中间，将叙事一分为二。数学之美成为本叙事的主要特征。

打破叙事惯例。第一，使用引语。根据现代主义作家的审美标准，最高的叙事艺术应当是作者的隐退，反对作者在叙事中发声；彻底地消除作者的声音固然有些不切实际，但遗留的作者声音至少是隐现而不是凸显的。当然，作者在叙事过程中发出自己的声音，也并不是二流的艺术，因为艺术手法本身没有好坏之分，只有恰当与不恰当之分。可以说，在传统叙事中，作者可以发声，但绝没有引用他人的习惯，引用几乎是议论与学术的规范。巴塞尔姆的叙事者一反常态，大胆地使用引语，叙述中，共有五处出现了引语。第二，虚实相间。众所周知，使用引语需要遵守两个规范，一是引用要准确，二是要注明出处。可是，巴塞尔姆的叙事者在使用引语的时候，有的引语是真实的，有的则是虚构的；提供的出处有时候是准确的，有时候是模糊的，有时候是虚构的。在引用传统叙事中有关部分的时候，叙事者为了使之与自己的有关叙事相一致，对其做了一定的加工处理。虚实相间的手法也体现在第63段的举例中。在19个举例当中，只有8处是真实的，11处均是虚构的，虚构的部分，要么是姓，要么是名。可见，虚实相间的叙事手法打破了传统叙事的"现实幻觉"，把叙事作为虚构的本质赤裸地摆到了读者面前。其实，这种虚实并存的边界性正是异化的结果。

到底是在异化中消亡，还是在异化中重生？"我"选择了在异化中重生。要重生，就要重新建立信仰。在传统的版本中，信仰就是美女、地位、财富，而且三位一体，只要追求到了美女，就实现了所有的目标。当然，美女必须是公主，只要是公主，自己也就有了地位，有了地位也就有了财富：黄金宫殿、银质的房间、金质的用具。对于一名骑士来讲，这无疑是上位；对于公主来说，能够打破魔咒的男人当然也是百里挑一；两厢结合，不幸福也不可能。然而，到了现代社会，一切发生了变化，异化成为横亘在人类面前最大的敌人：由于异化，人类赖以生存的象征中了魔咒，困到了高高的楼顶之上。只有打破咒语，才能解救象征；当象征重返人间的时候，人类也就重新找到了信仰，有了信仰，人类的痼疾就能得到治疗。何以见得咒语围困的象征就是信仰？"我"说得很清楚，没有人攀登玻璃山，为的就是寻找科学、寻找名人，或者为了攀登而攀登。那么，正当的理由是什么呢？就是坐在金殿中的"……一个美丽、咒语困住的象征"。众所周知，能够指引一个人冒着生命危险、奋不顾身前行的只有精神的力量，而信仰就是一种强大的精神力量。当"我"置生命于不顾、义不容辞地为象征解困的时候，象征不就是"我"的坚定信仰吗？

作为信仰，象征是一个现代概念吗？不是；那么，象征是一个单纯的抽象概念吗？也不是。

> 传统象征（例如夜莺，常常与抑郁有关），须有约定，方得认可；不过，它不是一个符号（像交通信号灯），因为还是那个道理，它应当能够唤起深度的情感，而且拥有超越视觉的特性。（《文学术语词典》）

可见，象征有三个特点。第一，具有悠久的历史；第二，能够唤起浓厚的情感；第三，具有不可视的抽象性。当然，在阅读文本的过程中，所有的文字符号背后的意象都是不可视的，这并不意味着所有的意象都是信仰，因为意象在文本之外拥有对应物，而这些对应物往往是可视的。如此一来，只有信仰是不可视的。当然，爱也是不可视的，不过，爱，在许多有信仰的人们眼中，就是信仰的一个重要内容。恨是不可视的，恨是信仰吗？不是，信仰是不可视的，但并不是所有不可视的都是信仰的内容。为何强调象征的不可视性？一是可视，就没有神秘感，没有神秘感，也就缺少了一份吸引的力量。二是可视，宗教形象就可能与现实中的形象发生吻合，现实中的形象，哪怕是只有一定程度的吻合，也容易造成极度的混乱，所以，宗教信仰，最忌讳偶像崇拜；由于反对偶像崇拜的教义深入信徒之心，由于宗教权威拒绝确认合法的偶像形象，美元上的上帝之眼以及一些画作上的上帝形象，都不会给人以真实的幻觉，难以造成混乱。当楼顶上的象征突变为美女的时候，"我"把她从楼顶上扔了下来，就名正言顺了。

象征（宗教信仰）具有神秘性，并不等于可以具有迷信色彩。自从启蒙主义运动兴起以来，上帝的地位就开始发生动摇；宗教与科学两界都曾经试图证明上帝存在，但这种努力也丝毫没有改变上帝可信度下降的趋势。有趣的是，宗教信仰虽然受到了理性的强烈冲击，但并没有退出历史舞台；相反，科学的信仰者在日常活动之余，始终坚持宗教实践。也就是说，除了迷信成分之外，宗教仍然具有道德上的感染力，依旧能够成为人们精神力量的源泉，始终是社会活动的有力组织者。美国的启蒙主义者杰弗逊就看清了宗教的价值，曾经试图创建新的宗教文献，摒除宗教迷信色彩，保留宗教的合理内容。遗憾的是，这种有意义的努力没有取得成功，究其原因，宗教文献中违背理性的内容已经难以产生历史上的影响。可是，宗教能够存在下来，并不意味着能够完全满足时代的需要，环境危机与人性危机就是最好的例证，宗教面临的一个重要问题就是变革，没有改革的宗教，就像楼顶上的那位美女，必然遭到"我"等的抛弃。此外，金苹果与守门的猛龙之所以在"我"的叙事里消失，就是因为他们带有迷信的色彩。

象征符号（新的宗教信仰）必须尊重人性。在传统的叙事版本中，"鹰的利爪扎入年轻人的身体中，但他忍着疼痛，一声不吭，双手抓住鹰的两只脚"。在新的叙事版本中，老鹰给"我"带来的痛苦一模一样。看来，追求信仰，经历磨难尤其是身体上的折磨就是不可避免的。然而，"我"与那位年轻人不同，不想经受身体上的磨难，因为"没人喜欢鹰，根本没有，一刻也不行"。可见，在现代社会，宗教要存续并发挥积极的作用，就必须在精神与肉体之间进行合理的协调；毕竟，物质丰富了，现代科技给人们提供了可靠的生命保障，把精神与肉体对立起来，显然不合时宜。不过，生活在现代社会，人们也不是贪生怕死之辈，痛苦能够给"我"带来恐惧，但"我"也能够勇敢地面对一切困难。由于恐惧（"我害怕"）与虚荣心（"回去取创可贴，我的邻居会瞧不起我"）的出现，"我"更加真实、可感，恐惧与虚荣根本不会冲抵人自身可贵的勇气。正所谓，"有了他（人类）的想象力，生活就是把精力好好地用在正道上（约翰·梅斯菲尔德）"。想象力即是追求。追求、生活、正道构成人类健康与体面生活的全部。

人世俗了，其实是文明进步的结果；人依然高贵，就表现在对宗教的坚信。世俗化的一个重要表现体现在英雄人物的衰落，平民形象的冉冉升起。《布拉德船长》刻画的是一位反英雄人物，经过重写，布拉德的一生着重体现文明进步中的荒诞不经，透过荒诞不经，体现出的则是人类对高贵的向往。

反英雄人物有两种，一是世俗化的英雄，二是高尚化的恶魔。之所以有世俗化英雄，是因为产生英雄人物的环境出现了，却没有出现英雄人物，出现的只是世俗社会的弄潮儿。之所以出现恶魔的英雄化，是因为传统的英雄消失了，传统的恶魔人物逐渐呈现出崇高人格品质。

在《布拉德船长》的叙事中间部分，出现了一段回忆性的文字，交代了布拉德走上海盗之路的经过："正当他在一家滨水酒馆消遣饮酒的时候，被皇家海军强征入伍"。进一步考察一下就会发现，巴塞尔姆笔下的布拉德船长与意大利作家萨巴蒂尼（Rafael Sabatini）系列短篇中的布拉德船长有着惊人的相似性。萨巴蒂尼的彼得·布拉德（Peter Blood）也不是纯粹的虚构人物，而是以英国历史上的托马斯·布拉德（Thomas Blood）为原型进行艺术加工而成的。托马斯·布拉德，敢想敢为，一生充满传奇，就连他的离世，在人们看来，也可能是恶作剧。其一，光荣革命中，托马斯·布拉德见风使舵，倒戈支持议会，获得封奖；其二，保皇势力复辟后，逃亡中的布拉德两次企图绑架奥蒙德公爵，但均告失败；其三，盗取伦敦塔的皇冠与权杖，功败垂成，被捕后却得到赦免；其四，与前恩主陷入诉讼纠纷，面临一万英镑的名誉赔偿金；其五，在他的遗骨安葬后，为了证明不是一次欺骗，人们挖出他的尸体进行核实。强征入伍的故事则以皮特曼（Henry Pitman）为原型加工而成。好友的在一次叛乱中受伤，处于友情和人道主义，作为外科医生的皮特曼前往救助，却因协助叛乱被政府押往巴巴多斯，进行劳动改造。后来，带领众人通过武力的方式获得自由。①

　　萨巴蒂尼最早的海盗故事，属于《公海兄弟》系列（*Brethren of the Main*），共有九个故事，于 1920 年 12 月开始在《金牌杂志》（*Premier Magazine*）上连载，故事之间具有较好的连贯性。1922 年，他把这九个故事串联起来，并做了补充，扩展成小说《布拉德船长》（*Captain Blood*）。小说大获成功。之后，他又创作了 15 篇之多的布拉德故事，主要收录在《布拉德船长的故事》（*The Chronicles of Captain Blood*）与《布拉德船长的财富》（*The Fortunes of Captain Blood*）中。巴塞尔姆的重写，以《公海兄弟》为基础；在《公海兄弟》中，落难的布拉德终成一代英雄；在《布拉德船长》中，布拉德则甘愿为盗，成为一位反英雄。

　　所谓的英雄，就是一个符号，集中体现了当时社会的主要道德价值标准。与英雄人物相反，海盗则颠覆维系社会秩序的道德法律。当社会进入荒诞的时候，道德法律观念并不一定消失，但践行这些理念或者能够集中体现这些理念的英雄人物消失了；与此同时，传统的反面人物，例如海盗，由于以不同的方式、在不同程度上践行这些理念，却具有了传统英雄人物的品质，形成了反英雄的人物。反英雄人物的出现，反映了社会风气的衰落，衰落的社会风气进一步说明，资本主义制度出现了危机。

　　海洋与陆地几乎是两种不同群体用武的场所：海洋属于海盗的天堂，陆地属于民众的家园。可是，在古老的家园里，昔日的英雄似乎是消失了。叙事一开始，读者就看到，布拉德十分谨慎，出发之前，仔细检查，确保门窗安全牢固，因为"人不在家，谁也不知道什么人会到此光顾"。很含蓄，但意思明确：要做好防盗工作。在现实里，锁好门窗并不是什么特别的事情，但在文学作品里，则具有象征意义：社会秩序有些混乱，道德法律开始失去原有的约束力。当道德法律开始失去约束力的时候，英雄人物往往缺失；反过来讲，当英雄人物尚在的时候，道德法律就有用武之地。例如，"走在巴拿马市、罗亚尔港、圣洛伦索的街道上，许多人，刚才还好好的，一会儿肚子就中剑了；要么钩矛一抖，就刺进脑袋。"巴拿马、罗亚尔港与圣洛伦索是不同国家的城市，可是说代表着世界各地。在世界各地，人们的生命随时随地都会受到威胁，根本没有贝奥武夫与亚瑟王那样的英雄，时刻保护着他们。生

---

① Meredith Baldwin Weddle. Conscience or Compromise：The Meaning of the Peace Testimony in Early New England ［J］. *Quaker History*，1992，81（2）：73 – 74.

命的价值跌落到了地面，人的腹部或者肠胃，竟然成为肚子（gizzard 原为"鸡胗"）。时代在发展，英雄已没落。

具有讽刺意味的是，没有英雄，倒是有一位海盗在关键的时候挺身而出，化干戈为玉帛。布拉德，一个刀尖噬血、看惯了生死之人，却能坦然一笑，及时地制止了暴力冲突，挽救了珍贵的生命。当然，对于生活在陆地上的人们，布拉德就是英雄，因为他们不可能知道布拉德的真实身份。他们无论如何也想不到，他就是一位领导者一批"龇牙咧嘴、皮笑肉不笑、生性残暴的乌合之众"的一船之长。不错，他和他的水手们就是海盗，地地道道的海盗，不仅打劫商船，而且也打劫海军，只要是有利可图，无所不用其极。他的一生，总共劫持了 20 余艘船只，既有敌国的船只，也有友国的船只，更有本国的船只（牛津号与伊丽莎白号等），把海盗的本质发挥得淋漓尽致。可是，正是这样残暴、没有人性的一位船长，竟然大义凛然，维护了人间的道德秩序。当英雄人物的优秀品质出现在海盗船长的身上，反英雄的人物也就诞生了，但这样的英雄也是凤毛麟角了。

伴随着秩序的缺失与存在，所展现的正是英雄的缺位与反英雄的诞生。在陆地上，不可能发生的一幕发生了：闲来无事，在酒馆里品酒，享受人生的片刻快乐，却万万没有想到，换来的竟然是强征入伍。没有人权，也没有自由，只有强权与奴役；或者，因为一时兴起，几乎闲话，不经大脑，随口说出，却惹来了宗教法庭的严惩，禁身于地牢之中。正义的缺席就是英雄的缺位，没有人敢于挺身而出维护法律的尊严。活着就是任人宰割。相比之下，在海盗的世界里，准确地讲，在布拉德的世界里，一切井然有序。他手下的那一群海盗们全都接受严格的纪律约束，没有他的命令，哪一个也不敢造次。"登船之前，请向他们转达我的意思，希望他们保持耐心。耐心，对了，还有体面。"这就是布拉德的风格，做一个讲究体面的海盗。还有公平与正义。布拉德的每一行动都是收获颇丰的，平均下来有 2 万个八里尔银币，不过，不是独自享受，而是利益均沾；不仅均分，而且根据受伤的程度可以多分多得："伤一耳，得两个银币；失一耳，得 10 到 12 个银币"。没有暗箱操作，一切奖惩条例，均张贴在艉楼外。当时政府照此行事，布拉德也就不会有强征入伍与地牢之灾了。

没有了冲锋在前的英雄，有的只是以身作则的海盗船长。他要求海盗船员耐心等待，等待什么？等待他冲上敌船之后再行动。"一手拿着手枪，一手拿着短弯刀，等待着登船"，这对于布拉德来说，"总是一个兴奋的时刻"。身后呢，一大批嗷嗷欲试的杀手。身先士卒，而不是挥舞着刀枪，殿后督战。又是如何举行胜利庆典的呢？后天下之乐而乐。布拉德不是等待着手下一个一个上前敬酒，而是亲手操刀，烹调美味，犒劳手下。冲锋在前，享乐在后，完全是冷兵器时代的英雄形象。

并不是一个传统的英雄人物也没有，只是出现后，很快就坍塌了。美国海军的一位舰长就是传统的英雄人物。他的英雄气概表现在深知自己肩上的责任重担。正如其所说，美国刚刚建国不久，十三个州实属幼小之邦，要想在世界强国之林占有一席之地，就必须拿出双倍的勇气。作为三军之一的海军之父，他必须为自己的队伍树立一个光辉的榜样，勇敢善战，不屈不挠，血战到底，决不投降。所以，当布拉德决定释放舰长一行人的时候，舰长执意重新决一死战，以表决心与勇气，大有不达目的绝不罢休的意气。可是，他已经是一位战败之将，战败之将有何权利主张权利？生死游戏不是儿戏。除此之外，众所周知，海军作为国家的海上中坚力量，遇到海盗，无论情况怎样紧急，对方如何强大，都责无旁贷，必须正义执法，一是严词警告，二是坚决予以打击。然而，全体海军将士，虽然面对强敌（三艘舰船），最终还是迫于无奈投降了。更令美国海军尴尬的是布拉德的火力警告，在失准的情况下，竟然把海军舰船吃水线以下的船舷炸了个大洞。由于海水涌入，舰船危险，将士们不得不投降。勇气错位、利剑不堪一击，英雄的形象倒下了。

与此同时，海盗的勇气与智慧冠盖海军。一般情况下，海盗见到海军，躲之唯恐不及，更不会主动向海军进行挑衅，哪怕是实力强大。然而，布拉德就是要挑战不可能，凭借着自己三倍于海军的力量，上演一场不战而屈人之兵之大戏。至于击沉海军船只，那只是歪打正着，熟料鸣炮示警，竟然击伤舰船。如果他的胆量在于与海军较劲，那么，他的智慧则在于只取补给，不夺船只与性命。否则的话，他必定与海军结怨至深，危机自己的性命与前途。毕竟，海盗是孤立行动，没有后援；海军的背后，则是强大的国家机器。此外，布拉德征服的是人心而不是身体。美军舰船全体将士已经在他的控制之下，按照海盗的习惯做法，该取的就取走，该杀的就杀，该放的就放，一切均由自己处置，不必费言。然而，布拉德并不满足于此，而是要海军将士心服口服，因为投降了，也就没有血债，没有血债，也就没有人追索。布拉德做事不留后患。

美国海军舰长的一个巨大软肋就是种族歧视，因而种族歧视也就成了布拉德的有力武器。布拉德让舰长臣服的唯一办法就是一个词：&ninny。

&ninny 的完整拼写是 pickaninny，即 a black child（黑人小孩），字典上一般将其标注为 offensive（冒犯语）。&ninny 似乎能够含蓄一点，但其意义，人们早已心知肚明。显然，该词含有种族歧视之意；使用它，就能够征服一位舰长，又足见其力量之大，非同一般。&ninny 能够产生如此巨大的能量，主要依赖于两个条件：一是相信它的歧视力量，二是在特定场合使用它。海军舰长相信 &ninny 的歧视含义，所以，当他听到布拉德用 &ninny 指称自己的时候，自然也就放弃了原有的固执；与其让布拉德称自己为 &ninny，倒不如放弃荣誉更加体面。要知道，放弃荣誉已经是一个军人最大的耻辱，而成为 &ninny 则是更大的耻辱。两害相权，取其轻。由此可见，种族歧视，在经历了奴隶解放、消除种族隔离政策之后，并没有消失，仍然是一股强大的社会力量，直接对人们的行为方式产生着深刻的影响。有理由说，种族歧视践踏了人性，违背了公平正义的社会原则，把一个本来应是平等和谐的社会，变成一个欺压肆虐、偏见横行的等级空间。由于秉持不公、等级的价值观念，作为英雄人物的舰长，彻底失去了本来应有的光环。相比之下，布拉德则因为运用了种族歧视来实现自己的目的而获得了智慧的荣誉。要知道，布拉德运用种族歧视，不是因为他相信它，而是因为他知道舰长以及他所代表的群体相信它。为了让舰长放弃重新开战的幻想，他使用对方的有力武器来战胜对方。这就是他的智慧所在。可见，种族歧视策略，在成就一位智慧的海盗船长的同时，解构了另一位海军舰长的英雄形象。英雄不在，海盗拥有了英雄的品质，社会进入了反英雄的时代。

反英雄布拉德身上的海盗性格与英雄主义，具有对立的性质，在对立中冲突，在冲突中，英雄主义胜出。布拉德的确具有英雄主义精神，但毕竟是海盗。当他遭到荷兰海军追击的时候，为了阻止荷兰海军的不断追击，他马上想到一个绝妙的办法：把船上的妇女们扔到海里，当然，行动之前，必须给她们戴上救生衣。此举有两个好处：一是能够创造出一道独特的海上风景线，二是能够阻止军舰的有效追击。怎样的海上风景？女人们身着长裙，在海水浮力的作用下，会漂浮在辽阔的海面上，仿佛湖中的荷花，五颜六色，在风中摇曳：绿的、淡紫的、紫的与蓝的。不过，风景越是美丽，道德越是堕落。如何产生阻击效果？军舰要救人，自然就得慢了下来；生命高于一切，这乃是人类社会的法则。要知道，利用他人的善意来自救，乃是人间的最大邪恶。然而，念头一出，即遭到否定："恶毒，恶毒！真实白痴！"海盗的思维方式虽然遭到否决，却依然不断骚扰。

　　财富与简朴两种观念在布拉德身上发生对立冲突，在冲突中，简朴胜出。海盗进行抢劫，为的就是获得更多的物质财富；不劳而得，则是海盗行为的核心本质。当然，长时间没有收获了，不是因为善心发现，而是因为机会不佳。作为海盗，布拉德似乎也避免不了人间生活方式的影响。在他的房间里，有两样惹眼的物品：一是橘子酱，二是假发，两样物品无疑是当时的奢侈品，不过，不是高档奢侈品。可是，行动之余，布拉德回到自己的生存空间后，一切关于奢靡的期待都没有如期出现。他的能力出众，居住的房间却十分的狭小。他拥兵自重，呼风唤雨，却只是与蜘蛛猴为伴，连一个陪伴的女人都没有；不是得不到，估计（而）是遭到心爱之人的断然拒绝。至于娱乐，没有豪华的乐队，只有一把银质的小号，在简单的音乐声中，踏着"庄严、魅力持久的加泰罗尼亚萨达纳舞步"，与众人同乐。萨达纳舞步简单、庄严正是布拉德生活方式的一种真实写照。与日常生活的奢靡化相比，简朴的生活方式不也是值得推崇的吗？

　　盗亦有道，当盗拥有了正常社会引以为荣的生存法则的时候，盗就不完全是盗了。盗作为一种反英雄的存在讽刺了社会秩序与价值的退化。在科技突飞猛进的时代，反英雄提醒人们：英雄所代表的社会价值始终是人类的精神天使。天使已经远去，该是呼唤他们回来的时候了。

　　男性作家，在重写的过程中，从体制内部对自己的文化思想进行了反思。通过反思，人们认识到了宗教真理的叙事性；通过反思，人们清醒地意识到工业文明所面临的重重危机；通过反思，人们发现，面对新的社会现实，传统的思维方式已经落后，要解决人类面临的新问题，需要有新的理念与新的方法。当然，反思的广度与深度远不止于此。总之，有了反思，就有了新的视角，有了新的视角，社会的发展就会上升到一个新的高度。

　　由此可见，重写是一种艺术性对话。在古老的框架下，新的思想与旧的理念肩并肩、面对面地交流。通过比较与对照，双方的差异性逐渐显现出来；有了差异，也就有了意义。这个意义当然是颠覆性的；不过，颠覆并不是彻底地否定，而是解放与丰富，让单一走向多元，把专制转变成民主；有了多元与民主，所有的社会活力也就释放出来了。

结束语

　　短篇小说的结构，由此可见，分为情节性结构与主题性结构。情节性结构是小说家根据个人的艺术趣味把母题进行巧妙排列的结果；在情节结构里，时间顺序遭到了解构，各个构件为了满足情节结构的需要分散在叙事的不同位置；时间顺序遭到解构后，并没有彻底消失，而是形散神不散；也没有失去原有的作用，依然是读者理解作品的必要基础，因为它的内部隐含着一定的逻辑。主题结构，从微观的角度讲，可以是一个词语、一个短语的结构，也可以是一个语句的结构；从宏观的角度来讲，则可以是一个母体的结构，也就是传统意义上的一个事件的结构，也可以是语篇的意义结构，也就是中心思想的纲要；主题结构可以是内在的，也可以是互文的。主题结构分为表层结构与深层结构，深层结构以语境为基础，主要以隐喻（象征）或对话的方式存在着。

　　短篇小说的结构，形象地讲，堪称建筑艺术。从建筑艺术的角度讲，要建筑，就要设计，设计师必须通盘考虑建筑的整体结构特点，可以是线性的（直线的、曲线的），也可以是圆形的，并且把一个建筑的整体特点落实到每一个具体的细节上。建筑的主要用途是空间与舒适，主要特点就是层次分明、结构稳定。因此，在施工阶段，就要把空间与层次、整体性与稳定性结合起来；在装潢阶段，就要确保建筑的整体视觉效果，就要充分体现出空间的通畅、从事活动的舒适。短篇小说叙事也是如此。从艺术构思到具体落实在纸上，短篇小说可以是原封不动的直线式故事，但主要是艺术加工后具有曲线或圆形结构形态的叙事。叙事的每一个章节都是一个独立的空间，章节之间可以层次明晰、曲径通幽、但无一不是节奏和谐的空间整体；同理，章节中的每一个母体在逻辑走向上与前后母题或连或断，断者实连；段落之内，每一句话都有存在的意义，一句话之内，每一个词语都与设计的意义相关联。正因如此，叙事与建筑才具有异曲同工之妙。

　　建筑在历史的长河中不断发生流变，体现在现实中就是千姿百态；短篇叙事在短暂的历史中，也不甘示弱，不断挑战自我，生成了多姿悦目的结构形态。从头开始的，变为从结尾说起；直线的，演变成曲线的；单一的，发展成复式的；表层的，在向前运动的过程中，逐渐向深层拓展；稳定的，开始呈现芜杂、模糊的现象；远去的，接到邀请又回来了，与现存的面对面地竞争、交流。短篇小说的结构艺术走到了尽头吗？没有。第二人称叙事方兴未艾，就是一个很好的例证。叙事视角的变革必然带来叙事结构的变革。全知与有限视角、透明与半透明视角都给叙事结构带来了丰富多样的变化，但自身的潜力并没有挖掘殆尽，仍然拥有发光生彩的空间。不过，叙事结构的一切变化都取决于艺术家的才思。

　　短篇小说是方寸微构，相比之下，长篇小说则是鸿篇巨制。然而，短篇小说完全是长篇小说的晴雨表。历史地看，短篇小说在长篇小说之后走向成熟，艺术上必然反映了长篇小说的重要成就。叙事艺术总是在充分的文学空间里发展壮大，成熟之后，在一代又一代小说家的反复实践中，不断得到简化与发展，形成了短小精悍的结构形式，体现在短篇叙事中，则成为精巧、光彩夺目的艺术结构了。因此，了解了短篇小说的叙事艺术，长篇小说艺术可略见一斑。当然，当短篇小说自成一体、独立开放的时候，也必然发展出自己的叙事特色，直接或间接地对长篇叙事产生一定的影响。如此，短篇小说的结构艺术研究也就有了些许价值。

参考文献

一、外文文献

[1] Abdoo S. Hemingway's "Hills like White Elephants" [J]. The Explicator, 1991, 49 (4): 239, 240.

[2] Allen W. The English Novel: A Short Critical History [M]. London: Phoenix House, 1954: 16.

[3] Amper S. Untold Story: The Lying Narrator in "The Black Cat" [J]. Studies in Short Fiction, 1992, 29 (4): 475—485.

[4] Androme H A. Revised Memories and Colliding Identities: Absence and Presence in Morrison's "Recitatif" and Viramontes's "Tears on My Pillow" [J]. MELUS, 2007, 32 (2): 133—134.

[5] Bacchilega C. Cracking the Mirror: Three Revisions of "Snow White" [J]. Boundary 2, 1988, 5 (3): 18.

[6] Bacchilega C. Postmodern Fairy Tales: Gender and Narrative Strategies [M]. Philadelphia: University of Pennsylvania Press, 1955: 77—78.

[7] Barth J. The End of the Road [M]. New York: Doubleday, 1967: 88—89.

[8] Barth J. The Friday Book: Essays and Other Non-fiction [M]. London: The John Hopkins University Press, 1984: 62—76.

[9] Barthes R. The Pleasure of the Text, trans. by Richard Miller [M]. New York: Hill and Wang, 1975: 14.

[10] Bassoff B. The Sacrificial World of William Gass [J]. Studies in Contemporary Fiction, 1976, 18 (1): 48.

[11] Bautista D. In and Out of the Mainstream: Dominican-American Identity

in Junot Diaz's How to Date a Brown Guirl, Blackgirl, Whitegirl, or Halfie [J]. Romance Note, 2009, 49 (1): 83.

[12] Benjamin S G. The Space that Race Creates: An Interstitial Analysis of Toni Morrison's "Recitatif" [J]. Studies in American Fiction, 2013, 40 (1): 95.

[13] Booth W C. The Rhetoric of Fiction [M]. Chicago: The University of Chicago Press, 1961: 218—242.

[14] Busch F. But This Is What It Is to Live in Hell: William Gass's "In the Heart of the Heart of the Country" [J]. Modern Fiction Studies, 1973, 19 (1): 103.

[15] Cyr M D. A Conflict of Closure in Virginia Woolf's "The Mark on the Wall" [J]. Studies in Short Fiction, 1996, 33: 199.

[16] Doren M V. Nathaniel Hawthorne [M]. New York: William Sloane Associates, 1949: 79.

[17] Fraustino D V. Elizabeth Bowen's "The Demon Lover": Psychosis or Seduction? [J]. Studies in Short Fiction, 1980, 17 (4): 483—487.

[18] Forster E. M. Aspects of the Novel [M]. New York: Penguin Books, 1980.

[19] Genette G. Narrative Discourse: An Essay in Method [M]. Trans. Jane E. Lewin. Ithaca: Cornell University Press, 1983: 198.

[20] Gillette M. Making Modern Parents in Ernest Hemingway's "Hills Like White Elephants" and Vina Delmar's Bad Girl [J]. Modern Fiction Studies, 2007, 53 (1): 51.

[21] Hadella C B. The Winter wasteland of William Gass's "In the Heart of the Heart of the Country" [J]. Critique: Studies in Contemporary Fiction, 1988, 30 (1): 53.

[22] Hardy S M. Tradition or Rebellion?: "The Lady, or the Tiger?" and American Culture [J]. Short Stories for Students, 1998, 3: 177—188.

[23] Hashmi N. "Hills Like White Elephants": The Jilting of Jig [J]. The Hemingway Review, 2003, 23 (1): 72—83.

[24] Hemingway E. Death in the Afternoon [M]. New York: Scribner's, 1932: 192.

[25] History of Joseph the Carpenter: Chapters 3 and 4 [EB/OL]. http: //

www. pseudepigrapha. com/apocrypha_ nt/histjoe. htm.

［26］Hughes D A. Cracks in the Psyche：Elizabeth Bowen's "The Demon Lover" ［J］. Studies in Short Fiction，1973，10 (4)：411—413.

［27］Irigaray L. This Sex Which Is Not One ［M］. Ithaca：NY Cornell University Press，1985：76.

［28］Johnson S. A Dictionary of the English Language ［EB/OL］. https：// johnsonsdictionaryonline. com/novel-noun/：2011.

［29］Jones J. A new and full method of settling the canonical authority of the New Testament：volume 2 ［M］. Oxford：at the Clarendon Press，1845：46—49.

［30］King J and Morris P. On Not Reading Between the Lines：Models of Reading in "The Yellow Wallpaper" ［J］. Studies in Short Stories，1989，26 (1)：28.

［31］Korb R. Critical Essay on "Happy Endings" ［EB/OL］. https：//www. encyclopedia. com/education/news-wires-white-papers-and-books/happy-endings：13，2001. ［EB/OL］ *https：//www. encyclopedia. com/. . . /happy-endings.*

［32］Lanier D. The Bittersweet Taste of Absinthe in Hemingway's "Hills Like White Elephants" ［J］. Studies in Short Fiction，1989，26 (3)：282—285.

［33］Levin D. Shadows of Doubt：Specter Evidence in Hawthorne's "Young Goodman Brown" ［J］. American Literature，1962，XXXIV：344.

［34］Levin H. The Power of Blackness ［M］. New York：Knopf，1958：54.

［35］Lodge D. The Art of Fiction ［M］. New York：Penguin Books，1992：7—8；229.

［36］MacPike L. Environment as Psychopathological Symbolism in "The Yellow Wallpaper" ［J］. American Literary Realism，1870 – 1910，1975，8 (3)：287.

［37］Marsh J L. The Psycho-Sexual Reading of "The Fall of the House of Usher" ［J］. Poe Studies，1972，5 (1)：8—9.

［38］Martin W T. Self-Knowledge and Self-Consciousness：The Therapy of Autobiography in John Barth's Lost in the Funhouse ［J］. Studies in Short Fiction，1997，34：155.

［39］May L S. "Sympathies of a Scarcely Intelligible Nature"：The Brother-Sister Bond in Poe's 'Fall of the House of Usher' ［J］. Studies in Short Fiction，

1993, 30: 390.

[40] Maynard J. Agriculture and Anarchy: A Marxist Reading of "Snowed Up" [M]. Literary Theories: A Case Study in Critical Performance [M]. Julian Wolfreys and Baker, William. New York: New York University Press, 1996: 129—156.

[41] Morrison T. Playing in the Dark [M]. New York: Vintage, 1992: xi.

[42] Nielsen D B. Beloved Bridegroom [M]. Cape Town: Onyx Press, 2013: 2.

[43] Oakland J. Virginia Woolf's Kew Gardens [J]. English Studies, 1987, 68 (3): 268.

[44] Phelan J. Reading People, Reading Plots: Character, Progression and Interpretation of Narrative [M]. Chicago: University of Chicago Press, 1989: 83.

[45] Ray I. A Treatise on the Medical Jurisprudence of Insanity [M]. Boston: Charles C. Little and James Brown, 1838: 172—173.

[46] Renner S. Moving to the Girl's Side of "Hills Like White Elephants" [J]. The Hemingway Review, 1995, 15 (1): 34.

[47] Seymour T. One Small Joke and a Packed Paragraph in John Barth's "Lost in the Funhouse" [J]. Studies in Short Fiction, 1979, 16 (3): 191.

[48] Sterne L. Tristram Shandy [M]. New York: W. W. Norton & Company, 1980: 66—70.

[49] Tomashula S. Many Makers Make Baby Post: 40 Years of Reading "The Babysitter" [J]. Review of Contemporary Fiction, 2012, 32 (1): 222—223.

[50] Warhol R and Shuman A. The Unspeakable, the Unnarratable, and the Repudiation of Epiphany in "Recitatif": A Collaboration Between Linguistic and Literary Feminist Narratologies [J]. Textual Practice, 2018, 32 (6): 1009.

[51] Weddle M B. Conscience or Compromise: The Meaning of the Peace Testimony in Early New England [J]. Quaker History, 1992, 81 (2): 73—74.

[52] Wolfreys J and Baker, W. eds. Literary Theories: A Case Study in Critical Performance [M]. New York: New York University Press, 1996: 19—29.

[53] Woolley D A. Empty "Text," Fecund Voice: Self-Reflexivity in Barth's "Lost in the Funhouse" [J]. Contemporary Literature, 1985, 26 (4): 465.

[54] Worthington M. Done with Mirrors: Restoring the Authority of Lost in

John Barth's Funhouse［J］. Twentieth Century Literature，2001，47（1）：125.

［55］Zimmerman B."Moral Insanity"or Paranoid Schizophrenia：Poe's "The Tell-Tale Heart"［J］. Mosaic，1992，25（2）：39—44.

二、中文文献

［1］巴特.S/Z［M］.屠友祥，译.上海：上海译文出版社，2000：61—63，66—68，87—93，96—102，127—131，197—198，225—228，317—319.

［2］卜珍伟，江山.福克纳《献给艾米丽的玫瑰》的时间关系［J］，外国文学研究，1982（01）：61—62.

［3］格雷马斯.结构语义学［M］.蒋梓骅，译.天津：百花文艺出版社，2001.

［4］胡全生.英美后现代主义小说叙事结构研究［M］.上海：复旦大学出版社，2002：181.

［5］李维屏.英美意识流小说［M］.上海：上海外语教育出版社，1996：5.

［6］罗刚.叙事学导论［M］.昆明：云南人民出版社，1999.

［7］米勒.解读叙事［M］.申丹，译.北京：北京大学出版社，2002.

［8］邵金娣，白锦鹏.文学导论［M］.上海：上海外语教育出版社，2002.

［9］申丹.叙事、文体与潜文本［M］.北京：北京大学出版社，2009.

［10］张寅德.叙事学研究［M］.北京：中国社会科学出版社，1989：73—94.

作家与作品

（括号内为页码）

主要术语

（括号内为页码）

致　谢

在撰写本书的过程中，吉林大学出版社与中联华文的编辑老师以及我的好友李方木博士与陶丽丽老师给予了无私的帮助。

我的忘年之交，李忠华书记与夏秀解女士给予了令人难忘的关怀。

感谢我的夫人陶萍女士在生活上无微不至的关心，让我拥有了充分的写作时间。

在此，对给予我热情帮助与真挚关怀的亲朋好友，表示衷心的感谢！